FAWN

Leslie Delhaes

FAWN

Hannah & Jackson

Leslie Delhaes

Bibliografische Information der Deutschen Nationalbibliothek:
Die Deutsche Nationalbibliothek verzeichnet diese Publikation in
der Deutschen Nationalbibliografie; detaillierte bibliografische
Daten sind im Internet über http://dnb.dnb.de abrufbar.

Lektorat / Korrektorat: Sabine Schröder
Verwendete Fotos: © iStock.com/Aleksandra Golubtsova

Impressum: c/o H. Eßer, Auestr. 87, 52382 Niederzier

Herstellung und Verlag: BoD – Books on Demand, Norderstedt

ISBN: 978-3-7504-2352-7

kapitel 1

HANNAH

Ich bin in einer anderen Welt gelandet.

Heute Morgen noch stand ich in meiner Studentenbude im Wohnheim, völlig planlos, wie ich diesen überdimensionalen Koffer bis zum Flughafen befördern sollte, ganz allein, da Julius keine Zeit hatte, mich zu begleiten. Jetzt ist der Koffer das Problem der Servicemitarbeiter, und ich bin ein VIP Gast.

Beklommen lasse ich meinen Blick durch die erste Klasse des Flugzeugs schweifen, das mich nach Miami bringen wird, und an mir herab. Ich passe nicht hierher. Die Stewardess, die mich mit ihrem strahlenden Lächeln in Empfang nimmt, lässt sich das freundlicherweise nicht anmerken. Professionell durch und durch.

Ich war sicher, genau zwischen einem übergewichtigen Mann, der eigentlich anderthalb Plätze benötigt, und einem permanent zappelnden Kleinkind den Flug verbringen zu müssen. Aber Fee, zu der ich aktuell reise, hat mir nicht nur den Flug bezahlt, sondern dabei gleich übertrieben. Kurz schüttle ich den Kopf und frage mich, was dieses Modelleben und all das Geld aus meiner besten Freundin gemacht haben.

Der Platz neben meinem ist noch frei, und ich überlege,

ob ich das Glück haben könnte, in der Nähe eines Prominenten zu landen. Es können ja nicht alle Schauspieler und Musiker Privatjets haben, manche fliegen doch bestimmt auch mit einer normalen Airline. Ich würde Zac Efron oder Alex Pettyfer liebend gern einmal in natura sehen, und dann schätzungsweise vor Schreck einen Herzinfarkt bekommen. Es den Platz neben mir zu nennen, ist eh irreführend. Die Sitze liegen so weit auseinander, dass es eher zwei einzelne Kojen sind. Und wenn mein Nachbar gleich kein bekannter Schauspieler ist, sondern eine Menge Ellbogenfreiheit beansprucht oder unangenehm riecht, wird mich das in keiner Weise stören.

Ich schlüpfe aus den Schuhen, setze mich vorsichtig und hüpfe probehalber einmal auf und ab. Breit, weich, mit einem samtigen Stoff bezogen - das ist kein Flugzeugsitz, sondern ein wahrer Luxussessel. So weit wie möglich strecke ich die Beine aus und berühre nicht mal ansatzweise den Tisch, der meine Koje am Fußende abschließt. Hier könnte man glatt schlafen, und ich vermute fast, dass man das bei Nachtflügen auch macht. Während ich enthusiastisch versuche, doch mit den Füßen das andere Ende zu erreichen, rutsche ich immer weiter nach vorne. Fast habe ich es geschafft, allerdings liege ich nun quasi im Sessel, und mein Hintern ragt weit über die Kante. Tatsache, es gibt genug Platz, und ich bedauere, die Nacht nicht im Flieger zu verbringen. Leider habe ich bei meiner Aktion nicht bedacht, dass ich einen Rock trage. Dieser ist unbemerkt an mir hochgerutscht und enthüllt mehr Bein, als ich freiwillig jemals zeigen würde. Glücklicherweise kann mich hier niemand beobachten.

Denke ich. Bis ich aufsehe und den amüsierten Blick eines Mannes bemerke, der gerade eine Tasche auf den Nachbarsitz fallen lässt.

Ich hechte förmlich wieder den Sitz hinauf, richte die Kleidung und versuche so zu tun, als ob meine flammend rote Gesichtsfarbe völlig normal sei.

Was für eine peinliche Situation. Wenn das wenigstens der kleine, dicke Geschäftsmann wäre, der vor mir eingecheckt hat. Aber nein, mein Sitznachbar ist ein Gott von einem Mann. Er sieht erneut kurz zu mir hinunter. Was für ein Gesicht. Das muss ein Schauspieler sein. Ich habe ihn zwar nie in einem Film oder einer Serie gesehen, ich schaue jedoch nicht so viel fern. Ein normaler Typ ist das definitiv nicht. Dunkelblonde, gekonnt verwuschelte Haare, graue Augen, ausgeprägte Augenbrauen und ein absolut sinnlicher Mund. Ein Mund, der gerade nur mühsam das Grinsen unterdrücken kann.

Lässig sitzendes, schwarzes T-Shirt und Jeans, die einen wirklich knackigen Hintern zur Geltung bringt. Ich kann den Hintern so genau betrachten, weil er sich inzwischen umgedreht hat und sich an seiner Tasche zu schaffen macht. Eine leicht abgewetzte Sporttasche, die beim besten Willen nicht in die erste Klasse passt.

Wieso habe ich überhaupt einen Rock an? Eben habe ich mir noch den Arsch abgefroren. Der Februar in Deutschland ist nicht für Röcke ohne darunter liegende dicke Leggings gemacht. Aber Miami ist es schon, und vor lauter Vorfreude auf die Reise und das Wetter und alles andere, habe ich mich euphorisch in völlig unpassende Kleidung geworfen. Unpassend für die Temperatur in Deutschland, prinzipiell unpassend für einen Flug, denn das Flugzeug ist jetzt für mich unangenehm kühl klimatisiert, und vor allem unpassend, um darin auf einem Sitz zu turnen wie eine Sechsjährige.

Wie passend dagegen, dass ich Grundschullehrerin werden möchte. Für ältere Kinder oder gar den beruflichen Umgang mit Erwachsenen bin ich definitiv ungeeignet.

Dann starre ich verlegen auf den Bildschirm, der nur für mich da ist. Der ist größer als der Fernseher meiner Mutter. Ich werde einfach so tun, als ob ich nicht hier wäre und mich nie wieder bewegen. Zehn Stunden lang. Das sollte doch machbar sein.

Die Stewardess boykottiert meinen Plan. Mit strahlendem Gesichtsausdruck präsentiert sie mir einen Sektkelch, und ehe ich ablehnen kann, halte ich ihn in der Hand.

Ich vertrage Sekt nicht gut. Er steigt mir auf der Stelle in den Kopf und zeigt da seine Wirkung. Nach dem Schreck mit dem umwerfenden Mann neben mir brauche ich allerdings einen Beruhigungsdrink. Also kippe ich dieses Getränk, das wahrscheinlich eher Champagner ist, in einem Zug weg. Prost Hannah, stoße ich mit mir selber an. Ist ja nur ein einziges Glas.

Leicht schummerig schnalle ich mich an und frage mich, ob es geschickt war, den Alkohol so schnell zu trinken. Geschmeckt habe ich so nichts.

Wir rollen auf die Startbahn, und ich bekomme Herzklopfen. Das ist mein allererster Flug. So eine Beschleunigung. Ich werde regelrecht in meinen Sitz gedrückt und starre ehrfürchtig aus dem Fenster. Es live zu erleben, ist dann doch etwas Anderes, als vom sicheren Boden aus Flugzeuge zu beobachten. Der Grund wird schnell kleiner, kippt dann urplötzlich weg, und ich sehe nur noch den wolkenverhangenen Himmel.

Tief hole ich wieder Luft. Wolken, Wattefetzen um uns herum, surreal und unwirklich, und dann blauer, ungetrübter Himmel, wohin man sieht. Blauer, als ich es je von der Erde aus gesehen habe. Ich könnte jeden Tag fliegen.

Die Anschnallsymbole erlöschen, als wir die endgültige Flughöhe erreicht haben.

»Kann ich Ihnen etwas zu trinken anbieten?«

Schon wieder? Ich habe mich noch nicht von dem ersten Getränk erholt.

Die Stewardess steht mit ihrem Getränkewagen zwischen mir und dem Traumtypen.

»Später vielleicht.«

Scheiße, sogar seine Stimme ist toll. Kann der nicht einen einzigen Makel haben? Eine hohe, piepsige Stimme wäre ein wenig ausgleichende Gerechtigkeit. Aber so, wie es sich mir hier präsentiert, ist er hinreißend attraktiv, vermutlich steinreich und ein absoluter Womanizer. Die Stewardess sieht das genauso.

»Gerne. Ich komme jederzeit wieder zu Ihnen.«

Ich kann das Lächeln zwar nicht sehen, aber in ihrer Stimme hören. Die flirtet sowas von eindeutig.

Da er nicht reagiert, wendet sie sich wohl oder übel mir zu. Ich bestelle einen Orangensaft.

»Tomatensaft ist ebenfalls sehr beliebt. Er schmeckt bei Niederdruck, wie er im Flugzeug herrscht, besser. Das ist wissenschaftlich erwiesen«, sagt sie zu mir, blickt aber unauffällig wieder zu meinem Sitznachbarn.

»Später vielleicht«, antworte ich. Dann erst realisiere ich, wen ich zitiere. Die Hitze steigt mir ins Gesicht. Der denkt jetzt, ich mache mich über ihn lustig.

Der restliche Flug verläuft ähnlich. Wir bekommen ein Fünf-Gänge-Menü auf richtigen Porzellantellern, von wegen eingeschweißter Plastikfraß. Die Stewardess ist, wie angekündigt, immer in Reichweite, um in meinem Fall Getränke anzubieten oder im Fall meines Sitznachbarn weitere Flirtversuche zu unternehmen.

Mein Riesenbildschirm hält Videospiele, eine unendliche Auswahl an alten und aktuellen Filmen und sogar richtiges Fernsehen parat. Ich suche mir einen Film aus und versuche danach zu lesen.

Das ist die eine Seite. Die perfekte.

Die problematische Seite geht zwar nicht auf den Flirt der Stewardess ein, lässt sich aber trotzdem nicht ignorieren. So entspanne ich mich kein bisschen, obwohl er sich in irgendein hirnrissiges Videospiel vertieft und mich überhaupt nicht mehr zur Kenntnis nimmt. Leider kann ich mich nicht auf den Film konzentrieren, den ich schon ewig sehen wollte, und der Versuch zu lesen scheitert noch viel kläglicher.

Mir ist viel zu bewusst, den attraktivsten Mann, der mir je

begegnet ist und der mir je begegnen wird, mit nur einer leichten Drehung meines Kopfes jederzeit sehen zu können, und ich muss mich förmlich zwingen, ihn nicht die ganze Zeit anzustarren. Hin und wieder kann ich es aber nicht völlig verhindern, einen hoffentlich unauffälligen Blick in seine Richtung zu werfen. Der Typ zockt ungelogen den ganzen Flug durch und macht nur Pause, wenn es etwas zu Essen gibt.

Es zieht sich. Irgendwann lege ich resigniert das Buch weg und versuche zu schlafen oder mich wenigstens mit geschlossenen Augen zu entspannen. Leider bin ich viel zu kribbelig dafür. Die Aufregung ist einfach zu groß. Seit Monaten freue mich auf diese Reise, und jetzt bin ich endlich unterwegs, unterwegs in ein Land, nein, in einen Kontinent, den ich noch nie gesehen habe. Bisher war ich zweimal in meinem Leben in Holland am Meer, die Aussicht auf diese Reise hat mich schon seit Monaten um den Verstand gebracht. Ich sitze im nobelsten Bereich des Flugzeugs und werde nach Strich und Faden verwöhnt. Und dazu noch dieser Mann, der mich leider überhaupt nicht kaltlässt.

Schließlich bemerke ich, dass wir in ungefähr einer Stunde landen werden. Erleichtert hole ich mein Necessaire aus dem Handgepäck und eile zur Toilette, um mich frisch zu machen. Zähne putzen, etwas waschen, die Haare richten, damit ich Fee gleich nicht verschwitzt und miefig begrüße. Sogar der Waschraum ist ansprechend. Klar, es ist eine merkwürdige Toilette vorhanden, wir sind ja nun mal in einem Flugzeug, Luxus hin oder her. Aber es gibt ausreichend Platz, viele Ablageflächen und alles blinkt und blitzt vor Sauberkeit. Es ist einer der luxuriösesten Toilettenräume, die ich je gesehen habe. Sogar diverse Waschlotionen, Parfüms, Rasierwasser und Handtücher stehen bereit.

Zufrieden teste ich alle angebotenen Düfte und lasse mir Zeit. Endlich bin ich allein, und zum ersten Mal nach nun über neun Stunden entspanne ich mich ein wenig.

Der Spiegel zeigt mir ein erschöpftes Gesicht mit Ringen unter den Augen. Das kalte Wasser aus dem Hahn macht es etwas besser. Trotzdem enthüllt das Neonlicht meine Winterblässe gnadenlos, erinnert mich aber auch daran, dass ich das in nur wenigen Stunden schon ändern kann. Denn die Sonne Floridas wartet auf mich, und ich lächle meinem Spiegelbild aufmunternd zu.

Ich entrolle eines der hübsch angerichteten Handtücher und genieße den Geruch nach frischer Zitrone. Sogleich fühle ich mich wacher und ausgeruhter.

Ein paar faule Tage am Strand kann ich echt brauchen. Die letzten Wochen in Köln waren nämlich wirklich übel. Regen und Schneematsch wechselten sich ab, und absolut alle Leute waren erkältet. Ich natürlich auch. Die Sonne wird meinen Vitamin-D-Spiegel wieder ins Lot bringen.

Als ich die Tür öffne, ist die Entspannung auf der Stelle dahin. Denn mein Sitznachbar, an den ich so krampfhaft versuche, nicht zu denken, steht vor der Tür. Genau genommen lehnt er lässig an der gegenüberliegenden Wand. Die Arme verschränkt und den Blick exakt auf mein Gesicht gerichtet, als hätte er nur auf mich gewartet.

Wie versteinert bleibe ich stehen, anstatt locker an ihm vorbeizugehen. Da ist nicht allzu viel Platz, nicht in diesem engen Gang, möglich ist es durchaus.

Nicht für mich. Ich starre wie ein hypnotisiertes Kaninchen, und dann ist es zu spät. Er löst sich langsam von der Wand und kommt auf mich zu. Jeder normale Mensch würde spätestens jetzt die Flucht zur Seite ergreifen, ich dagegen weiche rückwärts zurück in den Waschraum. Er folgt mir. Folgt mir und schließt die Tür hinter sich. Verriegelt sie in seinem Rücken, so dass überall in der Kabine das Besetztzeichen erneut aufleuchtet.

Eine Weile betrachtet er mich nur, intensiv, überaus interessiert. Und das, nachdem er mir stundenlang keinen einzigen Blick zugeworfen hat. Diese Augen sollten verboten

11

werden, so kühl und so arrogant und gleichzeitig faszinierend in eisigem Grau. Ich kann nicht wegsehen, so sehr lähmt mich seine plötzliche Aufmerksamkeit. Er ist zu nah. Mein Herz klopft viel zu schnell und heftig, und verwirrt weiche ich immer weiter zurück. Er folgt mir allmählich, jeden einzelnen Schritt, den ich mache, macht er ebenso. Bis sich meine Kniekehlen gegen einen Widerstand drücken und ich nicht mehr ausweichen kann.

Dann überwindet er die letzte Distanz und ist mir mit einem Mal so nah, dass ich die Wärme spüre, die von seinem Körper ausgeht. Und seinen Geruch wahrnehme. Scheiße, der riecht auch noch toll. Etwas Aftershave, sehr dezent, und ein persönlicher Männergeruch, der mich absolut benebelt. Sein Mund befindet sich auf Höhe meiner Stirn. Ich fühle, wie dort sein warmer Atem auf meine Haut trifft, die sich plötzlich wieder so heiß und fiebrig anfühlt, als hätte ich mich nicht gerade erst gewaschen. Sekundenlang geschieht nichts, und ich kann nur meinen viel zu lauten, hektischen Atem hören.

Langsam hebt er die Hand und streicht mir eine Strähne meines Haares hinter ein Ohr. Sanft. Fast zärtlich.

Ich keuche auf und schäme mich augenblicklich für diese Reaktion. Und trotzdem erzeugt seine Berührung eine Gänsehaut, die sich vom Hals abwärts über den gesamten Körper ausbreitet. Als wäre ich noch nie berührt worden.

Seine Fingerspitzen gleiten an meinem Hals entlang, dann schiebt er die Hand in meinen Nacken. Mein verräterischer Körper reagiert mit einer Intensität, die ich so noch nie erlebt habe, und wie von selbst hebe ich das Kinn, um Mund und Hals zu präsentieren. Meine Lippen öffnen sich, und ich höre das sehnsuchtsvolle Seufzen, das ich von mir gebe.

Sein Kopf nähert sich meinem. Aber anstatt mich zu küssen, gleiten seine Lippen an meinem Mund vorbei und landen an der Stelle unter dem Ohrläppchen, die schon unter seinen Fingerkuppen bebt. Er küsst mich dort, saugt sanft und knabbert.

Ich höre mich selber stöhnen. Diesmal laut. Und ich merke, wie ich mich ihm entgegenschiebe. Hemmungslos, fordernd, erregt. Das bin nicht ich. So kenne ich mich nicht.

Ich war schon immer eher zaghaft, vor allem beim Sex. Die fremden Hände wandern jetzt an meinem Körper entlang, streifen sanft über meine Brüste, verweilen dort kurz und schieben sich dann langsam und unerbittlich tiefer. Über die Hüfte und bis zu den Beinen, an denen sich der Rock schon etwas verschoben hat. Nun fühle ich seine Finger auf meiner bloßen Haut, sie umfassen von hinten meine Beine, während sein Mund noch immer an meinem Hals zugange ist und dort eine Hitze erzeugt, die mir durch den gesamten Körper schießt. Schließlich gleiten seine Hände wieder höher, und er löst die Lippen von mir. Sein Blick begegnet meinem. Erneut.

Und erneut fesseln mich diese Augen, seine Art mich zu betrachten, während er den Rock Stück für Stück hochschiebt, unerträglich langsam, unerträglich aufregend. Bis mein Atem nur noch stoßweise kommt und der Rock ein wildes Knäuel um meinen Bauch bildet. Wie selbstverständlich umfasst er meinen Hintern und zieht mich näher an sich. So nah, dass der raue Stoff seiner Jeans an mir reibt, an der nackten Haut, die er so hemmungslos enthüllt hat. Und so nah, dass ich seine Erektion deutlich spüre.

Er sagt kein Wort.

Spätestens jetzt müsste ich ihn von mir wegstoßen. Er ist zu dicht, zu selbstbewusst, zu gut aussehend. Ich weiß, dass er mich auf der Stelle gehen lassen würde. Er bedrängt mich zwar, aber so sinnlich langsam, als wolle er mir immer wieder die Gelegenheit geben, es zu beenden. Trotzdem kann ich nichts machen, ich bin wie gelähmt.

Seine Finger fahren von außen über meinen Slip, und ich höre mich selber schon wieder stöhnen. Als wäre ich nicht mehr in meinem Körper. Ich habe jegliche Kontrolle abgegeben und atme stoßweise, als er den Slip umstandslos hinunterschiebt, zu Boden fallen lässt und mich mühelos auf die Ablage hebt.

Ich sitze mit gespreizten Beinen vor ihm, eine Position, die mich in allertiefste Verlegenheit stürzen müsste. Aber anstatt mich zu bedecken, sinkt mein Oberkörper nach hinten und präsentiert mich noch offenherziger.

Seine Finger gleiten zwischen meine Beine und streicheln mich genau an den richtigen Stellen. Jede seiner Bewegungen schreit nach absolut erfahrenem Liebhaber. Dieser Mann weiß eindeutig, was er macht, und eigentlich sollte mich das abstoßen. Stattdessen atme ich immer hektischer und presse mich verlangend an ihn.

Dann höre ich das Geräusch seines Reißverschlusses und spüre, wie er die Hose hinunterzieht.

Sehen kann ich es nicht, denn noch immer starren wir uns unverwandt in die Augen.

Kurz zögert er erneut, als wolle er mir ein letztes Mal die Gelegenheit geben, mich aus seinem Bann zu lösen, jetzt, da seine Hände mich freigegeben haben. Aber das ist hoffnungslos.

Ich sehe die Frage in seinen Augen, die Frage, ob er weitergehen darf. Ohne es verhindern zu können, reagiert mein Körper und schiebt sich ihm weiter entgegen. Das scheint Antwort genug zu sein.

Langsam gleitet er in mich. Wartet dann ab und beobachtet mich weiterhin so genau. Ich beiße mir auf die Lippen, denn sein Mund ist so verboten sexy, so verlockend, und leider außerhalb meiner Reichweite. Ich will so unbedingt, dass er sich endlich richtig in mir bewegt. Fordernd dränge ich mich ihm entgegen, so nachdrücklich inzwischen, dass auch er zum ersten Mal ein Stöhnen nicht unterdrücken kann. Er zieht sich zurück und kommt mir wieder entgegen. Und langsam weicht die Kontrolle aus seinen Gesichtszügen.

Ich wusste nicht, dass Sex so sein kann. So wild und frei und hemmungslos.

Später starren wir uns noch immer schwer atmend an. Ich fühle mich, als wäre ich soeben einen 100-Meter-Sprint gelaufen und hätte ihn gewonnen. Adrenalin in allen Adern, Prickeln auf der gesamten Haut und Watte im Kopf. Die Watte bleibt allerdings nicht lange. Mir wird mit einem Schlag klar, was ich getan habe, und ich stoße ihn vor Schreck unsanft von mir. Jetzt, da es zu spät ist, kann ich es. Hüpfe von der Ablage, greife panisch nach meinem Slip, der auf dem Boden liegt, und steige hektisch und ungeschickt hinein.

Im Spiegel kann ich erkennen, dass er noch immer mit heruntergelassener Hose am Waschbecken steht und mich wie gehabt nicht aus den Augen lässt. Allzu intensiv beobachtet er jede meiner Bewegungen. Er versucht überhaupt nicht, sich zu bedecken, noch nicht einmal, als ich wie eine Irre die Tür aufstoße und die Flucht ergreife.

Natürlich komme ich nicht weit. Nur bis zu meinem Sitz, in den ich mich schwer atmend fallen lasse. Wo soll ich auch sonst hin?

Und dann überschlagen sich die Dinge in meinem Kopf. Hätte ich nicht eben mal denken können, da hätte es noch etwas gebracht. Ich habe mit einem wildfremden Typ auf der Bordtoilette eines Flugzeugs gevögelt. Gevögelt – denn anders kann man das nicht nennen. Ich habe Julius betrogen. Ich mache die erste Reise ohne meinen Freund und bin schon fremdgegangen, bevor ich auch nur am Ziel angekommen bin.

Hektisch greife ich nach der Decke, die die Stewardess aufmerksam und unaufgefordert zu Beginn des Fluges gebracht hat, als sie sah, wie unpraktisch und luftig ich gekleidet war, und decke mich zu. Am liebsten würde ich sogar meinen Kopf darunter stecken.

Die Scham wird immer größer. Ich habe nämlich tausend Dinge auf einmal getan, die ich niemals für möglich gehalten hätte. Einen fremden Menschen so nahe an mich rangelassen. Mich absolut gehen lassen. Meinen Freund hintergangen. Ich habe mich benommen wie eine Schlampe und kann mir selber nicht ansatzweise erklären, wie es überhaupt dazu gekommen ist. Ich habe Leute, die wahllos Sex haben, doch immer verachtet.

Nie wieder werde ich in diesen Waschraum gehen. Nie wieder werde ich unter dieser Decke hervorkommen. Es dauert einige Minuten, bis mein Nachbar seinen Platz einnimmt. Ich starre wie gebannt auf meinen Bildschirm, obwohl er ausgeschaltet und schwarz ist. Wie ein erstarrtes Kaninchen. Ich bin absolut in Panik, ich möchte überall sein, nur nicht hier. Was soll ich nun machen? Was habe ich gemacht? Was denkt der Typ jetzt bloß von mir?

Ich kann hören, wie er ungerührt Platz nimmt, bei der Flugbegleiterin ein Glas Saft bestellt und dann wieder sein dämliches Videospiel zockt.

Was ich nicht hören kann, ist, wie er mich anspricht. Müsste er nicht wenigstens mit mir reden? Sich entschuldigen? Nach meiner Telefonnummer fragen? Irgendwas?

Er benimmt sich, als wäre nichts geschehen.

Die Zeit vergeht einfach nicht mehr. Auf meinem Bildschirm wird ungefragt die restliche Flugzeit angezeigt, und ich fasse nicht, wie lang eine einzelne Minute sein kann.

Es gibt Kaffee und Kuchen. Die letzte Mahlzeit vor unserer Landung, und ich bin froh um jede einzelne Sekunde, in der die Stewardess zwischen unseren Sesseln steht, Kaffee einschenkt und versucht, noch mehr Service an den Mann zu bringen, als sie müsste. Erfolglos. Liebend gerne würde ich gerade mit ihr tauschen.

Den Kaffee trinke ich zitternd und hektisch, von dem Kuchen dagegen würge ich nur einzelne, winzige Bissen hinunter. Er ist vermutlich ausgezeichnet, so wie alles hier, ich bin allerdings so von der Rolle, dass ich überhaupt nichts schmecke. Der Typ trinkt ebenfalls Kaffee, sogar mehrere Tassen, seine Zockerei unterbricht er jedoch nicht dafür. Und er wirft keinen einzigen Blick zu mir herüber. Das hat er zuvor auch nicht gemacht. Aber jetzt beschämt es mich immer mehr. So eine bin ich also für ihn? Ein Mädchen, mit dem man ohne ein Wort auf der Toilette Sex hat und im Anschluss ignoriert. Das ist so unfassbar demütigend. Fehlt noch, dass er mir Geld in die Hand drückt. Ob der das öfter macht? Oder ob ich so aussehe, als wäre das normal für mich?

Ich versinke immer weiter in meinem Sessel.

kapitel 2

HANNAH

Jahre später, so kommt es mir zumindest vor, landet das Flugzeug. Mein Körper schreit mir abwechselnd zu, auf der Stelle aufzuspringen und die Flucht zu ergreifen oder mich weiterhin totzustellen. Totstellen gewinnt, denn aktuell wissen meine Muskeln gar nicht, wie man sich bewegt. Als die Anschnallzeichen erlöschen und die Stewardess uns lächelnd erlaubt, das Flugzeug zu verlassen, packt der Typ in aller Ruhe seine Sachen zusammen und verschwindet kommentarlos. Nicht ohne noch einen sehnsüchtigen Blick der Stewardess zu kassieren. Aber ohne mir einen Blick zu widmen, wie ich aus den Augenwinkeln bemerken muss.

Den Flug habe ich nun überstanden. Mit Problemen hatte ich zwar gerechnet, allerdings damit, beengt zu sitzen, mieses Essen zu bekommen und mich zu langweilen. Nicht gerechnet hatte ich damit, im Flieger den besten Sex meines Lebens zu haben.

Ich habe jetzt zwar nicht meine Unschuld verloren, trotzdem fühlt es sich aktuell so an. Meine sexuellen Erfahrungen beschränkten sich nämlich bis gerade eben auf zwei Männer. Leon, der mich entjungferte und kurz darauf zutiefst enttäuschte. Und Missionarsstellung mit Julius. Beides Männer, mit denen sich alles langsam entwickelte, alles im Bett, alles irgendwie gewohnt. Auf eine gewisse Art habe ich also doch gerade meine Unschuld verloren.

Fee steht am Ausgang. Ich bin so spät wie sonst niemand, denn ich musste meinen Körper erst mühsam dazu zwingen, aus dem Sitz zu kommen, das Flugzeug zu verlassen und mich zur Gepäckausgabe zu schleppen. Sie wippt ungeduldig auf und ab und schielt immer wieder besorgt zur Anzeigetafel, die unseren Flug schon seit einer Ewigkeit als gelandet anzeigt. Ohne ein Wort lasse ich meinen Koffer stehen und stürze mich in Fees Arme.

Sie ist so groß, größer als Julius, und es ist unglaublich tröstlich, von ihr gehalten und gedrückt zu werden, obwohl sie gleichzeitig so furchtbar dünn ist. Erleichtert fühle ich, dass sie nicht mehr so abgemagert ist wie bei unserem letzten Treffen in Köln, als sie Ben hinterher trauerte.

Ansonsten ist sie unverändert, Sommersprossen, bahnbrechend schöne Augen, ein Gesicht, von dem man nicht mehr wegsehen mag. Eine Strähne ihrer leuchtend roten Haare löst sich und kitzelt in meiner Nase. Fee ist der Typ Frau, hinter dem jeder Mann wie hypnotisiert herläuft, hilflos, willenlos. Und damit niemand, mit dem ich etwas gemeinsam hätte, zumindest optisch. Und doch ist sie genau auf meiner Wellenlänge und trotz der wirklich kurzen Zeit, die wir gemeinsam in Köln verbracht haben, meine beste Freundin. Erstaunlicherweise hat sie Probleme wie jedes andere Mädchen auch, sogar mit Jungs, und an dem Tag, an dem wir uns in der Küche des Studentenwohnheims kennenlernten, vor allem mit einem Jungen.

Die Sache mit Ben und ihr damals, die war schon übel. Aber das ist eine längst ausgestandene Geschichte, und ich bin einfach nur heilfroh, dass die beiden wieder zusammen sind und inzwischen gemeinsam in Miami wohnen.

Und jetzt liege ich endlich in ihren Armen und spüre, wie

mir die Tränen in die Augen steigen und schließlich die Wangen hinunterlaufen. Bis gerade eben habe ich mich tapfer beherrscht, doch das geht nun schlicht und ergreifend nicht mehr. Ich bin noch viel verwirrter und entsetzter, als ich mir bisher eingestehen wollte.

»Hannah, was ist denn los?« Fee klingt erschrocken. Kein Wunder. Wir haben am Vortag telefoniert und die letzten Details abgeklärt. »Gestern war doch noch alles in Ordnung.«

Ich kann unmöglich darüber reden. Wie soll ich jemals erklären können, was da passiert ist?

»Hast du Streit mit Julius?«

Noch immer sprachlos schüttle ich den Kopf. Zu Hause ist alles soweit in Butter, zumindest solange Julius nicht erfährt, was ich getan habe.

»Auch nicht, weil er dich nicht zum Flughafen bringen wollte?«

Zugegeben. Ich habe mich ziemlich darüber geärgert, dass er mich mit dem Gepäck allein gelassen hat und stattdessen vorschob, er müsse ununterbrochen lernen. Sagte, ich hätte eben zu viel gepackt und solle meinen Koffer ausmisten. Und ich habe Fee davon erzählt. Aber das ist ganz gewiss keine Rechtfertigung für das, was auf dem Flug geschehen ist.

»Komm mit.« Sie greift meine Hand, nimmt mit der anderen meinen überdimensionierten Koffer und zieht uns beide entschlossen hinter sich her. Keine Ahnung, wer von uns sperriger und schwerer zu bewegen ist.

Dann sitzen wir im Auto.

Fee hat den Führerschein erst seit kurzem, aber sie fährt sicher und entspannt. Der riesige SUV passt allerdings überhaupt nicht zu ihr.

»Hier gibt es keine anderen Autos«, erklärt sie mir sofort. »Das ist noch eines der kleineren Modelle, glaub mir.«

Wir fahren eine Weile über einen mehrspurigen, unübersichtlichen Highway, bis Fee die Autobahn verlässt. Die Straßen werden kleiner.

Ich starre wortlos aus dem Fenster, und Fee lässt mich, stumm und in mich gekehrt, wie ich gerade bin, in Ruhe. Leider ist mir klar, dass sie mich nicht für immer schweigen lassen wird.

Das Wetter ist wie erwartet. Meine Kleidung passt perfekt zur Temperatur. Auch der Rock. Dieser dämliche Rock. Würde ich jetzt hier in langer Hose sitzen und schwitzen, wäre nichts passiert und alles wäre gut. Ich würde darüber jammern, wie unpassend ich angezogen bin und mir etwas Luftigeres wünschen, ohne auch nur zu ahnen, was diese sommerliche Kleidung ausgelöst hat. Aber so ist es eben nicht.

Palmen wiegen sich am Straßenrand, die restliche Landschaft ist eher karg und nicht so grün und üppig wie bei uns. Rechts und links befinden sich immer wieder breite Parkflächen, alles ist auf Autos zugeschnitten. Und Fee hat recht, ihres ist winzig im Vergleich zu den anderen Wagen, die unterwegs sind.

Irgendwann hält sie vor einem Diner.

»Zu Hause wartet Ben auf uns, da können wir nicht in Ruhe reden, und das scheint ein Frauengespräch zu werden.«

Prinzipiell stimmt das, mir ist allerdings noch immer schleierhaft, wie ich darüber reden soll. Ich kann schon nicht über normalen Sex sprechen, wie dann um Gottes Willen über das, was da im Flugzeug geschehen ist? Trotzdem folge ich ihr apathisch an einen Tisch. Wir bekommen Kaffee.

Und dann soll ich loslegen.

Unmöglich.

Wenn man Ben und Fee kennt, kann man sich denken, was nun folgt. Denn Ben ist schweigsam und verschlossen, und Fee hat ein echtes Talent, ihn trotzdem zum Reden zu bringen.

»Also, beim Abflug war noch alles in Ordnung?«

Ich nicke.

»Gab es Probleme beim Einchecken?«

Ich schüttle den Kopf.

»Gab es Turbulenzen?«

Kopfschütteln.

»Aber dein Platz war in Ordnung?«

»Ja, du hättest mir doch kein so teures Ticket geben müssen.« Der erste ganze Satz, den ich herausbringe.

»Was hast du während des Fluges gemacht?«

Ja, da kommen wir der Sache näher.

»Einen Film geguckt. Was gelesen.«

Den heißesten Typen der Welt auf der Toilette gevögelt, aber das kann ich nur denken. Fee würde das auch so aussprechen. Und lachen und sich darüber freuen, erstklassigen Sex gehabt zu haben.

»Gab es ein Problem mit einem anderen Passagier?«

Angestrengt starre ich auf die Tischplatte und muss meine Hände zwingen, locker zu bleiben. Fee merkt sofort, dass sie beim richtigen Thema ist.

»Wer saß denn neben dir?«

Ich schlucke. Mir fehlen die Worte. Die Worte, um zu beschreiben, was mich da geritten hat. Und schon die Worte, um überhaupt über diesen Mann zu sprechen.

»Also, das war so ein Typ«, murmle ich betreten. Es ist einfach nicht möglich, weiter zu erzählen, denn urplötzlich habe ich wieder vor Augen, wie er mir den Slip heruntergezogen hat. Meinen weißen, schmucklosen Slip, völlig ohne Spitze, ohne irgendetwas an Raffinesse. Genau der Slip, von dem ich dachte, er wäre perfekt für die lange Reise, weil er so bequem ist. Genau der Slip, der aussieht wie die Unterwäsche eines kleinen Mädchens.

»Hat er was Blödes zu dir gesagt? Dich beleidigt? Diese Typen in der ersten Klasse sind manchmal echte Arschlöcher, die sind reich und denken, ihnen gehört die Welt. Ich hätte dich vorwarnen sollen.«

»Er hat überhaupt nicht mit mir geredet. Kein Wort.« Was es ja alles noch schlimmer macht.

»Oh, ach so. Ja dann.«

Langsam ist sogar Fee am Ende ihrer Weisheit. Ich bin ein noch schwierigerer Fall als Ben zu seiner heftigsten Zeit. »Also, der hat nur die ganze Zeit Videospiele gezockt. Und mich komplett ignoriert. Aber der sah halt echt so gut aus, dass ich immer wieder rübergucken musste«, taste ich mich langsam vorwärts.

Diese Augen. Dieser Mund. So was sollte für Männer verboten werden. Ich wünschte, ich hätte ein Foto, um es Fee zu zeigen, denn es ist absolut unmöglich, zu beschreiben wie atemberaubend dieser Typ ist.

»Also, ein arroganter Schönling.« Fee kichert erleichtert. »Davon kann ich dir in den nächsten Wochen noch tausende zeigen. Eingebildet, reich und nur auf ihr Aussehen fixiert. Miami zieht sie an wie die Motten.«

Das erklärt mein hysterisches Verhalten jedoch in keinem Fall und auch Fee muss klar sein, dass das nicht alles sein kann.

»Ich war dann auf der Toilette. Und beim Rauskommen stand er vor der Tür.« Fee nickt mir auffordernd zu. »Und dann ist er zu mir in den Waschraum gekommen und hat die Tür geschlossen.«

»Oh.« Jetzt glitzern ihre Augen vor Neugierde. »Hat er dich geküsst?«

Ich schüttle wieder den Kopf.

Er hat mich noch nicht einmal geküsst. Erst in diesem Augenblick geht mir auf, wie unfassbar abwertend das ist. Das auch.

»Er hat dich nicht geküsst?« Ihre Stimme klingt ungläubig. »Was hat er dann gemacht?«

Das kann ich nicht sagen. Beim besten Willen, ich kann es nicht. Ich bin viel zu verklemmt, war ich schon immer.

»Fee, es ist schrecklich, ich habe etwas getan, was ich nie tun wollte, was ich nie für möglich gehalten hätte. Ich bin so ein schrecklicher Mensch.«

»Hannah, du machst mir Angst.« Fee zappelt inzwischen beunruhigt auf ihrem Stuhl hin und her und droht, dabei ihre Tasse umzuwerfen. »Sag endlich, was passiert ist.«

»Ich habe Julius betrogen.«

»Du hast ...? Oh!«

Fee starrt mich an.

Sprachlos.

»Du hast ihn verführt?«, fragt sie dann.

Das Interessante daran ist, dass Fee so etwas getan hätte. Vor Ben. Sie ist nicht so gehemmt wie ich, sie kann problemlos Sex mit einem Fremden haben, einen Mann verführen und ihn dann nie wiedersehen. Sich amüsieren, ohne dass es mehr für sie bedeutet.

Aber ich kann es nicht.

Und jetzt sieht Fee mich an, als würde sie die Welt nicht mehr verstehen.

»Natürlich nicht«, japse ich. »Ich habe eigentlich gar nichts gemacht. Ich habe ihn nur einfach alles machen lassen, was er wollte.« Wenn ich ehrlich bin, habe ich es wahnsinnig genossen. Und ich habe gezeigt, wie sehr ich es genossen habe. Bei der Erinnerung sterbe ich noch immer vor Scham.

»Dann ging die Initiative von ihm aus? Was hat er getan? Und was hat er gesagt?«

Jetzt bin ich richtig peinlich berührt.

»Wir haben gar nicht geredet.«

Fee lacht plötzlich. Verwirrt und gleichzeitig erleichtert.

»War es denn gut?«

Völlig unmöglich zuzugeben, wie gut es war. Also nicke ich nur verhalten.

Fee kennt mich allerdings genau. Manchmal zu genau. Manchmal, wenn es so heikel ist wie jetzt gerade.

»War es so toll, wie dein Gesichtsausdruck es mich vermuten lässt?«

Mein Gesicht glüht, während ich wieder eine zustimmende Geste mache.

»Hat er ein Kondom benutzt?«

Oh Gott! Ich muss überlegen.

»Doch, ich glaube schon. Vielleicht«, stottere ich vor mich hin. »Ich habe nur seine Augen gesehen, Fee. Ich weiß nicht, was er gemacht hat. Ich kann mich nicht mehr richtig erinnern.«

Fee schlägt eine Hand vor ihre Augen.

»Oh je, Hannah, ich hatte ja keine Ahnung, was für eine wilde Maus du in Wirklichkeit bist.« Wilde Maus würde ich mich aktuell nicht nennen, eher Schlampe. Ich habe da noch sehr deutlich die harten Worte meiner Mutter im Ohr. »Aber für das nächste Mal packst du dir Kondome ein und benutzt sie persönlich. Verlass dich nie auf einen Mann, vor allem nicht auf einen fremden.« Als ob das noch mal passieren würde. Fee ist ja verrückt.

»Und ihr habt überhaupt nicht geredet? Kein einziges Wort? Auch danach nicht?«

Ja, das ist unerklärlich, und ich zucke nur mit den Schultern.

»War er Amerikaner?«

»Glaube schon. Zumindest klang er so, wenn er bei der Stewardess bestellt hat.«

Fee sieht plötzlich wieder irritiert aus.

»Hast du nicht gerade noch gesagt, er hätte dich nicht geküsst?«

»Er hat mich auch nicht geküsst.«

Sprachlos starrt sie mich an.

»Er hat dich gevögelt, ohne dich zu küssen oder mit dir zu sprechen?«

Es klingt schrecklich, wenn sie das so sagt. Genau genommen ist es schrecklich. Mir laufen auf der Stelle wieder Tränen über das Gesicht.

Fee greift über den Tisch und nimmt meine Hand.

»Ich weiß gar nicht, ob ich das jetzt seltsam oder einfach nur heiß finden soll. Und du bist tatsächlich gekommen?«

Diesmal nicke ich unter Tränen.

»Dann ist es wohl heiß.«

Fast muss ich lachen. Fee findet mein sexuelles Abenteuer also heiß. Mir dagegen ist es einfach nur peinlich. Aber es war zugegebenermaßen heiß. Das macht es noch peinlicher.

Nie in meinen Leben werde ich seinen Blick vergessen. Seinen Blick, der mich ununterbrochen fixierte, keine Sekunde hat er mich aus den Augen gelassen. Kein Mal die Augen geschlossen. Genauso wenig wie ich. Normalerweise schließe ich immer die Augen. Schon beim Küssen.

»Aber ich habe Julius betrogen«, jammere ich, als mir erneut durch den Kopf schießt, wie unmoralisch ich mich verhalten habe.

Fee schaut betreten. »Tja, das kann man jetzt nicht leugnen. Egal, von wem die Initiative ausging. Du darfst es ihm nie sagen.«

»Bist du sicher?«

»Es würde ihn nur verletzen. Und du wirst den scharfen Typen nie wieder sehen, es hat also überhaupt keine Bedeutung.«

Frustriert lasse ich meinen Kopf auf die Tischplatte sinken. Das stimmt ja nicht, es hat eine Bedeutung. Ich weiß nämlich, wie weh das tut. Deshalb ist mir Treue doch so unglaublich wichtig. Und jetzt bin ich kein Stück besser. Das werde ich nie vergessen.

Es gibt da so einiges, was ich nie vergessen werde.

Schweigend fahren wir weiter.

Normalerweise reden und reden wir, vor allem, weil wir uns so selten sehen. Jetzt jedoch hängt jede still ihren Gedanken nach.

Glücklicherweise bin ich deutlich gefasster, seit ich Fee alles erzählt habe. Obwohl nichts dadurch besser ist.

Fee biegt ab.

»Gleich sind wir da.«

Vornehme Wohngegend. Die Häuser liegen hinter hohen Zäunen, große Gärten rund herum. Fee hält vor einem der Tore, und es öffnet sich automatisch. Ich vermute einen Bewegungsmelder.

»Das sieht echt protzig aus, weiß ich, aber es ging nicht anders. Ben und ich hatten zuerst eine nette, kleine Wohnung in der Nähe des Colleges, leider bin ich aber inzwischen bekannt wie ein bunter Hund. Deshalb müssen wir uns hinter der Mauer verstecken.« Sie verzieht das Gesicht. »Aber wenn ich eine Sonnenbrille trage und meine Haare wegbinde, können wir problemlos überall hin, ohne belästigt zu werden. Mach dir keine Gedanken, wir werden eine Menge Spaß haben.«

Der Garten ist üppig bepflanzt, die heiße Sonne Floridas bringt alles zum Blühen, und es ist offensichtlich, wie pflegeintensiv so eine Grünfläche sein muss. Es dauert sicher schon allein Stunden, alles zu bewässern.

»Hältst du den Garten selber in Schuss?«, wundere ich mich. Wie soll sie dazu Zeit haben?

»Natürlich nicht, da kommt ein Gärtner. Das Haus ist mitsamt Gärtner und Putzfrau gemietet.«

»Putzfrau?«

Fee wirkt verlegen. »Putzfrau!« Sie seufzt. »Der Eigentümer hat darauf bestanden. Und wahrscheinlich ist es besser so. Ich war bisher viel zu viel unterwegs, und Ben ist den Service seiner Mutter gewohnt. Wir sind also protzige, verwöhnte Neureiche.«

»Gut, solange dir das bewusst ist, komme ich damit klar.«

Wir lachen beide. Ich habe nichts gegen den Service einer Putzfrau jetzt im Urlaub, nur im normalen Leben wäre mir das zu dekadent.

Als mein Blick dann aber auf das äußerst großzügige Haus fällt, muss ich zugeben, dass mein Zimmer im Studentenwohnheim winzig ist und nicht allzu viel Arbeit macht.

»Wir sind da!«, brüllt Fee, nachdem sie mich durch die Haustür geschoben hat. Die Haustür, die meine Freundin glücklicherweise normal mit einem Schlüssel geöffnet hat, ohne dass wir von einem Butler empfangen werden. »Ben hat versprochen etwas zu kochen, damit wir dich nicht schon am ersten Tag verhungern lassen. Wenn ich die Küche betrete, brennt Wasser an, du erinnerst dich?«

Ja, tue ich. Wir haben hin und wieder versucht, gemeinsam zu kochen, Fee ist jedoch komplett untalentiert. Bis heute haben wir nicht herausbekommen, was genau sie falsch macht.

Jetzt bin ich wieder etwas nervös. Ich kenne Ben eigentlich kaum. Genau genommen kenne ich ihn gar nicht. Ich habe ihn dreimal in meinem Leben gesehen, und das waren nicht unbedingt glückliche Momente.

Und einmal davon habe ich ihm auf dem Unigelände eine Ohrfeige verpasst. Mir ist bis heute schleierhaft, was mich da geritten hat. Klar, ich war so wütend, weil er sich echt unmöglich benommen hatte und ich Tag für Tag mitbekam, wie sehr Fee litt. Aber woher ich den Mut hatte, diesen Riesen anzugehen, ist unbegreiflich. Selbst mir.

Und jetzt werde ich mit Ben unter einem Dach wohnen. Ich habe mich nie für diese Ohrfeige entschuldigt.

Es poltert rechts von uns, und eine Tür wird aufgerissen. Und dann kommt Ben auf uns zu.

Ich hatte völlig vergessen, wie groß er ist. Groß, kräftig, beeindruckend präsent. Und mit einem Gesicht, das zum Einschüchtern gemacht ist. Ich habe richtiggehend Angst und bin kurz in Versuchung, mich hinter Fee zu verstecken.

»Hallo Ben«, piepse ich dann.

Er steht nun genau vor mir und sieht wortlos auf mich herab. Oh Gott, er ist absolut schrecklich. Knapp zwei Meter groß, muskulöser, als ich je einen Mann gesehen habe, kein Wunder, dass er am College ein Footballstipendium erhalten hat. Und er denkt unter Garantie genau wie ich an diese eine

Begegnung, denn die anderen Male hat er mich wahrscheinlich nicht wahrgenommen.

»Es tut mir leid, dass ich dich geschlagen habe«, würge ich also schnell heraus.

»Wie kann so ein kleines Mädchen nur so heftig zuschlagen?«, fragt er. So klein bin ich eigentlich gar nicht. Aber neben Fee wirke ich wirklich klein und neben Ben winzig. »Ich bin echt beeindruckt. Und ich hatte es verdient. Wenn ich jemals wieder so einen Scheiß baue, dann mach das noch mal.«

Jetzt bin ich sprachlos. Es muss doch irrsinnig demütigend für ihn gewesen sein und trotzdem ist er nicht sauer. Fee sieht verdutzt zwischen Ben und mir hin und her.

»Wann hast du Ben geschlagen?«

Ich winde mich vor Verlegenheit, und Ben lacht.

»Deine kleine Freundin hier ist mir nach einer Vorlesung begegnet und hat mir vor versammelter Mannschaft eine Ohrfeige verpasst und mich beschimpft, weil ich so mies zu dir war.«

Fee lacht jetzt ebenfalls. »Mann, Hannah, ich erfahre heute immer mehr erstaunliche Dinge über dich.«

Natürlich geht sie jetzt nicht ins Detail. Kein Mensch außer Fee darf jemals davon erfahren, auch nicht Ben. Aber Fee war schon immer absolut diskret, wenn es drauf ankommt. Sie wird nie darüber reden.

»Mir ist nur schleierhaft, woher du mich überhaupt kanntest. Ich zumindest hatte dich zu dem Zeitpunkt noch nie gesehen«, wundert Ben sich weiter.

Es gibt in der Tat nur einen einzigen Grund, aus dem ich Ben erkennen konnte. Und ich werde knallrot, als ich daran denke. Denn an einem Abend wollte ich von Fee wissen, was denn eigentlich ihr Typ Mann wäre. Ich hatte Ben ja noch nie gesehen, und fragte mich, wie er wohl aussehen könnte. Da er ja so eindeutig der einzige Typ Mann war, der sie interessierte. Aber sie hatte nur dieses eine Foto von ihm.

Fee denkt an denselben Abend. An dasselbe Foto. Ein Nacktfoto. Ben splitterfasernackt von hinten mit einem mörderisch wütendem Blick. Wir müssen beide hysterisch lachen.

Ben blickt irritiert zwischen uns hin und her. Dann hebt er die Hände.

»Ich will es definitiv nicht wissen.« Er gibt Fee einen Kuss. »Essen ist in ungefähr einer halben Stunde fertig. Bis dahin könnt ihr ja noch so Mädchensachen machen.«

Kopfschüttelnd verschwindet er wieder hinter der Tür, die offensichtlich in die Küche führt.

Mädchensachen bedeuten in diesem Fall, als Erstes meinen Koffer ins Gästezimmer zu schleppen.

»Das Zimmer ist ja Wahnsinn. Das ist nur für Gäste?«

Staunend sehe ich mich um. Es ist riesengroß, mit Doppelbett, eigener Sofaecke und einem Kleiderschrank, der allein fast größer ist als meine Studentenbude.

»Nur für dich. Und dein Bad ist direkt nebenan. Ben und ich haben unseres oben im Haus, und das zweite Gästezimmer steht leer.«

»Und die Terrasse?« Ich weise nach draußen auf die beiden Liegestühle, die samt Sonnenschirm parat stehen und unglaublich verlockend sind.

»Auch nur für dich, falls du mal deine Ruhe haben willst. Die Hauptterrasse liegt hinter dem Haus. Der Pool ebenso.«

»Pool«, juble ich. Ein wenig hatte ich auf einen Pool gehofft und vorsorglich alle meine Bikinis eingepackt. Alle beide. »Ich ziehe mich auf der Stelle um und gehe ins Wasser.«

»Kann ich verstehen.« Fee lacht. »Für eine Abkühlung vor dem Essen sollte es noch reichen. Wenn du dich beeilst.«

Ich beeile mich.

Nach dem Essen liegen wir mit alkoholfreien Cocktails auf Sonnenliegen und beobachten verträumt die Palmen, die den Pool säumen und sanft hin- und herschaukeln. Ich liebe

Palmen, keine andere Pflanze symbolisiert so sehr Ferienstimmung. In Holland gibt es sie nicht, logisch, und es sind die ersten Palmen, die ich mit eigenen Augen auf einer Reise sehe.

Wohlig aufseufzend räkle ich mich den ersten, lang ersehnten Sonnenstrahlen entgegen.

»Ein eigener Pool ist fast noch luxuriöser als eine Putzfrau.«

»Ohne Pool ist es im Sommer nicht zu ertragen. Jedes Haus hat einen.« Fee sieht zu mir rüber. »Das ist also kein Luxus, sondern überlebenswichtig. Genauso wie ein Koch für mich zur Grundausstattung gehört. Zumindest solange ich irgendwo ohne Ben bin und überleben möchte.«

»Bens Auflauf war wirklich super lecker«, sage ich anerkennend.

»Er hat das Kochtalent seiner Mutter.«

Seit ich weiß, dass er wegen der Ohrfeige nicht sauer auf mich ist, ist meine Angst vor ihm verflogen. Langsam verstehe ich, wie Fee ihn sieht. Sein Äußeres ist respekteinflößend, in Wirklichkeit ist er jedoch kein bisschen erschreckend. Ein wenig schweigsam durchaus, wie soll er aber zu Wort kommen, wenn Fee mich ununterbrochen ausquetscht. Ich musste haarklein berichten, wie es in Köln läuft und wer was macht, denn Julius' Freundeskreis besteht aus Fees ehemaligen Studienkameraden. Nur als ich Nils erwähnte, der zwischenzeitlich zwei kurze Beziehungen hatte, die beide sehr schnell in die Hose gingen, verzog sich Bens Miene unwillig. Nils war letztes Jahr hoffnungslos in Fee verliebt, und das ist Ben nicht entgangen.

Es wird Abend, und langsam merke ich, wie lang der Tag für mich war. Die Zeitverschiebung ist ebenfalls nicht hilfreich. Ich gähne schon zum dritten Mal, und Fee lacht und schickt mich ins Bett.

Obwohl ich inzwischen todmüde bin, kann ich nicht einschlafen. Mein Körper ist absolut erschöpft, aber jedes Mal, wenn meine Augen zufallen, habe ich wieder diesen Typen im Kopf und verkrampfte von Neuem. Die Scham darüber, wie ich mich habe gehen lassen, nur für einen kurzen Kick. Nie wieder werde ich Julius unter die Augen treten können. Nie wieder werde ich mir selber das vergeben können. Aber noch mehr, als die Verlegenheit über mein Benehmen, wühlt mich die Erinnerung an seinen Blick auf. Den über die Maßen selbstbewussten Blick aus diesen grauen, klaren Augen, der mich regelrecht gefesselt hat. Und mich auch jetzt nicht loslässt.

Die grauen Augen geistern die ganze Nacht durch meine Träume.

kapitel 3

HANNAH

Es wird nicht besser in den nächsten Tagen.

Die erste Zeit erkunden wir Miami. Diese Stadt ist nicht mit Zuhause zu vergleichen, und das liegt nicht nur an den Palmen und der irritierenden Kombination aus Strand und Hochhäusern. Hier ist eben alles größer und breiter. Die Strände, die sich entlang der Küste tummeln, sind alle unwirklich schön, und wir besuchen jeden Tag einen anderen.

»Ihr habt echt Glück, ausgerechnet in Florida am Meer gelandet zu sein. Es ist ein Traum.«

»Eigentlich war es Zufall. Ben wäre an jedes College gegangen, das ihn ins Football Team genommen hätte. Und mir ist es auch egal. Jetzt ist es natürlich schön, die Sommerhitze dagegen mit Regenzeit und den Stürmen ist gar nicht so toll. Ich habe immer Sorge, ein wirklich übler Hurrikan erwischt uns eines Tages.«

Fee ist pragmatisch wie immer.

Ich grinse unbeeindruckt.

»Für mich ist es jetzt allerdings einfach toll. Das perfekte Urlaubsziel.«

»Und ich bin echt froh, dich hier zu haben.«

Fee liegt auf dem Rücken auf einem Strandtuch und streckt sich. Sie sieht aus wie eine weiße Muschel, atemberaubend attraktiv, und mit ihrer hellen Hautfarbe dermaßen auffällig in diesem Land der braun gebrannten Körper. Alle zwei Stunden cremt sie sich komplett neu ein und achtet darauf, immer im Schatten zu liegen.

Wir sind die einzigen an diesem Strand, die sich unter den Sonnenschirmen verstecken. Aber Fee hat die typisch empfindliche Haut der Rothaarigen und muss extrem aufpassen. Und meine weiße Winterhaut muss leider ebenfalls erst sanft an die Sonne gewöhnt werden. Mit Fees Cremeorgien mag ich dagegen nicht mithalten, und so bleibt der Schatten als Kompromiss.

»Ben ist sechs Tage die Woche von früh bis spät am College. Wenn er keine Vorlesung hat, lernt er oder hat Training. Ungelogen, sechs Tage Training oder Spiele. Und nur sonntags hat er Zeit für mich. Das war ja bisher in Ordnung, ich war selber so viel unterwegs. Momentan wäre ich jedoch ohne dich unglaublich einsam.«

»Wie läuft es denn am College?«

»Der Unterrichtsstoff ist schon okay. Es ist halt viel Arbeit, und sobald er keine guten Noten schreibt, verliert er das Stipendium. Was noch mehr Druck erzeugt. Und das Training geht richtig zur Sache. Knochenhart und intensiv. Aber Ben beschwert sich ja eh nie, er steckt ein und macht, was getan werden muss. Er liebt diesen Sport echt.«

Fee dreht sich auf die Seite, sie hat mich jetzt genau im Blick.

»Er sagt, er hätte noch nie so viel über American Football gelernt und merkt jeden Tag, dass er noch immer nicht genug weiß. Zwischen Deutschland und Amerika liegen Welten. Immerhin lassen sie ihn spielen und sind zufrieden mit seinen Leistungen. Das ist alles, was er will.«

Sie stupst mich mit den Zehen an. »Und du? Geht es dir wieder besser?«

Ich zucke die Achseln. Tagsüber kann ich das Geschehene so weit verdrängen, sobald ich aber allein in meinem Zimmer bin, ist alles wieder da. Im Badezimmer fühle ich mich von grauen Augen beobachtet. Ich kann keine Ablagefläche sehen, ohne von Erinnerungen überfallen zu werden. Und wenn ich aufwache, erinnere ich mich an Träume, die mir die Schamesröte ins Gesicht treiben.

In Gedanken versunken nehme ich eine Hand voll Sand und lasse ihn durch meine Finger rieseln. Der Geruch von Sonnencreme, warmem Sand und Meeresluft vermischt sich zu einer wunderbaren Einheit von Urlaubsgefühl. Trotzdem bin ich bisher weder entspannt noch im Ferienmodus. Trotzig ziehe ich mein Handtuch aus dem Schatten und lege mich mitten in die Sonne. Möglicherweise hilft eine Maximaldosis Vitamin D.

»Was ist mit Julius?«

Wir haben bisher einmal miteinander telefoniert. Es war nicht gut. Natürlich habe ich gefragt, wie die letzte Klausur lief, für die er ja so viel lernen musste, aber danach wusste ich nicht weiter. Was antwortet man auf die Frage, wie der Flug war, wenn man die Wahrheit nicht sagen kann? Und wenn einem der Flug komplett entfallen ist, weil sich alles nur um diesen Mann dreht, der nicht erwähnt werden darf?

Dann haben wir über das Wetter geredet. Ich habe mit meinem Freund über das Wetter reden müssen, weil ich über das, was mich bewegt, nicht sprechen kann. Es ist schrecklich.

Früher haben wir über alles Mögliche gesprochen. Vielleicht nicht unbedingt über das, was mich so interessiert, denn Julius kann mit Pädagogik nichts anfangen und findet meinen Studiengang langweilig, aber zumindest waren es bessere Themen als der Temperaturunterschied zwischen Miami und Köln.

»Vielleicht muss ich es ihm doch erzählen?«, frage ich leise.

Ich kann doch keine Beziehung führen, in der ich Geheimnisse habe. Geheimnisse, die eine solche Distanz zwischen uns schaffen. Oder war die Distanz schon immer da, und ich habe sie nur nicht realisiert? Mit einem Mal weiß ich nicht mehr, wie das mit Julius und mir so ist. Ich weiß nur noch, wie falsch sich gerade alles anfühlt.

»Und was, glaubst du, passiert dann?«

Ich zucke wieder die Achseln. Ich habe keine Ahnung. Julius ist jetzt nicht so der eifersüchtige Typ, ich habe ihm allerdings auch noch nie Gelegenheit dazu gegeben.

»Du kannst es ihm auf keinen Fall am Telefon sagen. Warte einfach mal ab. Vielleicht ist es ja bedeutungslos, bis du ihn wiedersiehst.«

Das kann unmöglich jemals bedeutungslos werden. Da bin ich ganz sicher. Aber natürlich kann ich nicht am Telefon sagen, ach übrigens, ich hatte auf der Flugzeugtoilette Sex mit einem Fremden, und es war so geil wie nichts, was wir je gemacht haben. Dafür gibt es kaum ein ungeeigneteres Medium als das Telefon.

»Würdest du es denn Ben sagen?«

Fee zieht ein überraschtes Gesicht.

»Das ist schwierig.« Sie überlegt eine Weile. So wie ich die beiden in den letzten Tagen erlebt habe, ist es ausgeschlossen, dass jemals einer den anderen betrügt. Sie sind nämlich absolut verrückt nacheinander. Trotzdem schaffen sie es, mich nicht außen vor zu lassen. In den Augenblicken jedoch, ehe sie meine Anwesenheit bemerken, da fliegen Funken, da vibriert die Luft, und das macht mich manchmal etwas traurig, da ich so intensive Emotionen nicht kenne. Nicht mit Julius. Nicht mit dem Freund, den ich vor ihm hatte. So große Gefühle sind nicht für jeden zu haben.

»Also, wenn es mir nichts bedeutet, dann würde ich es eher nicht sagen. Dann belastet es mich jedoch auch nicht, und ich kann es wohl einfach wieder vergessen.« Plötzlich fällt ihr etwas ein. »Weißt du noch, als wir an diesem einen Abend in der Disco einen Trostmann für mich gesucht haben?« Klar, weiß ich es. Ich erinnere mich an jeden einzelnen Abend mit

Fee, denn so viele hatten wir nicht.»Ich habe Ben bisher nicht erzählt, dass ich da mit einem anderen Kerl geknutscht habe. Weil es mir nur noch mehr gezeigt habe, wie sehr ich nur Ben will. Und ich glaube, es hätte ihn unglücklich gemacht, es zu wissen.«

»Ja, aber wenn der Kuss toll gewesen wäre? Und wenn es mehr gewesen wäre?«

Fee legt sich zurück auf den Rücken und schließt die Augen. Denkt nach.»Ich weiß es nicht«, sagt sie nach einer Weile resigniert.

Ja, so geht es mir auch, ich weiß es einfach nicht, denn es gibt keine gute Alternative. Es gibt nichts, was es ungeschehen machen könnte, nichts mit dem ich es wiedergutmachen könnte.

»Also, war es so toll? Dann ist das Fremdgehen an sich weniger das Problem, sondern wie toll es war?«

Ich werde wieder rot, meine Wangen brennen förmlich. Und das ist Antwort genug, denn Fee atmet hörbar aus und zieht ein besorgtes Gesicht.

»Es ist beides«, gebe ich jämmerlich zu.»Und dass es toll war, macht es noch schlimmer.«

»Das ist gar nicht gut, Hannah.«

Nein, gar nicht gut. Aber nichts, was ich jetzt noch irgendwie ändern könnte.

Ich wechsle das Thema und frage Fee über ihre Zukunftspläne aus. Ihr Designer will ihren Vertrag verlängern und bietet erneut einen Haufen Geld. Noch mehr als fürs letzte Jahr. Was bedeutet, dass sie wieder ständig reist und einen Job macht, in dem sie nicht viel Sinn sieht.

»Aber Ben hat eh kaum Zeit für mich, ich kann unmöglich tatenlos hier sitzen bleiben. Und als freies Model mag ich noch weniger arbeiten.«

»Was ist mit deinem Studium?«

»Ja, eigentlich war das der Plan. Ich bin gerade allerdings überhaupt nicht motiviert dazu, ist das nicht schrecklich?«

»Es liegt an der Sonne.« Ich drehe mich vom Rücken auf den Bauch. »Die ständige Sonne in diesem Land macht einen faul und träge.«

Fee lacht. Und verkriecht sich noch tiefer unter ihren Sonnenschirm.

Irgendwann klingelt Fees Telefon. Es ist Ben. Ich höre seine tiefe Stimme im Hintergrund. Er ist nicht der Typ, der einfach so anruft. Er ist noch nicht einmal der Typ, der einfach so redet. Fee hört ihm eine Weile zu und wirft nur hin und wieder ›Aha‹ oder ›Hm‹ ein.

Sie klingt nicht begeistert, aber schlussendlich sagt sie: »Ben, er ist dein Kumpel. Du kannst ihn natürlich auf keinen Fall jetzt hängen lassen, egal, was wir persönlich von seinem Verhalten denken. Bring ihn also mit.«

Sie legt auf und dreht sich zu mir hin.

»Wir bekommen noch einen Gast. Tut mir leid, das war so nicht geplant.«

Ich zucke mit den Achseln.

»Ist doch nicht schlimm. An Platz mangelt es ja nicht bei euch.«

»Du musst dein Badezimmer dann leider teilen.«

»Kein Problem, Männer verbringen doch eh nicht allzu viel Zeit im Bad«, sage ich großzügig. »Außerdem kommt die Putzfrau doch dauernd, da hat kein Dreck der Welt eine Chance, egal, wie viele Leute dieses Bad benutzen.«

Neugierig bin ich jedoch schon.

»Ist das ein Freund von Ben?«

Ich kenne Ben nur als abweisenden Einzelgänger. Die Vorstellung, dass er einen so guten Freund hat, der sich in der Not an ihn wendet, ist interessant.

»Er hat Ben unter seine Fittiche genommen, als er hier anfing. Jackson ist zwei Jahre älter als wir und spielt natürlich ebenfalls Football im Collegeteam. Ben konnte echt jemanden brauchen, der ihm sagt, wo es langgeht. Die Jungs sind richtig harte Hunde und die Regeln anders als bei uns. Wenn dir da niemand hilft, bist du aufgeschmissen. Ben hat ihm also wirklich viel zu verdanken.«

»Jackson?«

»Genau.«

»Dann sprechen wir also ab jetzt Englisch bei euch. Das ist völlig in Ordnung, ich wollte eh meine Sprachkenntnisse etwas auffrischen.« In Englisch war ich ja nicht schlecht, leider habe ich seit dem Ende der Schulzeit zu wenige Gelegenheiten die Sprache zu sprechen.

Fee lächelt. »Noch nicht einmal das ist nötig. Er hat deutsche Groß-eltern und spricht fließend Deutsch. Wahrscheinlich hat er sich deshalb für Ben verantwortlich gefühlt. Wenn du jedoch lieber Englisch mit ihm reden möchtest, kannst du das bestimmt machen.«

Wenn sein Deutsch besser ist als mein Englisch, lieber nicht. Ich bin aber noch immer neugierig. Fee klang nämlich reserviert am Telefon, und sie ist prinzipiell niemand, der Menschen schnell kritisiert.

»Und was ist mit seinem Verhalten?«

»Ach das.« Fee guckt betreten. »Er ist wohl gerade bei seiner Freundin rausgeflogen, weil sie dahintergekommen ist, dass er sie ständig betrügt.«

»Oh!« So einer ist das.

Plötzlich fällt mir siedend heiß ein, dass auch ich Julius betrogen habe. Ich habe das Gefühl, den unbekannten Mann verteidigen zu müssen.

»Stimmt das denn überhaupt? Vielleicht war es ja nur ein Ausrutscher?«

»Nein, kein Ausrutscher. Vergleich ihn bloß nicht mit deiner Situation. Er ist wirklich absolut unmöglich. Wir waren im letzten Jahr hin und wieder mit ihm unterwegs und es ist nicht zum Aushalten. Er schleppt quasi jedes Mal eine andere ab. Und jeder weiß es, nur Mimi nicht. Zumindest wusste sie es bisher wohl nicht.«

»Ach so. Ja, dann ist es übel.«

So bin ich nicht. Echt nicht.

Ich weiß jetzt schon, dass ich ihn unsympathisch finde. Wahllos mit jeder ins Bett zu steigen, ist überhaupt nichts, was für meine Moral akzeptabel ist. Plötzlich bin ich nicht allzu begeistert, ihn im Haus zu haben. Hoffentlich kreuzt er da nicht ständig mit neuen Frauen auf.

Fee merkt, wie meine Stimmung kippt.

»Aber er ist schon in Ordnung. Also, abgesehen von seinem Umgang mit Frauen, meine ich. Ignoriere es einfach, und dann kommt man prima mit ihm aus«, verteidigt sie ihn jetzt. »Ehrlich, Hannah, Jackson ist wirklich nett.«

»Ist kein Problem, Fee, ehrlich«, sage ich und hoffe, dass mein Lächeln aufrichtig wirkt. Ich werde einfach Distanz halten, damit er nicht auf die Idee kommt, bei mir landen zu können.

Einmal so eine verstörende Erfahrung zu machen, reicht mir voll und ganz. Für mein restliches Leben, unter Garantie. Mein schlechtes Gewissen lässt mich ja jetzt schon nicht mehr schlafen.

»Wir sehen die Jungs eh nicht so oft.« Fee klingt traurig, als sie das sagt.

Wir kommen erst abends zurück. Ich habe heute nicht aufgepasst und jetzt einen Sonnenbrand. Fee dagegen sieht genauso blass aus wie am Morgen. Ein paar weiße Tupfen Sonnencreme zieren noch immer ihre Nase, aber sie lässt nicht zu, dass ich sie verreibe.

»Ich muss mein Gesicht schützen, egal, wie komisch das jetzt aussieht«, sagt sie jedes Mal, wenn meine Hand zu ihrer Nase wandert.

Da kommt dann doch das Model durch.

Bens Auto steht in der Einfahrt und daneben ein dunkelgrünes, für einen Studenten viel zu teures Cabrio. Protzig. Angewidert rümpfe ich die Nase, und Fee zuckt die Schultern.

»Reiche Amerikaner halt«, sagt sie.

Jetzt ist er auch noch reich, schießt mir durch den Kopf. Kein Wunder, dass er denkt, er kann sich alles erlauben. Ich hege großes Mitleid mit der unbekannten Mimi und beschließe, nicht allzu freundlich zu sein. Auch Ben und Fee zuliebe nicht.

Auf der Terrasse sitzt nur Ben. Er ist in Unterlagen vertieft, obwohl es schon spät ist. Das Training findet immer im direkten Anschluss an die Vorlesungen statt, und abends muss er dann lernen. Das hält man echt nur durch, wenn man absolut verrückt nach diesem Sport ist. Was bei Ben definitiv zutrifft.

»He.« Ben bekommt einen Kuss von Fee, ich winke ihm zu.

Wir haben Essen von einem China Imbiss mitgebracht, und langsam knurrt mir echt der Magen. Der verlockende Geruch hat mich die Fahrt über schon schier wahnsinnig gemacht.

»Ich könnte den Tisch decken«, schlage ich also vor.

Neben einem der Liegestühle steht ein halb gefülltes Cocktailglas und sieht nach Urlaub aus und nicht nach hart arbeitendem Studenten.

Fee mustert irritiert das Cocktailglas.

»Wieso muss Jackson nicht lernen?«

»Er sagt, das erste Jahr ist das härteste. Da sieben sie aus, und danach wird es besser. Außerdem sind seine letzten Prüfungen wohl schon gelaufen.«

Fee reißt die Arme in die Luft. »Hurra! Es besteht also noch Hoffnung auf eine menschliche Zukunft.«

In dem Moment höre ich die Fliegentür klappen und drehe mich um.

kapitel 4

HANNAH

In der Tür steht ein Mann.

Nicht irgendein Mann.

In der Tür steht der Typ aus dem Flieger.

Der Typ, den ich eh immer noch vor Augen habe, sobald ich nicht aufpasse und meine Gedanken unkontrolliert zu wandern beginnen. Der Typ, der mich mit seinem charismatischen Blick und durch eine einzige Berührung völlig willenlos gemacht hat.

Das kann nicht wahr sein. Das Blut rauscht mir in den Ohren und steigt postwendend in mein Gesicht. Ich fühle die Hitze auf meinen Wangen und weiß, wie ich jetzt aussehe. Kurz hoffe ich, einen Sonnenstich inklusive Halluzination zu haben. Denn das darf einfach nicht der Realität entsprechen.

Dann setzt mein Gehirn wieder ein, und ich ziehe den einzig logischen Schluss.

Der Mann, der mich im Flugzeug in allertiefste Verlegenheit gestürzt hat, weil er verboten gut aussehend ist und dazu verboten aufdringlich, muss Jackson sein, Bens Kumpel, und wohnt ab jetzt bei uns im Haus. Im zweiten Gästezimmer genau neben meinem.

Der, der zu Hause rausgeflogen ist, weil er alle Gelegenheiten ergreift und wahllos mit allem und jedem vögelt. Sogar mit mir.

Mir wird schwummerig, weil ich vor Schreck die Luft angehalten habe. Bevor ich jedoch umkippen kann, übernimmt mein Körper in letzter Sekunde die Kontrolle, und ich höre mich selber heftig nach Luft schnappen. Als wäre ich gerade kilometerweit gerannt.

Der Typ steht an der Tür und mustert mich wortlos.

Leider sieht er dabei nicht aus, als würde ihn der Schlag treffen, so wie ich, er ist makellos attraktiv, wie während des gesamten Fluges. Egal, ob er zehn Stunden durchzockte oder von der Toilette kam, in der er nur Minuten zuvor heftigen Sex hatte. Vollkommen normale Gesichtsfarbe, gebräunt wie alle hier, entspannter Mund, entspannte Haltung. Hände in den Hosentaschen, lässig und cool.

Nur seine Augenbrauen sind leicht hochgezogen und verraten sein Erstaunen.

Die Sekunden vergehen, ziehen sich, und ich schaffe es noch immer nicht, irgendwie zu reagieren.

Ben und Fee sehen irritiert zwischen uns hin und her.

»Kennt ihr euch?«, fragt Fee schließlich in die angespannte Stille.

Jetzt lächelt er.

»Kennen?« Seine Stimme ist genauso, wie ich sie in Erinnerung hatte. Angenehm tief und langsam. Nur, dass er im Flugzeug Englisch mit der Stewardess sprach und jetzt Deutsch mit amerikanischem Akzent. »Nein, wir kennen uns nicht.«

Er klingt amüsiert, während er unser Nicht-Kennen so auffällig betont. Und er hat recht, wir kennen uns überhaupt nicht. Denn das, was wir gemacht haben, hatte nichts mit Kennenlernen zu tun.

Fee versteht den Ton nicht, glücklicherweise, und schüttelt kurz den Kopf.

»Aha. Also, da an der Tür steht Jackson, du weißt ja schon, dass er ab jetzt auch bei uns wohnt.« Sie sieht mich überaus misstrauisch an. Dann wendet sie sich an Jackson und mustert ihn angelegentlich. »Und das ist Hannah. Meine Freundin, meine allerbeste Freundin. Sie macht hier Urlaub.« Irgendwie hat das jetzt einen bedrohlichen Unterton, so à la Mach-bloß-keinen-Fehler. Und wahrscheinlich soll es genau das bedeuten. Aber der Fehler ist längst passiert.

Jackson bemerkt weder Fees Ton noch ihre Miene. »Hannah«, sagt er noch immer völlig entspannt und lässig und kommt auf mich zu.

Das erste Wort, das er an mich richtet. Weich und warm. In mir kribbelt alles. Und dann werde ich wütend. Jetzt, wo es unausweichlich ist, spricht er mit mir. Und vorher war ich ihm kein einziges Wort wert.

Fast verliere ich die Beherrschung. Ich möchte ihn an-brüllen, was für ein mieses Schwein er ist. Und vor allem, zu was für einem Mädchen er mich gemacht hat. Schließlich war mit mir und meiner Selbstbeherrschung alles in Ordnung, bevor ich ihm begegnet bin.

Ihn schlagen, treten und endlich all meine verwirrten und frustrierten Gefühle rauslassen. Das möchte ich liebend gern. Denn die haben sich schon zu lange angesammelt.

Wenn Fee jedoch erfährt, dass er der Typ ist, der mich im Flugzeug verführt hat, schmeißt sie ihn raus. Sie würde mir nie zumuten, mit ihm unter einem Dach wohnen zu müssen, egal, wie unglaublich viel Ben ihm verdankt.

Mühsam reiße ich mich zusammen, schlucke meine Wut hinunter und versuche zu lächeln. In so eine Situation werde ich Fee und Ben nicht bringen, egal, wie schwer es mir fällt. Sie müssen es nicht wissen. Und sie werden es nie wissen, solange ich die Klappe halte. Der Typ selber wird seine Aktion wohl kaum an die große Glocke hängen.

Er greift meine Hand und schüttelt sie. Deutsch genug, um so eine Begrüßung zustande zu bringen. Ich versuche, nicht auf das Gefühl zu achten, das seine Hand in meiner auslöst. Seine Hand, die mich zuvor an den intimsten Stellen berührt hat. Langsam streicht sein Daumen über meinen Handrücken. Ich ziehe meine Hand mit einem Ruck zurück.

»Ich bin echt müde«, sage ich dann zu Fee. »Die Sonne ist mir nicht gut bekommen.« Für heute möchte ich mich nur noch in meinem Zimmer verkriechen. Morgen sind die Jungs wieder am College, und bis dahin brauche ich dringend alle Zeit, die ich bekommen kann, um mich zu sammeln.

»Ja, du hast zu viel Farbe abbekommen«, mischt sich jetzt Ben ein. Er selber ist fast tiefschwarz. Sein Teint, der Bräune leicht annimmt, und ein Leben auf dem Footballfeld. Kein Wunder.

»Dann lasst uns essen, bevor es kalt wird. Und danach kannst du ja früh schlafen gehen.« Fee mustert mich besorgt. Mist. An das Essen hatte ich nicht mehr gedacht. Ich kann es nicht ausfallen lassen, ohne aufzufallen. Gerade eben habe ich doch noch gesagt, dass ich fast verhungere. Der Appetit ist mir jedoch vergangen.

Also stochere ich lustlos in den Nudeln. Wir haben absolute Massen gekauft, was in Amerika aber fast nicht anders möglich ist. Hier gibt es eh nur Portionen, von denen ganze Großfamilien satt werden. Auch im China Imbiss. Diese Mengen sind bei den anderen dreien tatsächlich nötig. Dass Ben isst wie ein Scheunendrescher, ist kein Wunder bei seiner Körpergröße und körperlichen Aktivität. Auch bei Jackson verwundert es mich nicht wirklich, schließlich ist auch er groß, durchtrainiert und - wie ich jetzt weiß - Sportler. Fee dagegen schlägt wie immer alle Rekorde. Sie hält problemlos mit den Jungs mit und nimmt trotzdem kein Gramm zu.

Jackson wirft mir über den Tisch hinweg immer wieder Blicke zu, die ich vorgebe, nicht zu bemerken. Seine Augen sind genauso wie in meiner Erinnerung. Einfach nur hypnotisch. Stahlgrau und mit einem selbstgefälligen, leicht arroganten Ausdruck. Das dürfte mir auf keinen Fall gefallen. Ich stehe auf Julius' Augen, dachte ich. Braun wie Schokolade. Und ich liebe Schokolade.

Leider gefallen sie mir doch.

»Und Hannah, wie gefällt es dir in Florida? Was habt ihr bisher gemacht?«

Unmöglich mich jetzt mit Jackson so zu unterhalten, als ob nichts zwischen uns vorgefallen wäre. So abgebrüht bin ich einfach nicht. Er dagegen kommt wahrscheinlich ständig in Situationen wie diese.

Ich zucke unmotiviert die Achseln.

Er mustert mich mit einer Intensität, die mir Gänsehaut macht. Als wäre ich faszinierend und er an jeder meiner Regungen überaus interessiert. Wie im Waschraum. Wahrscheinlich ist das sein Geheimnis, mit dem er jede Frau rumkriegt. Denn er vermittelt das Gefühl, etwas Besonderes zu sein. Sein Aussehen und sein Geld schaden natürlich auch nicht.

Auf keinen Fall werde ich noch einmal darauf reinfallen.

»Wir waren am Strand«, sage ich dann lahm.

Fee wirft mir einen irritierten Blick zu. Das klingt nämlich, als ob ich ihr vorwerfe, bisher nichts mit mir unternommen zu haben. Das bringt mich dann doch zum Reden.

»Ich bin ja noch nicht lange da.« Als ob er das nicht wüsste. »Und musste mich erst etwas akklimatisieren.«

»Ja, der Wetterkontrast zwischen Deutschland und Florida ist enorm um diese Jahreszeit. Ich bin auch erst seit ein paar Tagen zurück.« Er lächelt mich verschwörerisch an, und mein Herz schlägt wie irre. Will er Fee jetzt doch darauf bringen, dass wir im selben Flugzeug waren? Sie ist ja nicht auf den Kopf gefallen.

Ich schweige benommen, obwohl ich eigentlich fragen müsste, wo er war. Wenn ich höflich wäre.

Aber er braucht keine Aufforderung, um weiterzureden.

»Ich habe meine Großeltern in Aachen besucht. Zwei Wochen lang Nieselregen und knapp über null Grad. Wie haltet ihr das eigentlich auf Dauer aus?«

Das frage ich mich auch Jahr für Jahr.

»Der Winter ist in Miami schöner, das gebe ich ja zu, im Sommer dagegen wird es schwierig. Da ist es in Deutschland besser«, wirft Fee ein. »Du hast Glück, nur die beste Jahreszeit zu erleben«, sagt sie zu mir. »Und morgen zeige ich dir die Everglades. Damit du mal was Anderes siehst.«

»Genau, macht so eine Bootstour.« Ben hat kurz den Mund frei und winkt mit seiner leeren Gabel quer durch die Luft. »Die fand sogar ich cool.«

Fee lacht und rutscht ganz nah an Ben ran. »Ja, die Krokodile haben meinen kleinen Crocodiles Fan an seine Heimat erinnert.« Sie flüstert ihm etwas ins Ohr und es muss unanständig sein, denn Bens Gesicht nimmt eine interessante Farbe an.

Gott sei Dank bin ich nicht die Einzige, die so leicht verlegen wird. Ben wird mir immer sympathischer.

»Mein Onkel lebt in den Everglades und macht Führungen.« Jackson lehnt sich in meine Richtung. »Wenn die zwei Turteltäubchen mal allein sein wollen, entführe ich dich liebend gerne zu einem Ausflug. Ich kann dir Ecken zeigen, die Touristen sonst nicht sehen.«

Auf gar keinen Fall. Und wenn das bedeutet, dass ich Fee dermaßen auf den Keks gehen werde und ihr keine freie Sekunde mehr mit Ben bleibt, auf keinen Fall werde ich allein mit Jackson auch nur die allerkleinste Zeit irgendwo verbringen.

Außerdem ist mir absolut klar, was er mir alles zeigen möchte. Warum auch immer ausgerechnet mir, ich bin nicht die Art Mädchen, die Männern auf den ersten Blick auffallen. Aber anscheinend reicht es, vor seinen Augen aufzutauchen, um sein Interesse zu wecken. Er ist noch viel wahlloser als Ben und Fee denken.

Ich lächle entsetzt und unecht. Wahrscheinlich blecke ich gerade selber die Zähne wie ein Krokodil.

Fee lacht in sich hinein. Sicherlich bezieht sie meine schlecht kaschierte Ablehnung auf ihren Hinweis, was Jackson für ein Aufreißer ist und wie er mit seiner Freundin umgesprungen ist. Wenn sie auch nur eine Ahnung hätte, was da zwischen uns ist, sie würde ihn persönlich den Alligatoren zum Fraß vorwerfen.

Jackson hält sein leeres Glas in die Luft. »Wer trinkt noch etwas mit mir?« Er zwinkert Fee und mir zu.

Fee winkt ab. »Ich nicht. Alkohol steigt mir nach so einem Strandtag sofort in den Kopf.«

»Hannah, ich mache dir einen typischen Evergladesdrink. Heiß und feurig, wie die Menschen hier sind.«

Ich kneife die Augen zusammen. Will der tatsächlich nahtlos an unsere Episode im Flugzeug anknüpfen? Und mich dazu erstmal abfüllen?

»Nein.« Nur dieses einzige Wort kommt überaus heftig über meine Lippen, und mir ist bewusst, wie unnötig unhöflich ich rüberkomme. Aber er muss doch wissen, warum. Er weiß es. Und verzieht amüsiert den Mund. Seine Augen funkeln und wandern über meinen Körper. Es ist schon unerträglich, nur mit ihm an diesem Tisch zu sitzen.

»Mann, Jackson, es ist mitten in der Woche. Andere Studenten müssen lernen, haben morgen früh Vorlesungen und Training. Und du hast dir schon zwei Cocktails gemischt.« Ben guckt finster. Er klingt ein wenig wie meine Mutter, wenn sie mal wieder unzufrieden mit meiner Arbeitseinstellung war. Ich muss mir ein Lachen verkneifen, obwohl ich durchaus finde, dass er recht hat.

»Ich dachte, du bist Sportler?«, schimpft Ben weiter.

Jackson verzieht reuevoll das Gesicht. »Theoretisch stimmt das. Ich hatte heute allerdings einen echt harten Tag, da brauche ich etwas Ablenkung.« Er sieht Ben treuherzig an. »Ist eine Ausnahme, versprochen.«

Er spielt auf seinen Rauswurf an. Bisher macht er einen durchweg vergnügten Eindruck. Von wegen harter Tag. Fee ist ebenfalls nicht allzu glücklich über seine Einstellung. »Mach nicht so ein falsches Theater, als ob du Mimi geliebt hättest!«, knurrt sie ihn an.

»Ich habe nie behauptet, es wäre so, auch ihr gegenüber nicht.« Sein Ton ist leicht, kein bisschen Bedauern in seiner Stimme. Er bedenkt mich mit einem langen Blick. »Meine Freundin hat mitbekommen, dass ich ihr nicht immer treu war. Jetzt ist sie sauer«, erklärt er dann.

Das klingt jetzt so, als sei ich der Grund, aus dem er zu Hause rausgeflogen ist. Also, in meinen Ohren klingt das jetzt so, denn Ben und Fee haben ja keine Ahnung, inwieweit ich in seine Untreue verwickelt bin. Ich glaube, er beabsichtigt genau das. Empört schnappe ich nach Luft.

Gleichzeitig klingt es so, als stelle sie sich wegen einer Bagatelle an. Er war ja schließlich nur ein bisschen untreu, da muss man sich doch nicht drüber aufregen.

»Echt, Jackson.« Ben ist mittlerweile richtig angepisst. »Du weißt genau, was ich von deinen Frauengeschichten halte, also spiel jetzt nicht das Unschuldslamm.«

Jackson zuckt die Schultern, noch immer unbeeindruckt. Er ist zum Kotzen arrogant. Zu wissen, dass ich mit so einem Kerl geschlafen habe, macht mich fast wahnsinnig vor Wut. Im Normalfall hätte er nie auch nur den Hauch einer Chance bei mir, auch nicht, wenn er der letzte Mann auf Erden wäre. Ich muss komplett den Verstand verloren haben, dass ich mich in die Masse seiner Eroberungen eingereiht habe.

»Und wenn Mimi sich dasselbe rausnehmen würde?«, fragt Fee mit unheilvollem Ton. »Sich jeden Tag mit anderen Typen vergnügen.«

Jackson bleibt völlig ungerührt. »Ist für mich absolut in Ordnung. Wir haben uns wirklich niemals ewige Treue oder so einen Quatsch geschworen. Würde ich nie machen. Soll sie doch Spaß haben, mit wem sie mag.«

Na gut, das klingt ehrlich. Aber es macht deutlich, dass sie ihm völlig gleichgültig ist. Julius und ich haben ebenfalls nie über Treue gesprochen, fällt mir da auf. Es war für mich aber immer selbstverständlich, treu zu sein, ich wäre nie auf die Idee gekommen, das zum Thema zu machen. Für Julius ist das doch bestimmt genauso.

Ben und Fee seufzen einheitlich und verdrehen die Augen über Jacksons Einstellung. Als hätten sie das extra eingeübt, es ist lustig und niedlich zugleich.

Ich muss kichern.

Jackson mustert mich erstaunt.

»Wenigstens du findest das lustig. Gut zu wissen.«

»Ich finde das bestimmt nicht lustig«, sage ich empört. Endlich kommen mal ganze Sätze aus meinem Mund, der Ärger über seine Arroganz macht mich unvorsichtig und ehrlich. »Das ist unbeschreiblich selbstgefällig und eingebildet. Deine Freundin tut mir leid.«

Sein Blick wird wieder taxierend, so, als ob er einfach nicht weiß, was er von mir halten soll. Dabei fürchte ich, seine Gedanken förmlich hören zu können. Er glaubt, ich bin genauso wie er.

»Sie ist jetzt meine Ex-Freundin«, sagt er dann lapidar, steht auf und mischt sich einen Drink. Mit eindeutig jeder Menge Alkohol drin.

Er ist definitiv ein Arsch.

Ein echt heißer Arsch. Ich versuche, nicht weiter auf seine Kehrseite zu starren.

Stattdessen nutze ich den Augenblick, in dem er seine Aufmerksamkeit nicht mehr auf mich richtet, und ergreife die Flucht. Ich winke Ben und Fee zum Abschied zu und verdrehe demonstrativ die Augen, um anzudeuten, was ich von Jackson halte.

Als die Zimmertür hinter mir ins Schloss fällt, atme ich auf. Das war irreal. So einen Zufall kann es doch nicht geben. Von allen Menschen der Welt muss es ausgerechnet dieser sein.

Mein Urlaub steht unter keinem guten Stern. Ich habe ein wirklich hartes Semester hinter mir. Die letzten Klausuren waren schwerer, als ich erwartet hatte, und ich habe quasi permanent gelernt. Als Nächstes werde ich einige Zeit ein Praktikum in einer Grundschule absolvieren. Ein Haufen Kinder, bei denen ich verhindern muss, dass sie mir auf der Nase herumtanzen. Und das hier sollte zwischendurch Erholung werden. Einfach mal eine gewisse Zeit nichts tun, nur in den Tag hinein leben, mit Fee Spaß haben. Und jetzt das. Bin ich in einer billigen Seifenoper gelandet? Solche Zufälle geschehen nicht im echten Leben, nicht in meinem echten Leben. Da geschieht nie etwas Ungewöhnliches. Ich mache ja auch nichts Verrücktes. Nie. Ich bin eine Leseratte. Spiele einigermaßen passabel Querflöte und versuche, mich regelmäßig in den Sportkursen der Uni zu bewegen. Alles in allem – nichts Aufregendes. Das Gewagteste, das ich jemals gemacht habe, war ein Fast-nackt-Baden in Holland am Meer. Nur in Unterwäsche auf dem Rückweg von der Disco, obwohl noch andere Leute am Strand unterwegs waren. Da war ich jedoch betrunken. Und habe mich von meiner Schulfreundin anstiften lassen, die sagte, ich wäre das biederste Mädchen der Welt.

Und dann kommt so ein eingebildeter Mistkerl und bringt alles durcheinander.

Tief in meine Grübeleien versunken ziehe ich mich um, obwohl es eigentlich noch viel zu früh zum Schlafen ist. Aber ich muss jetzt allein sein, allein mit mir und meinen Gedanken. Die Gedanken, die kreisen und springen und mich völlig konfus machen. Sich ins Bett zu legen und totzustellen, ist überaus verlockend. Dann geht mir auf, dass er gleich nur durch eine Wand von mir getrennt schläft.

Außerdem habe ich vergessen, meine Zähne zu putzen. Ich muss ins Badezimmer, im Nachthemd. In das Bad, das ich mir ab jetzt mit Jackson teile. Badezimmer, Waschraum, Toilette. Alles ein No-Go in Bezug auf diesen Typen.

Ich beeile mich. So schnell habe ich mich noch nie gewaschen, noch nie die Zähne geputzt. Sogar im Spiegel meine ich seine Augen zu erkennen, wie sie mich beobachten, jede meiner Bewegungen. Meine Fantasie spielt mir überaus fiese Streiche. Während ich zügig das Bad verlasse, sehe ich entschlossen weiterhin auf den Boden, um dem kalkweißen, angespannten Gesicht im Spiegel zu entgehen.

Für diesen Tag reicht es mir.

Für die nächsten Tage, Wochen und Monate eigentlich auch, aber erstmal werde ich einfach den Rest des Tages verweigern.

Der Rest des Tages hat allerdings etwas Anderes vor.

Denn auf dem Boden vor dem Bad stehen Füße, große Männerfüße in weißen Sneakers. Und sie stehen mitten im Gang und versperren mir den Weg. Mal wieder.

Jackson lehnt wie gehabt lässig an der Wand und grinst mich an. Wie kann an dem eigentlich alles so spurlos vorbeigehen? Er hat so viel Mist gebaut, dass seine Freundin ihn rausschmeißt und sogar sein bester Kumpel sauer auf ihn ist. Und hier steht er selbstsicher und überlegen, als wäre alles in schönster Ordnung.

Es ist nicht zu fassen.

Diesmal werde ich wortlos an ihm vorübergehen. Na gut, mich an ihm vorbeischieben. So eng kam mir der Flur gar nicht vor. Wieso ist er jetzt bloß plötzlich so schmal? Ich habe keine Ahnung, wie ich in mein Zimmer komme, ohne dabei diesen Mistkerl zu berühren.

Entschlossen setze ich einen Fuß zwischen seine Schuhe und versuche ebenfalls, unbeeindruckt zu wirken. Meine Füße sind nackt und sehen plötzlich winzig aus, bloß und schutzlos. Warum war ich nicht erst im Bad und habe mich danach umgezogen? Ich bin so blöd. Jetzt stehe ich hier, barfuß, im Nachthemd, und fühle mich noch kleiner, noch harmloser, noch unscheinbarer. Denn mein Nachthemd ist, wie sollte es

auch anders sein, keine Art Dessous oder aufreizende Nacht-
wäsche, sondern einfach ein weißes, schlichtes Hemd mit
blauen Streifen. Wie ein Kindernachthemd. Wie mein Slip,
den er so achtlos auf den Boden fallen ließ. Außerdem bin ich
jetzt viel zu nackt und viel zu nah, mein Bein zwischen seinen,
der Saum meines Hemdes berührt seine Hose.

»Meine Ex-Freundin tut dir also leid?« Bei seinen Worten
zucke ich zusammen. Der Tonfall ist neutral, fast, irgendein
Gefühl lauert jedoch darin, und ich kann es nicht erkennen.
Ist es Wut? Ironie? Erheiterung? »Warum denn genau?«

Jetzt mache ich ihm klar, dass ich ihn für ein Schwein halte.
Unmoralisch, wahllos, respektlos. Und dann rausche ich nach
einem vernichtenden Blick in mein Zimmer. So ist der Plan.

Aber leider bin ich nun mal ich.

Und sage nichts, sondern schiele nur wieder auf meinen
Fuß. Und frage mich verzweifelt, wie um Gottes Willen ich
jetzt noch den andern platzieren soll, ohne Körperkontakt zuzulassen, während ich mich an ihm vorbeischiebe.

Sekunden verrinnen. Ich fühle seinen Blick auf mir, auf
keinen Fall darf ich zu ihm hinsehen. Nicht in diese Augen,
die mich so schwach machen.

»Aber doch nicht, weil ich so schlecht im Bett bin, oder?
Ich hatte den Eindruck, es hat dir gefallen.«

Ich hole scharf Luft. Fee und Ben sind doch hoffentlich
nicht mehr in der Nähe. Er redet nicht leise, aus der Küche
sollte er leicht zu verstehen sein. Er redet wirklich nicht so,
als habe er etwas zu verbergen. Dabei haben wir beide jede
Menge zu verbergen.

»Wenn nicht, dann entschuldige ich mich natürlich. Also,
wie war es für dich?« Seine Stimme ist wie Samt. Weich und
provozierend entspannt.

Mein Gesicht glüht inzwischen. Erwartet er allen Ernstes,
dass ich ihm erzähle, er wäre ein hammerguter Liebhaber?
Oder ihm sage, was mir nicht gefallen hat, was er in Zukunft
besser machen sollte?

Abgesehen davon habe ich noch nie so eine Unterhaltung geführt. Julius redet nach dem Sex grundsätzlich nicht. Er döst zufrieden weg oder ihm fällt etwas ein, was er noch erledigen will.

Ich bin so geschockt, dass ich sämtliche Vorsätze vergesse und aufblicke. Jacksons Augen funkeln. Er hat riesigen Spaß an diesem Gespräch. Er amüsiert sich über meine Verlegenheit, über diese ganze Situation. Ich zittere vor Fassungslosigkeit. Sein Mund öffnet sich und enthüllt strahlendweiße, perfekte Hollywood Zähne. Dann verziehen sich seine Lippen zu einem Lächeln. Einem Lächeln, bei dem ich mich auf ihn stürzen möchte, um ihn zu küssen. Oder zu beißen. Was auch immer, ich kenne mich selber nicht mehr.

»Also, ich sage dir, wie es für mich war. Denn ehrlich gesagt, das war der unglaublichste Sex, den ich jemals hatte. Der intensivste definitiv. Berauschend. Ich denke, das solltest du wissen.« Er sagt das, als wäre es üblich, einer Wildfremden zu versichern, wie toll der Sex mit ihr war. Seine Stimme ist tief und weich und vibriert bei diesen Worten. Ich höre den Nachhall durch meinen ganzen Körper. »Wobei ich es ganz gerne habe, wenn es etwas länger dauert. Du nicht?«

Jetzt grinst er. Dieses Grinsen ist absolut frech, überheblich und gleichzeitig sinnlich. Es nimmt mir den Atem. Es macht mich kribbelig vor Erwartung und unerträglich wütend in einem.

Die Wut gewinnt. Und endlich schaffe ich es, mich aus seiner Aura zu lösen und zu reagieren. Ich trete mit meinem Fuß auf seinen, mit aller Gewalt, und plötzlich ist es gar nicht mehr schwer, an ihm vorbeizukommen. Sofort verschwinde ich in meinem Zimmer, die Tür knallt hinter mir heftig ins Schloss.

Kurz bin ich regelrecht euphorisch, endlich habe ich mich gewehrt. Dann fällt mir auf, wie lächerlich meine Aktion war, denn er kann den Tritt kaum gespürt haben.

Abgesehen davon habe ich ihn nicht wieder an mich rangelassen, wenigstens das. Er hätte genau dieselbe Nummer wie im Flugzeug abgezogen. Mich wortlos ins Bad gedrängt, die Tür geschlossen und meinen Körper zu einem willenlosen Instrument gemacht.

Am nächsten Morgen wache ich früh auf. Und dabei habe ich noch stundenlang wach gelegen und mir ausgemalt, wie ich cooler und entschlossener hätte auftreten können. Im Nachhinein fallen mir tausend Dinge ein. Stellen, die ich hätte treten oder schlagen können, so dass er sich vor mir gekrümmt hätte. Seinen Weichteilen wäre es recht geschehen. Oder schlagfertige Sachen, die ich hätte sagen können. Ich hätte den Orgasmus nur aus Mitleid vorgetäuscht, weil sein Schwanz kaum zu spüren war. Oder so ähnlich. Sätze, die ich niemals aussprechen könnte, ohne dabei vor Verlegenheit zu sterben.

Für so etwas muss ich Fee vorschicken.

Abgesehen davon, lügen kann ich schon mal gar nicht.

Ich höre, wie Jackson aufsteht und duscht. Und habe natürlich auf der Stelle das Bild vor Augen, wie er unter dem warmen Wasserstrahl steht. Wie er wohl nackt aussieht? Ich versuche, es mir nicht vorzustellen, und sehe doch nichts anderes. Warum habe ich so wenig Selbstbeherrschung?

Eine Weile stelle ich mir vor, ins Bad zu stürmen und eine meiner Ideen von gestern Abend in die Tat umzusetzen. Ich wette, er schließt noch nicht einmal hinter sich ab.

Gleichzeitig ist mir klar, dass ich niemals so cool bin, es durchzuziehen. Ich würde nur wieder wie ein paralysiertes Reh da stehen und ihn angaffen.

Daher warte ich reglos ab. Es dauert lange, bis er und Ben gefrühstückt und ihren Kram gepackt haben, und keine Sekunde ist zu überhören, was sie da machen.

»Ey Mann, sei leise. Die Mädchen schlafen noch«, zischt Ben im Flur.

»Bin ich doch«, antwortet Jackson, poltert aber gleichzeitig an die Tür, so dass sie gegen eine Wand schlägt. Ihre Stimmen in der Küche sind im Anschluss auch nicht zu überhören, egal, wie oft sie zwischendurch flüstern. Ich kichere ein bisschen in mein Kopfkissen.

Dann endlich heult ein Automotor auf, noch nicht mal das schaffen sie leise, und schließlich sind sie weg.

Still schlüpfe ich ins Bad, das noch von Jacksons Duschwasser warm und dampfig ist. Sein Geruch liegt in der Luft, eine Mischung aus Rasierwasser und Mann und es erinnert mich erschreckend deutlich an den Duft, den ich im Flugzeug an ihm bemerkt habe.

Ich sollte das gar nicht wahrnehmen. Ich habe einen Freund. Ich sollte anderen Männern gegenüber immun sein. Vor allem so einem Arsch gegenüber.

Als ich den Wasserhahn aufdrehe, fällt mein Blick auf ein kleines, eingeschweißtes Päckchen, welches neben dem Waschbecken liegt. Auf der Stelle werde ich knallrot. Es ist ein Kondom.

Das hat der Typ doch mit Absicht hier platziert. Um mich wieder an diese Flugzeugsache zu erinnern. Als ob ich es vergessen könnte.

Mein erster Impuls ist, es sofort wegzuwerfen. In hohem Bogen aus dem Fenster. Oder es in kleine Fetzen zu zerreißen und in seinem Zimmer zu verteilen. Um deutlich klarzustellen, was ich von ihm und seiner aufdringlichen Anwesenheit halte. Aber dann lacht er mich erneut aus. Er will mich ja provozieren und genau so eine Reaktion aus mir herauskitzeln. Also lasse ich es heldenhaft liegen. Ich versuche, mich selber davon zu überzeugen, es nicht bemerkt zu haben. Unweigerlich wird mein Blick jedoch immer wieder von diesem so unschuldig aussehenden Plastikteil angezogen. Ich hoffe nur, es ist ein klarer Hinweis darauf, dass er ein Kondom benutzt hat. Über die Alternative mag ich gar nicht nachdenken.

Nach einer schnellen Wäsche trete ich die Flucht in die Küche an.

Fee ist schon da und macht sich am Kaffeeautomaten zu schaffen. Hätte ich mir denken können, sie war noch nie eine Langschläferin, und kurz gerate ich in Panik, denn ich bin nicht bereit, über Jackson zu sprechen und so zu tun, als ob alles in Butter wäre.

»Haben die Jungs dich auch geweckt?«

Ungefragt stellt sie einen Riesenbecher Kaffee vor mir ab. Heiß, schwarz und dampfend.

»Ja, sie waren so betont leise. Das konnte nur schiefgehen.«

Wir grinsen uns an.

Dann sitzen wir da und werden beide erst einmal in Ruhe wach. Mit Fee ist Schweigen immer angenehm.

Leider merke ich schnell, dass ihr etwas auf der Zunge liegt. Und ich fürchte, ich weiß was.

»Jackson ist schon sehr speziell«, bricht es schließlich aus ihr heraus.

Ich brumme zustimmend.

»Er hat gestern gewirkt wie das größte Arschloch aller Zeiten. So schlimm ist er eigentlich gar nicht. Also, normalerweise ist er nicht so schlimm. Ich habe ihn schon häufiger getroffen, und da war er nie so abgebrüht. Da war er immer sympathisch.«

Wenn Fee wüsste. Er ist noch viel schlimmer. Er hält sich für Casanova persönlich. Hat damit rumgeprahlt, wie phantastisch er als Liebhaber ist, und wollte es von mir bestätigt bekommen. Wie zufrieden ich war. Mit ihm, mit seinen sexuellen Künsten, oder wie auch immer. Die Selbstgefälligkeit ist kaum zu ertragen.

Ich könnte ihr die Kondome zeigen, die er schon vorsorglich überall platziert hat.

»Vielleicht hat er ja was draus gelernt? Ich glaube nicht, dass es ihm so gleichgültig ist, wie das mit Mimi gelaufen ist. Nicht so, wie er vorgibt. Das ist alles nur Fassade.« Sie blickt mich ein wenig schuldbewusst an.»Lass dir nicht die Zeit hier verderben. Er wird sicher nicht oft da sein. Ben ist ja eh mehr in der Uni als zu Hause, und bei Jackson wird das nicht anders sein.«

Das glaube ich auch.

Da er jetzt gemerkt hat, wie wenig ich gewillt bin, ihn erneut an mich ranzulassen, wird er sich anderweitig umgucken. Sicher kam ich eh nur in Frage, weil ich wieder genau vor seiner Nase aufgetaucht bin.

»Schon okay. Ich war nur etwas geschockt, wie lässig er über seine Freundin hinwegging«, murmle ich. Das erklärt natürlich nicht ansatzweise, wieso ich ihn angestarrt habe, als hätte ich mein Hirn verloren, und Fee wirft mir einen zweifelnden Blick zu. Trotzdem schweigt sie. Manchmal hat sie glücklicherweise durchaus ein Gespür dafür, wann man eine Sache besser auf sich beruhen lässt.

Mein schlechtes Gewissen, ihr nicht die Wahrheit zu sagen, wird immer größer. Wir haben uns bisher jede kleinste, unwichtige Sache erzählt. Es wäre nur ein einziger Satz, ich muss ja noch nicht mal mehr sagen als ›Jackson ist der Typ aus dem Flugzeug‹, sonst nichts. Alle dreckigen, peinlichen Details kennt sie schon. Nur nicht das Wichtigste.

Aber ich schweige weiter und denke, es wird ja wohl nicht für lange sein. Jackson wird kaum wochenlang hierbleiben. Er reißt in Nullkommanichts die nächste naive Frau auf, die ihn bei sich einziehen lässt.

Ich muss dringend an etwas Anderes denken.

Und wir haben heute etwas vor.

»Was muss ich einpacken?«

Ich freue mich inzwischen echt auf unseren Ausflug. Die Zeitumstellung ist überstanden, ich habe lange genug faul in der Sonne gelegen. Jetzt will ich endlich diese Sumpflandschaft sehen, von der alle immer so schwärmen. Die wilden Tiere, die Mangrovenwälder.

Um endlich was zu erleben.

Und um mich ablenken.
Fee kichert.
»Moskitospray!«

kapitel 5

JACKSON

Wieder einmal ist ein unerträglicher Tag an der Uni vorübergegangen. Die Vorlesungen langweilen mich nur noch, ich kann mich kaum konzentrieren, denn das Gefühl, dass es eh alles umsonst ist, überwiegt immer mehr. Das Training lief genauso beschissen. Ich kann machen, was ich will, der Trainer ist nie zufrieden. Ihm gefällt weder meine Wurftechnik noch meine Passgenauigkeit oder meine Entscheidungen auf dem Spielfeld. Egal, wie hart ich trainiere, nichts wird besser.

Ben bleibt länger, er bespricht irgendwelche Taktiksachen mit einem anderen Tight End, aber ich habe die Nase voll und mache mich auf den Heimweg. Momentan bin ich etwas planlos. Das Sinnvollste wäre, mir eine Wohnung zu suchen. Ist ja nicht allzu schwer. Habe ich schließlich als Allererstes getan, als ich alt genug war, um bei meinen Eltern auszuziehen und der Situation dort zu entkommen. Warum mir die Vorstellung, allein zu wohnen, aktuell so zuwider ist, weiß ich selber nicht.

Bei Ben und Fee dagegen bin ich gerne. War ich schon immer. Die Atmosphäre in diesem Haus ist entspannt und freundlich. Hier wohnen Menschen, die sich aufrichtig mögen, und das merkt man.

Und jetzt ist es sogar etwas Besonderes. Diese Hannah macht mich absolut ruhelos. Ich weiß echt nicht, woran ich bei ihr bin. Ich weiß nur, dass ich unsere Nummer im Flugzeug nicht vergessen kann. Dass ich dieses Mädchen nicht aus meinem Kopf bekomme.

Wenn ich so denke, dann bin ich penetrant.

Da kein Auto vor der Tür steht, sind die Mädchen wohl noch unterwegs.

Meine Tasche fliegt im Zimmer mit Nachdruck in eine Ecke, den Unikram kann ich für heute nicht mehr sehen.

Im Bad liegt das Kondom unberührt neben dem Waschbecken und entlockt mir ein Grinsen. Hannahs Gesicht hätte ich liebend gerne gesehen. Es kann sie nämlich nicht kalt gelassen haben. Sie ist so verdammt leicht in Verlegenheit zu bringen.

Die Frauen, mit denen ich bisher geschlafen habe, sind da ganz anders. Für die ist es normal, mit einem Wildfremden zu vögeln und sich danach nie wiederzusehen. Oder sich eben zufällig doch wiederzusehen und nahtlos an die Affäre anzuknüpfen. Für die wäre ein bereitgelegtes Kondom die Aufforderung, sich schon mal auszuziehen oder zumindest ohne Slip herumzulaufen.

Ich weiß es schon, ich sollte Hannah in Ruhe lassen. Sie hat es deutlich genug gezeigt. Keine sexuellen Andeutungen mehr, keine Versuche, sie ins Bett zu bekommen. Besser wäre es. Netter wäre es. Hannah gegenüber. Und meinen Gastgebern gegenüber genauso.

Aber ich habe noch nie gemacht, was das Richtige wäre. Das Beste. Zumindest nicht in Bezug auf Frauen.

Nach wie vor in Gedanken an dieses undurchschaubare Mädchen stelle ich mich unter die Dusche und lasse das Wasser so lange laufen, bis alle Anspannung aus meinem Körper gewichen ist. Soweit das momentan möglich ist.

Jetzt lockt mich der Pool. Nass und nackt, wie ich aus der Dusche komme, laufe ich auf die Terrasse, springe mit einem Kopfsprung in das erfrischend kühle Wasser und lasse mich einen Moment auf dem Rücken treiben. Ich spüre, wie die Wassertropfen über mein Gesicht laufen und die Sonne umso stärker auf mich herabbrennt.

Ich liebe Florida. Immer, wenn ich in Deutschland gewesen bin, wird mir wieder bewusst, wie herrlich der ewige Sonnenschein meiner Heimat ist. Wie sehr ich die Palmen mag, die nie ihre Blätter abwerfen und kahl und tot werden. Der deutsche Winter ist deprimierend, und das Wetter war diesmal schier unerträglich. Es gab keinen einzigen Tag ohne Regen und ständigen Wind, und ich musste mich jedes Mal zwingen, überhaupt das Haus meiner Großeltern zu verlassen.

Seit meine Mutter nicht mehr in der Lage ist, in ihr Geburtsland zu reisen, besuche ich einmal im Jahr allein meine Großeltern, um den Kontakt zu halten. Es ist nicht die aufregendste Zeit meines Lebens, eher die, um zur Ruhe zu kommen, um Abstand zu gewinnen und eine Weile weg von allem zu sein.

Umso herrlicher ist es jetzt, die Sonnenstrahlen wieder auf der Haut zu spüren. Das sanfte Rauschen der Palmblätter, der Geruch nach Sonne und Meer, nach Heimat.

Auf dem Rückflug dachte ich ebenfalls erst nur an das Wetter. Bis mir diese hübschen Beine auffielen und das Mädchen dazu, das zu schüchtern war, mich offen anzusehen. Dazu zu schüchtern, aber für Sex auf der Flugzeugtoilette zu haben. Ich muss unbedingt wieder mit ihr ins Bett, dieser Gegensatz macht mich schier wahnsinnig.

Sie wird eine Herausforderung. Das hatte ich noch nie. Die Mädchen waren immer allzu bereitwillig. Und ich weiß nicht, wie geduldig ich sein kann. Ich fürchte nicht sehr.

Instinktiv strecke ich mich den Sonnenstrahlen entgegen und stöhne vor Wonne laut auf.

Dann drehe ich mich, um ein paar Bahnen zu kraulen. In diesem Augenblick bemerke ich, dass ich doch nicht allein bin. Auf einer der Liegen am Pool sitzt eine völlig geschockte Hannah und starrt mich mit offenem Mund und knallrotem Gesicht an.

Oh.

Definitiv nicht unbeobachtet.

Bei der Erkenntnis lache ich laut auf. Wenn dieses Mädchen wüsste, an was ich in diesem Augenblick gedacht habe. Dann wäre sie noch tausendmal verlegener. Aber ich bin nur nackt im Pool, und das reicht schon, um sie völlig zu verschrecken.

Ich kann nicht anders. Ich muss noch einen draufsetzen. Anstatt wie geplant meine Bahnen zu schwimmen, ziehe ich mich langsam am Beckenrand hoch und setze mich gut sichtbar an den Rand.

Sie weiß nicht, wo sie hinschauen soll. Panikartig senkt sie den Blick, trotzdem bemerke ich ihre flatternden Augenlider, die immer wieder zu mir hinrucken. Ich genieße es regelrecht, obwohl in mir drin eine winzig kleine Stimme sagt, ich solle es nicht tun.

Natürlich weiß ich, dass ich gut aussehe. Nicht nur mein Gesicht, auch mein Körper kann sich durch den täglichen Sport sehen lassen. Die Frauen laufen mir hinterher, seit ich vierzehn bin, und ich habe überhaupt keine Hemmungen mich so zu präsentieren.

Hannah trägt zwar Badekleidung, ihr schwarzer Bikini verdeckt jedoch mehr, als ich es von Bikinis in Florida gewohnt bin. Hier zeigen die Mädchen am Strand gerne, was sie haben. Hannah nicht. Interessiert ziehe ich die Augenbrauen hoch, während ich meinen Blick überaus deutlich an ihr auf- und abgleiten lasse.

»Du warst schon schwimmen«, stelle ich fest. Das Wasser glitzert noch auf ihrer Haut, ihre Haare sind nass und bilden niedliche, kleine Spitzen.

Es ist so einfach. Es ist viel zu einfach, sie in Verlegenheit zu bringen, denn ich erkenne, wie sie sich unter meinem Blick windet. Ich zeige gerade einen wirklich unschönen Charakterzug, und trotzdem kann ich nicht aufhören, sie zu provozieren. Theoretisch wäre es eine Möglichkeit, mich zu entschuldigen und eine Badehose zu holen. Theoretisch. Wenn ich nett wäre.

»Komm wieder ins Wasser. Schwimm mit mir«, fordere ich sie stattdessen auf.

Sie schüttelt panisch den Kopf und sieht weiter an mir vorbei. Ihre Beine zucken unruhig, sie wartet eindeutig auf den passenden Moment, um die Flucht zu ergreifen. Passend, damit es nicht allzu peinlich aussieht. Das muss ich verhindern.

»Es ist so heiß, brauchst du keine Abkühlung?«

Mir ist klar, wie zweideutig das klingt. Als würde ich mich selber, und vor allem meinen nackten Anblick, als heiß bezeichnen.

Wenig überraschend bekomme ich keine Antwort.

Irgendwie muss ich sie zum Reden bringen, denn während eines Wortwechsels hat sie keine Möglichkeit, mir zu entkommen. Weitere anzügliche Fragen fallen mir tausende ein. Nach sexuellen Vorlieben und Abneigungen, ihren Erfahrungen. Eine nette, neutrale Unterhaltung mit einem Mädchen ist dagegen Neuland für mich.

»Wie war euer Ausflug?«, taste ich mich vor.

»Schön.« Sie sieht mich nicht an, sondern beobachtet eingehend ihre Füße.

»Habt ihr überhaupt Alligatoren gesehen?«

»Ein paar.«

»Und Wasserschlangen?«

»Glaube nicht.«

»Diese Touristenboote sind verdammt laut, das verschreckt die Tiere.«

»Mag sein.«

Hm, das Gespräch läuft gar nicht. Langsam lasse ich meine Hand in den Pool gleiten und fahre durch das kühle Wasser.

»Wie hast du eigentlich Fee und Ben kennengelernt?«

»Fee hat mit mir im Studentenwohnheim gewohnt.«

Das ist schon mal ein ganzer Satz.

»Wie seid ihr in Kontakt gekommen?«

»Sie kam in die Küche, als ich mir einen Tee kochte. Direkt am ersten Tag«, murmelt sie leise. »Und aufgefallen war sie mir schon früher. Bei ihrer Größe und ihrem Aussehen kannte sie jeder auf dem Campus.«

»Und dann?«

»Dann habe ich festgestellt, dass sie nett ist. Obwohl sie immer mit einer Horde Jungs unterwegs war.«

Hannah zieht die Beine an und macht sich klein. Sie fühlt sich noch immer nicht wohl.

Ob sie ausführlicher mit mir reden würde, wenn ich eine Hose anhätte? Die Freundschaft zwischen ihr und Fee interessiert mich nämlich wirklich.

»Soll ich mir etwas anziehen?«, frage ich sie also geradeheraus. Dann stehe ich auf und gehe auf sie zu. Sie kann nun unmöglich weiterhin an mir vorbeigucken.

Sie wird noch roter, wenn das überhaupt möglich ist.

»Ja«, flüstert sie fast.

»Warum?«

Sie presst die Lippen aufeinander.

»Du siehst nichts, was du nicht schon kennst.« Ich kann mich einfach nicht zurückhalten, egal wie lange ich es nun versucht habe. »Du kannst dich auch ausziehen. Dann wäre alles ausgeglichen.«

Hannah bemerkt meine Annäherung und springt von ihrer Liege auf. Jetzt sieht sie erst recht aus wie ein Reh auf der Flucht, das nicht weiß, wohin es soll. Diesen Blick sehe ich nicht zum ersten Mal an ihr.

Inzwischen ist mir schon klar, dass ich die Klappe halten sollte. Wenigstens ein einziges Mal. Das hier wird mich nicht ans Ziel führen. Dieses Mädchen ist nicht auf die forsche, aggressive Art rumzukriegen. Unerklärlicherweise hat es im Flugzeug geklappt, aber das wird es jetzt nicht noch einmal. Leider bin ich völlig hilflos, wenn es anders laufen soll. Ich kenne nur die direkte Art.

Es macht inzwischen eh keinen Spaß mehr. Ihre Verlegenheit war amüsant. Jetzt hat sie regelrecht Angst vor mir, und das wollte ich nie.

Ihr Blick wandert zur Terrassentür. Mittlerweile stehe ich zwischen ihr und ihrer Fluchtmöglichkeit. Angestrengt versucht sie, nicht dahin zu sehen, wo ich nackter bin, als ich es in der Öffentlichkeit sein sollte. So ganz gelingt es ihr nicht.

Entschuldigend hebe ich die Hände.

»Ist ja schon gut. Ich will nur mit dir schlafen. Wie gehabt. Gerne auch im Bett und mit Vorspiel und allem.«

Ich kann es wirklich nur auf die direkte Art. In Hannahs Fall zu direkt.

Jetzt sehe ich nämlich Tränen in ihren Augen glitzern.

Scheiße, ich bin ernstlich zu weit gegangen. Konnte ich denn damit rechnen, dass meine Ehrlichkeit zu viel ist?

Rasch weiche ich ein paar Schritte zurück und gebe ihr irritiert den Weg frei. Sie ist schneller im Haus verschwunden, als ich gucken kann.

Frustriert springe ich wieder ins Wasser. So schlimm war es doch gar nicht. Gut, ich war nackt. Sie ist aber keine Jungfrau mehr. Ein nackter Mann sollte sie nicht so in Verlegenheit stürzen, vor allem kein nackter Mann, mit dem sie schon geschlafen hat.

Und danach? Ich habe nur unmissverständlich klargemacht, wie liebend gerne ich erneut mit ihr ins Bett möchte. Aber ich bin ihr nicht zu nahe gekommen, ich habe sie nicht angefasst. Alles kein Grund, Angst vor mir zu bekommen oder sich bedroht zu fühlen. Ich verstehe es nicht.

Es ändert jedoch nichts. Ich will sie noch immer. Oder jetzt sogar noch mehr.

Kraftvoll stoße ich mich vom Beckenrand ab, um weitere Bahnen zu ziehen und meinen Körper ohne Sex auszupowern. Es dauert eine Weile, ehe ich mich ausgetobt habe, mein Kopf wieder frei ist und ich mich aus dem Pool schwinge.

Von Hannah ist weit und breit nichts zu sehen. Wie üblich habe ich vergessen, ein Handtuch mit rauszubringen. Ich schüttle mich wie ein Hund, und die Wassertropfen fliegen in alle Richtungen.

Dann gehe ich zur Terrassentür und hinterlasse nasse Fußspuren auf den Fliesen.

Im Wohnzimmer begegne ich Fee. Sie sieht mich mit hochgezogenen Augenbrauen amüsiert und unverhohlen von Kopf bis Fuß an und grinst dann.

»Nett.«

Ja, das ist eher die Reaktion, die ich von Frauen erwarte. Nicht, dass Fee irgendein Interesse an mir hätte, denn die Beziehung zwischen ihr und Ben ist offensichtlich die glücklichste, die ich je gesehen habe. Aber sie wird jedenfalls nicht verlegen, nur weil ich ohne Hose durch das Haus laufe.

»Hast du Hannah gesehen?«, fragt sie dann.

Was soll ich darauf antworten? Ja, ich habe sie gesehen, sie wollte leider partout nicht mit mir ins Bett und ist stattdessen vor mir weggelaufen. Fee würde sich halbtot lachen und sagen, das geschieht mir recht.

Also schüttle ich nur missmutig den Kopf und gehe an ihr vorbei.

Beim Abendessen ist Hannah extrem einsilbig und blickt nur auf ihren Teller. Ich habe alles noch schlimmer gemacht, als es vorher war, und auch Fee betrachtet sie mit sorgenvoller Miene.

»Hannah hat erzählt, dass ihr nicht viele Tiere gesehen habt«, beginne ich vorsichtig eine Unterhaltung, die alle mit einbezieht.

»Ich habe mindestens drei Krokodile gesehen«, protestiert Fee. »Riesige!« Sie sieht ihre Freundin an. »Du hast doch Fotos davon gemacht.«

Hannah schiebt ihr Essen hin und her, ohne hochzusehen. Dann nickt sie halbherzig.

»Aber das ist wenig. Da unten kann man gefressen werden, wenn man nicht aufpasst. Und wenn man nicht so einen Höllenlärm veranstaltet wie die Touristenboote«, beharre ich. Hannah sieht aus, als mache sie sich eher hier im Haus Sorgen ums Gefressenwerden. Von mir. Sie hat tatsächlich Angst vor mir, ich habe es mir nicht eingebildet.

Ben schüttelt wild den Kopf. »Diese Boote machen so viel Spaß. Krokodile kann ich auch im Zoo sehen. Hinter einem Zaun.«

Eine Weile diskutieren wir wild darüber, ob es in Ordnung ist, Tiere in Zoos zu sperren. Aber die einzige Person, deren Meinung mich brennend interessiert, schweigt eisern.

Fee schiebt ihr Gesicht ganz nah an Hannahs.

»Was meinst du? Soll ein Krokodil hinter einen Zaun, nur weil es einen Menschen fressen könnte. Einen Menschen wohlgemerkt, der in sein Revier eindringt.«

Hannah schnaubt.

»Jeder, der andere verletzt, sollte weggesperrt werden.«

Sie redet nicht über Alligatoren. Sie redet nicht einmal über Tiere.

Ich stehe auf, um mir ein neues Getränk zu holen. Hannah zuckt zusammen und beobachtet mich misstrauisch, während ich die Kühlschranktür öffne. Und während ich die Cola an den Tisch bringe und alle leeren Gläser auffülle. Ich fühle mich mit einem Mal selber wie ein wildes Tier.

Habe ich mich wirklich so extrem danebenbenommen??

In Gedanken schlage ich mir auf die Finger. Ab jetzt werde ich sie in Ruhe lassen. Irgendwie sollte sich unser Verhältnis normalisieren. Irgendwie werde ich meine Begierde ja wohl zügeln können.

Es sollte ja sogar für mich möglich sein, einfach einmal nett und höflich zu einem Mädchen zu sein. Ohne Hintergedanken, ohne Anspielungen.

Hoffentlich ist es nicht zu spät.

kapitel 6

HANNAH

Zwei Tage später stehe ich am Herd und koche. Fee hat mir noch vor ein paar Minuten versucht zu helfen, und ich dachte, sie kann ja nichts verkehrt machen, wenn sie Gemüse schneidet. Fassungslos sehe ich auf den Haufen Gemüsematsch, den sie hergestellt hat, bevor ich sie aus der Küche gebeten habe. Da kann ich echt überhaupt nichts mehr mit anfangen.

Im Wohnzimmer höre ich Ben laut lachen. Wahrscheinlich hat Fee soeben gebeichtet, dass sie aus der Küche geflogen ist.

Und diese Küche ist unfassbar luxuriös. Groß, edel eingerichtet, mit wirklich jedem Küchengerät, das man sich vorstellen kann. Pure Ironie, da all das an Fee absolut verschwendet ist. Ich schmachte den Herd an, der wie eine Insel in der Mitte des Raumes steht. So etwas will ich später auch einmal haben.

»Wer hat denn die Zucchini ermordet?«

Erschrocken zucke ich zusammen. In der letzten Zeit konnte ich es erfolgreich einrichten, Jackson nicht mehr allein zu begegnen. Und es einrichten, ihm nicht mehr in die Augen zu blicken. Konsequent verbiete ich mir, mich zu fragen, was er jetzt über mich denkt. Erst lasse ich ihn im Flugzeug an mich ran, einen Wildfremden, und dann habe ich Panik, weil er nackt ist und wieder Sex mit mir will. Das ist unlogisch, schwachsinnig, und genau das wird er über mich denken. Dass ich schwachsinnig bin.

Jetzt steht er hinter mir in der Küche. Zu nah. Na gut, er ist zwei Meter entfernt, aber jede Entfernung in ein und demselben Raum mit ihm ist zu nah.

»Kann ich dir helfen?«

»Nein.«

»Ich kann Gemüse schneiden.«

Unwillig zucke ich die Schultern und wende ihm weiter den Rücken zu. Ich will nicht mit ihm reden. Obwohl er erkannt hat, dass es Zucchini war. Das schafft nicht jeder in diesem Haus.

»Es sei denn, du möchtest den Brei da haben. Kochst du üblicherweise für ein Seniorenheim oder einen Babyhort?«

Leider muss ich kichern, versuche jedoch, es zu verbergen.

Anscheinend nicht gut genug, denn er interpretiert es als Einladung, Fees Platz einzunehmen und sich um das Gemüse zu kümmern.

»Ich lasse die zweite Zucchini etwas größer, wenn es dir recht ist. Ich habe noch alle Zähne und die anderen Anwesenden auch, soweit ich es im Blick habe.«

Die Zucchini wird zu Stiften verarbeitet. Dann die Möhren. Damit kann ich was anfangen.

Wir arbeiten schweigend.

Aus den Augenwinkeln werfe ich prüfende Blicke in seine Richtung. Er ist entspannt, wie immer. Ich nicht. Ebenfalls wie immer. Auch, weil sich gerade die Erinnerung an seinen nackten Anblick in meinen Kopf schiebt. Da ist kein Gramm Fett an seinem Körper und genug Muskeln, um ihn unwiderstehlich attraktiv zu machen.

Scheiße!

Wortlos wasche ich die Frühlingszwiebeln und lege sie in seine Reichweite. Ich kann ebenfalls so tun, als kennen wir uns nur flüchtig.

»Kleine Ringe?«

Wortlos nicke ich und widme mich wieder meinem Ingwer. Den hatte ich Fee vorsichtshalber schon gar nicht anvertraut.

Dann werfe ich die Pfanne an und bin mir leider viel zu bewusst, wie intensiv ich mal wieder beobachtet werde.

»Könntest du den Tisch decken?«, bitte ich ihn schließlich. Wenn er beschäftigt ist, prickelt vielleicht mein Körper nicht mehr ununterbrochen.

»Gerne, Hannah. Draußen oder drinnen?«

»Draußen«, sage ich schnell. Denn draußen ist weit weg. Weit genug, um wieder aufatmen zu können. Und vielleicht dieses Essen zu würzen, ohne es dabei komplett zu versalzen.

»Oh Hannah, ich liebe dich.« Fee wirft mir glückliche Blicke zu, als ich die Pfanne auf die Terrasse bringe. »Ich dachte schon, ich hätte das Essen ruiniert.«

»Dann hast du den Brei fabriziert?« Jackson klingt amüsiert, und Ben lacht wieder laut los.

»Diese Frau darfst du nicht in die Nähe von noch nicht verarbeiteten Lebensmitteln lassen. Sie zerstört absolut alles«, wirft er ein. »Wahrscheinlich würde sie verhungern, wenn Hannah und ich uns nicht um sie kümmern würden.«

Fee zuckt nur gleichmütig die Schultern. Die neckischen und verliebten Blicke, die zwischen den beiden hin- und herfliegen, sind gleichzeitig wunderbar romantisch und unerträglich. Auf jeden Fall mit Jackson am Tisch.

»Es gibt ja immerhin noch Restaurants. Ich wüsste mir schon zu helfen«, erwidert meine Freundin cool.

»Genau. Und Kaffee kocht sie einwandfrei«, werfe ich lächelnd ein. Das Geplänkel am Tisch entspannt mich.

»Tee kann ich ebenfalls.« Fee klingt stolz.

Alle lachen.

Wir essen, und ich bin erleichtert, dass man der Mahlzeit meine Nervosität beim Kochen nicht anmerkt.

»Du bist eine gute Köchin.« Jackson wirft mir einen anerkennenden Blick zu. »Benutzt du kein Rezept? Ich habe mir eben Sorgen gemacht.«

»Nein, Hannah kocht immer aus dem Bauch. Mit dem, was gerade da ist, und es schmeckt jedes Mal anders. Und jedes Mal super.« Fee zeigt mir ihren hochgereckten Daumen.

»Wahres Talent braucht keine Anleitung.«

»Dann Kompliment an den Bauch.«

Mein Bauch kribbelt bei seinen Worten, und ich ärgere mich. Gleichzeitig wundere ich mich über die Zurückhaltung. Kann das sein? Dass er einfach so umschaltet? Vom gnadenlosen Verführer, den es nicht ansatzweise kümmert, wie ich mich dabei fühle, zum netten und freundlichen Kerl, der kapiert hat, dass ich nicht interessiert bin?

Bei dem Gedanken, dass er mich nicht weiter bedrängen wird, bin ich unendlich erleichtert. Und das irritierende, kleine Gefühl der Enttäuschung, das beim besten Willen nicht da sein darf, ignoriere ich entschlossen.

»Gehen wir heute Abend aus?«, fragt er unvermittelt.

Der spinnt. Ich gehe wohl kaum mit Jackson, dem Aufreißer, aus und erlebe ihn in voller Aktion. Ben und Fee sehen das gewiss genauso.

»Ich kenne ein paar nette Clubs in der Stadt. Die muss man einfach gesehen haben.«

Fee zögert.

»Eigentlich sind wir zu jung für die Nachtclubs.«

»Kein Problem, ich regle das schon«, winkt Jackson entspannt ab.

»Ja, du bist einundzwanzig und volljährig, aber wir anderen noch nicht. Vielleicht bleiben wir einfach in einer Bar? Oder, Hannah?«

Fee sieht mich nachdenklich und fragend an.

»Ich denke, Hannah sollte das echte Nachtleben in Miami gesehen haben«, beharrt Jackson und klopft leise auf den Tisch. »Ihr Mädels zieht einfach was Nettes an, und ich sorge schon dafür, dass wir reinkommen.«

Ben zuckt die Schultern. »Er hat schon recht. Ist nicht wie zu Hause. Und wir sind ja schon häufiger in Jacksons Begleitung reingekommen.«

»Na ja, gesehen haben sollte man einen Nachtclub hier tatsächlich mal.« Fee hat mich weiter im Blick. »Wäre schade, wenn du ohne diese Erfahrung wieder abreist.«

»Wann fliegst du denn zurück?« Obwohl die Frage harmlos ist, zucke ich zusammen.

»Dauert schon noch eine Weile«, murmle ich dann und meine Augen sagen klar und deutlich, wie wenig es ihn angeht. »Außerdem habe ich echt Lust zu tanzen. Meine Füße kribbeln.« Fee grinst jetzt begeistert. »Hannah, ich war schon lange nicht mehr tanzen. Und vor allem nicht mit dir.«

Jackson stapelt ungefragt die Teller aufeinander.

»Na, dann wird es wirklich höchste Zeit. Ben und ich kümmern uns um den Abwasch, und ihr macht euch fertig.«

Neugierig bin ich schon. Aber auch ein wenig unsicher. In Amerika gelten andere Regeln. Unter einundzwanzig bekommt man keinen Alkohol und kommt in die meisten Nachtclubs gar nicht erst rein. Und Fee, Ben und ich sind erst neunzehn. Zu Hause volljährig, hier dagegen eben nicht. Das ist irritierend, macht mich gleichzeitig aber auch etwas bockig. Ich bin schließlich erwachsen und es seit über einem Jahr gewohnt, alles selber entscheiden und bestimmen zu können. Die amerikanischen Einschränkungen ärgern mich, und ich bin plötzlich bereit, dagegen zu verstoßen. Aus Protest.

Sogar mit Jackson.

Also brezeln Fee und ich uns auf. Natürlich habe ich nicht die passenden Klamotten dabei, und genau genommen sieht es zu Hause auch nicht so spektakulär aus. Ich bin eher der Typ für praktische Kleidung, gerne bequem und pflegeleicht.

Alles nicht das Richtige, um abends die Discoqueen zu geben.

»Den kannst du anziehen.« Fee hält mir auffordernd den Rock hin, den ich im Flieger trug. »Den finde ich schön. Und sogar ein bisschen sexy.«

»Auf keinen Fall.«

Diesen Rock ziehe ich nie wieder an. Ich sollte ihn auf der Stelle in den Müll werfen, denn der Rock weckt verstörende Erinnerungen. Nachdrücklich stopfe ich ihn zurück in den Schrank. Ganz tief hinten durch.

»Ich nehme diesen Rock.«

Der ist länger. Nur ein wenig, aber heute Abend zählt jeder Millimeter. Fee zuckt die Schultern und reicht mir ein enges Top aus ihrem Fundus.

»Dann trag wenigstens das. Sonst siehst du viel zu brav aus. Und ich könnte dich schminken.«

Das Top zeigt zwar mehr Schulter und Dekolleté, als ich es gewohnt bin, aber momentan sind es vor allem meine Beine, die mir Sorgen bereiten.

Fee macht sich an meinem Gesicht zu schaffen.

Sie interessiert sich überhaupt nicht für diese ganze Modewelt, Model hin, Model her. Trotzdem hat sie so einiges gelernt und ein Händchen dafür, was mir steht und zu mir passt und wie sie mein Gesicht so dezent in Szene setzt, dass ich mir richtig gut gefalle.

Wir kommen kichernd und gut gelaunt aus ihrem Zimmer. Die Jungs sitzen schon längst im Wohnzimmer und warten klaglos. Sie sehen erstaunlicherweise genauso aus wie vorher. Jeans und T-Shirt. Bei Ben hatte ich das nicht anders erwartet, aber Jacksons lockere Aufmachung wundert mich dann doch. Bestimmt hat er heute Abend doch so einiges vor.

»Ihr seht toll aus.« Ben lächelt uns anerkennend an und schafft es, dabei nicht nur Fee anzuhimmeln. »Ich wollte schon immer mal mit den beiden heißesten Mädchen das Nachtleben in Miami unsicher machen.«

Fee lacht.

»Genau, du Partylöwe.« Sie zwinkert mir zu. »Er steht gleich eh nur mit einem Bier an der Bar und weigert sich, auch nur einen einzigen Tanzschritt zu machen.«

»Das ist besser so, glaub mir«, brummt Ben.

Jackson sagt gar nichts. Weder zu seinen Tanzabsichten noch zu meinem Outfit. Nur sein Blick ruht auf mir. Und auch das reicht, um mich nervös zu machen.

Fee fährt.

Ben sitzt auf dem Beifahrersitz, und Jackson und ich quetschen uns hinten rein. Es ist nicht viel Platz auf der Rückbank. Vor allem für mich, da ich hinter Ben sitze und er den Sitz echt übel weit zurückgeschoben hat.

Er wendet sich zu mir um und grinst verlegen.

»Geht es, Hannah? Dieses Teil sieht zwar von außen riesig aus, aber beim Thema Beinfreiheit ist es mager.«

Er selber stößt ebenfalls mit den Knien an die Konsole. Da ist so oder so nichts zu machen, also winke ich ab.

Unglücklicherweise muss ich meine Beine zur Mitte hinwenden, um überhaupt Platz zu finden, und damit kommen sie gefährlich nah an Jackson heran. Und mein Rock rutscht schon wieder höher, als er sollte.

Mit rotem Kopf zupfe ich an meinen Beinen herum und versuche, möglichst wenig davon zu zeigen. Definitiv lerne ich aus meinen Fehlern nichts. Es ist nicht dieser eine Rock aus dem Flugzeug, nicht er ist das Problem. Es sind Röcke an sich. Röcke und Beine und meine absolute Unfähigkeit, mich passend zu bewegen. Wieso können andere Frauen das instinktiv?

Fee hat einen viel kürzeren, knallengen Rock an und fährt damit Auto. Trotzdem zeigt sie nicht mehr Haut, als sie will, kein Stück Stoff rutscht von der Stelle.

Leider kann ich nicht übersehen, dass Jackson zwar tapfer vorgibt, meinen Konflikt mit der Kleidung, nicht wahrzunehmen, aber immer wieder gegen das Lachen ankämpft.

»Hat Fee dir schon die Korallenburg gezeigt?«

Keine Ahnung, ob er sich selber von meinem Anblick ablenken muss oder mich.

»Nein.«

»Kenne ich gar nicht«, brüllt Fee von vorne. Sie hat die Musik so laut gedreht, dass sie uns eigentlich nicht hören kann, und tanzt sich schon am Lenkrad warm.

»Coral Castle. Edward Leedskalnin hat es erbaut, aus irrsinnig vielen Tonnen Korallen. Wunderschön und nicht ganz so touristenüberflutet, wie der Rest von Miami.«

»Klingt gut.«

Ich ziehe verzweifelt an meinem Rock, als Fee recht schwungvoll eine Kurve nimmt, und versuche, nicht noch weiter in Jacksons Richtung zu rutschen.

»Ist es auch. Der Grund, aus dem es gebaut wurde, ist etwas traurig, aber das Ergebnis ist mehr als sehenswert.«

Er schafft es, nicht auf meine Beine zu starren. Wenn er so ist, ist er tatsächlich einfach nur sympathisch. Es ändert nichts an meinem Misstrauen.

»Kennst du den Grund?«

»Eine verlorene Liebe natürlich. Was sonst bringt Männer dazu, Meisterleistungen abzurufen.«

Fee biegt endlich von der Hauptstraße ab und fährt auf einen Parkplatz, der schon voll mit Autos aller erdenklichen Größe ist. Ich bin ziemlich erleichtert, aus dem Wagen klettern zu können. Ein Jackson, der über eine unglückliche Liebe redet, ist irritierend. Außerdem sitzt mein Rock jetzt wieder genau da, wo er hingehört, und bedeckt meine Beine bis weit über die Oberschenkel.

Dann werfe ich einen Blick zum Eingang. Die Warteschlange reicht bis auf die Straße. Fee und ich sind im Vergleich langweilig gekleidet. Hier scheint weniger mehr zu sein, und ich bin mir sicher, dass wir so niemals reinkommen. Es ist nämlich modern, entweder halb nackt rumzulaufen oder zumindest so verrückt wie möglich. Mangastyle ist nichts dagegen.

»Gehen wir direkt irgendwo anders hin?«, frage ich kleinlaut. »Da kommen wir doch nie rein.«

Jackson lacht nur.

Ben legt seinen Arm um Fee und gibt ihr einen Kuss, einen langen, intensiven Kuss, der mich so verlegen macht, dass ich nicht weiß, wohin ich schauen soll. Denn in Jacksons Richtung zu sehen, ist keine Alternative.

Ich frage mich, warum er noch nie versucht hat, mich zu küssen. Er hat mich provoziert und mehrmals gedrängt mit ihm ins Bett zu gehen, aber sein Mund ist nie auch nur in meine Nähe gekommen.

»Komm mit, du Angsthase.«

Jackson nimmt wie selbstverständlich meine Hand und zieht mich hinter sich her. Das ist der erste längere Körperkontakt, den wir haben, seit er mich im Flugzeug so überrannt hat, und mein Herz klopft plötzlich wie verrückt.

Ich will das nicht. Ich darf das nicht. Aber egal, wie irritiert und ablehnend ich bin, seine Hand in meiner gefällt mir.

Er zieht mich an der Schlange vorbei. Als wäre sie nur für Normalsterbliche und nicht für ihn. Vorbei an Mädchen, die so hübsch und sexy sind, dass Jacksons Blick an ihnen hängen bleiben muss. Was er nicht tut. Vorbei an mehreren Leuten, die wirken, als wollten sie auf ein Kostümfest. Ein Haufen verwunderter und fragender Blicke folgt uns, und ich fühle mich wie eine Hochstaplerin.

Der Türsteher ist riesengroß und bullig. Komplett schwarz gekleidet, mit Glatze und Sonnenbrille, obwohl es längst dunkel ist. Das Klischee eines Türstehers schlechthin. Jackson hält jedoch ungerührt auf ihn zu und klatscht ihn lässig ab, als wir an ihm vorbeigehen. Ich fasse es nicht und atme laut hörbar ein.

Es könnte cool sein, wenn es nicht so dermaßen unbegreiflich wäre.

»Hi Jackson. Hi Guys«, sagt der Riese.

Das ist alles.

Keiner von uns muss seinen Ausweis vorzeigen. Trotz der Schminke sehe ich nicht älter aus, als ich bin. Verwirrt schüttle ich den Kopf. Auch die Frau an der Kasse kennt Jackson. Sie lächelt uns freundlich entgegen.

Ich schlucke, als ich den Eintrittspreis sehe. So viel würde ich zu Hause niemals bezahlen, um in eine Disco zu kommen. Könnte ich auch gar nicht, mein Studium wird über BAföG finanziert, und meine Mutter hat selber gerade genug zum Leben. Den Flug nach Miami hätte ich mir ohne Fee ebenfalls nicht leisten können, egal in welcher Klasse. Ich will jedoch nicht der Spielverderber sein und zücke wohl oder übel mein Portemonnaie.

Nach der Ausgabe bin ich pleite.

Jackson sieht mich pikiert an.

»Hannah, lass das, ich würde doch niemals ein Mädchen bezahlen lassen.« Verwirrt schüttelt er den Kopf. »Hi Casey. Sie gehören zu mir«, sagt er in Richtung Kasse, legt lässig den Arm um meine Schulter und führt mich durch den nächsten Eingang.

An der Kassiererin vorbei, ohne zu bezahlen.

»He, warte mal«, stammle ich. Deute verlegen zurück zu der Frau an der Kasse.

»Ich bezahle hier nie Eintritt.« Jackson zuckt mit den Schultern. »Die Jungs aus dem Collegeteam sind immer überaus beliebt in den Clubs. Ach ja, und wenn du ein Getränk haben willst, lass es auf meinen Namen anschreiben.«

Das werde ich auf keinen Fall machen. Schon bei normalen Jungs mag ich mich nicht aushalten lassen, bei einem Typen wie Jackson ist es ein absolutes No-Go.

Jacksons Arm liegt noch immer auf mir.

Ich sollte ihn auf der Stelle abschütteln. Leider fühlt er sich verdammt gut an. Warm, beschützend und trotzdem angenehm leicht. Mir fällt wieder auf, wie sehr mir sein Geruch gefällt. Seit er aufgehört hat, mich sexuell so zu bedrängen, und die Sorge vor meiner unangebrachten Reaktion darauf sich gelegt hat, wird mir von Tag zu Tag bewusster, dass Jackson der heißeste Mann ist, der mir je begegnet ist.

Der Typ sieht absolut hinreißend aus, und ich sonne mich kurz in seinem Glanz. Immerhin ist er ein VIP Gast, und ich daher gleichfalls. Dann fällt mir ein, warum er hier so bekannt ist. Weil er jedes Wochenende im Club herumhängt, um Weiber abzuschleppen. Und ich sehe gerade aus wie eine dieser Frauen. Ich winde mich unter seinem Arm hervor und gehe auf Distanz.

Er wirft mir einen amüsierten Blick zu. Ja, für Jackson ist das alles ein Spiel. So langsam kapiere ich es. Ich darf es nur nicht vergessen.

kapitel 7

HANNAH

Um mich von Jackson abzulenken, sehe ich mich um.
Es ist schon richtig voll. Auf der Tanzfläche schiebt sich
die Menschenmenge hin und her, schlecht zu erkennen, da
das Licht flackert und immer wieder Laserblitze durch die
Luft schießen. Eigentlich gar nicht so anders als zu Hause,
abgesehen vom Durchschnittsalter der Gäste, das hier höher
ist. Aber dann fällt mein Blick auf ein Podest neben der Theke.
Dort tanzen drei Frauen. Synchron, einstudiert, erotisch. Die
Hüften kreisen, die Hände umfahren ihre Körper. Alle drei
sind in Leopardenmuster gekleidet mit Katzenohren auf dem
Kopf, die eine in einem Ganzkörperanzug, die nächste halb
nackt nur in einem Body, und die dritte in langer Hose und
Bikinioberteil. Gut, so was kenne ich nicht. Dann fällt mir auf,
wie sehr ich starre, und ich wende meinen Blick schnell ab,
damit ich nicht wirke wie ein Landei.
Jackson beobachtet mich mal wieder und lächelt. Zwinkert
mir zu. Nicht anzüglich diesmal, sondern irgendwie freundlich. Es ändert nichts, sage ich mir.
»Hannah?« Fee wippt schon ausgelassen im Takt der

Musik. Sie legt immer auf der Stelle los, als hätte sie heimlich ein paar südländische Gene unter ihren roten Haaren versteckt. Sie weiß allerdings auch, wie viel Zeit ich brauche, um warm zu werden.

»Geh schon mal vor.«

Ben lehnt entspannt an der Theke und beobachtet sie mit diesem höllisch verliebten Blick, den er immer aufhat, wenn er sich unbeobachtet fühlt. Er hält schon ein Bier in der Hand, und ich wundere mich. Die Alkoholregel gilt doch für Bier genauso.

Dann wird mir klar, wem wir das zu verdanken haben, denn Jackson reicht nun auch mir ein Glas.

»Hier Hannah, ich dachte, du bist eher der Typ für Obst und Dekoration und weniger für Bier.«

Als ich vorsichtig nippe, merke ich, wie hochprozentig es ist. Mist, ich wollte meine Getränke doch selber bezahlen, um bloß nicht am Ende des Abends in Jacksons Schuld zu stehen.

Rasch werfe ich einen Blick auf die Getränkekarte und stelle fest, dass die Preise ebenfalls mein Budget überschreiten. Auf keinen Fall darf ich mehr als dieses eine Glas trinken, egal, ob ich es selber bezahle oder nicht.

»Willst du tanzen?«

Jackson lehnt sich an mich und flüstert in mein Ohr. Seine Lippen streifen meine Ohrmuschel. Es ist laut hier drin, er muss nah an mich herankommen, damit ich ihn überhaupt verstehen kann, aber so nah muss es wiederum nicht sein. Leider reagiert mein Körper mit der Erinnerung an seine Lippen an meinem Ohrläppchen und einem Kribbeln, das sich von dort bis zu den Fußspitzen ausbreitet.

Entschlossen schüttle ich den Kopf und weiche etwas von ihm ab. Mein Körper ist ein Verräter, und ich merke, dass es mir immer schwerer fällt, den arroganten Mistkerl von vor zwei Tagen mit dem Jackson, der jetzt neben mir steht und sich leicht im Takt der Musik bewegt, in Verbindung zu bringen.

Vorsichtig nippe ich noch einmal an meinem Getränk. Es ist wirklich sehr stark und wird mir schnell in den Kopf steigen. Ich hätte es auf keinen Fall annehmen dürfen. Obwohl es lecker ist, fruchtig, aber nicht zu süß. Und mit einem Schirmchen dekoriert. Und mit Früchten, die am Rand aufgespießt sind und aussehen, als wären wir auf Hawaii. So einen tollen Drink hätte ich mir selber nie ausgesucht.

Die Jungs bleiben beim Bier und Jackson organisiert die nächste Runde. Er muss nicht bezahlen, obwohl alle anderen Gäste jedes Getränk direkt begleichen.

»Aber die Getränke bekommt ihr nicht gratis, oder?«, frage ich ihn erstaunt. Leider muss ich dabei wieder näher an ihn heranrutschen.

»Nein, sie schreiben es für mich an. Ich bin öfters hier.«

Ja, klar, das hatte ich gemerkt.

Langsam gewöhne ich mich an die Umgebung und den Beat.

Eigentlich bin ich gerne in Discos. Julius nicht, deswegen ist es ewig her, dass ich zuletzt in einem Club war. Wir besuchen eher in eine Kneipe, gehen ins Kino oder bleiben in der Wohnheimküche und kochen. Ich tanze auch gerne. Es dauert halt nur etwas länger, bis ich locker bin und der Rhythmus mir ins Blut geht.

Die Musik ist eindeutig tanzbar. Nichts, was ich kenne oder was bei uns läuft, aber probehalber wippe ich schon mal im Takt.

Als ich diesmal an meinem Cocktail trinke, muss ich das Schirmchen entfernen, um an den Inhalt zu kommen. Dieses Getränk ist leider viel zu lecker, um es langsam und dem Alkoholgehalt entsprechend zu trinken.

Und das Obst ist köstlich.

»Schön, dass dir die Deko schmeckt.« Jackson lacht in mein Ohr, während ich auf einem Pfirsichschnitz kaue. Wieso denn das? Die Früchte sind viel zu schade für reine Deko.

Streng genommen müsste mir jetzt peinlich sein, dass ich das esse, was offenbar nur zum Anschauen gedacht ist, denn sonst ist mir ja immer alles peinlich. Aber es ist eben lecker und wäre Verschwendung, es zurückgehen zu lassen. Ich zucke demonstrativ ungerührt die Schultern und schiebe mir das letzte Stück Ananas in den Mund.

»Du bist ja nur neidisch, weil es kein Bier mit Obst gibt.«

Er grinst. »Vielleicht ist das ja die Marktlücke. Sollten wir mal drüber nachdenken.«

Wann genau habe ich eigentlich angefangen, freiwillig mit Jackson zu reden? Ihn zu necken? Ich sollte es lieber ganz schnell wieder sein lassen. Auch wenn es Spaß macht. Auch wenn es sich so natürlich anfühlt.

Es ist gefährlich. Jackson ist gefährlich. Schon Gefahr pur, wenn ich ihn nur ansehe, noch viel mehr, wenn wir miteinander reden und lachen.

Ich muss aufpassen. Eindeutig.

Was, wenn er noch einmal so deutlich sagt, dass er mit mir schlafen will? Und wenn er dabei nicht so arrogant dasteht wie am Pool, noch dazu provozierend nackt, sondern so ehrlich direkt wie beim letzten Mal und so charmant wie gerade. Dann wäre es um mich geschehen.

Mein Glas landet auf dem Tresen. Ich versuche, Fee in der Menge auszumachen. Es ist nicht allzu schwer. Der Vorteil, wenn die Freundin größer als die meisten anderen Leute ist und leuchtend rote Haare hat. Sie tanzt völlig selbstvergessen. Langsam werde ich lockerer. Mein Blick fällt wieder auf die drei Tigermädchen auf dem Podest. Wirklich im Takt sind die nicht.

Jackson geht wieder auf Tuchfühlung.

»Wir können gleich in einen Club gehen, in dem Männer so tanzen. Wenn dir das lieber ist?«

Abfällig schnaube ich. Das glaubt er doch selber nicht.

»Männer in Tigerkostümen?«

»Oder ganz nackt, wenn du magst.«

Mist, ich werde rot. Natürlich mag ich das nicht. Das hat er doch schon gemerkt.

»Geh mal lieber allein in deine Stripclubs.«

Ungefragt drückt er mir ein weiteres Glas mit meinem Obstdrink in die Hand. Ich werfe einen verzweifelten Blick auf den verlockenden Cocktail und dann auf die Preisliste.

»Nein, das will ich nicht haben. Ich hatte schon genug, und die Getränke sind so teuer in diesem Club«, entscheide ich dann.

»Und ich will, dass du dich gesund ernährst.«

»Ha, lustig.«

Ich versuche, ihm das Glas zurückzugeben.

»Hannah, eh zu spät. Glaubst du, die nehmen den Drink jetzt zurück?«

Er sieht auf mich hinab, und ein eigentümliches Lächeln liegt auf seinen Lippen. Er findet mich gewiss wieder lächerlich.

Denn natürlich nehmen sie es nicht zurück. Ich bin lächerlich. Also esse ich das Obst. Wie ein bockiges Kind schiebe ich eilig die Früchte in meinen Mund. Dann leere ich das Glas in mehreren schnellen Schlucken und reiche es zu Jackson.

»So nehmen sie es zurück.«

Und ehe er noch mehr bestellen kann, verschwinde ich auf die Tanzfläche. Der Alkohol brennt inzwischen in meinem Körper, das war ganz schön starkes Zeug. Langsam tanze ich in Fees Nähe. Wie immer bildet sich ein freier Raum, während die Leute sie beobachten. Sie ist noch schöner, wenn sie tanzt, vollkommen in ihrer eigenen Welt und unbeeindruckt davon, wie sie wirkt.

Ich freue mich über den Platz, den wir haben, und gewöhne mich an die fremde Musik.

Viel zu lange war ich nicht mehr weg. Das muss sich ändern. In Zukunft gehe ich eben ohne Julius tanzen, obwohl ich weiß, dass ihm das nicht passen wird. Er bestimmt viel zu viel in meinem Leben, in meiner Freizeitgestaltung, und ich verstehe gerade selber nicht, warum ich mir das habe gefallen lassen. Ich tanze doch so gerne.

Und Fee und ich tanzen lange.

Schlussendlich sind wir erhitzt und durstig, und den Alkohol habe ich erfolgreich aus meinem Körper getanzt. Der Weg zurück zur Theke ist genauso problemlos zu finden wie der Hinweg zu Fee. Ben ragt wie ein Leuchtturm heraus, unmöglich, ihn irgendwo zu verlieren. Jackson dagegen sehe ich gar nicht mehr. Ich sollte erleichtert sein, denn alles in allem mag ich ihn überhaupt nicht.

Trotzdem wandert mein Blick durch den Raum, ohne dass ich es verhindern kann.

Kein Jackson.

Ben ist in ein Gespräch mit zwei anderen Typen vertieft. Den Schultern nach zu urteilen Freunde aus seinem Team. Inzwischen habe ich einen Blick dafür. Die Jungs haben alle ein Kreuz, das einem Angst machen könnte. Was wahrscheinlich auch Sinn der Sache ist.

Ben winkt mich zu sich. »Das ist Hannah, Fees Freundin aus Deutschland«, stellt er mich vor.

Leicht verlegen nicke ich in die Runde. Mit Fremden bin ich immer etwas verhalten, vor allem mit Männern, aber die beiden sehen trotz ihrer Größe und Statur durchaus nett aus.

»Hi, ich bin Matt. Du sprichst doch Englisch?«

»Ja, eigentlich schon. So einigermaßen. Ich hatte bisher nur noch nicht so viel Gelegenheit dazu.«

»Jason.« Der zweite Footballer winkt mir ebenfalls zu und mustert mich interessiert. »Wie gefällt es dir hier?«, fragt er dann freundlich.

»Es ist toll. Die Sonne scheint immer. Bei uns ist noch Winter. Und das Meer und die Landschaft sind der Hammer. Ich habe sogar schon Krokodile gesehen.« Die beiden nicken zufrieden. So einfach ist das.

»Warst du schon auf einer Krokodilfarm? Gerade die Fütterung ist echt aufregend.«

Matt beginnt, mir Ausflugstipps zu nennen. Eine Weile höre ich ihm zu und versuche, mir seine Hinweise zu merken. Coral Castle erwähnt er jedoch nicht.

Und dann entdecke ich Jackson auf der Tanzfläche. Der Junge kann sich bewegen. Eher minimalistisch, aber im Takt und sinnlich und einfach sexy. Ich beobachte ihn. Und kann meinen Blick nicht mehr abwenden. Die beiden Typen sind vergessen.

Was Fee leider auffällt. Sie reicht mir ein Glas Wasser, und ich bin dankbar für die Ablenkung.

»Wenn er nicht so gut aussähe«, sagt sie dann leise zu mir und schaut rüber zu Jackson. »Irgendwann wird er jedoch mal richtig auf die Nase fallen.«

Dann lacht sie auf. »Ich habe ihn übrigens vor zwei Tagen nackt durchs Haus laufen sehen. Splitterfasernackt. Er sieht wirklich verdammt gut aus.«

Besser ich sage gar nichts dazu und versuche, unbeteiligt wegzusehen. Fee ist ihm an dem Nachmittag auch begegnet. Nackt. Sie hat sich bestimmt amüsiert und ist nicht wie ich vor Scham im Boden versunken. Mein Blick wandert immer wieder zu ihm zurück.

Irgendwann fallen mir zwei Frauen auf, die um Jackson herumtanzen und immer näher an ihn heranrücken. Frauen, die fast mehr nackte Haut zeigen, als ich im Bikini. Die ihre Hüften in Jacksons Richtung kreisen lassen, ihn immer wieder mit ihren Hintern berühren. Die ihre langen Haare schwingen und sich so bewegen, dass seine Blicke in ihren Ausschnitt fallen müssen.

Als er aufhört zu tanzen und zurück zur Theke kommt, hängen sie rechts und links an ihm.

Ich weiß nicht, wo ich hinsehen soll.

Die drei landen an der Theke, genau zwischen Ben, seinen Kumpels und mir. Jetzt könnte ich mich wunderbar weiter mit den Footballfreunden unterhalten. Das ist Jackson, der Aufreißer, in seiner Paraderolle und das will ich echt nicht miterleben. Leider hat er sich genau zwischen uns gedrängt und bestellt. Mein Blick klebt jetzt regelrecht an der Tanzfläche, das Gekicher hinter mir kann ich jedoch nicht ausblenden. Warum interessiert es mich überhaupt? Er ist bei mir abgeblitzt. Er kann machen, was er will.

Er will Sex, und er soll ihn sich hier holen. Meinetwegen mit beiden. Ich habe damit nichts zu tun.

Unerwartet schiebt eine Hand mir ein Glas in die Hand. Ich sehe hinab. Der Cocktail mit dem Obst. Wütend drehe ich mich um, um dem Blödmann den Drink ins Gesicht zu kippen. Und blicke in die verkniffenen Mienen zweier Möchtegern-Blondinen, die mich und mein Getränk angepisst betrachten. Das bringt mich dann doch dazu, das Glas anzunehmen.

»Jackie, ich möchte auch einen Drink mit Schirmchen«, schmachtet die eine Jackson ins Gesicht. Die beiden halten ein schmuckloses Glas mit dunkler Flüssigkeit und Eis in der Hand und sind offensichtlich nicht allzu glücklich damit.

Jackson grinst nur. Dann zwinkert er mir zu.

»Vergiss es. Dieser Drink ist nur für Hannah. Immerhin hat der Barkeeper ihn eben extra für sie entworfen und dekoriert, und niemand sonst darf ihn trinken. Ich glaube, er heißt jetzt sogar ›Hannahs Drink‹.«

Darüber muss ich lachen, denn das ist unsinnig. Wieso sollte der Barkeeper so etwas machen?

Die eine Blondine dreht sich zur Bar und brüllt dem Barkeeper zu: »Mach mir einen ›Hannahs Drink‹. Jackie zahlt.«

Sie ist schon deutlich angeheitert und nuschelt leicht. Der Barmann sieht zu Jackson rüber, aber der schüttelt den Kopf.

»Tut mir leid, ›Hannahs Drink‹ ist nur für Hannah.«

Jackson deutet mit dem Finger auf mich und mein Glas. »Das ist Hannah. Die Original-Hannah. Und die Einzige, die diesen Drink bekommt.«

Das Mädchen kneift wütend die Lippen zusammen. Sie dreht sich zu mir und mustert mich abschätzend. Es ist zu sehen, was sie denkt. Sie fragt sich, was um Gottes Willen an mir besonders sein soll, besonders genug für einen eigenen Drink. Ich kann es ihr nicht verdenken, der abfällige Blick verletzt mich aber trotzdem.

»Mir hast du noch nie so ein Getränk mischen lassen«, schmollt sie dann.

»Echt?« Jackson sieht sie erstaunt an. Macht er das etwa ständig? Mit dem eigenen Drink. Es begann mir fast zu gefallen. Demonstrativ schiebe ich mir ein Stück Ananas in den Mund. Er mustert das Mädchen genauer. »Ich meine, ich habe vorher noch nie einen Drink für ein Mädchen mischen lassen, aber kennen wir uns denn?«

Sie verzieht getroffen das Gesicht.

»Ich bin Tatjana. Vor vier Wochen habe ich da hinten ...« Sie wedelt unbestimmt in Richtung der Toiletten und leckt sich anzüglich über die Lippen. Das kapiere sogar ich, und Jackson wirft mir einen entschuldigenden Blick zu.

»Oh ja, mag sein. Heute bin ich allerdings mit Hannah hier.« Er tätschelt den beiden den Rücken. »So, ihr habt etwas zu trinken bekommen, und jetzt könnt ihr wieder tanzen gehen.«

Es ist nicht zu fassen. Er behandelt diese Mädchen wie kleine, lästige Fliegen, und sie schmollen zwar, ziehen aber ohne weiteren Protest wieder ab.

Und ich bin sprachlos.

Ich bin absolut sprachlos. Darüber, wie verächtlich er mit den Frauen umgeht und wie sie sich das gefallen lassen. Und ich bin sicher, sie stehen wieder auf der Matte, sobald er das will. Dieser Tatjana wird es so was von gleichgültig sein, dass er sie vergessen hat, sowie sich eine neue Gelegenheit bietet. Wie kommt das bloß?

Entgeistert starre ich ihn an, und wie immer ist auf meinem Gesicht alles, was ich denke, leicht zu lesen.

Jackson zuckt die Schultern.

»Tut mir leid. Ich kann mir ihre Gesichter nie merken.«

Mir fehlen nach wie vor die Worte.

»Hör mal, das mit dem Blowjob da auf der Toilette, also, normalerweise ..., aber sie ...« Er unterbricht sich selber.

»Ach, Scheiße, auch egal, was ich jetzt sage, oder? Ich bin bei dir unten durch.«

Jetzt kann ich immerhin nicken, und Jackson beißt sich auf die Lippe. Er wirkt verletzt.

Wir schweigen eine Weile. Ich wundere mich selber, warum ich jetzt so geschockt über die Mädchen und Jacksons Verhalten bin. Ich habe es doch gewusst.

Schon im Flugzeug wusste ich es. Schon, als ich den ersten Blick auf ihn warf und als er mir in den Waschraum folgte, in jeder einzelnen Sekunde. Er ist so ein Typ. Einer, der sich bei Frauen alles erlauben kann, der mit allem durchkommt und es eben auch hemmungslos ausnutzt.

Trotzdem ist es grässlich, es jetzt live zu erleben.

»Wahrscheinlich bin ich schon ewig unten durch, oder?«, fragt er dann doch irgendwann.

Langsam nicke ich wieder, obwohl ich merke, wie sehr es ihm zusetzt. Aber was soll ich sagen.

»Schon seit der Nummer im Flugzeug?« Er ist mit einem Mal nicht mehr so entspannt, wie ich ihn kenne. Ich höre es an seiner Stimme, die nicht mehr locker klingt wie gewohnt. Ich sehe es an seinen Augen, die er leicht zusammenkneift, und an dem verkrampften Zug um den Mund. »Oder habe ich es erst bei Ben und Fee verbockt?«

Das ist eigenartig. Er kann mich völlig lässig und unaufgeregt auffordern, mit ihm ins Bett zu gehen, aber zu fragen, wie ich zu ihm stehe, macht ihm was aus. Ich muss diesen Kerl nicht verstehen.

Wirklich beantworten kann ich die Frage allerdings auch nicht.

»Ich weiß nicht. Schon eher alles«, flüstere ich. Er scheint die Antwort von meinen Lippen ablesen zu können, hören kann er meine leisen Worte bei dem Lärm wohl kaum.

Jackson und ich stehen inzwischen mit dem Rücken an die Theke gelehnt ungefähr einen Meter auseinander und starren wortlos auf die Tanzfläche. Warum ihm die aktuelle Situation unangenehm ist, kann ich allerdings nicht verstehen. Es war ja klar, dass zwischen uns nichts läuft, er kann doch weiter den Abend auf seine Art genießen und Spaß haben wie immer. Schließlich lehne ich mich zu ihm rüber und sage ihm genau das. Geschockt sieht er mich an. »Was soll ich?«

Mist, ich muss brüllen.

»Du sollst keine Rücksicht auf mich nehmen. Das ist nicht nötig. Ich bin mit Ben und Fee hier. Geh und mach, was du immer machst.«

»Und was, bitte schön, mache ich immer?«

Genervt verdrehe ich die Augen. Markiert er mir das Unschuldslamm? Ich beschließe, meine übliche Verklemmtheit über Bord zu werfen. Der Alkohol hilft mir dabei und lockt Worte aus meinem Mund, die ich nüchtern nicht benutze.

»Mach deinen nächsten Fick klar.«

Er sieht mich entgeistert an.

»Ich fürchte, ich verstehe dich nicht. Solche Worte habe ich auf Deutsch nie gelernt.«

Das kommt absolut ernsthaft aus seinem Mund, und ich beginne haltlos zu kichern. Wer's glaubt. Keine Ahnung, woher Jacksons deutsches Vokabular stammt, aber er kennt ganz gewiss mehr dreckige Wörter als ich.

»Das war unter Garantie das allererste Wort, das du gelernt hast«, japse ich.

Jacksons Mundwinkel zucken. Trotzdem lacht er nicht.

»Das denkst du von mir? Dass ich mich nur für den nächsten Fick interessiere?«

»Das denken alle von dir.«

Die Worte sind aus meinem Mund, bevor ich nachdenken kann. Jackson zuckt zurück. Hat er das nicht gewusst? Hat ihn das jetzt getroffen?

Erstaunt sehe ich ihn von der Seite an. Er blickt auf die Tanzfläche, und sein Mund ist hart. Ich habe das nicht gesagt, um ihn zu verletzen. Es war nur schlicht als Fakt gemeint. Genau genommen dachte ich, er lacht darüber.

»Es tut mir leid. Ich wollte dich nicht beleidigen.« Jetzt muss ich wieder näher an ihn heranrücken, damit er mich versteht. Eine Entschuldigung kann man schließlich nicht brüllen. Er sieht trotzdem nicht zu mir rüber, sondern nickt nur.

Meiner Meinung nach benimmt er sich wie ein haltloser Chauvi und nutzt die Mädchen rücksichtslos aus. Allen voran diese Mimi, die ihn letztendlich vor die Tür gesetzt hat. Er ist arrogant, selbstverliebt und frech. Er nimmt sich, was er will. Das ist eine Tatsache. Und macht es natürlich leicht, ihm die ganze Schuld zu geben. Wirklich ehrlich ist es leider nicht. Denn im Grunde hat er mir nichts getan. Nichts, was ich ihm ernsthaft vorwerfen könnte. Ich kann es nur mir selber vorwerfen, denn letzten Endes habe ich ihn machen lassen. Seit er mein Nein verstanden und akzeptiert hat, lässt er es ja.

Und trotzdem habe ich ihn jetzt grundlos verletzt. Es tut mir ernsthaft leid, ich habe allerdings keine Ahnung, wie ich es ungeschehen machen kann.

»Ich wünschte, wir hätten uns anders kennengelernt«, sagt er dann und seine Stimme klingt traurig. »Einfach kennengelernt, so wie man es normal macht. Dann wäre vielleicht alles anders gekommen.«

Ich schaue betreten auf den Boden und schweige. Ich kann mir nicht vorstellen, ihn kennenzulernen, ohne dass er auf der Stelle versucht, zu weit zu gehen. Er ist nun mal, wie er ist, und kann sein Verhalten wohl kaum einfach so ändern.

»Belästigt er dich?«

Ein Arm legt sich um meine Schultern. Als ich hochschaue, fällt mein Blick auf Matt. Er ist verdammt groß, echt massig, und trotzdem liegt sein Arm nicht schwer auf mir, sondern recht vorsichtig. Er sieht wirklich aus wie ein netter

Kerl. Braune, freundliche Augen, sensibler Mund. Der leichte Drei-Tage-Bart gefällt mir auch. Die Wärme in seinen Augen weicht allerdings auf der Stelle, als er jetzt Jackson anvisiert.

»Ähm, nein«, antworte ich vorsichtig.

Jacksons Augen funkeln ebenfalls gefährlich. Sie sind wütend zusammengekniffen, sein Mund nur noch eine Linie. Er starrt auf Matts Arm, der mich umfasst.

»Wer hier wen belästigt, ist allerdings die Frage«, knurrt er. »Hat Hannah dich gebeten, sie zu befummeln?«

Matts Arm bleibt auf mir. Sein Griff wird allerdings fester.

»Halt dich an deine übliche Beute, die hirnlosen Blondinen, und lass die netten Mädchen in Ruhe. Sie ist Fees und Bens Freundin«, zischt Matt.

Ich kichere leise. Als ob Jackson das nicht wüsste.

Jetzt muss ich aufpassen. Inzwischen habe ich drei dieser heftigen Drinks intus und merke es. Normalerweise würde ich nicht kichern, wenn sich zwei Männer angiften. Normalerweise wäre es mir ganz unangenehm, den Arm eines fremden Mannes auf mir zu haben. Aber ich bin doch angetrunkener, als ich dachte, und habe nach wie vor das Bild von Jackson vor Augen, wie er diese zwei Weiber im Arm hat.

Leicht lehne ich meinen Kopf an Matts Schulter.

Das ärgert Jackson ungemein. Sein Gesicht spricht Bände. Und das gefällt mir. Hatte ich nicht gerade noch wegen meiner unbedachten Äußerung ein schlechtes Gewissen?

»Ich würde lieber von Hannah selbst hören, dass sie deine Finger auf sich haben will. Dann lasse ich euch in Ruhe.«

Na super, da habe ich mir ja was eingebrockt. Soll ich jetzt Matt beleidigen und sagen, ich will seinen Arm nicht auf mir liegen haben? Soll ich Jackson noch mehr verletzen, indem ich sage, dass mir Matt gefällt?

»Und was passiert, wenn du uns nicht in Ruhe lässt? Lässt du dir von Daddy ein paar Schläger bezahlen, die das für dich regeln. Du selber kriegst es doch eh nicht hin. Du kriegst doch gar nichts ohne Daddy hin.«

Jacksons Mundwinkel zuckt. Das hat offenbar gesessen. Ich verstehe die Andeutung nicht, aber es war wohl ziemlich gemein. Das hilft mir, eine Entscheidung zu treffen. Gemein mag ich gar nicht.

Ich schlüpfe unter Matts Arm hinweg. »Hör mal, ich kenne Jackson. Gut genug, um zu wissen, wie er drauf ist. Und ich kenne sein Beuteschema. Mach dir also keine Sorgen, ich komme klar.«

Matt sieht nicht erfreut aus. In dem Moment kommt glücklicherweise Ben zu uns rüber und drückt Matt ein frisches Bier in die Hand. Fee ist wieder auf der Tanzfläche verschwunden. Ben muss bemerkt haben, dass sich etwas anbahnt, denn er verwickelt Matt auf der Stelle in ein Gespräch über das letzte Spiel, und ich bin ihm unendlich dankbar.

»Und? Wie ist mein Beuteschema?« Jacksons Stimme trieft vor Sarkasmus. »Passt du rein?«

»Auch nicht ansatzweise.«

Er zuckt wieder zusammen. Ich weiß überhaupt nicht mehr, was ich von Jackson denken soll. Er ist der widersprüchlichste Mensch, den ich kenne.

»Blond, dumm und willig.« Er funkelt mich verletzt an.

»Das ist es doch, was du denkst.«

»Das ist das, was ich bisher gesehen habe. Und das XXL Körbchen natürlich.«

Aber bevor wir uns weiter angiften können, baut sich eine Frau vor uns auf. Eine Frau, die eindeutig kein vergessener One-Night-Stand ist, denn Jackson wird blass, und seine Miene noch abweisender als zuvor.

Und das will was heißen.

Finster und ohne Regung sieht er sie an. Als könne er sie allein mit diesen Blicken wieder verjagen. Das Mädchen ist jedoch eindeutig wütend, so wütend, da hilft kein Blick der Welt. Sie steht nah vor Jackson und hat die Hände in die Seiten gestemmt.

»Hätte ich mir denken können«, zischt sie.

Jackson verzieht keine Miene und schaut nur verärgert auf sie hinab.

»Bist du schon wieder auf der Suche nach Frischfleisch? Du Betrüger, du Arsch.«

Langsam keimt ein Verdacht in mir.

Ich mustere sie interessiert. Sie ähnelt durchaus den beiden Frauen, die eben an Jackson hingen. Blond, knapp bekleidet, eine beachtliche Oberweite, die nicht versteckt wird, verdammt kurzer Rock, jede Menge Schmuck. Ich kann noch nicht mal erkennen, ob sie hübsch ist, denn sie ist viel zu stark geschminkt. Die Lippen knallrot, die Augen tiefschwarz.

Jackson steht auf einen bestimmten Typ Frau und der ist absolut das Gegenteil von mir. Es ist unerträglich, wie sehr mich diese Tatsache verunsichert.

»Ich hasse dich. Ich habe alles für dich gemacht, aber du kannst deinen Schwanz ja nicht bei dir lassen.« Bei diesen Worten wird sie lauter, sie ist eindeutig fürchterlich aufgewühlt. »Hast du endlich kapiert, was für ein Schuft du bist? Hast du endlich kapiert, was du mir antust?«

»Verzieh dich, Mimi«, sagt Jackson dann eiskalt und bestätigt meinen Verdacht.

Aber sie denkt nicht dran. Sie kommt noch näher und legt ihre Hand auf seine Brust. Jetzt sehe ich Tränen, die in ihren Augen schimmern.

»Und wenn ich dir noch eine Chance gebe? Eine allerletzte?«, sagt sie nun leise. »Scheiße Jackson, wo wohnst du denn überhaupt? Ich denke, ich könnte dir verzeihen, wenn du dich änderst. Und dich entschuldigst.«

Oh je, jetzt kommt das.

Ich will hier weg. Können die beiden ihre Aussöhnung nicht privat inszenieren? Ich möchte nicht als Zuschauer dabei sein. Jackson muss heilfroh sein, wenn er wieder zu ihr zurück kann und alles den gewohnten Gang nimmt.

Trotzdem bleibt er unverrückbar abweisend, nur sein Blick wird eine Spur weicher.

»Nein. Es ist aus, Mimi. Ist besser so, glaub mir. Für uns beide.«

»Aber ich würde dir verzeihen. Und du kannst wieder bei mir wohnen.«

Sie würde ihm verzeihen, obwohl er sich weder für seine Untreue entschuldigt, noch ankündigt sich zu ändern! Dieses Mädchen hat überhaupt keine Selbstachtung. Sie tut mir echt leid, denn niemand sollte sich so behandeln lassen, wie Jackson es mit ihr macht. Leider bringen gerade neben dem Mitleid noch andere Gefühle meinen Kopf völlig durcheinander. Gefühle, die ich nicht haben will und die ich auch nicht nachvollziehen kann.

Und ich weiß immer weniger, was ich von Jackson halten soll.

Er präsentiert mir so viele Widersprüche.

Auf der einen Seite der Mann, der sich rücksichtslos nimmt, was er will. Der Frauen so geringschätzt, sie zu benutzen und dann zu vergessen. Der schon immer jede haben konnte. Wie er mit Mimi umgeht, ist richtig fies. Ich hasse diesen Jackson.

Aber ich habe ihn auch anders erlebt. Eben beim Kochen war er ein ganz anderer Mensch. Hilfsbereit, nett, witzig. Und gerade hatte ich das Gefühl, ihn verletzt zu haben.

Ich versuche, die beiden zu ignorieren. Trotzdem kann ich aus den Augenwinkeln erkennen, wie Jackson Mimis Hand jetzt grob von sich schiebt.

»Es ist vorbei, Mimi. Du hast Schluss gemacht und das ist in Ordnung für mich. Ich will nichts mehr von dir. Also, geh jetzt endlich.«

Sie steht fassungslos vor ihm und schnieft geschockt. Dann bemerkt sie mich.

»Ist es wegen ihr?« Ihr Blick wandert einmal an mir auf und ab. Verwirrt. Bleibt kurz an meiner Figur hängen. Dann verzieht sie abschätzig das Gesicht. »Aber die ist ja noch nicht mal hübsch.«

Ich erstarre und werde rot. Zugegeben, ich bin keine Frau, nach der sich Männer umdrehen. Aber so unansehnlich, wie sie mich darstellt, bin ich nicht. Mir ist zwar klar, dass sie mich nur als Ventil benutzt, um ihren Frust rauszulassen, denn Jackson behandelt sie wie den letzten Dreck, weh tut es trotzdem. So laut und unverblümt zu hören, nicht attraktiv zu sein, tut einfach weh, egal, von wem es kommt. Vor allem vor Jacksons Ohren.

Ich würde mich gern wehren. Ihr sagen, ich wolle bestimmt nicht so aussehen wie sie, dumm wie Brot und mit mehr Oberweite als Gehirn. Aber wie immer kommt kein Wort über meine Lippen.

Jackson lacht laut auf.

»Ja, es ist wegen ihr«, sagt er dann. Mit viel zu viel Gefühl in der Stimme. Er wirft mir einen Blick zu, einen unglaublich verwirrenden Blick. Verunsichert und gleichzeitig verletzt. Schaut zurück zu Mimi. »Und sieh mal genau hin, sie ist verdammt hübsch.«

Mimi keucht auf.

Jetzt fängt sie ernsthaft an zu heulen. Sie betrachtet mich noch einmal verzweifelt, aber dann dreht sie kommentarlos ab und verschwindet in der Menschenmenge.

Ich starre irritiert auf den Boden zu meinen Füßen.

Die Musik ist plötzlich zu laut, es ist zu eng und ich fühle mich von allen Seiten bedrängt.

Ich muss raus. Ohne Jackson noch einmal anzusehen, schiebe ich mich durch die Leute, die nur widerwillig Platz machen. Zurück zum Eingang. An der Kasse vorbei, am Türsteher vorbei.

Die Hitze des Tages ist einer herrlichen Nachtluft gewichen. Erleichtert atme ich auf und lehne mich neben der großen Eingangstür an die Wand.

Erschöpft schließe ich die Augen. Und habe prompt Mimi im Kopf. Wie sie mich abschätzig taxiert und ich auf der Stelle durchfalle. Noch nicht mal hübsch.

Jackson musste das sagen. Er musste ja sagen, dass er mich hübsch findet. Nach ihren Worten. Es bedeutet also rein gar nichts.

Es sollte auch nichts bedeuten. Es sollte mir gleichgültig sein.

Außerdem kann es nicht stimmen. Ich habe ja gesehen, welche Art von Frauen er aufreißt. Worauf er steht. Nett war es trotzdem. Er war sauer auf mich und hat mich gleichwohl verteidigt. Nachdem ich ihm zuvor noch meine Meinung rücksichtslos um die Ohren gehauen habe, ihn als widerlichen Aufreißer beschrieben habe, der wahllos nimmt, was er kriegt.

Ja, nett.

Ich will nach Hause. Obwohl wir bestimmt schon über drei Stunden hier sind, ist die Warteschlange nach wie vor elend lang. Jetzt fällt mir auf, wie dumm es war einfach rauszurennen, ohne Eintrittskarte, ohne Stempel auf der Hand oder wie auch immer man zeigt, dass man schon im Club war und dann wieder reinkommt. Mist. Ich sehe mich ewig draußen stehen und auf Fee warten, denn meine Handtasche mit Geld und Handy habe ich bei Ben deponiert, als ich tanzen ging.

Mann, Hannah, kann ich nicht nachdenken, bevor ich handle? Ich werfe einen verunsicherten Blick zum Türsteher. Ob er mich erkennt und wieder reinlässt?

In dem Moment sehe ich, dass der Türsteher nicht allein ist. Neben ihm steht Jackson, die Hände in den Hosentaschen vergraben, die Schultern hochgezogen. Er beobachtet mich mit diesem verletzten, traurigen Gesichtsausdruck, der überhaupt nicht zu ihm passt. Nun bemerkt er meinen Blick und kommt zögernd auf mich zu.

»Alles in Ordnung bei dir?«

Ich nicke. »Klar. Die Luft war nur so stickig.«

»Es tut mir leid. Ich hatte Mimi nicht hier erwartet. Normalerweise mag sie den Schuppen nicht.«

»Kein Problem. Hat doch nichts mit mir zu tun.«

Wir schweigen betreten. Tausend unausgesprochene Worte hängen zwischen uns.

Jackson lehnt sich neben mich an die Wand und schließt die Augen. Ich sehe aus den Augenwinkeln, wie es in ihm arbeitet. Ich würde sonst was dafür geben zu wissen, was er denkt.

Leise drehe ich den Kopf zur Seite und sehe ihn an. Zum ersten Mal nicht mehr heimlich. Er bemerkt es nicht. Seine Augen, die mich so nervös machen, sind noch immer geschlossen, sein Mund bewegt sich unmerklich und lautlos, als würde er in Gedanken reden. Dieser Mund. Ich habe das drängende Bedürfnis, ihn zu küssen. Wir hatten Sex, aber ich habe ihn nie geküsst. Es macht diese Aktion im Flugzeug noch so viel verdorbener.

Auch mit geschlossenen Augen ist er verboten attraktiv. Ein leichter Bartschatten liegt auf seinem Kinn. Liebend gerne würde ich darüber fühlen, meine Hände über das Kinn gleiten lassen, über seine Lippen.

Ich bemerke meinen unregelmäßigen Atem und rufe mich zur Ordnung. Auf keinen Fall werde ich mich in die Masse williger Mädchen einreihen, die er behandelt wie Dreck, egal, wie heiß er ist. Egal, wie sehr mich meine Erinnerung an ihn, an uns, immer wieder in den Wahnsinn treibt.

Ich weiß doch genau, was dann passiert. Er schläft noch einmal mit mir und danach, wenn er hatte, was er wollte, bin ich für ihn Geschichte. Uninteressant. Und egal, wie andere das handhaben, für mich ist das einfach nichts.

Ich darf das bloß nie vergessen. Und ich darf nicht vergessen, dass ich einen Freund habe. Mühsam konzentriere ich die Gedanken auf Julius, um mich von meinen unanständigen Phantasien abzulenken. Ich bin eine furchtbare Freundin und kenne mich selber nicht mehr. Und ich weiß nicht, wie es so weit kommen konnte.

Außerdem habe ich tausend Fragen an Jackson. Warum trifft ihn meine Meinung über sein Verhalten überhaupt?

Warum nutzt er heute nicht seine Gelegenheiten? Findet er mich tatsächlich hübsch, oder war es reine Höflichkeit? Und warum will er nicht mehr mit Mimi zusammen sein?

Ehe ich mich versehe, platze ich mit der Frage nach Mimi raus. Jackson öffnet langsam die Augen und zuckt die Schultern. »Eigentlich bin ich da eh mehr oder weniger so reingeschlittert. Ich musste meine Wohnung räumen, und Mimi bot sich an, und es war eben einfach«, erklärt er dann. »Leider dachte sie, sie hätte nun ein Exklusivrecht, und das wollte ich nie.«

»Hättest du ihr wohl mal sagen sollen.«

Er wirft mir einen Blick zu, der mich wieder so dermaßen nervös macht. Eigentlich wollte ich ja nie mehr mit Jackson allein sein. Denn obwohl noch so einige andere Leute hier auf der Straße herumstehen und uns beobachten, fühlt es sich an, als gäbe es nur uns beide.

»Ja, hätte ich sagen sollen«, gibt er dann zu. »Beim nächsten Mal werde ich ehrlicher sein.«

Was auch immer das heißen soll. Glaubt er allen Ernstes, ein Mädchen will mit ihm zusammen sein, wenn er ihr erklärt, dass er auch mit anderen vögelt?

Dieser Typ ist echt unglaublich.

kapitel 8

HANNAH

Am nächsten Tag scheint die Sonne wie immer gnadenlos vom makellos blauen Himmel. Langsam kann ich mir vorstellen, dass das irgendwann seinen Reiz verliert. Es ist Sonntag. Der erste Tag, an dem die Jungs nicht zum College müssen. Ich bringe es nicht über mich, Ben und Fee zu trennen, und so verbringen wir den Tag gemeinsam.

Fee und ich sitzen träge auf der Terrasse, und ich lese. Zuvor haben wir einen riesigen, eisgekühlten Bottich mit einer Fruchtschorle gemischt. Bei Getränken schafft es noch nicht einmal Fee, sie zu verhunzen. Pfefferminzblätter schwimmen auf dem alkoholfreien Cocktail, Stücke von Grapefruit und Orange liegen auf dem Boden. Wir haben sogar Strohhalme und zerstoßenes Eis hinzugefügt, wie in einer richtigen Bar.

Ben und Jackson sind genau vor unserer Nase am Pool. Sie brüllen und kreischen wie kleine Jungs und überbieten sich darin, wer den mutigsten Salto vom Rand hinbekommt und dabei die größte Wasserfontäne macht. Das Wasser spritzt bis zu uns hinauf und sorgt immer wieder für eine willkommene Abkühlung.

Natürlich schaffe ich es nicht, mich auf mein Buch zu konzentrieren. Nicht mit Jackson vor der Nase. Immer wieder schiele ich zu den beiden hinüber. Es ist dasselbe Buch, welches schon im Flugzeug in meinen Händen lag. Irgendetwas aus der aktuellen Bestsellerliste, was meine Mutter mir kurz vor dem Abflug geschenkt hat. Momentan habe ich nicht einmal den Titel im Kopf oder könnte auch nur ansatzweise sagen, um was es geht.

Fee sitzt mit Sonnenbrille und breitkrempigem Hut unter einem Schirm, weiß eingecremt wie immer, und gibt noch nicht einmal vor, etwas Anderes zu tun, als die Jungs anzuschmachten. Sie lächelt die ganze Zeit wie ein Honigkuchenpferd. Ich glaube, ich habe sie noch nie so glücklich gesehen.

Ben ist genauso schlimm. Er grinst immer wieder zu Fee hinauf und versucht hemmungslos, sie zu beeindrucken. Es liegen eindeutig zu viele Hormone in der Luft.

Die Jungs tragen Badehosen, und Jackson benimmt sich, als wäre er nie nackt hier herumgelaufen. Fee hat einen super knappen Bikini an, und auch mir blieb nichts anderes übrig, als mich im Bikini zu präsentieren.

Mit Fee neben sich muss naturgemäß jede Frau Minderwertigkeitskomplexe bekommen. Sie ist nicht ohne Grund als Model so bekannt. Ich dagegen bin ein ganz normales, mittelmäßiges Mädchen. Und fühle mich wie immer klein und dick neben ihr. Aber das ist nicht Fees Schuld und macht ihr Leben und vor allem ihre Möglichkeiten, Freundinnen zu finden, nicht gerade leichter. Ich liebe sie trotzdem aus vollem Herzen. Auch wenn ich mir wünsche, wenigstens ein kleines bisschen schlanker zu sein. Oder zumindest größer. Ich habe zwar mehr Oberweite als meine Modelfreundin, allerdings nicht annähernd so viel wie die Mädchen, auf die Jackson steht.

»Haben wir ein Glück«, kichert Fee neben mir. »Wir haben die zwei heißesten Typen exklusiv am Pool, Cocktails in der Hand und einen faulen, entspannten Tag vor uns.«

Wo sie recht hat, hat sie recht.

Ben und Jackson sind braun gebrannt, extrem athletisch und ein Anblick für die Götter. Ich kann meinen Blick kaum von Jackson lösen. Habe ich tatsächlich mit diesem Kerl geschlafen? Mir wird schon bei der Erinnerung wieder flau vor Aufregung. Umso besser ich Jackson kennenlerne, umso weniger peinlich und verdorben wird die ganze Situation im Flugzeug. Das sollte nicht so sein. Denn es ändert nichts an der Tatsache, Julius betrogen zu haben. Obwohl er mit jedem Tag, der vergeht, weiter in die Vergangenheit und in meine Erinnerung rückt, denn wir haben bisher nur ein einziges Mal kurz miteinander telefoniert. Zu mehr konnte ich mich nicht überwinden und Julius unternimmt ebenfalls keine Anstrengungen, mich zu erreichen. Das schlechte Gewissen meldet sich mit aller Kraft zurück, und ich versuche, meinen Blick wieder in mein Buch zu zwingen. Ich mache es nur schlimmer, wenn ich den Typen jetzt auch noch anschmachte.

»He, ihr Faulpelze. Kommt ihr denn gar nicht ins Wasser?«

Jackson steht unvermittelt triefend vor mir und schüttelt sich wie ein Hund. Ich kreische laut auf vor Lachen, denn die fliegenden Tropfen sind herrlich auf der erhitzten Haut.

Sein glitzernder Blick liegt anerkennend auf mir. Gleitet einmal über meinen Körper, und dann wieder zurück zu meinem Gesicht. Seine Augen brennen förmlich auf mir. Gefällt ihm etwa wirklich, was er sieht? Sein Lächeln ist herausfordernd wie gehabt, vergessen gestern Abend, als er bedrückt neben mir an der Wand der Diskothek lehnte und zugab, mit Mimi einen Fehler gemacht zu haben.

Ich gehe auf keinen Fall in den Pool, solange die Jungs da drin sind. Tobend im Wasser, leicht bekleidet und ständig in Bewegung. Ich darf definitiv nicht weiter mit dem Feuer spielen.

Mein Blick wandert auch so zu Jacksons Mund, ohne dass ich es verhindern kann, und ich merke, wie mir neue Hitze ins Gesicht steigt. Langsam befürchte ich, genauso widerlich zu sein wie er. Ich bin immer wieder in Versuchung, Julius zu betrügen. Erneut zu betrügen. Schon ein Kuss ist nicht mit meinen Moralvorstellungen zu vereinbaren. Ich mag mich selber nicht mehr leiden.

Fee beobachtet uns. Sie zieht eine besorgte Miene, und es steht zu befürchten, dass mein Gesicht ungehemmt all meine Gedanken preisgibt.

Ein Ball fliegt aus heiterem Himmel durch die Luft und trifft Jackson im Rücken. Ben steht mitten auf dem Rasen und lacht seinen Freund laut aus.

»Mädchen bezirzen war gestern Abend, jetzt ist Zeit für ein bisschen Wurftraining.«

»Wer hat hier gestern Mädchen bezirzt?«, antwortet Jackson leicht ungehalten, nimmt aber den Football auf und wirft ihn von einer Hand in die andere. »Ich habe dich noch am Tresen von unserer Fahrerin wegzerren müssen, sonst wären wir nie nach Hause gekommen.«

Fee kichert erfreut und Ben sieht verlegen aus.

Und es stimmt. Als Jackson und ich wieder reinkamen, hingen Ben und Fee wild knutschend aufeinander, die Hände und Körper so ineinander verschlungen, dass es zutiefst unanständig aussah, und wir waren uns einig, dass die beiden schnellstens nach Hause und in ihr Zimmer gehörten.

Nach einem letzten bedauernden Blick auf mich und den Pool wirft Jackson den Ball. Ben hat sich inzwischen ein gehöriges Stück von uns entfernt, und der Football fliegt eine endlos weite Strecke pfeilgerade und um die Achse rotierend durch die Luft, bevor Ben ihn mühelos auffängt.

»Wow«, entfährt es mir und Jackson lacht.

»Denk bloß nicht, dass du heute davon kommst, ohne im Pool zu landen, Fawn«, grinst er und sprintet dann hinter Ben her auf die Rasenfläche.

»Fawn?«, frage ich perplex Fee. »Was meint er denn damit?«

Sie zuckt die Achseln. »Fawn ist englisch für Rehkitz.«

Ich schnaube empört.

»Und was hat das mit mir zu tun?«

Fees anschließendes Kichern ignoriere ich leicht erbost. Ich bin selber nicht begeistert davon, mich immer wieder wie ein verschüchtertes Reh zu verhalten, und konzentriere mich lieber auf den Anblick, den die Jungs bieten.

Während die beiden sich den Ball gegenseitig zuzupassen, fällt mir die unterschiedliche Wurftechnik auf. Ben geht näher ran und wirft ihn nur zurück, während er sich dann umdreht, läuft und den Ball im Lauf fängt. Den Ball, den Jackson mit einer beeindruckenden Armbewegung weiter wirft, als ich es je für möglich gehalten hätte. Und der Garten ist wirklich riesig.

Versonnen betrachte ich bei jedem Wurf Jacksons Rückenmuskulatur.

»Vielleicht sollte ich mir doch mal ein Spiel der Jungs ansehen? Wirft Jackson immer?«, frage ich versonnen.

»Klar, er ist der Quarterback.«

»Hm, ich glaube, ich erinnere mich. Das ist der, der den Ball bekommt und dann irgendwie weitergibt?«

Ich habe ein einziges Spiel in Deutschland gesehen. Wenn Fee mir und Bens Familie währenddessen nicht ununterbrochen jeden einzelnen Spielzug erklärt hätte, hätte ich nur ein wildes Durcheinander gesehen.

Fee nickt. Ihr Blick ruht auf mir.

»Du und Jackson«, sagt sie dann zögernd. »Ihr versteht euch inzwischen gut?«

Oh je, jetzt kommt das. Das Gespräch. Mutiert Fee nun zu meiner Mutter? Die konnte mich auch nie genug vor Männern warnen. Ich sollte bloß abends nicht weggehen, keinen Alkohol trinken, mit keinem Jungen sprechen. Kein Wunder, dass ich schüchtern bin und viel zu verklemmt.

Es ist eh eine schwierige Frage.

Ich habe keine Ahnung, wie Jackson und ich uns verstehen. Der Sex steht nach wie vor zwischen uns. Seine

Frauengeschichten stehen zwischen uns. Sein überaus provozierendes Aussehen steht ebenfalls zwischen uns. »Es ist nicht so schlimm, wie ich zuerst dachte«, antworte ich dann ausweichend.

Besser kann ich es nicht beschreiben.

Fee ist nicht allzu glücklich mit meiner Aussage und beißt sich auf die Lippen. Ich weiß haargenau, was sie sagen will. Ich sage es mir doch auch ununterbrochen.

Jackson taucht erneut vor unseren Stühlen auf, genau in dem Moment, in dem Fee den Mund wieder öffnet, um die Worte auszusprechen, die eh endlos in meinem Kopf kreisen.

»Willst du werfen?«

Er hält mir den Ball hin und ich nutze die Gelegenheit, diesem allzu intimen Gespräch zu entkommen. Tapfer ignoriere ich, wie sehr ich mir neben seinem perfekten Sportlerkörper wie das hässliche Entlein vorkomme.

Der Ball fühlt sich fremd an.

»Eigentlich sind Bälle rund«, beschwere ich mich. »Bei diesem Ei ist mir schleierhaft, was ich damit machen soll.«

Jackson lacht. Dann macht er mir die Wurfbewegung vor. Seine Muskeln spielen im Sonnenschein.

»Sieh mal, Hannah. Zwei Fingerspitzen kommen an die Naht, der Ball liegt locker und wird nur von den Fingern gehalten.«

»Das ist gar nicht so einfach«, murmle ich konzentriert.

Jackson lächelt.

»Deine Hände sind wirklich winzig.«

Er korrigiert meine Art, den Ball zu halten. Seine Finger sind warm und zart auf meiner Haut. Ich bekomme eine Gänsehaut, mitten in der Nachmittagshitze Floridas.

Ben beobachtet uns vom anderen Ende des Gartens.

Fee beobachtet uns von den Liegen aus.

Wir stehen wie auf einer Insel in der Mitte genau auf dem Präsentierteller, und Jacksons Berührung erzeugt ein Prickeln auf meinem ganzen Körper.

Nur mühsam konzentriere ich mich wieder auf den Football und ahme Jacksons Wurfbewegung einmal langsam nach. Der Ball hält. Er nickt mir zufrieden zu. Dann werfe ich, und der Ball fliegt in einer anmutigen Kurve bis fast vor Bens Füße.

Jackson sieht mich sprachlos an, und Ben applaudiert. »Hast du das gesehen, Fee?«, brüllt er zur Terrasse rüber. »Deine Freundin kann werfen, aber so was von. Sie kann unseren Möchtegern-Casanova hier ablösen.«

Jackson zuckt bei der Bezeichnung getroffen zusammen. »Das war echt ein Hammerwurf«, sagt er dann leise zu mir und schaut mich wieder so eingehend an. Mir wird bewusst, wie nah er mir ist und wie wenig ich anhabe. »Woher kannst du so werfen?«

»Ich habe lange Handball gespielt. Ist dann doch kein so großer Unterschied.«

Wir lassen den Ball eine Weile hin- und herfliegen, erst zu dritt, aber irgendwann verschwindet Ben. Der Wurf fühlt sich immer natürlicher an, langsam wird es selbstverständlich, wie der Ball zu halten ist. Sogar Jacksons Blicke auf meinem Körper machen mich immer weniger nervös. Er ist so begeistert von meiner Art zu werfen, dass ich mich nicht mehr unbeholfen und unsportlich fühle.

Als wir zur Terrasse zurückkommen, sind Ben und Fee nicht zu sehen. Ich kann mir denken, wo sie sind und was sie dort machen. Ich werfe einen vorsichtigen Blick zu Jackson. Der grinst, als er mich auf Fees Sonnenhut hinweist, der achtlos auf dem Boden liegt.

Ich werde wieder rot und bin genauso befangen wie vor unserem Spiel.

»Ich bin froh, dass die beiden es aufs Zimmer geschafft haben.« Seine Stimme ist leise, rau und provozierend langsam. »Man muss bedenken, sie sind es nicht gewohnt, ständig Gäste im Haus zu haben, und Fee ist nicht allzu zurückhaltend.«

Oh ja, das weiß ich auch.

»Gerade auf der Terrasse habe ich mehr gesehen, als ich je wollte, und ich kenne Ben nackt aus der Dusche«, flüstert er mir zu, und ich werde immer verlegener. Jackson hat er in Blickrichtung der Terrasse gestanden und in allen Einzelheiten mitbekommen, was hier abging.

Rasch richte ich meine Augen nach unten und entdecke Fees Bikinioberteil.

»Brauchst du jetzt eine Abkühlung, Hannah?« Seine Stimme geht mir durch und durch. Seine Art meinen Namen zu sagen ist wie Samt. Ich brauche eindeutig eine Abkühlung, die Wortwahl ist allerdings viel zu anzüglich. Ich weiß überhaupt nicht, wie ich darauf reagieren soll.

Grinsend hält er mir ein Glas mit unserer selbstgemachten Fruchtbowle hin und ich atme erleichtert auf. Das Eis ist noch immer nicht völlig geschmolzen, und ich halte mir das kalte, beschlagene Glas an meine glühende Stirn. Dann schließe ich die Augen und wünsche mich weit weg. Irgendwo hin, wo kein Mann ist, der ständig wie eine verbotene Frucht vor mir hängt.

Hoffentlich brauchen Fee und Ben nicht so lange, denn ich kann nicht mit Jackson allein sein. Nicht, ohne mich noch mehr in meinen widerstreitenden Gefühlen zu verlieren. Oh Gott, jetzt gönne ich meiner Freundin nicht einmal mehr ungestörte Zeit mit ihrem Freund. Ich trinke schnell das Glas leer.

Dann spüre ich, wie Jackson es mir aus der Hand nimmt. Seine Finger streifen dabei meinen Handrücken, sein Atem fährt mir über das Gesicht. Die Augen lasse ich vorsichtshalber weiterhin fest geschlossen, denn so kann ich wenigstens seinem hypnotischen Blick ausweichen.

Kurz bin ich mir sicher, dass er gegangen ist. Seine Körperwärme ist nicht mehr zu spüren, und ich überlege, ob ich die Augen wieder öffnen kann, ohne in Gefahr zu laufen, meine Selbstbeherrschung über Bord zu werfen.

Mit einem Mal werde ich gepackt und hochgehoben und kreische vor Schreck auf.

Jackson trägt mich mühelos zum Pool und wirft mich hinein. Er steht breit grinsend am Rand und lacht darüber, wie ich über die plötzliche Kälte japse und sich Gänsehaut über meinen gesamten Körper ausbreitet.

»Das ist verdammt kalt«, brülle ich empört und strample wie wild mit den Beinen, bevor ich merke, dass ich stehen kann. Das Wasser geht mir nur bis knapp über den Bauch.

»Ist es überhaupt nicht«, sagt er und springt mir hinterher. Wasser spritzt auf, perlt von seinen Haaren, ein Tropfen hängt an seinen Wimpern. Er kommt näher und näher, die Lippen leicht geöffnet. Sein Blick ist genau wie damals im Flugzeug, diese stahlgrauen Augen sind wie Magnete und saugen jegliche Gegenwehr aus mir heraus.

»Hannah«, flüstert er und streckt eine Hand nach mir aus. Übergangslos ändert sich sein Blick. Das provozierend Arrogante verschwindet, und seine Augen werden weich. Jetzt ist er nicht mehr der unwiderstehliche Verführer, sondern nur ein Junge, der sich einem Mädchen nähert. Einem Mädchen, das er mag. Und das ist zu viel für meinen Widerstand und meine Vernunft.

Ich mache einen Schritt auf ihn zu. Und noch einen. Mit einem Mal ist alles unwichtig. Meine moralische Einstellung, meine Schuldgefühle, meine Hemmungen, alles weg unter seinem Blick. Unsere Hände begegnen sich, seine Finger gleiten sanft an meinen Unterarmen entlang und berühren schließlich meinen Bauch unter der Wasseroberfläche. Ich atme tief ein, seine Hände fühlen sich heiß an im kalten Wasser.

Der Ball landet laut spritzend genau neben uns.

Ich schreie vor Schreck auf, und Jackson springt zurück. Wir sehen beide wie ertappte Schulkinder zu Fee hinauf, die am Rand des Beckens steht und uns sprachlos anschaut. Ben hinter ihr macht ein ähnliches Gesicht.

Jackson hat mir den Rücken zugedreht, seine Schultern sind verkrampft. Wortlos klettert er aus dem Becken und geht an Ben und Fee vorbei ins Haus.

Kurz schließe ich die Augen. Himmel, das war Rettung in letzter Sekunde. Ich bin den beiden dankbar, denn ich hätte fast all meine Prinzipien über Bord geworfen. Ich bin aber auch unfassbar wütend und frustriert.

Ich klettere ebenfalls aus dem Pool, und Fee reicht mir wortlos ein Handtuch. Dann sitzen Fee und ich in der Sonne, während ich tief in Gedanken meine nassen Haare trockne.

»Wir haben euch von oben sehen können.« Fee spricht leise. »Es ist deine Sache. Du hast aber nicht vergessen, wie Jackson drauf ist?«

Die Situation ist irgendwie lächerlich, verkehrte Welt. Fee ist normalerweise diejenige, die sexuell hemmungslos ist, ich der verklemmte Moralapostel. Für mich ist es unmöglich, gleich beim ersten Date mit jemandem zu schlafen, auch wenn man da schon zusammen ist. Ganz zu schweigen davon, mit jemandem, den man danach nie wieder sieht. Die Sache im Flugzeug passt gar nicht zu mir. Zu mir passt es, sich monatelang Zeit zu lassen.

Julius ist freilich nicht so forsch und hypnotisierend wie Jackson. Er war vorsichtig und ist bei jedem unserer Treffen nur ein kleines Stück weitergegangen. Es hat ewig gedauert, ehe wir Sex hatten.

»Er springt einmal mit dir ins Bett und sucht sich dann die Nächste. Also, zumindest macht er das gewöhnlich.« Fees Stimme klingt traurig.

»Ich weiß«, sage ich nur gepresst. Ich weiß es ja. Aber ich kann nur noch daran denken, wie sich seine Lippen auf meinen anfühlen mögen.

»Und ich glaube, du brauchst nicht noch so ein traumatisches Erlebnis«, fährt sie fort.

Jetzt muss ich lachen. Hart, böse und völlig humorlos. Fee sieht mich perplex von der Seite an.

Und ehe ich mich versehe, purzeln die Worte aus meinem Mund. »Er ist doch das traumatische Erlebnis.«

Schweigen. Betroffenes Schweigen.

»Was meinst du damit?«

Jetzt ist es zu spät. Ich habe schon zu viel gesagt, Fee wird nicht mehr locker lassen. Ihre Augen ruhen auf mir und zeigen, dass sie plötzlich etwas ahnt, es jedoch einfach noch nicht glauben kann. Jetzt muss der Rest auch noch folgen.

Ich hole tief Luft und dann sage ich ihn, den Satz, den ich niemals sagen wollte.

»Jackson ist der Typ aus dem Flugzeug.«

Ich wage einen Blick auf Fee und ihre Miene ist unbeschreiblich. Verwirrt, geschockt, fassungslos.

»Du meinst, ... ausgerechnet ...« Sie bricht ab. Ich weiß nicht, ob ich Fee schon einmal sprachlos erlebt habe. Ihre Reaktion bringt mich dazu, Worte zu wählen, die im Normalfall niemals meinen Mund verlassen, Worte, die mich in ihrer schonungslosen Art selber schockieren.

»Ich meine, dass es Jackson war, der mich auf dem Hinflug auf der Toilette gevögelt hat, genau das. Er hat mich gepackt, einfach meinen Rock hochgeschoben und mich ohne ein einziges Wort kurz und heftig gefickt.«

In dem Moment sehe ich Ben, der leichenblass auf der Terrasse steht und jedes meiner krassen Worte gehört hat.

kapitel 9

JACKSON

»Hast du wenigstens ein Kondom benutzt?«

Bisher war Fee mir gegenüber immer freundlich. Damit ist es jetzt vorbei. Ihre Stimme ist eiskalt, ihr Gesicht abweisend, ihre Arme sind vor dem Oberkörper verschränkt. Sie ist genau auf meiner Augenhöhe und beeindruckend aufgebracht. Das geht nicht spurlos an mir vorüber, und ich bin nicht leicht einzuschüchtern.

Kondom? Wieso kommt sie jetzt plötzlich mit der Frage nach einem Kondom? Hannah und ich haben uns nur an den Händen berührt. Ich war nur Sekunden davon entfernt, sie zu küssen, das stimmt, aber Jahre davon entfernt, ein Kondom zu benötigen.

»Ja, sicher«, stammle ich trotzdem. Alles andere wäre jetzt ungünstig.

Außerdem habe ich noch nie ohne Kondom mit einem Mädchen geschlafen. Das wäre grob fahrlässig. Ich habe immer ein paar in meiner Hosentasche, egal, wo ich bin. Jetzt auch, denn ich habe mich in der Zwischenzeit wieder ange-zogen. Allerdings glaube ich nicht, dass es die Situation sonderlich auflockern würde, sie jetzt zu präsentieren.

Fee funkelt mich nach wie vor wütend an, und ich weiche sicherheitshalber einen weiteren Schritt zurück.

»Hannah ist nicht so ein Mädchen, nur damit das klar ist.«

Ich bin nicht allzu wählerisch. Das gebe ich zu. Die Frauen, mit denen ich normalerweise ins Bett steige, sind alle derselbe Typ. Aufgebrezelt, zurechtgemacht, knapper Rock, High Heels, großzügiger Ausschnitt. Sie legen es auf die schnelle Nummer an und sie wissen, dass ich nur auf Sex aus bin. Ich habe so einen Ruf. Vielleicht erhofft sich die eine oder andere mehr, das ist allerdings nicht mein Problem. Versprechungen habe ich noch keiner gemacht.

Auch Mimi nicht. Klar, ich bin bei ihr eingezogen. Das war bequem und praktisch. Abgesehen davon habe ich niemals behauptet, ich würde nie mehr mit anderen Frauen schlafen.

»Das ist mir klar, Fee.«

Himmel, das ist mir inzwischen so was von klar.

Normalerweise hätte ich Hannah keinen zweiten Blick gewidmet. Sie ist nämlich der Typ braves, nettes Mädchen. Unauffällig, zurückhaltend, schüchtern. Keines mit dem man auf der Stelle ins Bett geht - und damit nicht mein Beuteschema. Genau wie sie es selber so treffend im Club formuliert hat.

Bisher wusste Fee eindeutig nicht, was zwischen Hannah und mir im Flugzeug war. Sonst hätte es schon früher Ärger gegeben. Aber jetzt stehe ich einer vor kalter Wut sprühenden Furie gegenüber.

Ich habe das Gefühl, mich rechtfertigen zu müssen. Und weiß gleichzeitig, wie wenig ich es kann.

»Die Sache im Flugzeug ...«, stammle ich, ehe mir die Worte ausgehen.

Wie soll ich erklären, dass Hannahs Anblick, wie sie mit so konzentriert ernsthaftem Gesichtsausdruck auf dem Sessel turnte wie ein Kind, mich echt angemacht hat. Und dann noch ihre Beine. Verdammt tolle Beine.

Sie beobachtete mich unauffällig, aber nicht so unauffällig, dass ich es nicht bemerkt hätte. Sie ließ einen Film laufen und warf mir immer wieder einen Blick zu. Sie las ein Buch, und da wanderten ihre Augen ebenfalls immer wieder zu mir rüber.

Zugegeben, ich habe es nur bemerkt, weil ich genauso zu ihr hinüberblinzelte.

»Ja, was ist mit der Sache im Flugzeug?« Fees Hände in den Hüften, ihre Körperhaltung, alles drückt Verachtung aus.

»Hannah war so ...«

Als sie im Waschraum verschwand, konnte ich nicht anders. Ich wollte sie nur ein wenig in Verlegenheit bringen. Ein bisschen provozieren und sehen, was sie macht. Es war unglaublich, als sie stehen blieb und mich nur aus diesen Rehaugen ansah. Ich musste einfach testen, wie weit ich gehen konnte. Und war selber fassungslos darüber, wie weit es ging. Weiter und weiter. Ich konnte meinen Blick nicht von ihr lösen. Diese Augen, groß und unschuldig, wahre Bambiaugen.

»... so interessant«, beende ich meinen Satz und schäme mich noch mehr. Das ist wirklich nichts, was mich in einem guten Licht dastehen lässt.

Sie ließ mich halb nackt in der Kabine zurück. Ich starrte ihr hinterher, mit heruntergelassener Hose, geflasht und euphorisch. Und rührte mich erst, als eine ältere Dame vor der Tür erschien und mich empört mit hochrotem Kopf ansah.

»Ich wollte mit ihr sprechen, ehrlich«, versuche ich hastig, mich zu erklären. »Aber sie war so angewidert. Ich wusste einfach nicht, was ich sagen sollte.«

Und ich habe es mir leicht gemacht und die Flucht ergriffen.

Es muss ihre irritierende Unschuld sein, dieses Mädchenhafte. Das Turnen auf dem Sitz, diese unglaublich unschuldige Unterwäsche.

Die Faszination ist leider noch immer nicht weg. Ich habe versucht, mich mit der Zurückweisung abzufinden. Aber immer wieder merke ich, wie wenig das klappt.

Und dabei ist sie echt nicht mein Typ. Ich mag diese unkomplizierten Frauen, mit denen man einfach Sex haben kann, ohne dass es mehr bedeutet. Dachte ich.

Und mit einem Mal stehe ich auf dieses Mädchen, das entweder panisch oder wütend wird, wenn ich mit ihr ins Bett will. Sie ist noch niedlicher, wenn sie sauer wird. Und sie ist sowieso verdammt niedlich, mit diesem zarten Gesicht, den großen, sanften Augen, Haaren, die aussehen, als wären sie aus Seide.

»Interessant?«, schnaubt Fee. »Und jetzt?«

»Ich habe nicht vor ...«, stammle ich.

Tja, was genau habe ich nicht vor? So einen Quickie wie im Flugzeug? Das habe ich definitiv nicht vor. Allerdings fürchte ich, Fee will, dass ich meine Finger ganz von Hannah lasse. Denn natürlich weiß ich, was Fee von mir hält. Ich weiß es vor allem, nachdem Hannah mir gestern unmissverständlich klarmachte, was sie alle von mir denken. Es ist ja auch nicht verkehrt. Verkehrt ist nur, dass Hannah glaubt, bei ihr sei es genauso.

Aber wie soll sie merken, dass es diesmal anders für mich ist? Woran soll sie erkennen, dass ich von ihr mehr will als Sex? Nach dieser rein körperlichen Sache im Flugzeug.

Ben hat leider ebenfalls mitbekommen, was los ist. Er steht in der Tür und sieht mich mit einem Blick an, bei dem jedem Angst und Bang werden würde. Dann zeigt er auf die Terrasse.

»Vor die Tür!« Er knurrt wie ein wild gewordener Hund.

Scheiße. Würde er auf die Haustür zeigen, würde ich mit einem Rauswurf rechnen. Die Terrasse dagegen weist auf Schlimmeres hin. Ich befürchte eine Schlägerei.

Ben ist der eindrucksvollste Typ, den ich kenne. Und das will was heißen, denn wir sind gemeinsam in einem Team mit riesigen, kräftigen Studenten, die alle von einer Football-karriere träumen. Ben ist deutlich größer als ich, deutlich schwerer, und das liegt nicht am Fettanteil. Er ist verdammt muskulös, und mir ist klar, wie gnadenlos er mich fertig-machen kann. Außerdem weiß ich von dem Ärger, den er zu Hause hatte, bevor er hierher kam. Er ist Schlägereien also auch noch gewohnt. Ich nicht.

Zwar bin ich schon in einige brenzlige Situationen geraten, weil ich einem Typen die Freundin unter seinen Augen ausge-spannt habe. Oder weil ich mit einer verheirateten Frau im Bett war, die ihren Mann hinterher damit eifersüchtig machte. Aber ich bin immer so davongekommen, ohne einen einzigen Kratzer, ohne eine einzige Schlägerei. Mehr Glück als Ver-stand, wie man mir immer wieder sagte.

Jetzt dagegen habe ich mein Glück eindeutig über-strapaziert und sitze knietief in der Scheiße.

Trotzdem folge ich Ben kleinlaut nach draußen.

Mit jedem andern würde ich darüber reden. Ich kenne Ben nun jedoch fast ein Jahr. Und wenn ich eines über ihn gelernt habe, dann wie wenig er Worten zugänglich ist, sobald Ge-fühle ins Spiel kommen. Es sei denn, sie kommen von Fee. Doch die sieht uns bloß schweigend und finster hinterher. Sie wird mich nicht retten.

»Was du mit deinen Schlampen machst, ist mir egal, aber wie konntest du dich an so einem anständigen Mädchen wie Hannah vergreifen?«

Immerhin, er redet. Er kommt mir dabei zwar bedrohlich nah, aber wenigstens hat er noch nicht zugeschlagen. Eventuell hört er mir ja doch zu.

»Ich habe nichts gemacht.«

Falsche Antwort. Ich merke es sofort. Ben macht zwei rasche Schritte auf mich zu und hebt die Hände. Sie sind zu Fäusten geballt. Ich beschließe, den sinnlosen Versuch, mich zu verteidigen, gleich ganz bleiben zu lassen. Erstens habe ich keine Chance gegen Ben und zweitens habe ich die Prügel verdient.

Besser ich schließe die Augen und mache mich bereit. Stelle mir vor, es wird wie ein harter Hit, den ich als

Quarterback schon tausendmal kassiert habe, auch wenn ich es besser weiß. Trotzdem sicherer, wenn ich die Fäuste nicht kommen sehe.

»Ich dachte, du hättest deinen Schwanz wenigstens ein bisschen unter Kontrolle.« Seine Stimme ist jetzt erschreckend nah. Und bedrohlich. »Du rührst nie wieder ein Mädchen wie Hannah an.«

Ben will definitiv, dass ich mich von Hannah für immer fernhalte. Es ist jedoch zu spät, sie hat mich komplett in ihren Bann gezogen.

»Vielleicht will ich nicht mehr so ein Arsch sein wie bisher«, flehe ich um Verständnis und öffne wieder die Augen. »Gib mir eine Chance.«

Es sieht nicht gut aus. Ben macht den allerletzten Schritt, der uns trennt, schiebt sein Gesicht ganz nah an mich und packt grob mein T-Shirt. Scheiße, ich kenne diesen Blick vom Footballfeld, da ist er aber immer an den Gegner gerichtet und halb vom Helm verborgen. So ungefiltert, ist er kaum zu ertragen.

»Ben, nicht, bitte.«

Hannah mischt sich ein.

Sie steht leichenblass an der Tür und hat die Arme hilflos vor dem Körper verschränkt.

»Wieso nicht?«

Ben bebt vor Wut, und ich schlucke.

»Weil er dein Freund ist und ich keinen Streit zwischen euch will. Nicht meinetwegen.«

»Das ist jetzt zu spät, Hannah. Er hat Mist gebaut und bekommt endlich einmal, was er verdient.«

»Ich habe aber genauso Mist gebaut. Willst du mich auch schlagen?«

»Wieso denn du?«

Ben lässt mich los und dreht sich perplex zu ihr um. Das wäre meine Chance, mich vom Acker zu machen. Denn ich bin definitiv schneller als Ben. Dazu bin ich jedoch zu gebannt, denn Hannahs Verteidigung kommt unerwartet. Ihre nächsten Worte muss ich in jedem Fall hören.

»Ich hätte ja nein sagen können. Habe ich aber nicht.«

»Er hat dich behandelt wie seine billigen Schlampen.«

»Und ich habe ihn machen lassen. Ich bin genauso schuldig.«

Sie zuckt hilflos und gleichzeitig traurig mit den Schultern und sieht in diesem Moment so verletzlich aus, dass ich mich selber schlagen könnte. Meine Erleichterung über ihr Eingreifen ist auf der Stelle verschwunden. Sie ist echt nicht das Mädchen, welches sich über einen gelungenen Quickie mit einem Fremden freut und weitermacht.

Erst in diesem Moment wird mir klar, wie sehr sie unter der Situation leidet.

Mir wird schlecht.

Plötzlich wünsche ich mir, Ben würde endlich zuschlagen. Er hat jedoch bei Hannahs Worten die Fäuste sinken lassen und sieht hilflos zu Fee rüber. Ich müsste mich entschuldigen. Aber mein Verhalten ist unentschuldbar. Es ist ja nicht nur meine Aktion im Flieger. Es ist eher, wie ich immer bin. Wie ich mit Frauen umgehe. Schwanzgesteuert. Gewissenlos.

Daneben.

Die Erkenntnis ist langsam in den letzten Tagen in mir gereift und wird jetzt unübersehbar. Auch für mich.

Wenn ich Ben und Fee beobachte - und ich hatte immer wieder Gelegenheit dazu - wird mir klar, wie schön Liebe sein kann. Dass es nicht bedeutet, sich einschränken zu müssen, sondern einfach nichts anderes zu wollen. Nur ist mir das bisher so nie passiert.

Bisher.

Bis eben war es toll mit uns, aber ich habe alles kaputtgemacht.

Ich weiß nur nicht, ob ich es zu irgendeinem Zeitpunkt überhaupt hätte retten können.

Ein paar Minuten herrscht angespanntes Schweigen. Dann strafft Fee entschlossen die Schultern und setzt sich in Bewegung. Auf mich zu.

Ich fühle mich, als erwarte ich mein Urteil. Mein Herz rast, und ich habe feuchte Hände. Jetzt wirft sie mich raus. Endgültig, und das war es dann mit Hannah und mir.

Sie bleibt wie ein Racheengel genau vor mir stehen. Wirft mir einen wütenden und gleichzeitig klar kalkulierten Blick zu.

»Ich will nicht, dass irgendetwas zwischen dir und Ben steht, weil er sich jetzt mit dir prügelt. Ich will nicht, dass Ben dich als Freund verliert, weil er sich danach schuldig fühlt. Trotzdem hast du eine Abreibung verdient. Du blöder Arsch.«

Schon hole ich Luft, um ihr zu vergewissern, dass ich all das genauso wenig will. Aber ich komme nicht mehr zu Wort, denn sie tritt mir, ohne mit der Wimper zu zucken, zwischen die Beine.

Lautlos klappe ich zusammen. Eine schwarze Welle rollt über mich hinweg, und ich keuche auf. Mein ganzer Unterleib zieht sich zusammen, krampft, und es tut so verdammt weh. Ich kann noch nicht einmal schreien. Jetzt ist mir restlos kotzübel.

Keine Ahnung, wie die Zeit vergeht. Der Schmerz will einfach nicht weniger werden, und ich ringe weiter mühsam um jeden Atemzug.

»Himmel, Fee, hast du eine Ahnung, wie weh das tut?« Das ist Ben, und er leidet sichtlich mit mir.

»Ja, hab ich. Warum glaubst du, habe ich das gemacht? Es wurde einfach Zeit, dass Jackson mal Konsequenzen spürt. Er ist einfach zu weit gegangen. Ohne ein Nachspiel macht er doch immer so weiter. Den Tritt in die Eier hat er schon ewig verdient.«

»Eine Abreibung von mir wäre harmloser gewesen. Das hier ist echt übel. Das kannst du nicht verstehen.«

»Vielleicht zu harmlos, Ben. Er ist immerhin dein Freund.«

»Glaubst du, mir ist egal, was er mit Hannah gemacht hat? Ich finde es genauso zum Kotzen. Ich hätte ihn richtig fertiggemacht.«

»Ich weiß, Hannah ist aber meine Freundin, und ich denke, es ist besser, dass ich mich darum gekümmert habe.«

»Da kann man sogar impotent von werden, Fee.«

»Mann, das geschähe ihm genauso recht. Ich verstehe eh nicht, wieso er nicht schon alle Nase lang Prügel bezogen hat. Der kommt doch tatsächlich mit allem durch.«

Ich höre zwar alles von weit weg, aber leider deutlich genug. Ich möchte nicht in allen Einzelheiten mitbekommen, wie Fee über mein Verhalten urteilt. Das Verhalten, das ich inzwischen genauso wenig akzeptabel finde wie die anderen.

»Hört auf zu streiten. Ihr macht für mich alles nur noch schlimmer.« Das ist Hannah. »Genau das wollte ich doch verhindern.«

Hannah klingt noch bedrückter als eben. Und ich bin nicht in der Lage, sie zu trösten, da ich nach wie vor um jeden Atemzug kämpfe.

»Ich wollte nur, dass alles bleibt, wie es war. Keine Prügeleien, keinen Streit. Und keine Freundschaften zerstören. Was passiert ist, kann man doch eh nicht mehr ändern.«

In der plötzlichen Stille seufzt Fee auf.

»Du hast ja recht, wir hören auf zu streiten. Ben?«

Ben brummt, er klingt nicht glücklich, aber zustimmend.

»Obwohl ich durchaus finde, Hannah, dass du noch mal nachtreten könntest. So als persönliches Statement. Überleg es dir.« Bei Fees Worten krümme ich mich instinktiv noch mehr zusammen. Es brennt jetzt schon ein unerträgliches Feuer in meinem Unterleib.

Dann höre ich Schritte, die sich entfernen.

Es wird still um mich herum.

Da ich denke, allein zu sein, lasse ich das Wimmern zu, das ich bisher mühsam unterdrückt habe.

Eine kühle Hand streift erst sanft über mein Gesicht und nimmt dann vorsichtig meine Hand und drückt sie. Durch den Schmerz hindurch spüre ich so intensiv wie nie zuvor jeden einzelnen Finger. Ich halte mich an Hannahs Hand fest und verkneife mir weitere Schmerzenslaute.

Langsam weicht die Schwärze, und ich kann wieder Farben um mich herum wahrnehmen. Das Grün des Rasens, auf dem ich liege. Die helle Bräune von Hannahs Bein neben mir. Der Schmerz klingt nach und nach ab, kommt und geht in Wellen und ist immer besser zu ertragen.

Hannah sitzt neben mir auf dem Gras. Sie starrt in die Ferne.

»Deshalb tragen wir beim Spiel Schutzkleidung«, sage ich leise zu ihr. Sie lacht nicht.

»Ich wollte nicht, dass sie es erfahren«, antwortet sie unbestimmt, sieht aber noch immer nicht zu mir. »Ich wollte auch nicht, dass Fee dich tritt. Oder Ben dich schlägt. Oder irgendetwas von all dem.«

»Ich weiß.«

Mühsam setze ich mich auf.

»Ich hatte es verdient.«

Hannah antwortet nicht.

»Eigentlich hätte ich den Tritt von dir verdient.«

Hannah brummt ein wenig. »Eher von all den Frauen, die du wie Dreck behandelst. Allen voran Mimi.«

»Bin ich so schlimm?« Warum frage ich? Ich habe es inzwischen doch selber kapiert.

»Ich habe es gestern erlebt. Du bist das arroganteste, selbstgefälligste Arschloch, das mir je begegnet ist. Du schubst diese Mädchen herum, nimmst sie dir, wenn dir danach ist und lässt sie wieder fallen. Ich kann nicht glauben, dass du immer wieder damit durchkommst.«

Das schmerzt mehr als der Tritt. Denn es ist die Wahrheit. Und ich bin schockiert, dass Hannah das nach einem einzigen Abend, an dem ich sogar meine Finger von allen Frauen gelassen habe, so sieht. Was würde sie erst denken, wenn sie mich in einer der anderen Nächte erlebt hätte, an denen ich zeitgleich mehrere Frauen abgeschleppt habe?

Ich vergrabe mein Gesicht in den Händen. Ihre Worte klingen noch nach. Das selbstgefälligste, arroganteste Arschloch, das sie je erlebt hat.

Noch vor kurzem hätte ich darüber gelacht und mich mit einem Kumpel wie nach einem Kompliment abgeklatscht. Irgendetwas ist jetzt anders.

»Es tut mir leid, dass ich dich im Flugzeug so bedrängt habe«, flüstere ich schließlich, das Gesicht nach wie vor zwischen den Händen verborgen.

Mann, Jackson, kann ich mich noch nicht einmal vernünftig bei einem Mädchen entschuldigen? Habe ich mich überhaupt schon mal bei einem Mädchen entschuldigt? Eher nicht.Ich zwinge mich, Hannah anzusehen.

Sie sieht nicht mehr an mir vorbei, unsere Blicke begegnen sich. Sie hat geweint. Ihre Augen haben diesen leicht glasigen Rotschimmer, und ich fühle mich umso elender.

»Mir war klar, dass ich das nicht hätte tun dürfen. Ich wusste es schon in dem Moment, als ich dir in den Waschraum folgte und die Tür schloss. Und ich habe es trotzdem getan.«

»Und ich habe dich machen lassen. Ich bin genauso schuld.«

Wir sprechen zum ersten Mal ehrlich miteinander. Wenn ich jetzt weiterhin gnadenlos ehrlich wäre, müsste ich ihr sagen, wie weit mich dieses Erlebnis beeinflusst hat. Denn die Wahrheit ist, dass sie mir total den Kopf verdreht hat.

Aber die Worte kommen mir nicht über die Lippen.

Es käme zu diesem Zeitpunkt nur wie eine billige, kalkulierte Anmache rüber. Ich habe es versaut. Und keine Ahnung, wie ich es wieder ändern kann. Der erste Eindruck ist bleibend, und der ist längst geschehen.

Es tut tausendmal mehr weh als der Tritt in die Weichteile.

kapitel 10

HANNAH

Ben und Fee sitzen am Pool. Eng nebeneinander, wieder friedlich, die Hände ineinander verschränkt, die Füße im Wasser.

Sie sehen uns auf sich zukommen. Wenn ich einen Mann so getreten hätte, dass er stöhnend und halb ohnmächtig auf dem Boden vor mir liegen bleibt, wäre ich extrem verunsichert, wenn er mir das nächste Mal begegnet. Fee dagegen kümmert es nicht.

Ich denke, ich kann Jackson inzwischen verzeihen, wie er sich zu Beginn mir gegenüber benommen hat. Nur mir selber kann ich mein Verhalten nicht verzeihen.

Selbstverständlich ändert die Entschuldigung nichts an seinem Charakter. Das darf ich bloß nicht vergessen. Egal, wie aufrichtig er klingt, er wird sich wohl kaum ändern. Oder ändern können.

»Es tut mir leid«, sagt er kleinlaut, als er vor den beiden steht. »Ich habe mich benommen wie der letzte Arsch. Bei Hannah habe ich echt Mist gebaut. Und sonst auch. Ich kann verstehen, wenn ihr jetzt wollt, dass ich verschwinde.«

Fee sieht mich an. Ich weiß, was sie wissen will. Wir reden zwar eine Menge, verstehen uns aber genauso ohne Worte. Leicht schüttle ich den Kopf. Wir hatten bis eben einen so schönen Tag. Vielleicht kann es wieder so werden.

»Wir wollen ja nicht, dass du verschwindest. Deshalb habe ich das lieber so geklärt.« Sie entschuldigt sich nicht. Cool wie immer. Stattdessen wirft sie einen prüfenden Blick in Jacksons Schritt, der ihn zusammenzucken lässt. »Anscheinend hast du es überlebt. Und wenn du jetzt nicht sauer auf mich bist, kannst du bleiben.«

Jackson nickt leicht.

»Ich bin nicht sauer. Und ich würde gerne bleiben.«

Fee hat mit einem Mal diesen zufriedenen Alles-ist-geklärt-Blick drauf und Ben grinst ein wenig.

Wir setzen uns ebenfalls an den Pool. Mit ein bisschen Abstand. Das Wasser ist herrlich an den Füßen. Es glitzert im Sonnenschein, die Kacheln reflektieren genau den richtigen Blauton, der an die Leichtigkeit von Meer, endlosen Strand und wolkenlosen Himmel denken lässt, und langsam macht sich eine matte Entspannung in mir breit.

Jackson lässt sich unvermittelt in den Pool gleiten, noch immer voll bekleidet, und stöhnt laut auf. Erst da wird mir bewusst, dass er nach wie vor Schmerzen haben muss. Er sieht mit einer betretenen Grimasse zu mir hoch. Meine Mundwinkel zucken unwillkürlich, da ich mir das Lachen über seinen Gesichtsausdruck verkneife.

Eine Weile lässt er sich im kühlen Wasser auf dem Rücken treiben, während wir anderen ihm schweigend zusehen.

»Ich habe Hunger«, sagt Fee auf einmal.

»Du hast immer Hunger.« Ben grinst breit und zwinkert mir zu.

»Kann sein. Das kommt von der Aufregung. Wie sieht es bei euch aus? Ich bin für Pizza.«

»Pizza mit doppelt Zwiebeln und Salami«, stimmt Ben ihr zu.

Hunger habe ich keinen. Mir schlägt Stress auf den Magen. Außerdem bin ich nach wie vor mit den Nachwirkungen meines Geständnisses beschäftigt. Keine körperlichen Nachwirkungen wie bei Jackson, in meinem Fall sind es geistige. Denn nach und nach mischt sich immer mehr Erleichterung in meine verwirrten Gefühle. Erleichterung, dass dieses Geheimnis nicht mehr zwischen Fee und mir hängt.

»Jackson?«

»Thunfisch bitte. Nur Thunfisch.«

»Igitt«, sage ich. »Thunfischpizza ist die einzige, die ich echt eklig finde.«

»Schade, ich wollte dir ein Stück abgeben.«

»Ich nehme Pizza Hawaii. Wenn die hier auch so heißt, Ananas und Schinken. Und ich gebe dir ein Stück ab.«

»Ist mir recht. Ich esse eh alles.«

Ben bestellt, während ich mich darüber wundere, dass Jackson und ich jetzt schon Pizza teilen. Und wie normal sich das anfühlt.

»Macht euch keine Hoffnung«, sagt Fee, als es endlich an der Tür klingelt und sie aufspringt. »Ich gebe nichts von meiner Mahlzeit ab, auch wenn ihr gleich wahrscheinlich verhungert.«

»Schon klar. Wer dir Essen streitig macht, ist des Todes. Das wissen alle, Fee«, brülle ich ihr hinterher.

Jackson kommt tropfend aus dem Pool. Das T-Shirt klebt an seinem Oberkörper, betont jeden Muskel und ich stelle fest, dass er so fast noch heißer aussieht, als oberkörperfrei. Das Wasser läuft in Strömen aus seiner Kleidung, trotzdem setzt er sich ungerührt an den Tisch. Zu seinen Füßen bildet sich eine Pfütze.

Fee verzieht keine Miene, als sie zurückkommt und ihre Ausbeute auf den Tisch stellt.

»Hier, bitte.«

Ich reiche Jackson ein Stück direkt aus dem Karton und der Käse zieht lange Fäden. Während er die Pizza in seinen

Mund schiebt, läuft ein Wassertropfen quer über sein Gesicht und tropft schließlich vom Kinn. Ich muss kichern.

»Brauchst du eine Serviette?«, fragt Fee. »Die Ananas auf der Pizza ist wirklich klebrig. So was kann auch nur Hannah mögen.«

»Eine Serviette wäre toll.«

Jackson wischt sich über den Mund und kleine Stücke des Papiers, das sich auf der Stelle vollgesogen hat, bleiben an seinen Bartstoppeln hängen. Ich versuche, das Lachen zu verhindern, und verschlucke mich dadurch an meiner Pizza.

»Kann es sein, dass du eher ein Handtuch brauchst? Ein großes Handtuch?«, fragt Ben kopfschüttelnd.

Dann klopft er mir sacht auf den Rücken, während ich noch immer mit meiner Atemluft kämpfe. Für so einen muskelbepackten Riesen kann er seine Kraft erstaunlich gut einteilen.

»Was soll ich mit einem Handtuch?«

Jackson verdreht die Augen, wischt sich eine tropfende Haarsträhne aus der Stirn und verteilt dabei weitere Serviettenfussel in seinem Gesicht.

Und ich gebe es auf, gegen meinen hysterischen Lachflash anzukämpfen.

»Die Jungs haben morgen ein Spiel. Hast du noch immer Lust hinzugehen?«

Das Training war wegen dieses Spiels in der letzten Woche besonders intensiv und zeitaufwändig. Ben und Jackson kamen abends noch später nach Hause als sonst, und wir haben sie kaum gesehen.

»Klar. Gehst du nicht eh zu jedem der Spiele?«

»Ja, wenn ich überhaupt da bin. Jetzt habe ich allerdings Besuch von dir und wir können auch was Anderes machen.«

»Ich würde gerne hingehen. Wenn du mir die Regeln noch mal erklärst.«

Fee lacht.

»Mache ich. Die Stimmung ist hier im Stadion eh ganz anders. Hier weiß jeder, was passiert. Die Amerikaner gehen so was von mit. Es wird dir gefallen.«

Sie schweigt kurz.

»Jackson und du. Hast du ihm verziehen?«

Wir sind auf dem Rückweg von einer Einkaufstour. Ich war gleichzeitig beeindruckt und geschockt von der unvorstellbaren Shopping Mall, die größer ist als in Deutschland ganze Städte.

Tja, Jackson und ich. Nach dem Drama des letzten Wochenendes muss ich nicht mehr vorgeben, kein Problem mit seiner Anwesenheit zu haben und merke erstaunt, dass das auch nicht mehr der Fall ist.

Unser Fast-Kuss im Pool ist ebenfalls Geschichte.

Ich bin erleichtert. Allerdings gibt es einen kleinen Teil in mir, der es vermisst. Der diesen Jackson vermisst, der mir anzügliche Blicke zuwirft, bei dem ich ständig befürchte, er wird erneut versuchen, mich ins Bett zu drängen. Obwohl ich mich selber darüber ärgere, kann ich es leider nicht abstellen.

»Ja, hab ich. Er benimmt sich jetzt ganz anders.«

»Du hättest direkt sagen sollen, dass er es ist.«

Und dann wäre auf der Stelle alles so eskaliert.

»Ach, Fee, ich war so geschockt. Ich war wie erstarrt, als ich ihn gesehen habe.«

»Habe ich ja gemerkt. Aber ich dachte, es wäre, weil er so verdammt attraktiv ist.«

Wir kichern ein bisschen. Jackson ist echt heiß. Er ist nicht einfach nur gut aussehend, er hat diesen provozierend lässigen Look, dieses Gesicht, das dich nicht mehr loslässt. Er ist alles in allem viel zu attraktiv für ein Durchschnittsmädchen wie mich.

»Stehst du jetzt auf ihn? Nachdem er den Arschloch-Modus abgeschaltet hat. Immerhin weißt du, dass er im Bett eine Granate ist, das weiß man ja normalerweise auch nicht von jedem.«

Schnell schüttle ich den Kopf. Natürlich stehe ich auf ihn, aber ich will es nicht zugeben. Nicht vor Fee. Nicht vor mir selber.

»Er ist viel zu heiß für mich.«

»Wieso meinst du das?«

»Ach Fee, er ist ein Frauenmagnet. Er kann jede haben. Ich habe es doch erlebt. Sogar wenn er die Mädchen wie Dreck behandelt, laufen sie ihm hinterher.«

Fee sieht mich erbost an.

»Außer dir natürlich. Dich kann er nicht haben.« Ich strecke ihr die Zunge raus. »Hör auf damit, Hannah. Mach dich nicht kleiner als du bist.« Ich will sie schon unterbrechen, sie redet indessen unbeirrt weiter. »Du erinnerst mich an Ben. Der war auch ewig der Meinung, ich könne ihn nicht lieben. Nicht wirklich. Weil er nicht toll genug wäre. Und ich ja jeden haben kann. Haargenau dieselbe Wortwahl. Ben ist genauso wenig in der Lage, sich selber so einzuschätzen, wie du es bist.«

»Bei dir und Ben ist es so was von offensichtlich, wie verrückt ihr nacheinander seid.«

Sie mustert mich prüfend.

»Ich hätte ja nie geglaubt, dass ich das mal sage, aber Jackson ist eindeutig genauso verrückt nach dir. Und ich weiß, warum. Du bist einer der tollsten Menschen, der mir je begegnet ist. Wäre schön, wenn du das mal kapierst.«

Ich schnaube nur abfällig.

»Außerdem bin ich mit Julius zusammen«, wende ich dann ein und fühle mich auf der Stelle hundeelend. Immer wieder vergesse ich das nämlich. Immer wieder habe ich das Gefühl, dass sowohl meine Heimat als auch mein Freund unsagbar weit weg sind. Und nicht mehr so ganz real.

Als wir in die Einfahrt biegen, steht ein Taxi vor der Tür.

»Wow, wer ist das?«, entfährt es mir.

»Keine Ahnung.«

Fee zuckt die Achseln. Das glaube ich ihr nicht. Die Frau,

die unentschlossen neben dem Taxi wartet, ist nämlich umwerfend attraktiv. Und damit passt sie perfekt in Fees Modelwelt.

Ich wende mich der Haustür zu, um die Fremde nicht weiter mit offenem Mund anzustarren, und stochere mit dem Schlüssel im Schloss, während ich vorgebe, nicht dem Gespräch zu lauschen. Zugegebenermaßen nur bis ich den Namen Jackson fallen höre. Jetzt gebe ich gar nichts mehr vor.

Stattdessen sehe ich diese Frau in Jacksons Armen liegen. Die ist ein ganz anderes Kaliber als die Mädchen, die er im Club abschleppt. Und das kalte, entsetzte Gefühl, das sich in mir ausbreitet, gefällt mir gar nicht. Umso lächerlicher wirkt Fees Bemerkung, Jackson wäre verrückt nach mir. Wie sollte er. Wie sollte er, wenn er so eine Frau kennt.

Sie hat eine Haltung und eine Ausstrahlung wie eine Königin. Dazu ist sie perfekt, aber dezent geschminkt, edel und teuer gekleidet.

Fee lächelt und schüttelt den Kopf. Dann weist sie zur Haustür.

»Sie sucht Jackson«, sagt sie laut zu mir. »Keine Ahnung, wann die Jungs heute nach Hause kommen, aber wir können ja einen Kaffee trinken, solange wir warten.«

Klar doch, ich trinke liebend gerne einen Kaffee mit der Queen persönlich. Krampfhaft bemühe ich mich, meinen geschockten Gesichtsausdruck in ein Lächeln zu verwandeln.

Darin war ich noch nie gut.

»Das ist Hannah, meine Freundin. Sie ist zu Besuch in Miami«, plaudert Fee unbekümmert, während ich mich am Kaffeeautomaten zu schaffen mache.

»Hannah, es freut mich, Sie kennenzulernen.«

Sie spricht leise. Und erst so nach und nach realisiere, dass wir uns auf Deutsch unterhalten. Ich mustere sie genauer.

»Ich glaube, mein Sohn hat Sie erwähnt.« Sie lächelt, und es ist unfassbar, dass ein Lächeln strahlend und traurig zugleich sein kann. »Sie sind sich schon auf dem Flug begegnet, richtig?«

In Zeitlupe fallen alle Puzzleteilchen auf ihren Platz. Eine umwerfend schöne Frau. Ein umwerfend attraktiver Jackson. Und bei beiden das unbestimmte Gefühl, dass man nicht hinter die makellose Fassade blicken sollte.

Jacksons Mutter ist deutlich jünger, als meine es ist. Kein Wunder, dass ich nicht sofort darauf gekommen bin.

»Ja, er hat auf dem Hinflug neben mir gesessen«, sage ich langsam und wundere mich, dass Jackson darüber geredet hat. Er wird seiner Mutter gegenüber wohl kaum mit seinen sexuellen Eroberungen prahlen. Leider werde ich rot. »Was für ein unglaublicher Zufall.«

»In der Tat. Und was für ein charmanter Zufall.«

Nein, sie hat keine Ahnung von der Aktion auf der Flugzeugtoilette. Charmant kann man das nun wirklich nicht nennen. Ich muss hysterisch kichern und werde noch roter. Schnell verstecke ich mich hinter meiner Tasse.

»Arbeiten Sie auch als Model?«

Vor Schreck verschlucke ich mich an meinem Kaffee. Ich starre Mrs. Jackson mit großen Augen an und frage mich, wie man mit so aufrichtiger Stimme einen Menschen verarschen kann.

»Natürlich nicht«, würge ich dann hinaus.

»Hannah will Grundschullehrerin werden.« Fee lächelt mich stolz an und wirkt kein bisschen irritiert über die abstruse Frage. »Die Zukunft unserer Kinder ist also gerettet.«

»Lehrerin. Was für eine schöne Perspektive. Mit Kindern zu arbeiten, macht bestimmt viel Freude. Und hat so viel Sinn.«

Ich muss dringend an meiner Wahrnehmung arbeiten. Sie muss mich doch veräppeln, denn warum sollte eine so perfekte Person, die eindeutig immens reich ist und alles hat, Neid in ihrer Stimme zeigen, wenn sie über meine Lehrerzukunft spricht.

»Ich hoffe es. Mit Groß- und Kleinbuchstaben und dem Einmaleins kenne ich mich schon hervorragend aus. Jetzt muss ich nur noch lernen, die Kinder im Griff zu haben.«
»Du hast uns doch locker im Griff. Noch schlimmer können Sechsjährige auch nicht sein«, grinst Fee.
Unser Gast lacht laut auf.
»Wer mit meinem Sohn klarkommt, der schafft alles.« Langsam macht sich eine gelöste Stimmung breit. Jackson hat so ein Glück. Seine Mutter ist absolut sympathisch. Freundlich, interessiert, und inzwischen bin ich mir sicher, dass sie mich nicht verspottet, sondern mich als Model aus einem mir unbegreiflichen Grund für realistisch hält. Der Junge hat wirklich alles, was man sich wünscht.
Ein Telefon klingelt. Jacksons Mutter wirft einen erschrockenen Blick auf ihr Handy und steht abrupt auf.
»Ich muss mich jetzt leider verabschieden.« Sie deutet durch das Küchenfenster zu dem Taxi, das auf sie wartet.
»Oh, wie schade. Aber leider kann es wirklich noch eine Weile dauern, bis Ben und Jackson zurückkommen, schließlich ist es die letzte Teambesprechung vor dem morgigen Spiel.« Fee schaut mich fragend an, aber ich weiß genauso wenig, was die plötzliche Eile bedeutet. »Sehen wir Sie dort?«
»Wohl eher nicht. Vielen Dank für die Gastfreundschaft und den Kaffee. Mein Sohn kann sich sehr glücklich schätzen, hier untergekommen zu sein.«
Sie hastet aus dem Raum. Fee und ich bleiben am Fenster stehen und beobachten verblüfft, wie sie ins Auto springt und der Taxifahrer mit durchdrehenden Reifen losfährt.
»Das muss ja ein wichtiger Anruf gewesen«, wundere ich mich.
»So wichtig, dass sie gar nicht dran geht?«
Stimmt auch wieder. Diese traurigen Augen. Obwohl Jacksons Mutter auf den ersten Blick ein sorgenfreier Mensch sein muss, scheint es doch nicht so zu sein.

kapitel 11

HANNAH

Fee hat recht. Das ist nicht mit dem Spiel zu vergleichen, das ich damals in Köln gesehen habe. Das Stadion ist riesig und trotzdem nahezu ausverkauft. Wir haben natürlich super Plätze. Ich sitze mit offenem Mund neben Fee und kann es nicht glauben. Immer wieder muss ich mir sagen, das sind keine professionellen Leistungssportler, das sind nur Studenten. Aber erkennen kann man es nicht. Das ist wie Fußball-Bundesliga bei uns, nur pompöser, bombastischer, gewaltiger. Wie eben alles in den USA.

Mädchen in allerknappsten Röckchen, bauchfrei, mit orangen und grünen Pompons schwirren auf das Feld. Die Cheerleader, das weiß sogar ich. Sie wedeln wild mit ihren Pompons und bilden ein Spalier. Sie sind so sexy, so knapp bekleidet - ich befürchte, Jackson hatte auch schon mit all diesen Mädchen was.

Dann ertönt ein Lied, das um mich herum alle voller Pathos mitsingen oder mitbrüllen. Und schlussendlich läuft die Mannschaft ein. Unmengen von Spielern, in Zweierreihen, wild, aggressiv und ebenfalls laut brüllend.

Das Publikum jubelt wie irre, überall werden Banner hochgehalten, die laute Musik gibt den Rhythmus vor. Das habe ich nicht erwartet, beim besten Willen nicht. Fassungslos beuge ich mich zu Fee hinüber.

»Wieso sind das so viele Spieler? Alle mit Helm, man erkennt ja keinen.« Sie kichert. Ich oute mich mal wieder als völlig unbedarft. Die schiere Masse an Jungs erschlägt mich regelrecht. »Woran soll wir Ben und Jackson denn erkennen? Das sind doch tausende und alle sehen gleich aus.«

Jetzt lacht sie mich aus. »Ach, Hannah, sie tragen doch alle Rückennummern. Die ich nicht bräuchte, ich erkenne Ben immer und überall auf einen Blick.« Ihre Stimme wird schmachtend. Himmel, dieses Mädchen ist so verliebt.

Na gut, Ben ist ein Hüne. Ich suche das Team ab, aber ehrlich gesagt, sind so viele der Jungs absolute Riesen. Ben ragt ausnahmsweise nicht aus der Menge heraus.

Fee zeigt ihn mir schließlich.

»Er hat eindeutig den heißesten Hintern von allen.«

»Möchtest du jetzt wirklich, dass ich mir den Hintern von deinem Freund ansehe?«

Wir schütten uns aus vor Lachen.

Kurz beiße ich mir auf die Lippen, gebe dann aber doch meiner Neugierde nach. Fee weiß eh, dass Jackson mich nicht kalt lässt. »Und Jackson?«

»Da brauche ich schon die Rückennummer, solange sie alle zusammen an der Seitenlinie stehen. Die kenne ich aber nicht. Und ich habe mir seinen Hintern noch nicht so genau angesehen.« Fee zwinkert mir zu. »Die Namen der Spieler stehen auch auf dem Trikot, sind auf die Entfernung allerdings kaum zu lesen.«

Wir suchen die Jungs ab. Alle rennen unruhig hin und her, drehen sich immer wieder, und die Nummern und Namen sind häufig nicht zu erkennen. Außerdem ist Jackson von der Statur her nicht so eindrucksvoll und damit so leicht zu finden wie Ben.

Das Spiel beginnt.

»Jetzt wird es einfach. Er ist Quarterback, er bekommt gleich den Ball vom Center und gibt ihn entweder weiter oder wirft ihn.«

Das Angriffsteam läuft auf das Feld. Stellt sich kurz im Huddle zusammen, um den Spielzug zu planen, wie Fee mir erklärt, und verteilt sich dann an der Angriffslinie.

Tatsächlich, Jacksons Position ist eindeutig. Er wirft den Ball, und es ist genau wie im Garten. Der Ball fliegt und fliegt, und ich bin schwer beeindruckt.

Und definitiv ist Jacksons Hintern heißer, als der von allen andern, ich hüte mich aber mal lieber, diese Meinung so an Fee weiterzugeben.

Irgendwann wechseln die Teams und die anderen greifen an.

»Jetzt müssen wir laut sein«, weist Fee mich an. »Wenn der Gegner den Ball hat, ist es Aufgabe der Cheerleader und des Publikums, einen Höllenlärm zu erzeugen. Dann kann das Angriffsteam sich nicht absprechen.«

Der Lärm zwischen den Spielzügen und beim Angriff der Gegner ist in der Tat ohrenbetäubend, und Fee und ich schreien hemmungslos mit. Es macht Spaß. Viel mehr Spaß, als ich erwartet hatte.

Der Duft nach Popcorn und Hotdogs liegt in der Luft.

»Willst du ein Bier? Oder was essen?«, fragt Fee mich. Ich werfe einen Blick auf die Leute neben uns, die mit eimergroßen Getränkebechern ausgestattet sind, als müssten sie den dritten Weltkrieg aussitzen.

»Ne, lass mal.«

Fee erklärt mir weiterhin das Spiel und jeden einzelnen Spielzug. So nach und nach gewinne ich den Eindruck, dass sie nicht zufrieden ist.

Die Stimmung im Stadion wird immer aufgeheizter.

»Was ist denn los? Es läuft doch gut, oder?«

Fee brummt nur.

»Fee, sag schon, ich verstehe es nicht. Der Spielstand ist ausgeglichen, und ich finde die Jungs toll.«

»Im letzten Jahr haben die den Gegner gnadenlos plattgemacht. Es läuft heute gar nicht gut. Eigentlich müssten sie haushoch führen.«

»Oh. Ach so.«

Das erklärt einiges. Aber jetzt fängt Ben einen wirklich spektakulären Ball, und Fee springt schreiend auf. Ich auch. Die Menge um uns herum ebenfalls.

»Haben wir Punkte gemacht?«, brülle ich Fee an.

»Ja, Gott sei Dank. Es ist kurz vor Spielende, jetzt müssen sie den Vorsprung nur noch halten.«

»Dann hat Ben also die Punkte gemacht?«

»Ja.«

Fee klingt unglaublich stolz. Kein Wunder. Ben ist wie eine Rakete in die Luft gestiegen und hat diesen Ball gerade noch mit einer Hand gefangen. Genau in der Endzone, wie Fee mir erklärt. Es sah absolut genial aus. Kein Wunder, dass die Leute um uns herum jubeln wie die Irren.

Ich juble mit.

»Unglaublich, wie weit Jackson werfen kann.«

Fee wirft mir einen entschuldigenden Blick zu.

»Vielleicht warne ich dich besser mal vor, Hannah. Die beiden werden gleich nicht gut drauf sein.«

»Wie meinst du das?«

»Na ja, wenn ein Spiel gut läuft, ist alles super. Und wenn nicht, so wie heute, eben nicht. Die können das nicht innerhalb einer Dusche und einer Nachbesprechung abschütteln. Die Stimmung vom Spiel kommt immer mit nach Hause.«

»Aber sie gewinnen doch.«

»Aber nur haarscharf. Und Jackson hat grottenschlecht geworfen. Ich wundere mich über den Coach, er hätte ihn längst auswechseln müssen.«

Ich verstehe nichts. Jackson hat phänomenal weit geworfen.

Mein Gesichtsausdruck spricht Bände.

»Weit reicht nicht, er muss vor allem präzise werfen. Besser kurz und auf den Punkt. Diese Verzweiflungswürfe, die er da gemacht hat, gehen gar nicht.«

Fee sieht mich entschuldigend an.

»Also, geh ihm zu Hause besser aus dem Weg. Er wird gleich ein paar Takte gesagt bekommen. Die sind da nicht gerade zimperlich, wenn jemand nicht abliefert.«

Ich verziehe das Gesicht.

Das ist mal wieder typisch Mann.

Glücklicherweise halten sie den Vorsprung und gehen als siegreiches Team vom Platz. Trotzdem höre ich von allen Seiten unwilliges Gemurre des Publikums. Das Theater ist lächerlich, es geht doch um nichts. Die Zuschauer strömen schon von der Tribüne, während die Spieler auf dem Feld ihren Kram einsammeln und nach und nach in der Kabine verschwinden. Fee und ich warten, bis das ärgste Gedrängel vorbei ist, und ich beobachte fassungslos, wie Jackson mit gesenktem Blick in die Kabine schleicht. Mittlerweile hat er den Helm abgenommen. Er sieht anders aus. Die Frisur sitzt ausnahmsweise nicht mehr, er ist schweißüberströmt, und sein Gesichtsausdruck ist abweisend und verschlossen. Es ist jedoch seine Haltung, die mich so frustriert. Das ist nicht mehr der Jackson, den ich bisher kannte. Nicht der selbstbewusste Typ, der überall siegessicher auftritt und dieses Funkeln in den Augen hat. Eigentlich fand ich das immer arrogant, aber gerade wünsche ich mir wieder genau diesen Jackson zurück.

Ben dagegen sieht zur Tribüne hoch, findet uns und winkt. Fee wirft eine Kusshand zurück.

Beim Verlassen des Stadions kommen wir an einem Stand vorbei, an dem Trikots der Mannschaft verkauft werden. Fee trägt eines, sogar mit Bens Nachnamen drauf. Ich habe mich schon unpassend gekleidet gefühlt, um mich rum nur die Farben des Teams und ich in neutral Weiß. Neugierig wühle ich mich durch den Stapel. Ich habe durchaus vor, mir ein weiteres Spiel anzuschauen, denn es war beeindruckend und ich hatte viel Spaß.

»Gibt es alle Nummern und Namen, Fee?«

»Ich weiß nicht. Bestellen kann man, glaube ich, alle.« Aber ich werde relativ schnell fündig, triumphierend halte ich ein Trikot mit Jacksons Namen hoch.

Eine dicke Frau, die neben mir am Stand ihre Hände ebenfalls in den Sachen vergraben hat, wirft mir einen abfälligen Blick zu.

»Das kannst du dir sparen«, grunzt sie mich an. Ich habe mich noch immer nicht an diesen amerikanischen Akzent gewöhnt. Vielleicht habe ich sie ja falsch verstanden. »Den werden sie jetzt hoffentlich nicht mehr spielen lassen. Nach dem heutigen Spiel hat das sicher auch der Trainer gemerkt.«

Ich fürchte, ich habe sie nicht falsch verstanden.

Der Verkäufer nickt ihr zu. »Absolut unhaltbar. Wenn Daddy nicht so viel Kohle ins Team gebuttert hätte, hätte er von Anfang an die Ersatzbank drücken können.«

Ich verwerfe einen verzweifelten Blick zu Fee, denn ich fand seine Würfe toll und verstehe das Gemeckere überhaupt nicht. Und ich verstehe die Fans nicht. Die Spieler nicht. Und Jackson selber schon gar nicht. Mir ist durchaus klar, dass ich überhaupt keine Ahnung von diesem Sport habe, trotzdem ärgere ich mich. Fee sieht mich unglücklich an.

»War er wirklich so schlecht?«

Sie seufzt.

»Er war noch nie wirklich gut, aber heute war es noch schlimmer. Die Gerüchte, er dürfe nur spielen, weil sein Vater bezahlt, nehmen immer weiter überhand.«

Der Verkäufer drückt mir ein anderes Trikot in die Hand. »Nimm das. Das ist die Zukunft, wenn der Trainer nur ein bisschen Hirn hat. Und den Scheiß kannst du verbrennen. Ich weiß gar nicht, wieso die überhaupt gedruckt wurden. Die Katastrophe war doch von Anfang an ersichtlich.«

Er versucht, mir Jacksons Trikot aus der Hand zu ziehen, aber ich halte reflexartig fest. Ich ärgere mich immer mehr. Leider kann ich Jackson noch nicht einmal verteidigen. Ich habe ja echt keine Ahnung.

»Er trainiert doch so verdammt hart«, sage ich frustriert zu Fee und werfe dem Verkäufer gleichzeitig wütende Blicke zu.

»Ja, ich weiß. Er trainiert wirklich hart.«

Nun durchsucht Fee ebenfalls entschlossen die Trikots und hält schon nach kurzer Zeit ein zweites mit Jacksons Namen in der Hand.

»Wir nehmen die beiden«, sagt sie herausfordernd zu dem Verkäufer, der nur ergeben die Achseln zuckt.

»Macht, was ihr wollt. Könnt es ja noch als Putzlappen benutzen.«

Er grinst fies. Das bringt das Fass zum Überlaufen. Fee und ich werfen uns nur einen Blick zu.

Synchron ziehen wir unsere T-Shirts aus. Mit einer einzigen Bewegung. Keine Ahnung, welchen BH ich heute trage, ich hoffe nur, es ist nicht mein alter, labbriger, der nach jeder Wäsche kurz davor ist, im Müll zu landen. Und dann doch immer wieder den Weg in meinen Schrank findet. Aber ich kann mir nicht vorstellen, dass irgendjemand auch nur einen Blick für mich und meine Unterwäsche übrig hat.

Denn Fee trägt gar keinen BH.

Um uns herum sind alle Gespräche verstummt. Immer mehr Leute bleiben stehen und starren. Eine Frau hält ihrem kleinen Sohn die Augen zu, und ich bin in Versuchung, darüber hemmungslos zu lachen. Dafür bin ich jedoch nach wie vor zu wütend und funkle nur die Menge an.

Ich sehe einen Pulk halbwüchsiger Jungs, die uns mit hochrotem Kopf anstarren. Einige Mädchen kichern hysterisch. Der Verkäufer weiß ebenfalls nicht mehr, wo er hinsehen soll, während wir genau vor seiner Nase stehen. Und die dicke Frau, die so gemein über Jackson gesprochen hat, japst entsetzt nach Luft.

Fee entfernt in aller Seelenruhe die Preisschilder, während ich halb nackt und sie komplett oben ohne vor dem Stand stehen, als wäre das alltäglich für uns. Noch immer bin ich geladen genug, die Situation nicht peinlich zu finden. Ich halte das neue Trikot einmal letztes Mal hoch und kontrolliere es provozierend langsam. Ja, alle Etiketten sind entfernt. Jacksons Name steht in großen, nicht zu übersehenden Buchstaben auf dem Rücken und auch die Größe sollte mir passen.

Wir ziehen die neuen Sachen breit grinsend an, winken einmal mehr in die gaffende Menge und entfernen uns wortlos.

Hinter uns geht das Getuschel los, und wir werfen uns einen triumphierenden Blick zu. Das ist doch zumindest mal Gesprächsstoff für die prüden Amerikaner.

Im Auto muss ich immer wieder kichern, sobald mein Blick auf Fee in ihrem neuen Trikot fällt. Fee grinst auch nur noch.

Fee und ich sind schon lange wieder zurück, ehe wir Bens Auto in der Einfahrt hören.

»He.«

Bens Tasche fliegt in die Ecke.

»He.«

Fee legt das Buch weg, in dem sie gelesen hat. Sie bekommt einen Kuss.

Ben ist jetzt eher neutral gelaunt, eigentlich genauso, wie ich ihn immer kenne, mit unlesbarem Gesichtsausdruck und entspannter Körperhaltung. Er lässt sich in den Stuhl neben Fee fallen.

»Tut mir leid, dass ausgerechnet dieses Spiel so grottenschlecht war«, sagt er zu mir. »Wir hätten dir gerne was geboten. Ist doch wahrscheinlich das einzige Spiel, das du hier erlebst.«

Ich runzle die Stirn.

»Ich fand es aber toll«, antworte ich dann leicht trotzig.

Ben sieht mich skeptisch an. Dann fällt sein Blick auf mein Trikot, das ich nach wie vor trage, und er zieht die Augenbrauen hoch.

»Diesen letzten Ball, wie du den aus der Luft geholt hast, das war unglaublich.«

»Ja, Ben hat uns den Arsch gerettet. Eigentlich war der Ball unfangbar.« Jackson steht im Türrahmen. Unbewegte Miene, angespannte Schultern. Nicht der Jackson, den ich kenne. Nicht der lässig überhebliche. Noch immer nicht. Dabei ist das Spiel schon seit über zwei Stunden beendet.

»Mir hat das Spiel gefallen«, sage ich unnachgiebig. Ich werde es mir jetzt nicht schlecht reden lassen. »Das ganze Spiel. Es war wenigstens spannend.«

Ben lächelt mich an.

»Hannah, du bist wohl ein unverbesserlicher Optimist. Sollten wir dem Coach mal sagen, wir wollten es nur spannend machen. Vielleicht stellen wir dich in der PR-Abteilung ein.«

Jackson kneift die Lippen zusammen.

»Er wirft mich eh raus.«

»Nein, er hat dich doch heute noch nicht mal ausgewechselt. Wieso sollte er?« Fee mischt sich ein.

Sie hält Bens Hand und reibt selbstvergessen mit dem Daumen über seinen Handrücken. Kurz frage ich mich, ob die beiden normalerweise den Frust anders verarbeiten.

»Hat er nur nicht, weil mein Ersatz den Fuß verstaucht hat.«

Jackson steht noch immer geknickt an der Tür. Dann kommt er langsam rüber und setzt sich. Lässt den Kopf sinken. Wie ein Häufchen Elend.

»Komm, Mann, es war ein einziges schlechtes Spiel.« Ben wirft ihm mitleidige Blicke zu. »Wird schon wieder. Zeig im Training, wie hart du arbeitest, und er wird es wieder vergessen.«

Jackson nickt. Aufgemuntert wirkt er nicht. Ich habe das unbedingte Bedürfnis, ihn zu trösten. Nicht nur mit Worten. Was für ein Drama. Es ist doch nur Sport.

»War halt nicht deine Woche«, sagt Ben.

Wir denken alle an Jacksons Woche, die mit Fees wohlplatziertem Tritt begann, und Ben verzieht schmerzerfüllt das Gesicht. Diese eine Sache, bei der Männer immer so theatralisch mitleiden.

»War halt nicht mein Monat«, wirft Jackson frustriert ein. Fee springt auf.

»Wollt ihr was trinken? Ich glaube, heute Abend können wir alle was Stärkeres gebrauchen. Ich habe noch eine Flasche Jägermeister gekühlt.«

Ben stöhnt auf, und Fee grinst ein bisschen gemein. Das muss ein Insiderwitz sein.

Jackson mustert jetzt verwirrt Fees Rücken, auf dem groß und nicht zu übersehen sein Name steht. Dann fällt sein Blick auf mich.

»Ich hoffe, du warst schlauer als Fee und hast ›Richter‹ draufstehen?«, fragt er, und seine Stimme klingt bitter.

Ich zucke nur die Achseln und drehe mich um, damit er es erkennen kann.

»Hättet ihr nicht machen sollen. Ich weiß eh, was die über mich reden, und die Trikots werdet ihr nie wieder brauchen. Ich habe ja heute phänomenal demonstriert, wie recht alle haben.«

In dem Moment kommt Fee mit der Flasche und vier Gläsern zurück. Riesigen Gläsern.

»Kleinere hatten wir nicht«, sagt sie entschuldigend. Sie macht sie trotz der für Schnaps unpassenden Größe halbvoll. Keiner protestiert.

Ben hebt sein Glas.

»Auf ein Spiel zum Vergessen und darauf, dass das nächste besser wird.«

Der Alkohol brennt in meiner Kehle.

Ich beschließe, jetzt höllisch vorsichtig zu sein, denn ich kann nicht alles, was in meinem Glas ist, trinken, ohne danach hemmungslos betrunken auf dem Tisch zu tanzen.

Fee boykottiert unwissend meinen stillen, inneren Vorsatz und hebt ebenfalls ihr Glas. »Auf das heutige Spiel, das ihr immerhin gewonnen habt. Und den geilsten Catch, den ich je gesehen habe.« Sie wirft Ben einen Blick zu, der die Luft um sie herum zum Flirren bringt.

Ich glaube jetzt schon, nach dem zweiten Schluck, den Alkohol in meinem Blut zu spüren.

Jacksons Blick ruht auf mir. Mal wieder. Aber es ist nicht sein üblicher Blick. Derjenige, der mich immer haltlos nervös macht, weil er die Erinnerung an hemmungslosen und absolut verbotenen Sex wieder aufflammen lässt. Es ist ein trauriger Blick, und den will ich so nicht länger sehen.

Ich hebe also ebenfalls mein Glas, obwohl ich dringend eine Pause brauche. »Auf unsere Jungs. Die wir verdammt toll finden, egal, was die anderen sagen.«

Wir trinken erneut und Jacksons Blick wird weich.

»Und ich trinke auf die Mädchen. Vor allem auf die, die sich kein bisschen von der Realität erschüttern lassen.«

Der vierte Schluck in Folge. Das Tempo kann ich auf keinen Fall halten. Ich setze mein Glas ab.

Jackson dagegen leert seines in einem Zug. »Das Zeug ist gut, um Kummer zu ersäufen.«

»Wem sagst du das.« Ben lässt sich nach hinten sinken und trinkt seinen Schnaps ebenfalls. Nur Fee und ich haben noch so einigen Jägermeister übrig, aber wir haben auch nicht die körperliche Masse, um mitzuhalten.

»Die nächste Portion verteile ich etwas ungleichmäßiger«, flüstert Fee mir verschwörerisch zu. »Wir haben keinen Grund, uns zu betrinken, oder?«

Die nächste Portion? Diese eine ist eindeutig schon zu viel für mich.

Bens Handy piepst. Er schaut drauf.

»Es gibt ein Video über unsere Fans«, sagt er beeindruckt und ein wenig ungläubig. »Ich habe gerade den Link bekommen. Das hatten wir, glaub ich, noch nie.« Fee füllt die Gläser der Jungs unauffällig, während die beiden sich über Bens Handy beugen.

Dann verdreht sie genervt die Augen, weil beide wie gebannt mit offenem Mund starren. Man hört nur leises, nicht zu identifizierendes Hintergrundgeräusch. Es klingt eindeutig nicht nach Fangesängen.

Ben wird plötzlich puterrot und schnappt nach Luft. Jackson ist abgebrühter, er zieht nur die Augenbrauen hoch und schluckt.

Dann sehen beide hoch. Sehen Fee und mich an, als wären wir Außerirdische.

»Das ...« Jackson schluckt noch einmal. »Warum habt ihr das gemacht?«

Ich verstehe kein Wort. Fee genauso wenig.

Ben dreht uns das Handy hin und startet den Film erneut.

Und da sehe ich es.

Jemand hat unsere Aktion mit dem öffentlichen Trikottausch gefilmt und jetzt ins Netz gestellt. Ich bin etwas schockiert, denn damit hatte ich nicht gerechnet. Glücklicherweise entdecke ich, dass ich meinen schönsten BH anhabe, den blauen mit der dezenten Spitze, und ich finde, der kann sich sehen lassen.

Wir wirken wie Amazonen. Mir sieht man die Wut eindeutig an, meine Augen funkeln und glitzern, und ich stehe völlig ungerührt in der Unterwäsche da, während Fee die Trikots bereitmacht. Sie ist absolut professionell und wirkt, als wäre sie bei einem Mode-Shooting. Nackt sein ist für sie völlig alltäglich. Dann schlüpfen wir in die Shirts, Jacksons Name ist überdeutlich zu sehen.

Das Video endet.

Fee grinst.

Ich sehe sie an, und wir klatschen uns ab.

Nur die Jungs starren uns weiterhin fassungslos an.

»Was?« Fee stupst Ben an. »Nichts, was du nicht schon gesehen hast.« Sie grinst.

»Ja, aber ...« Ben ist rot wie eine Tomate. Dann verstummt er. Nimmt sein Glas und leert es mit einem Schluck. Und füllt es erneut, randvoll.

Jackson wirkt nicht schockiert, nur verwundert. Als ob den etwas schockieren könnte.

»Warum habt ihr das gemacht?«, fragt er dann erneut. Mit dieser belegten Stimme.

»Der Verkäufer war wirklich dämlich und wollte mir das Trikot nicht geben«, erkläre ich ihm. Ich muss ja nicht wiederholen, was er gesagt hat. Das muss Jackson echt nicht wissen. »Das hat uns irgendwie provoziert.«

»Ihr hättet auf den Verkäufer hören sollen«, murmelt er beschämt. »Ich weiß, was er euch gesagt hat. Dass ich die größte Niete aller Zeiten bin. Und nur im Team, weil wir zu Hause Geld haben.«

Scheiße, er weiß es. Ich finde, so etwas sollte er nicht wissen. Fee startet das Video erneut. Wir schauen alle zusammen. Mir gefällt es noch immer.

»Es ist schon heiß«, sagt Ben dann. »Wenn ich drüber hinwegsehe, dass es ausgerechnet meine Freundin ist, die da nackt vor der Kamera steht, ist es einfach cool.«

»Ihr seid aber nicht verhaftet worden?«, wendet Jackson besorgt ein.

»Wieso denn das? Wir haben die Trikots doch nicht einfach mitgehen lassen. Wir haben sie schon gekauft.«

Ich würde niemals etwas stehlen, echt nicht.

»Wegen Erregung öffentlichen Ärgernisses. Bei nackter Haut versteht die Security echt keinen Spaß.«

Fee verdreht die Augen.

»Wir waren viel zu schnell für die. Das hatte ich schon im Blick, und wir haben uns sofort im Anschluss vom Acker gemacht.«

Huch, mir war gar nicht klar, dass wir dort hätten Ärger bekommen können. Ich würde es trotzdem wieder machen, jetzt erst recht, weil ich sehe, wie es Jackson guttut. »Die Leute werden sagen, ich habe dafür bezahlt. Für den Trikottausch und den Strip, meine ich. Weil ich ja für alles bezahle.«

Trotzdem wird Jacksons Gesicht immer weicher, während er das Video noch einmal startet. Und noch einmal. Und er wirft mir einen dieser Blicke zu, die ich überhaupt nicht einordnen kann. Aber irgendwie mag. Weil sie so ehrlich sind. Und so voller Gefühle. So vieler verwirrter Gefühle.

Er räuspert sich. »Ihr seid verrückte Hühner.« Seine Stimme ist noch immer belegt. »Aber ... danke ... so etwas hat noch nie jemand für mich getan.«

Wir machen Spaghetti mit Pesto. Nicht das anspruchsvollste Mahl, aber es geht schnell und ist nicht aufwändig. Jackson steht an der Spüle und wäscht Salat, während ich das Pesto anrühre.

Er hat aufgehört, den Jägermeister in sich reinzukippen, nachdem er das Video gesehen hat. Jetzt ist ihm vom Alkohol rein gar nichts anzumerken, und ich habe allerhöchstens einen winzigen Schwips.

Ich fülle ein Glas mit Wasser. Jackson beobachtet mich still, während ich trinke, und ich würde liebend gerne wissen, was er denkt. Denn ich kann sehen, wie angestrengt er grübelt.

Ben und Fee liegen knutschend auf dem Sofa. Ich fürchte, die beiden haben zu wenig Zeit zu zweit. In der vergangenen Woche ist permanent einer von beiden um Jackson und mich herumgeschwirrt, so dass wir keine Sekunde allein waren. Egal, ob ich gekocht habe oder wir nur Getränke aus der Küche holen wollten.

Wir haben es stillschweigend zur Kenntnis genommen, obwohl ich jedes Mal widerstreitende Gefühle in Jacksons Gesicht ausmachen konnte.

Was für ein Tag. Ich hatte tatsächlich verdammt viel Spaß bei diesem Spiel. Und ich denke, die Leute hätten ebenfalls mehr Spaß, wenn sie sich weniger für das Ergebnis, als mehr für die Action an sich interessieren würden.

Es wäre natürlich viel verlangt, wenn die Spieler das auch so sehen würden. Aber besser wäre es.

Vor allem besser für Jackson. Die Vorwürfe, sein Vater hätte ihn ins Team gekauft, müssen einen immensen Druck aufbauen.

»Wieso steht eigentlich bei Ben ›Richter‹, also sein Nachname, auf dem Trikot?«, fällt mir plötzlich auf, während ich in Gedanken das Video noch einmal Revue passieren lasse. Ich bin heilfroh, dass wir diese Sache mit dem Trikot gemacht haben, denn es hat Jackson eindeutig aufgemuntert.

»Bei allen steht der Nachname auf dem Trikot.«

»Bei dir nicht.«

»Doch. Bei mir auch.«

Ich komme mir aktuell etwas dämlich vor, denn ich kapiere es einfach nicht.

»Aber da steht doch Jackson.«

Ich muss es ja wissen, schließlich trage ich ein Trikot mit genau diesem Namen drauf.

Jacksons Mundwinkel zuckt. »Ja.«

An seinen Augen kann ich erkennen, wie sehr er sich gerade amüsiert. Immerhin schafft er es, mich nicht auszulachen. Irgendetwas an meiner Begriffsstutzigkeit muss unheimlich komisch sein. Ich komme aber nicht drauf und zucke ratlos die Schultern.

»Das ist mein Nachname.«

»Aber ...« Ich stottere etwas. Das will mir nicht in den Kopf. »Das kann doch nicht sein. Fee hat gesagt, du heißt Jackson. Alle sagen Jackson.«

»Ja.«

»Dann nenne ich dich die ganze Zeit schon nur beim Nachnamen?«

»Hmm.«

Oh.

»Das ist doch total unhöflich.« Niemals rede ich Menschen nur mit ihrem Nachnamen an. Erwachsene schon, aber dann mit einer vernünftigen Anrede.

»Hannah, das machen doch alle.«

Eine Weile denke ich darüber nach, es gefällt mir jedoch immer weniger. Es ist unpersönlich und ungehobelt. Und in Jacksons Fall, in dem der Nachname mit einem viel zu reichen Vater in Verbindung gebracht wird, noch viel mehr.

»Magst du das?«

»Ich bin es gewohnt. Ich habe noch nie darüber nachgedacht, ob ich es mag oder nicht.«

»Also, mich würde es echt stören, wenn mich jemand ›Schulz‹ nennen würde«, entscheide ich dann. »Und es stört mich, dich permanent beim Nachnamen zu rufen.«

»Dann nenn mich halt anders.«

Langsam lasse ich das Messer sinken, mit dem ich das Basilikum hacke. Drehe mich zu Jackson. Jetzt wird es peinlich. In unserer Situation eine absolut unmögliche Frage.

Trotzdem muss ich sie stellen.

»Wie heißt du denn?«

Kurz funkelt wieder etwas in Jacksons Augen. So etwas à la ›Du fragst einen Kerl erst nach dem Sex nach seinem Namen?‹. Zumindest ist es das, was mir durch den Kopf schießt. Aber wir bewegen uns bei diesem Thema noch immer auf dünnem Eis, und er lässt es. Es macht mich irgendwie traurig, und ich hoffe, dass wir irgendwann besser damit umgehen können.

»Brooks.«

»Brooks.« Ich teste den Namen auf meinen Lippen und finde, er passt zu ihm. Daran kann ich mich gewöhnen. »Gefällt mir tausendmal besser als Jackson.«

Jackson lächelt. Nein, Brooks lächelt.

Brooks Jackson lächelt.

kapitel 12

JACKSON

Nach dem Essen sitzen wir zusammen am Tisch. Die Mädchen haben das Geschirr weggeräumt und den Jägermeister durch eine alkoholfreie Mischung ersetzt. Diesmal durfte ich, mit dem Hinweis auf meine sportliche Aktivität an diesem Tag, nicht helfen. Erstaunt merke ich, wie sich langsam die Verbitterung, die mich nach dem Spiel regelrecht aufgefressen hat, in Luft auflöst. Ich weiß, dass meine Quarterback-Qualitäten für ein Collegeteam nicht ausreichen. Und ich wusste, dass Hannah beim Spiel zuschauen wollte. Diesmal musste ich unbedingt gut sein, gut genug, besser als sonst. Das Ergebnis war wie zu erwarten, es ging gar nichts. Und umso mehr ich es merkte, umso blödsinniger wurden meine Aktionen. Wenn nicht Ben diesen verdammt spektakulären Ball zum Schluss in der Endzone gefangen hätte, hätten wir verloren, und der Trainer und die anderen Jungs hätten mich in der Kabine ganz sicher umgebracht. Auch so war es nicht schön. Aber seit ich weiß, dass Hannah mein Spiel trotzdem gefallen hat, fühlt es sich anders an. Einfach nicht mehr so wichtig.

»Hast du Lust, morgen einen Ausflug zu machen, Hannah?
Ich habe ein Boot in den Everglades liegen, abseits der üblichen Touristenrouten.«

Ich lasse meine Frage zwar beiläufig klingen, bin jedoch alles andere als entspannt. Es liegt mir nämlich eine Menge an ihrer Begleitung, an der Möglichkeit, ihr den Ort zu zeigen, der mir so viel bedeutet.

Sie wirft einen langen, prüfenden Blick auf Fee und Ben, die nicht einverstanden wirken.

»Ja, gerne«, stimmt sie dann trotzdem zu. Das Misstrauen der beiden tut weh. Zweite Chancen muss man sich sehr, sehr mühsam erarbeiten. »Ist das dann ein kleines Boot?«

»Ja, ein Kajak. Bist du schon mal gepaddelt?«

»Nein.«

»Ist nicht schwer.«

»Abseits der üblichen Touristenpfade bedeutet, dass außer euch niemand sonst da ist?«, fragt Fee und wirft mir warnende Blicke zu.

Mit so viel Würde wie möglich erwidere ich Fees Bedenken. »Ja, bedeutet es. Nur so kann man der Natur und vor allem den wilden Tieren wirklich begegnen.«

Ben und Fee wirken wie besorgte Eltern, die zum ersten Mal ihre minderjährige Tochter mit einem Jungen weggehen lassen. Mit einem Jungen mit verdammt schlechtem Ruf.

Als ich kurz darauf die Küche verlasse, fängt Ben mich ab.

»Jackson, warte kurz.«

Ich habe eine Ahnung, was jetzt kommt, und bin froh, dass Ben niemand ist, der um den heißen Brei herumredet. Er sagt immer klar und deutlich, was er denkt, egal, wie unangenehm es ist. Oder er hält die Klappe. Es könnte witzig sein, wenn ich mich nicht fühlen würde wie ein Sexualstraftäter, der nach langer Zeit wieder auf freien Fuß kommt.

»Wenn du Hannah nochmal anrührst, prügle ich dich krankenhausreif, und du kannst dich hier nie wieder blicken lassen. Ich hoffe, das ist dir klar.«

Oh, das ist krass. Ich dachte, er mahnt mich zur Vorsicht. Sagt, ich solle es langsam angehen. Oder erinnert mich an Kondome. Aber dass er gleich so drastisch wird, geht über meine Vorstellung hinaus.

Dementsprechend begriffsstutzig stelle ich mich an.

»Und wenn sie angerührt werden will?«

»Will sie nicht. Nicht von dir. Schluss, aus.«

Und das nennt sich mein Freund! So hart formulierte Ablehnung habe ich nicht erwartet. Ein paar Mal hole ich Luft, um etwas dazu zu sagen, aber immer wieder gehen mir die Worte aus.

Er ist sich sicher, dass Hannah nicht von mir angefasst werden will. Dass ich partout keine Chance bei ihr habe.

Ich muss mich räuspern, ehe ich wieder sprechen kann.

»Ich habe noch nie etwas gemacht, was ein Mädchen nicht will.«

»Nur weil Hannah dich verteidigt hat, heißt es noch lange nicht, dass die Aktion im Flieger in Ordnung war. Anscheinend ist sie nicht in der Lage, sich selber so zu verteidigen wie andere.«

Ben scheint durchaus Respekt vor ihr zu haben. Und den gewinnt man nicht so leicht.

»Du meinst die Aktion im Stadion mit meinem Trikot?«

»Zum Beispiel. Außerdem hat sie mir damals in Deutschland eine Ohrfeige verpasst, weil ich Fee mies behandelt hatte. Wenn es also um jemanden geht, der ihr etwas bedeutet, ist sie eine Furie. Für sich selber leider nicht.«

Ich ziehe interessiert die Augenbrauen hoch. Diese Seite von Hannah ist neu und faszinierend.

»Hannah hat dir eine Ohrfeige verpasst? Dir?«, frage ich erstaunt.

Das würde ich mich nicht wagen, denn Ben ist ein Typ, der sich schon mit seiner puren Erscheinung Respekt verschafft. Und Hannah ist klein und mädchenhaft, und ich bezweifle ein wenig, dass sie überhaupt an Ben heranreicht.

Ben grinst mit einer Mischung aus Verlegenheit und Anerkennung.

»Sie ist mir irgendwann zufällig begegnet. Da war Fee längst weg. Wir kannten uns überhaupt nicht, und ich hatte dieses Mädchen noch nie gesehen. Und dann hat sie zugeschlagen. Vor allen Leuten. Den härtesten Schlag, den ich je einstecken musste. Vor allem von so einem winzigen Mädchen. Vor einer wütenden Hannah solltest du dich in Acht nehmen.«

Wir lachen beide ein bisschen ungläubig. Hannah ist eher wie ein scheues Reh, kein Wunder, dass ich sie in Gedanken immer Fawn nenne, und ich kann sie mir kaum wütend vorstellen. Nur ein wenig, wenn ich an ihren Gesichtsausdruck denke, in dem Moment, in dem sie auf dem Video ihr T-Shirt auszog. Fee tat dasselbe mit dieser abgeklärten Modelmiene, aber bei Hannah war pure Emotion im Spiel.

Mein Herz schlägt plötzlich wie verrückt. Ich kann ihr nicht gleichgültig sein. Egal, was Ben jetzt sagt oder zu wissen glaubt. Gleichgültig bin ich ihr nicht.

Außerdem gefiel mir der Anblick so dermaßen, ich habe mir das Video zig Mal angesehen. Das Wissen, dass der BH nicht für die Öffentlichkeit gedacht ist, und Hannah nicht der Typ Mädchen, der sich im Normalfall so zeigt, macht es hocherotisch.

»Können wir uns drauf einigen, dass ich nichts mache, was sie nicht explizit laut ausspricht?«, platze ich heraus.

Ben kneift wütend die Lippen aufeinander und kommt drohend auf mich zu.

Er ist eindeutig nicht einverstanden.

»Verdammt Ben, ich mag sie. Ich mag sie echt gerne. Ich werde definitiv nicht noch mal so einen Mist bauen, aber bitte gib mir eine Chance, es besser zu machen.«

Jetzt hat er mich an die Wand gedrängt. Seine wütenden Augen sind nur Zentimeter von meinen entfernt.

»Lass deinen Schwanz in der Hose.«

Das sind überaus klare Worte. Ich schlucke. Das hatte ich jedoch eh vor. Ich muss nicht den gleichen Fehler noch einmal begehen.

»Versprochen.«

Er lässt von mir ab und fährt sich verlegen mit der Hand durch die Haare.

»Mann, Jackson, ich will keinen Streit mit dir. Behandel Hannah anständig, so wie sie es verdient.«

»Das habe ich vor. Ich weiß, dass ich ein Schwein bei Frauen bin, aber Hannah ist die Erste, die mir etwas bedeutet. Ich werde es nicht noch mal vermasseln.«

Ben nickt.

Und damit ist die Sache zwischen uns geklärt. Das war jetzt kein schönes Gespräch und keines, das ich jemals wieder führen möchte, ich schätze Ben jedoch sehr dafür, dass er kein unnötiges Theater macht. Kurz und knapp, auf den Punkt und wenn es dann vorbei ist, ist es vorbei.

Wir starten früh am nächsten Tag.

Ich habe vor Aufregung nicht lange geschlafen, und Hannah kommt schon kurz nach mir in die Küche geschlurft. Wieder barfuß und in diesem Nachthemd, das mich am ersten Abend so irritierend anmachte. Von Ben und Fee ist nichts zu sehen und zu hören.

Zum ersten Mal werde ich nicht allein in den Everglades unterwegs sein. Es wäre schön, wenn Hannah die überwältigende Natur dort genauso wie ich erlebt. Es ist der einzige Ort, an dem ich mich frei fühle, an dem ich so sein kann, wie ich bin.

»Was soll ich anziehen?«, fragt sie und gähnt.

Ich grinse.

»Wir müssen nicht so früh los. Wenn du magst, kannst du ausschlafen.«

»Nein, wenn ich einmal wach bin, ist es zu spät. Außerdem freue ich mich. Lass mich mal an den Kaffeeautomaten.«

Ich weiche ein wenig zur Seite, allerdings nicht allzu weit. Am liebsten würde ich ihr diese eine Haarsträhne, die sich gerade von den anderen löst, sanft zurück hinter das Ohr schieben. Und meine Hände dann an ihrem Hals lassen. Ihre Haare haben die Farbe von Kaffeebohnen und enden akkurat genau oberhalb der Schultern. Die Haare und die Augen in diesem warmen, sanften Farbton sind wunderschön. Dieses ganze Mädchen ist wunderschön. Und umso genauer man sie ansieht, umso schöner wird sie.

Das wird heute ein harter Tag, wenn ich es schaffen muss, meine Hände bei mir zu lassen. Ich werde mein Versprechen aber auf jeden Fall halten. Nicht nur, weil ich Schiss vor einer Tracht Prügel habe, sondern genauso, weil Ben durchaus recht hat. Wenn das hier was werden soll, müssen wir noch einmal bei null beginnen.

»Zieh am besten leichte und langärmlige Sachen an. Da draußen haben wir ein Mückenproblem. Ich habe zwar Spray, aber es hilft nur bedingt. Ach ja, und robuste Schuhe, falls wir aussteigen wollen.«

Und Kleidung, die möglichst viel von deinem Körper verhüllt, füge ich in Gedanken hinzu. Denn das würde mir schon sehr helfen.

»Aussteigen, um mit den Krokodilen zu spielen?« Hannah zieht die Augenbrauen hoch und lacht. Langsam wird sie munter, während sie an ihrem Kaffee nippt. »Wie du ja schon weißt, haben Fee und ich bei unserem letzten Ausflug kaum welche gesehen. Und die, die da waren, haben die Flucht ergriffen. Das ganze Theater, und dann ist es eigentlich nicht anders als im Zoo.«

Ich grinse breit. Sie wird ihr blaues Wunder erleben.

»Ihr wart ja mit einem Airboat unterwegs.«

»Ja, und?«

»Die sind zwar geil zum Fahren und Spaß haben, aber bei dem Höllenlärm vertreibt man alle Tiere. Das wird heute anders.«

Hannah macht noch immer kein ängstliches Gesicht. Ich bin mal gespannt, ob sie den ganzen Tag so mutig bleibt. Denn ein echter, ausgewachsener Alligator, der dich plötzlich im Visier hat, ist schon eine andere Hausnummer.

»Echt? Dann freue ich mich noch mehr.« Sie trinkt wieder von ihrem Kaffee und sieht mich über den Rand der Tasse an. »Schwimmen wir? Brauche ich Badesachen?« Sie grinst.

»Mach dich nicht über mich lustig. Sonst benutze ich dich als Lockmittel.«

»Willst du mir Angst machen?«

»Habe ich nicht nötig. Das besorgen gleich die Alligatoren.«

Sie lacht erneut. Wir werden sehen.

Kurz darauf sitzen wir in meinem Auto und brausen aus der Stadt. So früh ist es noch angenehm, die Hitze, die für heute angekündigt ist, ist bisher nur zu erahnen. Verkehr gibt es um diese Uhrzeit an einem Sonntag nicht, alle Touristen liegen noch im Bett oder hängen am Frühstücksbuffet fest. Hannah hat ihre Haare zu einem Zopf gebunden, trotzdem lösen sich immer wieder einzelne Strähnen und flattern wild im Fahrtwind.

»Soll ich das Verdeck schließen?«

»Bloß nicht. Ich fahre zu Hause im Sommer immer mit geöffneten Fenstern, so viel anders ist das nicht.«

Ein Mädchen, das sich keine Sorgen um ihre Frisur macht. Wir schweigen entspannt und genießen den frühen Sonnenschein und die Landschaft. Wer hätte das nach dem schwierigen Start gedacht.

Als wir ankommen, zücke ich als Erstes das Insektenspray. Gleich im Sumpf werden sich die Biester auf uns stürzen.

Hannah beobachtet mich, während ich mich sorgfältig überall einreibe.

»Komm her, Hannah, du bist dran.«

»Aber das stinkt.« Sie zieht eine Schnute.

»Entweder das, oder du wirst Mückenfutter.«

»Eigentlich mögen Mücken mich nicht sonderlich.«

»Diese nehmen alles. Glaub mir.«

Sie kommt näher und bleibt widerwillig einen Meter entfernt stehen.

»Dreh dich um, ich fange im Nacken an.«

Vorsichtig streife ich ihr Haar aus dem Nacken. Ich muss mich zusammenreißen, um meinen Mund nicht an ihrem Hals entlanggleiten zu lassen. Es gelingt mir nur, indem ich mir Bens Faust ausmale, die auf mein Gesicht zufliegt. Ich stelle mir möglichst lebhaft vor, wie meine Nase unter seinem Schlag bricht und der Schmerz mir die Tränen in die Augen treibt. Ich kenne das Gefühl, denn das habe ich einmal während eines Highschoolspiels erlebt. Die Erinnerung an den Geschmack ihrer Haut ist leider stärker und mit einem Mal wieder so lebendig, als wäre es erst gestern gewesen.

Mühsam beherrscht verteile ich das zugegebenermaßen stinkende Zeug vorsichtig bis in den Haaransatz hinein. Auf ihren Armen. Unter ihr Shirt, soweit ich komme.

Hannah hat die Augen geschlossen und den Mund leicht geöffnet. Ich spüre ihren Herzschlag und bilde mir ein, er ist genauso wie meiner. Schneller, als er sein sollte. Verzweifelt konzentriere ich mich auf die Vorstellung, wie Fee mich erneut zwischen die Beine tritt, denn das macht mehr Eindruck als Bens Faust. Und ich brauche gerade jede Hilfe, die ich bekommen kann, um mich davon abzuhalten, sie jetzt hier und auf der Stelle zu küssen. Und was dann auch immer noch folgen würde.

Ich muss mich räuspern, ehe ich wieder sprechen kann.

»Hast du eine Kopfbedeckung dabei?«

Sie schüttelt den Kopf.

Ich hole aus dem Handschuhfach meines Autos zwei Kappen und reiche ihr eine davon.

»Die ist von meinem NFL Team in Miami, den Dolphins. Mit Autogramm des Quarterbacks, also geh gut mit ihr um. Möchtest du ein Paddel haben?«

Sie setzt die Kappe fast ehrfürchtig auf und schiebt ihren Pferdschwanz durch die hintere Öffnung.

»Klar, ich brauche unbedingt ein Paddel. Du sollst ja nicht der Einzige sein, der nach vorwitzigen Krokodilen hauen kann.«

»Kann es sein, dass du den Sinn eines Paddels falsch interpretierst?«, grinse ich und bin froh, die körperbetonte Stimmung von gerade abschütteln zu können.

Sie lacht auf.

»Du hast recht, ich brauche es, um nach dir zu hauen.«

Kopfschüttelnd werfe ich ihr ein Paddel zu.

»Du bist frech«, sage ich betont tadelnd. Aber eventuell hat sie recht. Denn es kann durchaus sein, dass sie das Paddel im Laufe des Tages brauchen wird, um mich auf Abstand zu halten. Oder um mir auf die Finger zu hauen.

»Liegt das Boot immer an dieser Stelle?«

»Nein, mein Onkel hat es für uns hergebracht.«

Ich halte ihre Hand, um ihr hinein zu helfen. Es schwankt gefährlich hin und her. Als sie sitzt, bin ich mit einem einzigen Sprung hinter ihr. Im Kajak bin ich in meinem Element.

Langsam paddeln wir los, und ich erkläre Hannah, was sie mit dem Paddel zu tun hat. Wie bei fast allem stellt sie sich erstaunlich geschickt an, und bald sind keine Anweisungen mehr nötig.

Leise und schweigend gleiten wir durch die Mangrovenwälder, und ich murmle nur hin und wieder links oder rechts, um ihr den Weg zu weisen. Ich habe gute Arbeit geleistet, die Mücken sind zwar immer um uns herum, wirklich ran traut sich jedoch keine.

Hannahs Pferdeschwanz wippt bei jeder Wellenbewegung leicht mit und schaukelt mir verführerisch vor der Nase. Hin und wieder tippe ich sie von hinten an, um ihr wortlos eine Wasserschlange zu zeigen, eine besonders beeindruckende Orchidee oder einen Alligator, der halb im Wasser verborgen liegt.

»Man sieht ja nur die Augen«, wundert sie sich.

Hinter uns kräuselt sich das Wasser und der Alligator ist auf der Stelle unterwegs. Er steuert genau auf unser Kajak zu.

»Oh, wow, dieses Krokodil ist riesig. Und dabei sehe ich noch immer nur Teile«, haucht Hannah.

Der Alligator schwimmt zielstrebig am Kajak vorbei, mehr als einen desinteressierten Blick sind wir ihm nicht wert.

»Wenn es hart auf hart kommt, sind wir mit den Paddeln durchaus in der Lage, uns zu wehren«, sage ich leise zu ihr. Es ist nicht immer möglich, den empfohlenen Abstand zu den Tieren einzuhalten. »Aber eigentlich sehen sie uns nicht als Beute.«

Wir müssen uns ducken, um einem tiefen Ast auszuweichen.

»Wusstest du, dass die Everglades ein Fluss sind?«, frage ich dann. Sie dreht sich um und sieht mich perplex an. Ich muss grinsen, denn das wissen die Touristen nie. »Er ist extrem breit. Und das Wasser fließt so langsam, dass man es kaum bemerkt. Nur ungefähr einen Meter pro Stunde.«

»Ein Fluss, echt.« Sie sieht sich einmal mehr staunend um. Wir paddeln gerade durch einen breiten Kanal, der von dichter Vegetation begrenzt wird. Eine Bewegung des Wassers ist nicht zu erkennen. »Das kann man sich kaum vorstellen.«

»Wir biegen an dieser Stelle ab.« Ich weise auf einen abzweigenden Kanal, kaum zu sehen.

»Bleiben wir da nicht stecken?« Hannah neigt sich nach vorne und versucht, weiter in den schmalen Kanal zu spähen, aber von hier aus wirkt es wie eine Sackgasse.

»Nein, die Paddel werden wir nur noch zum Teil benutzen können, aber man kann sich an den Ästen und Luftwurzeln der Mangroven weiterziehen.«

Die Bäume bilden nun ein dichtes Blätterdach und schirmen uns von der Sonne ab. Hannah berührt die Mangroven fast andächtig, die uns von allen Seiten einschließen und uns ein sanftes Dämmerlicht bescheren. Immer wieder schieben wir uns zwischen engstehenden Luftwurzeln hindurch, weder vor uns noch hinter uns ist etwas Anderes als dichter Mangrovenwald zu erkennen.

Die Natur umfängt mich mit ihrer Gewaltigkeit und Schönheit, und ich komme wie immer zur Ruhe. Endlich. So fühle ich mich in der Stadt nie, da bedrängen mich der Lärm und die Hektik der Menschen von allen Seiten. Das hier ist das pure Gegenteil, nur das Summen der Insekten und das leise Plätschern des Wassers, wenn unsere Paddel hineintauchen, ist zu hören, und ich fühle mich, als wären wir die einzigen Menschen auf der Welt. Der Stress und Ärger der letzten Tage scheint unendlich weit weg.

Die Blamage beim Spiel ist nur noch wie ein ferner Traum. Hannah hat ausgerechnet mein miserabelstes Spiel der Saison gesehen, aber es kümmert sie überhaupt nicht. Und damit kümmert es mich auch nicht mehr. Der Trainer, der mich vor versammelter Mannschaft anbrüllt, all die demütigenden Worte meiner Teamkollegen, die Fans, die mich ausbuhen. Hier draußen hat all das keine Bedeutung mehr.

Irgendwann kommen wir an eine trockenere Stelle des Sumpfes, inmitten hoher Grasfelder. Wir sind schon seit Stunden unterwegs, nach den dichten Mangrovenwäldern hat auch das endlos scheinende Grasmeer einen ganz besonderen Reiz, und ich vergesse in der Natur immer die Zeit. Ich paddle uns an den Rand und binde das Kanu fest.

»Hast du Hunger?«, frage ich leise.

Sie nickt.

»Es ist traumhaft«, flüstert sie dann mit einem entrückten Blick. »Danke, ich wusste nicht, dass es auch so sein kann.«

»Warum flüsterst du?«, flüstere ich zurück.

»Ich will die Ruhe nicht stören. Es fühlt sich richtig an, leise zu sein.«

Wir lächeln uns an. Ich empfinde es genauso. Deshalb war ich bisher immer allein vor Ort.

Schweigend packen wir die Tasche mit dem Picknick aus und setzen uns auf einen Baumstamm. Die Mädchen haben vor dem Wochenende eingekauft, als würden wir damit wochenlang auskommen müssen.

»Warum hast du dem Ausflug zugestimmt, wenn du doch dachtest, du hast schon alles gesehen?«

Da wir so leise sprechen, muss ich mich nah zu Hannah beugen und rutsche der Einfachheit halber näher an sie heran.

»Ich hatte den Eindruck, dass Ben und Fee dringend einen Tag für sich allein brauchen.«

Ach so. Das ist nicht, was ich hören wollte. Aber sie hat definitiv recht. Gestern Abend waren die beiden keine Sekunde voneinander zu trennen. Wenn Hannah nicht ebenfalls zu Gast im Haus wäre, hätte ich ein schlechtes Gewissen.

Die Mücken summen jetzt noch wilder um uns herum. Ein Schmetterling flattert an uns vorbei, und Hannah lächelt ihm hinterher.

Wider Willen habe ich das Bild im Kopf, wie Ben und Fee es im ganzen Haus treiben, und plötzlich ist es mit meiner inneren Ruhe vorbei.

Trotzdem finde ich keine Worte. Keine passenden Worte, um Hannah das zu erklären, was sie langsam mal dringend wissen müsste. In meinem Kopf herrscht ein einziges Durcheinander aus lächerlich schnulzigen Liebeserklärungen und dem Wunsch, sie endlich zu küssen.

Niemals in meinem Leben habe ich mich so hilflos gefühlt. Ich habe immer gehandelt und mir genommen, was ich wollte. Das jetzt ist anders, Neuland für mich.

Ich ringe nach wie vor hilflos um Worte, als wir das Picknick wieder ins Kanu packen und weiterpaddeln und nutze den Rückweg verzweifelt, um mir die richtigen Sätze zurechtzulegen. Aber ich finde nichts. Nichts, was zu meinen ängstlichen und ungewohnten Gefühlen passt. Dass es so schwer sein kann, jemandem zu sagen, dass man ihn mag, hätte ich nie für möglich gehalten.

Ich bin noch immer unzufrieden mit mir, als wir das Kanu wieder am Steg befestigen und hinausklettern. Unzufrieden und langsam verzweifelt.

Hannah streckt sich.

»Mir tut alles weh. Ich kann nicht mehr sitzen.«

»Ich weiß, aber ich vergesse unterwegs immer die Zeit. Tut mir leid, wenn ich übertrieben habe.«

»Das hast du nicht.« Hannah lächelt glücklich. »Es war wunderschön, und ich hätte nicht früher zurück sein wollen.«

Ich trage die Tasche zum Auto. Gleich fahren wir los und sind wieder in der Stadt, und ich habe das Gefühl, an all den ungesagten Dingen zu ersticken.

»Magst du auf dem Rückweg noch essen gehen? Noch ein bisschen freie Zeit für unsere Gastgeber?«

Dazu kann sie nicht nein sagen.

»Klar.«

Wir fahren wieder nach Miami. Und ich habe noch immer überhaupt keinen Plan und keine Ahnung, wie ich an einen Plan kommen soll. Hannah scheint in ihren Gedanken versunken, eindeutig nach wie vor in den Mangrovenwäldern.

Am Stadtrand halte ich an einem kleinen Restaurant. Ich habe es noch nie zuvor gesehen, aber alles, was ich kenne, ist groß und laut, und es könnten Leute da sein, mit denen ich bekannt bin. Ich brauche Hannah für mich allein. Ich brauche Hannah und Ruhe und eine Menge Mut, um endlich die passenden Worte auszusprechen.

Wir studieren die Speisekarte.

»Das war so schön da draußen, echt, ganz anders als mit dem Airboat. Danke, dass du mich mitgenommen hast.« Ihre Augen glitzern, ihre Stimme ist nach wie vor so andächtig leise.

Ich muss sie einfach anlächeln.

»Also, danke, Brooks.«

Beim Klang meines Namens hüpft mein Herz regelrecht in meiner Brust. So nennt mich kaum jemand.

Instinktiv greife ich über den Tisch und fasse ihre Hand. Alles, was ich mir eben überlegt habe, ist weg. Mein Kopf ist wie leergefegt. Ich sehe wieder nur ihre Augen, diese Rehaugen, die mich so umhauen. Sie zieht ihre Hände nicht zurück, erwidert leicht den Druck meiner Finger, nur ihr Blick verändert sich. Wird wachsamer. Und distanzierter. Die Worte fallen trotzdem aus mir heraus.

»Ich habe mich in dich verliebt.«

Das habe ich noch nie gesagt. Ich habe es auch noch nie gefühlt. Und auch noch nie missbraucht, weil es erwartet wurde oder um zu bekommen, was ich wollte. Nie.

Aber Hannah reagiert nicht. Zumindest nicht so, wie ich es mir erhofft habe. Ihre Lippen zittern nun ein wenig. Ihre Augen glänzen feucht. Sie wendet den Blick ab und sieht auf den Tisch. Nur ihre Hand halte ich noch immer. So fest, wie ich kann.

Die Kellnerin kommt und knallt die Getränke auf unseren Tisch. Wir ignorieren sie.

»Hannah.« Meine Stimme hat einen flehenden Unterton, ich merke es selber und verachte mich dafür.

»Ich ...« Sie schluckt.

Und mir wird klar, was jetzt kommt. Denn das ist kein Mädchen, das eine willkommene Liebeserklärung bekommen hat.

Langsam ziehe ich meine Hände zurück. In mir drin wird alles eiskalt. So fühlt es sich also an. Wenn man echt was empfindet und abserviert wird.

»Brooks.«

Jetzt wird der Klumpen in meinem Magen noch größer, denn das Zittern in ihrer Stimme macht es umso offensichtlicher. Kurz bin ich in Versuchung, ihr den Mund zuzuhalten oder aufzuspringen und zu verschwinden. Ich will sie nicht hören, die Erklärung, dass ich nicht ihr Typ bin, dass sie mich mag, aber mehr nicht. Irgend so was halt, das Übliche, nett verpackt, freundlich, aber gelogen.

Denn die knallharte Wahrheit, dass sie für einen wahllosen Aufreißer wie mich zu schade ist, kenne ich auch so.

Trotzdem sitze ich da wie erstarrt und warte auf ein Wunder.

»Ich habe einen Freund. Er reist morgen an.«

Die Zeit steht still. Es dauert eine Weile, bis ich es verstehe. Bis die Worte bei mir ankommen und einen Sinn ergeben. Einen Freund hat nämlich nie jemand erwähnt. Dann fange ich an, hysterisch zu lachen. Und kann einfach nicht mehr damit aufhören.

Sie hat einen Freund. Sie hat im Flugzeug mit mir geschlafen, obwohl sie einen Freund hat. Na gut, sie war überrumpelt und all das, aber trotzdem.

Ich lache, bis das Essen kommt. Und beginne dann, es in mich hineinzustopfen, nur damit ich mit dem Gelächter aufhöre. Ich schmecke nichts davon, und Hunger hatte ich eh keinen. Hannah sagt gar nichts mehr. Verunsichert stochert sie in ihrer Mahlzeit und lässt sie nahezu unberührt wieder zurückgehen.

Schließlich stehen wir am Auto.

»Weiß er von uns?«, frage ich.

Hannah schüttelt den Kopf.

Sie bittet mich nicht, ihm nichts zu sagen. Sie blickt mich noch nicht einmal an, sondern starrt apathisch auf den Boden. Aber genau das werde ich machen. Ich werde diesem Typen haarklein berichten, wie ich seine Freundin im Flugzeug in Rekordzeit zum Orgasmus gebracht habe. Eindeutig, wie nötig sie es hatte. Was doch so einiges über seine Qualitäten als Liebhaber aussagt. Und wenn er mir dann sämtliche Knochen bricht, ist es mir recht. Ich stelle mir einen kräftigen Typ wie Ben vor, der mich locker fertigmacht. Ich werde ihm haargenau klarmachen, dass ich weiß, wie Hannah klingt und wie sie aussieht, wenn sie kommt. Dass es das geilste Erlebnis war, das ich je hatte. Und sie genauso. Ich bin kein bisschen prüde und werde es verdammt detailliert beschreiben.

Jetzt sieht sie mich an. Wie ein verwundetes Reh. Und mit einem Mal bricht alles in mir zusammen.

Was auch immer da genau im Flieger passiert ist, es war allein meine Schuld. Und Hannah leidet darunter, es nicht rechtzeitig beendet zu haben. Sie ist kein Mädchen, das ihren Freund betrügt. Ich habe sie noch viel mehr reingeritten, als ich dachte.

Ich sollte freiwillig zu Ben gehen und ihn bitten, mich krankenhausreif zu schlagen.

»Ich werde die Klappe halten«, würge ich hinaus.

Hannah zuckt traurig die Achseln.

»Er hat eh schon gemerkt, dass was nicht stimmt. Unsere Telefonate waren schwierig.«

»Dann verschwinde ich. Ich packe gleich morgen früh.«

»Und wo willst du hin?«

»Ins Hotel.«

»Nein, Brooks, lass mal. Ich habe es mir eingebrockt, ich werde es auch wieder auslöffeln. Und wir sind eh nur noch zwei Tage in Miami, dann machen wir eine Rundreise durch Florida.«

Sie steigt ins Auto, lehnt den Kopf an die Lehne und schließt die Augen.

kapitel 13

HANNAH

Montagnachmittag.

Miami Flughafen.

In meinem Kopf ist seit gestern Abend nur noch Watte.

Wie konnte es so weit kommen? Wie konnte es passieren, dass Jackson, nein Brooks, mir sagt, er sei in mich verliebt? Und wie konnte es kommen, dass ich mich beinahe in seine Arme geworfen hätte, um ihm dasselbe zu sagen?

Julius' Flugzeug ist gerade gelandet. Nicht mehr lange, und er kommt aus der Tür, die den Wartebereich vom Ankunftsbereich trennt.

Ich bin nicht vorbereitet. Ich war auch vorher komplett planlos. Keine Ahnung, wie ich ihm sagen sollte, dass da was mit einem anderen war. Aber jetzt ist es ganz aus.

Wie gesagt, nur noch Watte in meinem Kopf.

»Ich muss es ihm sofort sagen. Am besten noch hier, bevor er auf Brooks trifft«, informiere ich Fee panikartig.

Zum tausendsten Mal. Ich habe schon vor ein paar Tagen versucht, Julius am Telefon klarzumachen, dass etwas geschehen ist. Er hat alles, was ich sagte, ignoriert oder abgetan. Vielleicht war ich nicht deutlich genug. Vielleicht hatte ich einfach zu viel Schiss, Worte zu wählen, die er nicht mehr unbeachtet lassen konnte und die ihn von der Reise hätten abhalten können.

»Finde ich nicht«, antwortet Fee ebenfalls zum tausendsten Mal. Dabei habe ich ihr gestern erzählt, was passiert ist. Sie weiß alles, auch was in meinem Inneren los ist. »Mann, Hannah, lass erstmal alles sacken. Und dann warte ab, was geschieht. Was du fühlst, wenn Julius da ist. Dich in seine Arme nimmt und küsst. Vielleicht ist dann alles wieder einfach und klar.«

Guter Plan. Er klingt nur so falsch.

»Aber ich fühle mich so schuldig. Ich meine, ich bin ja schuldig.« Es ist nicht nur das. Klar fühle ich mich schuldig, da ist jedoch so viel mehr.

»Und jetzt willst du dein Gewissen erleichtern und es Julius sagen. Dann fühlst du dich besser und er sich schlecht. Ehrlich gesagt, hat er das nicht verdient, denn du hast den Fehler gemacht und solltest es jetzt nicht auf ihn abwälzen.«

Oh, so habe ich es noch gar nicht gesehen. Irgendwie stimmt die Logik. Irgendwie stimmt sie auch nicht. Ich bin noch immer verwirrt.

»Außerdem ist der Flughafen dafür der denkbar ungünstigste Ort. Und um Brooks musst du dir wirklich keine Sorgen machen, der ist so was doch gewohnt. Der hat doch schon tausend Männer getroffen, denen er Hörner aufgesetzt hat.«

Die Türen öffnen sich und spucken die ersten Passagiere aus, während ich über Fees unverblümte Worte nachdenke. Meine Schonfrist läuft ab. Ich möchte nur schreiend weglaufen. Mich Julius nicht stellen. Müsste ich mich nicht trotz meiner Schuldgefühle freuen, ihn zu sehen?

Immer mehr Leute kommen dick beladen an und werden freudig von Freunden oder Familienangehörigen in Empfang genommen. Ich beobachte einige Geschäftsreisende, die mit kleinem Gepäck durch die Tür eilen, klar ihr Ziel vor Augen.

Aber für die meisten war es wohl ein Urlaubsflug nach Europa oder wird umgekehrt einer in die USA.

Ich brauche mehr Zeit. Die bekomme ich aber nicht. Denn in dem Augenblick, in dem ich beschließe, mich auf der Toilette zu verstecken und Fee den Empfang allein machen zu lassen, kommt Julius durch die Tür.

Mein Herz klopft vor Panik wie verrückt. Er ist mein Freund, wir sind seit über einem Jahr zusammen. Die längste Beziehung, die ich bisher hatte. Und ich dachte meistens, ich wäre glücklich mit ihm. Jetzt denke ich gar nichts mehr.

Julius bemerkt uns nur, weil Fee wie irre winkt. Ich rühre mich nicht. Denn wenn ich mich nicht beherrsche, übernimmt mein Körper die Kontrolle, dreht mich um und läuft mit mir weg.

Nun kommt Julius auf uns zu. Er zieht einen Koffer hinter sich her, den ich nicht kenne. Wir waren ja auch noch nie gemeinsam im Urlaub. Das hier sollte unsere wohlverdiente erste Auszeit vom Studium sein. Unsere ersten gemeinsamen Ferien, direkt ein absolutes Highlight.

Er sieht fremd aus. Nach nur zwei Wochen. Plötzlich kommt mir sein Haar zu dunkel vor. War es schon immer so dunkel?

Ich sollte auf ihn zulaufen und ihn in die Arme nehmen. Aber ich kann nicht. Fee stößt mich unsanft in die Rippen. Ich muss sie nicht ansehen, um zu wissen, was sie denkt. Ich soll mich zusammenreißen.

Und dann steht er genau vor uns und mustert mich kurz. Habe ich seine Augen tatsächlich mit Schokolade verglichen? Das stimmt ja gar nicht, sie sind viel zu hell.

Er gibt Fee die Hand. Sehr förmlich.

»Vielen Dank für die Einladung.«

Jetzt bin ich dran.

Schuld und Verwirrung müssen deutlich auf meinem Gesicht zu erkennen sein, ich kenne mich. Ich kann einfach nichts vortäuschen, konnte ich noch nie.

Julius kann es. Er tut so, als ob alles in Ordnung wäre, und küsst mich zur Begrüßung kurz auf den Mund. So wie er es immer macht. Wenn wir uns ein paar Stunden oder einen Tag nicht gesehen haben. Es ist keine Begrüßung, die erahnen lässt, dass wir zwei Wochen lang getrennt waren. Ich bin unendlich erleichtert darüber, dass er nicht versucht, mich zu umarmen oder mich richtig zu küssen. Schon diese kurze Berührung unserer Lippen fühlte sich nur falsch an.

Wir gehen zum Auto. Ich verkrümle mich auf den Rücksitz und lasse Julius vorne neben Fee sitzen. Betrachte ihn entsetzt von hinten und frage mich, wie er mir nach so kurzer Zeit so anders erscheinen kann.

»Wie war dein Flug?« Fee stellt die Frage, die eigentlich von mir kommen müsste.

»War alles in Ordnung. Ich bin zwar noch nie so weit geflogen und muss das echt nicht regelmäßig machen, aber es war nicht so anstrengend wie erwartet.«

Ja, reib Fee ruhig unter die Nase, dass sie im letzten Jahr mehr im Flieger saß als am Boden. Plötzlich kommt er mir gehässig vor. Dabei ist es sicherlich nur Unachtsamkeit, denn Fees Leben hat ihn noch nie sonderlich interessiert.

»Hannah sagte, du musstest noch eine letzte Analysisklausur schreiben.«

»Ja, sie ist aber gut gelaufen. Jetzt bin ich urlaubsreif.«

Der Klumpen in meinem Magen wird immer größer. Fees Hoffnung, dass ich meine Gefühle wieder sortiert bekomme, sobald Julius da ist, zerschlägt sich wie nichts. Es ist alles so fremd, wie kann so etwas in nur zwei Wochen geschehen?

Fremd könnte toll sein, aufregend, alles wieder auf Anfang, aber das ist es nicht. Es fühlt sich nur verkehrt an. Ich könnte heulen. Vor Frust. Vor Verwirrung. Vor Scham. Denn mir ist klar, dass nicht Julius das Problem ist. Er hat sich nicht verändert. Ich bin es.

Fee fragt noch nach ein paar ihrer ehemaligen Freunde und hält das Gespräch am Laufen. Ich schweige.

»Jetzt im Ernst? Hier wohnst du? Du scheinst ja echt Asche als Model zu machen.«

Wie biegen gerade in die Einfahrt ein und unwillig runzle ich die Stirn bei Julius' Kommentar. Jedes Wort aus seinem Mund missfällt mir momentan. Das war früher nicht der Fall. Wir bringen seinen Koffer in mein Zimmer. Falsch, es ist jetzt unser Zimmer.

Und zum ersten Mal sind wir allein in einem Raum.

»Du wolltest nicht, dass ich komme«, stellt er fest, nachdem er seinen Koffer mit einem lauten Knall abgestellt hat. Dann sieht er sich um und pfeift anerkennend. »Ich habe Urlaub aber echt bitter nötig und den lasse ich mir nicht vermiesen, nur weil irgendein Kerl dir schöne Augen macht.«

Irgendetwas von meinem Gestammel am Telefon ist also doch zu ihm durchgedrungen, auch wenn ich ganz bestimmt nicht behauptet habe, Jackson würde mir schöne Augen machen.

»Das hast du nicht richtig verstanden«, versuche ich endlich zu erklären, was da eigentlich passiert ist. Wenn ich es mir überhaupt selber erklären könnte, wäre mir schon sehr geholfen. »Es ist ..., da ist ...«

»Nein, Hannah«, unterbricht er mich. »Du hast es nicht richtig verstanden. Ich will es nämlich nicht hören. Ich will einfach in Ruhe Urlaub haben, jetzt ist echt nicht der Zeitpunkt für Beziehungsgespräche oder was auch immer das werden soll. Wenn es sein muss, machen wir das zu Hause, aber nicht eher.«

Er seufzt laut auf. »Ich gehe jetzt erst einmal duschen, das war ein verdammt langer Flug.«

Er klappt seinen Koffer auf und kramt darin rum.

»Die hat doch früher nicht so rumgezickt«, murmelt er beim Rausgehen und lässt mich überaus sprachlos zurück.

Bei einem bin ich mir jedoch inzwischen sicher. Ich kann nicht so weitermachen, als wäre nichts geschehen, auch wenn Julius das gerne hätte.

Verzweifelt sinke ich auf das Bett und vergrabe den Kopf in den Händen. Mir ist zum Heulen zu Mute. Ich habe gewusst, dass es schlimm wird. Schließlich trage ich mich schon seit zwei Wochen mit dem Problem, meinen Freund betrogen zu haben. Im Laufe der zwei Wochen ist allerdings ein noch viel größeres Problem dazugekommen. Ich habe Stück für Stück mein Herz verloren. An einen notorischen Frauenhelden, Herzensbrecher, Fremdgänger, der mich genauso übel behandeln wird wie andere Frauen, sobald er mich erobert hat.

Hätte er bloß gestern nicht gesagt, er sei in mich verliebt. Es klang so aufrichtig. Dabei kann es nicht sein. Brooks Jackson verliebt sich nicht in ein Mädchen, schon gar nicht ein so eines wie mich. Mein Kopf weiß es. Aber mein Kopf ist momentan in einer echt schlechten Position. Er wird gnadenlos unterdrückt. Von meinem Körper, der seit zwei Wochen immer und immer wieder Jackson will. Von meinem Herz, das jetzt plötzlich nur noch Brooks will.

Und in meinem Bett wird diese Nacht Julius liegen.

Das ist alles zu viel.

Ich verlasse das Zimmer und falle im Wohnzimmer Fee weinend in die Arme.

»Julius hört mir noch immer nicht zu. Er will die Wahrheit einfach nicht hören.«

»Und meine Theorie mit dem überwältigenden Wiedersehen war wohl hinfällig?«

»Ja. War es so bei dir und Ben?«

Ich spiele darauf an, dass die beiden letztes Jahr ungefähr drei Monate getrennt waren, bevor sie sich wieder begegneten. Und da flogen auf der Stelle die Funken. Emotionen pur. Ich war dabei. Es war bühnenreif.

»Ja, es war nur ein Blick auf ihn, und ich war wieder völlig überwältigt. Und dabei war ich noch immer unglaublich verletzt und stinkwütend.«

Ich schüttle den Kopf.

»Da ist nichts mehr«, sage ich leise und betreten. Ich bin absolut geschockt darüber, wie sich meine Gefühle für Julius so mir nichts dir nichts in Luft auflösen konnten. Ich fühle mich noch mieser.

»Julius will die Reise mit mir machen«, sage ich frustriert.

»So als wäre nichts passiert.«

Fee sieht mich mitleidig an.

»Und du glaubst, das kannst du?«

»Nein.« Das kann ich ganz bestimmt nicht.

So sitzen wir im Wohnzimmer und warten. Allerdings weiß ich nicht, worauf. Auf das Loch, das sich auftut und mich verschluckt, wenn es nach mir ginge.

Kies knirscht in der Auffahrt, die Stimmen von Ben und Brooks schallen durch die geöffnete Terrassentür. Und Julius' Schritte nähern sich dem Wohnzimmer von der anderen Seite.

Ben betritt den Raum. Er füllt mit seiner Statur den Türrahmen. Er und Julius nicken sich kurz zu.

»Guter Flug?«

»Ja, alles prima. Keine Verspätung, kein verlorener Koffer.«

Mehr haben die beiden nie miteinander zu tun gehabt.

Und dann ist Brooks da.

Mir stockt der Atem. Plötzlich ist jedes dieser Worte wieder in der Luft. Diese verbotenen Worte. ›Ich habe mich in dich verliebt.‹ Bei denen mein Verstand sagt, das ist nur Kalkül. Um mich ins Bett zu kriegen. Aber mein Verstand ist eine winzige, kleine Stimme gegenüber allem anderen, was in mir tobt.

Brooks sieht Julius an. Ungerührte Miene. Das kann er gut. Es ist nicht ansatzweise zu erkennen, was er denkt. Was er über Julius denkt. Und über die Situation. Und für Julius sollte nicht ansatzweise zu erkennen sein, dass Brooks mehr ist als nur ein Kumpel von Ben. Dass Brooks derjenige ist, der ... ja, der mein Herz innerhalb der letzten zwei Wochen erobert hat.

Ben deutet auf Brooks.

170

»Das ist Jackson, ein Freund von mir. Er wohnt im zweiten Gästezimmer.«

»Hallo.« Brooks' Stimme ist ebenfalls neutral. Wieso kann jeder außer mir seine wahren Gefühle so perfekt verstecken? Julius' Augen wandern gelangweilt zu Brooks. Dann zu mir.

Ich bin die mieseste Schauspielerin der Welt. Er muss mir ansehen, wie ich zu Brooks stehe. Tut er auch. Denn mit einem Mal lacht er laut auf. Dann kommt er zu mir und legt den Arm um mich.

Das könnte schön sein. Das sollte schön sein, wenn Julius mir noch etwas bedeuten würde. Und wenn es nett gemeint wäre. So ist es aber nicht.

Seine körperliche Nähe ist mir unangenehm, noch dazu liegt sein Arm schwer und besitzergreifend auf mir und drückt mich regelrecht nieder. Vorsichtig und unauffällig versuche ich, mich herauszuwinden, aber Julius hält mich unnachgiebig fest.

»Julius, bitte«, sage ich leise und werfe ihm einen verzweifelten Blick zu. Reden kann er also nicht mit mir, aber mich jetzt als sein Eigentum markieren, das kann er schon. Die Art, mit der er gerade Brooks fixiert, ist nämlich sehr aussagekräftig.

»Hallo Jackson.« Jetzt rückt er noch näher an mich heran. »Ich bin Julius, Hannahs Freund. Höchste Zeit, dass wir uns auch mal kennenlernen.«

»In der Tat. Bisher habe ich ja nur Hannah kennengelernt.« Brooks' Stimme ist so gelassen. Auch sein übliches Grinsen ist da, selbstbewusst und entspannt wie immer, heute noch dazu ein wenig überheblich.

»Das habe ich mitbekommen.«

Genau wie ich befürchtet habe, herrscht eine ungute Stimmung im Raum. Und das liegt nicht nur an mir und meiner Verzweiflung. Panisch überlege ich, wie ich das Gespräch in neutrale Bahnen lenken kann.

»Fee hat mir in Miami schon alles gezeigt, ich kenne mich inzwischen wirklich gut aus«, werfe ich schnell ein und überlege, welche Sehenswürdigkeiten ich jetzt aufzählen soll. Die Everglades sollte ich nämlich am besten gar nicht erwähnen. »Fee und Ben, Hannah und ich, wir haben allerdings jeden Abend gemeinsam verbracht. Und wir hatten verdammt viel Spaß«, sagt Brooks jetzt und beobachtet Julius Arm auf meiner Schulter.

Julius' Griff wird noch fester. Wieso klingt es nach Nacht, wenn Brooks ›Abend‹ sagt? Wieso klingt es nach Sex, wenn Brooks ›Spaß‹ sagt?

»Ach, ihr seid doch ständig am College«, wirft Fee ein. »Das zählt wohl kaum.«

»Das Studium hier ist wirklich nicht weniger anstrengend und zeitintensiv als in Deutschland«, springt Ben ihr zur Seite. Auch er zeigt eine leicht sorgenvolle Miene.

»Und dann noch das endlose Footballtraining.« Fee hackt sich bei Ben ein. »Ich bin froh, wenn ich Ben überhaupt mal zu Gesicht bekomme. Und Jackson auch.«

»Ihr vergesst die Wochenenden.« Brooks ist nicht bereit, so schnell aufzugeben, was auch immer er da vorhat. »Samstag und Sonntag sind wir nicht am College. Es war genug Zeit für Nachtclubs und Ausflüge.«

»Na, das war ja bestimmt alles ganz nett, aber Hannah war ein wenig einsam ohne mich. Da kann ein Mädchen schon mal auf dumme Gedanken kommen. Nicht wahr, Schatz?« Julius lässt Brooks keine Sekunde aus den Augen, egal, wie sehr ich rumzapple, egal, was Fee oder Ben sagen. Auch jetzt nicht, während er vorgibt, mit mir zu reden. »Aber das ist ja jetzt vorbei.«

»Um Hannah brauchst du dir keine Sorgen zu machen, sie kommt prima allein klar. Obwohl sie hier ja nun wirklich nicht allein war.«

Ist Brooks doch nicht so ungerührt, wie ich dachte? Er haut eine blöde Andeutung nach der anderen raus, entgegen seiner Ankündigung, er wolle die Klappe halten. Dabei muss ich das wirklich selber klären, das bin ich Julius schuldig. Brooks' Blick ist noch keine Sekunde von Julius und Julius' Hand auf mir abgewichen. Die beiden belauern sich gegenseitig. Und ich stehe wie die erlegte Beute in der Mitte.

Ich merke, dass ich langsam wütend werde. Ich hasse die Art, wie die beiden über mich reden, als wäre ich nicht im Raum. Oder nicht in der Lage, selber zu sprechen.

Julius' Hand rutscht an mir hinab und landet auf meinem Hintern. Dann dreht er sich zu mir und will mich demonstrativ küssen. Schnell weiche ich einen Schritt zurück und schüttle seine Hände ab.

»Echt, es reicht jetzt.« Ich bedenke beide mit genervten Blicken. Fee und Ben verfolgen das Hin und Her nach ihrem erfolglosen Ablenkungsmanöver ebenfalls mit angespannten Mienen, aber ein wenig hilflos. »Können wir uns einfach ums Abendessen kümmern. Ich bekomme nämlich langsam Hunger.«

Das ist zwar eine Lüge, manchmal sind Unwahrheiten das kleinere Übel.

»Ja, genau, Zeit fürs Abendessen«, stimmt Fee mir schnell zu. »Heute wollten wir doch dieses scharfe Nudelgericht ausprobieren.«

Ben lacht laut auf. »Ich wäre sehr erleichtert, wenn du dich aufs Zugucken beschränkst, Fee.«

Leider lässt Julius sich nicht so leicht ablenken. Seit ich seinen Kuss abgeblockt habe, sieht er wütend aus.

»Lass dich doch nicht von dem Typen verarschen«, zischt er mich mit einem Mal an. Er deutet Brooks. »Du machst dich lächerlich, Hannah. Vielleicht stehst du auf den Schönling, der würde dir allerdings nie auch nur einen Blick gönnen, wenn du nicht ausgerechnet hier wohnen würdest. Mit dem kannst du mich nicht eifersüchtig machen. Nur wegen Fee ist der nett zu dir. So einer könnte jede haben. Der vögelt Models wie Fee, aber doch nicht dich.«

Sein Ton ist nicht nur wütend, sondern genauso verletzend. Ich werde blass. Das ist also das, was er über mich denkt. Was er wirklich denkt. Dass ich nicht annähernd an ein Mädchen wie Fee heranreiche. In dem Moment wird mir klar, wie recht er hat. Natürlich kann ich nicht mit den Models mithalten, und es ist lächerlich, auch nur eine Sekunde für Brooks geschwärmt zu haben. Die Episode im Flugzeug war eine Gelegenheit für ihn, mehr nicht. Und sein Geständnis von gestern war nur eine momentane Verwirrung.

Aber es ist unverzeihlich, was Julius mir gerade gesagt hat. Mein Freund sollte mich für das coolste und tollste Mädchen der Welt halten. Und nicht nur für langweiliges Mittelmaß, egal, wer oder was ich für andere bin. Denn seine letzten Worte waren nicht kalkuliert, sie waren einfach nur die ungeschminkte Wahrheit.

Aktuell entpuppt sich der nette Junge als Arschloch und immer häufiger das Arschloch als netter Typ. Ich bin völlig verwirrt und verstehe die Welt nicht mehr.

Leider steigen nun Tränen in meine Augen, und ich versuche verzweifelt sie wegzublinzeln.

kapitel 14

JACKSON

Angespanntes Schweigen macht sich breit.

Ich kann nicht glauben, was der Typ da zu Hannah gesagt hat.

Natürlich weiß ich, dass ich zu weit gegangen bin.

Ich hatte mir fest vorgenommen, cool zu bleiben. Schlimm genug, dass sie einen Freund hat und ich ihn kennenlernen muss. Trotz alledem wollte ich mir dabei keine Blöße geben.

Zwei Tage lang.

Ich dachte, ich schaffe das.

Hätte ich möglicherweise. Aber dann waren seine Hände auf ihr. So besitzergreifend. Das Wissen, dass er spätestens in der Nacht in ihrem Bett liegt und seine Hände dann nicht nur auf ihren Schultern sind, direkt neben mir. Dazu noch diese herablassende Art ihr gegenüber. Das war zu viel. Meine Selbstbeherrschung war auf der Stelle dahin, und ich konnte einfach nicht die Klappe halten.

Ich wollte, dass er kapiert, dass Hannah mir echt was bedeutet.

Das hat wohl geklappt.

Jetzt sehe ich, wie Hannahs Augen glasig und feucht werden. Sie ist blass und krümmt die Schultern zusammen. Als hätte er sie geschlagen. Was er ja hat. Nicht mit Fäusten, aber mit Worten. Das ist genauso schlimm.

Mit drei schnellen Schritten bin ich bei ihm und dränge ihn grob gegen die Wand. Meine Hände packen den Kragen seines Shirts, und sein hilfloses Gezappel bringt gar nichts, denn ich bin um einiges größer, stärker und durchtrainierter als er. Ich möchte ihn schlagen. So ein Gefühl hatte ich noch nie. Mühsam beherrsche ich mich, trotzdem kreischt er wie ein kleines Mädchen.

»Hilfe, der Typ bringt mich um.«

Wie wild schlägt er mit dem Kopf um sich und versucht, sich zu befreien, stößt sich dabei die Nase an einem Regal. Ich packe ihn fester und neige mich ganz nah an ihn.

»Noch ein Wort über Hannah, ein einziges, und ich bringe dich tatsächlich um«, zische ich.

Mit Genugtuung sehe ich, dass er sich die Nase blutig geschlagen hat, und stoße ihn erneut mit voller Wucht gegen die Wand. Meine Fingerknöchel fahren dabei an der rauen Mauer entlang, ich spüre nichts davon.

Plötzlich werde ich weggezerrt und meine Arme von unnachgiebigen Schraubzwingen eingeklemmt. Jetzt erst recht wütend, zerre ich mit aller Macht, aber da ist nichts zu machen.

Und dann realisiere ich erleichtert, dass ich nun nicht mehr in Gefahr laufe, Julius tatsächlich zu schlagen.

»Du dämliches Arschloch. Hannah ist das tollste Mädchen, das mir je begegnet ist. So ein Wichser wie du hat sie nicht verdient«, brülle ich Julius an.

Niemals hätte ich gedacht, dass ein Mensch mich so wütend machen kann. Julius ist echt ein rotes Tuch für mich. Schon als Hannah ihn am Vortag zum ersten Mal erwähnte. Jetzt, nachdem ich ihn getroffen habe, erst recht. Der Mistkerl hat sich auf das Sofa verkrümelt und hält eine Hand vor die Nase.

Ben hält mich weiterhin fest, wie ein Baum, in aller Ruhe und unbewegt. Ich bin völlig hilflos in seinem Griff.

»Du kannst mich wieder loslassen«, knurre ich.

»Weiß nicht, bin mir noch nicht so ganz sicher. Ich warte lieber noch was«, antwortet Ben ungerührt.

Hannah steht allein im Raum und weint lautlos. Die Tränen, die ihr übers Gesicht laufen, machen für mich alles noch schwerer. Fee dagegen kommt völlig entspannt aus der Küche und reicht Julius ein feuchtes Tuch.

»Nimm das und mach dich sauber«, sagt sie unbekümmert, als wären Männer, die sich in ihrem Haus gegenseitig blutig schlagen, Alltag für sie.

Julius wischt in seinem Gesicht rum.

Ich möchte Hannah trösten, aber welches Recht habe ich dazu. Außerdem ist Ben noch nicht von meiner Selbstbeherrschung überzeugt. Langsam merke ich, wie sehr er die Blutzufuhr in den Armen abschnürt. Die Finger beginnen, unangenehm zu kribbeln, und meine Hände pochen schmerzhaft. Ich bin überrascht, mich ebenfalls verletzt zu haben. Tatsächlich bin ich selten aggressiv und habe gerade zum ersten Mal fast jemanden geschlagen.

Fee reicht Hannah ein Päckchen Taschentücher. Es ist bizarr, wie sie völlig ungerührt durch den Raum geht, der nach dem ganzen Drama erstarrt scheint, und sich nach und nach um jeden kümmert. Jetzt sind wir dran.

Sie sieht mir prüfend in die Augen. Dann nickt sie Ben zu.

»Ich glaube, er hat sich wieder beruhigt.«

Ben lässt los.

Vorsichtig reibe ich meine Hände. Das Blut fließt mit Schwung zurück, und alles schmerzt mit einem Mal höllisch. Ich habe Abschürfungen an den Fingerknöcheln, die ich interessiert betrachte.

Fee steht weiterhin vor mir, genau auf Augenhöhe. Ich habe ein Déjà-vu. Beim letzten Mal, als sie mir so nahe war und mich so intensiv ansah, habe ich einen Tritt in die Weichteile kassiert, und unwillkürlich halte ich den Atem an. Wenn sie jetzt wieder so sauer auf mich ist, blüht mir dasselbe abermals, diesmal vor den Augen meines Erzrivalen. Unbewusst verschränke ich die Hände zum Schutz vor der Körpermitte. Aber sie neigt sich bloß nah an mich heran, bis an mein Ohr, und flüstert:»Das hast du super gemacht.«

Ich bin sprachlos. Dann überfällt mich Erleichterung. Sie ist nicht sauer. Eventuell besteht ja eine minimale Chance, dass auch Hannah nicht sauer auf mich ist. Ich mache einen vorsichtigen Schritt auf sie zu. Ihre Tränen sind inzwischen versiegt, ihr Blick ruht jedoch weiterhin auf dem Boden und ihre Miene zeigt nach wie vor ihre Verwundbarkeit.

Julius hat keinen Blick für Hannah oder die Wirkung, die seine fiesen Worte bei ihr hinterlassen haben. Er starrt fassungslos das Blut auf dem Tuch an.

»Ich zeige den Mistkerl an. Das war Körperverletzung.« Anklagend hält er das Tuch hoch.»Hier ist mein Blut dran.«

»Mach dich nicht lächerlich«, knurrt Ben.

»Lächerlich? Der hat mich angegriffen, völlig grundlos. Du musstest ihn von mir wegzerren.«

Julius zittert regelrecht. Eine Blutspur führt von seiner Nase quer über die Wange. Ich bin mir sicher, ihn nicht geschlagen zu haben, aber der Zusammenprall mit der Wand war wohl echt heftig.

Jetzt mischt sich Fee ein.

»Das war wohl kaum grundlos, du hast nur bekommen, was du verdient hast.«

»Ihr spinnt doch alle beide. Der Typ hat mich verletzt.« Vorsichtig tastet er sein Gesicht ab und macht dabei ein schmerzerfülltes Geräusch. Er dreht sich zu Hannah.»Was ist mit dir? Auf welcher Seite stehst du?«

»Ich stehe auf meiner eigenen Seite«, erwidert Hannah, wischt sich die letzten Tränen aus den Augen und hebt endlich den Blick.

»Und was soll das bedeuten? Ich bleibe nämlich nicht länger in diesem Haus. Ich suche mir ein Hotel in Miami. Direkt am Strand.« Entrüstet wedelt er mit den Händen durch die Luft. »Deine sogenannten Freunde, Hannah, sind völlig daneben.«

Hannah sieht ihn nur an, still und traurig.

»Ist das deine Antwort? Du ziehst sie mir vor? Obwohl der eine mich verprügeln will und die anderen das gutheißen. Du wirst es bereuen, wenn du hier bleibst, spätestens in Köln. Aber dann ist es zu spät, dann ist es aus zwischen uns. Ich lasse mich doch nicht verarschen.«

Langsam und traurig schüttelt Hannah den Kopf und mir fällt ein riesiger Stein vom Herzen.

»Ich kann nicht fassen, was du über mich denkst. Was du da über mich gesagt hast«, sagt sie dann leise.

»Du hast echt den Verstand verloren. Dein Umgang hier ist allerunterste Schublade.« Julius wirft einen weiteren wütenden Blick in die Runde und fixiert dann erneut Hannah. »Ich mache Schluss, Hannah, ich habe mich echt in dir getäuscht und ich hoffe, ich muss dich nie wiedersehen.«

Mit lauten Schritten stampft er aus dem Raum, und es dauert nicht lange, bis wir die Haustür ins Schloss fallen hören.

»Oh je, schon wieder höchste Zeit für eine Runde Jägermeister. Nach all den schlimmen Beleidigungen, die ich über mich ergehen lassen musste«, sagt Fee amüsiert und schleppt die bekannte Flasche an. Und dazu die überdimensionalen Gläser. »Ihr macht mich noch zum Säufer.«

Hannah sieht inzwischen noch geschockter aus, neue Tränen glänzen in ihren Augenwinkeln und laufen dann leise die Wange hinab.

»Ich weiß nicht, was ich sagen soll. Das tut mir echt leid, Fee«, flüstert sie schließlich.

»Was tut dir leid?« Fee füllt Hannahs Glas randvoll. »Dass sich Gefühle nicht immer kontrollieren lassen? Dass Julius

179

Schluss gemacht hat?« Jetzt verzieht Fee doch sorgenvoll das Gesicht. »Du heulst doch nicht etwa, weil Julius Schluss gemacht hat?«

»Nein, mir tut leid, dass ich darüber erleichtert bin. Und dass Julius euch beleidigt hat. Und dass sich das Drama in deinem Haus abgespielt hat. Das ist mir alles so peinlich.«

»Ich bin heilfroh, dass das Drama sich hier abgespielt hat. Du hast nämlich noch ein Drama bei mir gut.« Die Mädchen stoßen miteinander an. »Versprich mir, dass du nur Dramen in meiner Gegenwart hast. Wer soll denn sonst auf dich aufpassen?«

»Eigentlich bevorzuge ich es, wenn niemand auf mich aufpassen muss«, murmelt Hannah und nimmt einen großen Schluck.

Ich halte mich zurück.

Wenn ich jetzt Alkohol auf meine aufgewühlten Gefühle kippe, liege ich gleich auf Knien vor Hannah und schwöre ihr ewige Liebe. Oder reiße mir mal wieder die Klamotten vom Leib und versuche, sie mit meinem Körper von meinen aufrichtigen Gefühlen zu überzeugen. Wie man es anders machen kann, ist mir noch immer schleierhaft.

»Ich mochte Julius noch nie«, sagt Ben aus heiterem Himmel und lehnt sich entspannt auf dem Sofa zurück.

»Du mochtest damals niemanden«, erwidert Fee und schüttelt leicht den Kopf.

»Stimmt auch wieder.«

Hannah gibt ein Geräusch von sich, halb Schluchzen, halb Lachen.

»Ist das die korrekte Form, eine Trennung zu verarbeiten? Indem man den Ex gnadenlos fertigmacht? Ich kenne mich da nicht so aus.«

»Mich musst du nicht fragen.« Ben hebt auf der Stelle die Hände. »Ich kann dir bei Liebeskummer nur Jägermeister eimerweise und Schlägereien empfehlen.«

»Glaubst du etwa, ich kenne mich aus?« Fee sieht ein wenig

beleidigt aus. »Ich habe Liebeskummer auch noch nie sinnvoll verarbeitet.«

Mit einem Mal sehen alle mich an.

»Ich hatte noch nie Liebeskummer«, wehre ich ab. »Da ich aber Hannah nicht so recht in einer Schlägerei sehe, würde ich dann eher noch ein paar Liter Jägermeister vorschlagen. Und währenddessen den Ex dissen.«

Julius ist weg. Und Hannah ist noch da. Mehr habe ich nie gewollt. Langsam macht sich eine leichte Euphorie in mir breit, obwohl mir bewusst ist, dass das unangebracht ist.

Hannah nimmt einen weiteren Schluck und seufzt dann tief auf. Bei der Kombination Kummer und Alkohol schrillen all meine Alarmglocken, denn ich weiß leider allzu genau, wo das endet.

»Liebeskummer ist eh das falsche Wort, ich fühle mich ja noch schuldiger, weil ich den nicht habe. Außerdem weiß ich nicht, wie man den Ex disst«, murmelt sie dann und fährt sich mit der Hand über die Augen. Völlig nüchtern klingt sie schon nicht mehr.

»Ach, du sagst, wie schlecht er im Bett war oder so was«, schlägt Fee vor.

Hannah wird rot.

Bedeutet das jetzt, dass Julius in der Tat schlecht im Bett war? Oder hätte ich das nur gern?

»Mundgeruch wäre eine andere Möglichkeit«, überlegt Fee dann weiter, ohne Hannahs Verlegenheit zu kommentieren. »Übermäßige Körperbehaarung, Fußpilz, schlechte Tischmanieren, die Angewohnheit sich bei jeder Gelegenheit im Schritt zu kratzen.«

Jetzt kichert Hannah, und auch meine Mundwinkel gehen ein wenig hoch. In Gedanken führe ich die Liste fort, lauter Dinge, die ich Julius gerne andichten würde.

»Nee, Fee, das ist alles nicht nett«, protestiert Hannah.

»Ich habe auch noch nie gehört, dass jemand den Exfreund nett disst. Das kann ja echt nur von dir kommen.«

Hannah trinkt ihr Glas leer.

»Ein paar Liter von dem Zeug schaffe ich nicht«, sagt sie dann und lässt sich nach hinten sinken. »Ich kann nicht mit Ben mithalten.«

»Soll ich das Saufen und Dissen für dich übernehmen?«, bietet der an.

Sie lächelt und schließt dann die Augen. »Nee, lass mal. Saufen bringt mir nix, und beim Dissen habe ich ein schlechtes Gefühl. Ich bin ja wirklich nicht ganz unschuldig an der Sache. Ganz und gar nicht unschuldig.«

Der Meinung bin ich nicht. Denn nichts auf der Welt rechtfertigt, Hannah öffentlich so klein zu machen. Ich hätte auch kein schlechtes Gewissen, wenn ich eben zugeschlagen hätte. Ausnahmsweise bin ich klug genug, meine Klappe zu halten.

»Aber etwas eklige Haare an den Füßen hatte er schon«, murmelt sie dann, leise, schon im Halbschlaf. Der Stress und der Alkohol haben sie jetzt endgültig umgehauen.

Ein Lächeln schiebt sich langsam in mein Gesicht. Wenn das für sie dissen ist, ist Hannah in der Tat der netteste Mensch der Welt.

Es gibt so einiges zwischen uns, das gesagt werden müsste. Ich empfinde noch immer dasselbe für sie, wie gestern, logisch. Und ich weiß nach wie vor nicht, wie das bei ihr aussieht. Trotzdem schweige ich und betrachte sie nur, wie sie immer tiefer atmet. Ihr süßes Gesicht, das so noch sanfter wirkt, Wimpern, die sich dunkel wie ein Fächer ausbreiten, ihre vollen Lippen, die sich ein wenig öffnen.

Hannah ist eingeschlafen.

»Du guckst wie ein verliebter Welpe«, grinst Fee mich an.

»Ja, und er sabbert auch ein wenig.« Ben verdreht die Augen. Die beiden scheinen mich nicht mehr für einen triebgesteuerten Lustmolch zu halten, vor dem man unschuldige Mädchen beschützen muss, denn sie winken mir zu und verschwinden dann leise kichernd.

Eine Weile bleibe ich still sitzen, genieße Hannahs Anblick und wundere mich über den Wunsch, sie einfach nur in meinen Armen halten zu können. Mit diesem kleinen Körperkontakt wäre ich momentan schon überaus zufrieden. Trotzdem greife ich sie letztlich vorsichtig unter den Schultern und den Knien und hebe sie hoch. Ich kann sie mühelos tragen, dem erbarmungslosen Footballtraining sei Dank. Dann bringe ich sie in ihr Bett und decke sie vorsichtig zu. Ganz schlecht kann ich mich trennen, denn am liebsten würde ich mich neben sie legen. Hoffentlich bekomme ich irgendwann die Chance dazu.

»Julius ist eigentlich nicht so. Er kam gestern echt unsympathisch rüber, aber normalerweise ist er nett«, verteidigt sie dieses Arschloch am nächsten Morgen.

Wir sitzen in der Küche. Ben ist schon längst aufgebrochen, ich dagegen habe beschlossen, heute blauzumachen. Ich fürchte, im College warten schlechte Neuigkeiten auf mich, und ich möchte das Unvermeidliche noch etwas hinausschieben.

»Dann gehst du zu ihm zurück?« Meine Stimme zittert.

»Natürlich nicht. Ich kann ihm nicht verzeihen, was er über mich denkt. Ich will einen Freund, der mich toll, einfach nur toll findet.« Trotzig schiebt sie die Unterlippe vor, und ich muss grinsen.

Von der Tür kommt Applaus. Fee steht im Türrahmen und beobachtet uns. »Endlich hast du es kapiert.«

Ich finde sie toll. Einfach nur toll. Aber mir ist nicht klar, ob sie das schon begriffen hat.

»Ich wollte damit nur sagen, dass ich echt nicht erklären kann, wieso er euch alle beleidigt hat. Sonst denkt Brooks noch, ich habe einen bescheuerten Männergeschmack.«

Nur mühsam verkneife ich mir, auf die Steilvorlage einzugehen und mich in diesem Fall anzubieten, denn ich wollte doch die blöden Anmachen sein lassen.

»Brooks?«

Fee zieht interessiert die Augenbrauen hoch.

»Ja, so heißt er nämlich.«

Fee lacht.

»Wusste ich gar nicht.«

Dann pendelt ihr Blick zwischen Hannah und mir hin und her.

»Ich habe heute ein paar Termine. Müsste mal dringend mit meiner Agentin sprechen. Und zum Frisör, zur Maniküre, so ein Kram. Magst du mitkommen, Hannah?«

»Meine Schulfreundin hat früher Jungsprobleme immer so verarbeitet. Mit einer neuen Haarfarbe. Und sie hatte eine Menge Jungsprobleme, was dazu führte, dass sie fast jeden Monat anders aussah.« Hannah grinst ein wenig. »Ich könnte es mit pechschwarz probieren. Das würde zu meinen Schuldgefühlen passen.«

»Bloß nicht«, mische ich mich laut ein.

»Platinblond?«

»Oder rot. Dann gehen wir als Zwillinge«, schlägt Fee breit grinsend vor.

»Gar nichts.« Hannah ist echt nicht der Typ für radikale Haarfarben. Ich liebe doch gerade ihre Natürlichkeit so an ihr. »Deine Haare sind toll, so wie sie sind.«

»Test bestanden.« Fee klopft mir auf die Schulter. »Gehe ich eben allein zum Frisör.«

Ich fahre mir verlegen durch die Haare.

»Dann war das kein ernstgemeinter Vorschlag?«

»Nee, echt nicht.« Hannah grinst. »Ich denke nicht, dass man innerliche Dinge mit äußerlichen Veränderungen lösen kann.«

Fee kramt klappernd im Obergeschoss und packt ihre Sachen zusammen.

»Und wir? Was machen wir?« Ich werfe einen langen Blick zu Hannah, die gemütlich auf ihrem Stuhl sitzt, die Füße hochgelegt, und aus dem Fenster sieht.

»Müssen wir was machen? Ich kann nicht einfach zur Tagesordnung übergehen, nicht mit dem Wissen, dass Julius gerade allein durch Miami läuft. Weil ich ihm fremdgegangen bin.«

Ja, fremdgegangen mit mir. Nur, dass ich überhaupt keine Schuldgefühle habe. Was stimmt nicht mit mir? Ich setze mich auf den Platz ihr gegenüber und sehe ebenfalls aus dem Fenster. Wir beobachten, wie Fee in ihr Auto steigt, die Scheiben herunterlässt und dann mit Schwung losfährt.

»Ich weiß, wie er sich jetzt fühlt. Das ist das Schlimmste«, murmelt sie dann.

Ich weiß auch, wie er sich fühlt. Trotzdem habe ich kein Mitleid. Entweder ist Hannah zu nett, oder ich bin in der Tat einfach nur ein Arschloch. Ich werde diese Frage jetzt allerdings nicht öffentlich zur Diskussion stellen, denn es gibt verdammt viele Menschen, die mir das Arschloch attestieren. Ich fürchte, Hannah gehört dazu.

»Mein erster Freund hat mich betrogen«, fährt sie leise fort.

Noch mehr Parallelen zwischen uns.

»Ich glaube nicht, dass er mitbekommen hat, dass du ihn betrogen hast«, werfe ich ein.

»Kann sein, aber das ändert ja nichts an der Tatsache.«

»Willst du drüber reden?«

»Ich würde dir gerne erklären, warum es für mich so schwer ist, obwohl ich gemerkt habe, dass Julius mich nicht so wertschätzt, wie er es sollte.«

»Ich würde es sehr gerne hören.«

Jetzt nimmt sie die Füße vom Stuhl und setzt sich aufrecht hin. »Er hieß Leon, und ich kannte ihn aus der Schule. Er war im Jahrgang über mir. Und ...« Ein wenig wird sie verlegen. »Na ja, ich denke, du hast schon gemerkt, dass ich eher so ein Mauerblümchen war. Auf jeden Fall war ich siebzehn und hatte noch nie einen Freund gehabt, und als er dann Interesse an mir zeigte, war ich natürlich überaus erfreut.«

185

»Ich sehe dich ganz bestimmt nicht als Mauerblümchen«, sage ich leise. Wenn wir schon bei Blumenvergleichen sind, dann ist Hannah irgendetwas Kleines, was man schnell übersieht, wenn man unaufmerksam ist, aber sobald man es gefunden hat, staunend betrachtet. Wunderschön, umso näher man rangeht. Und echt selten. »Edelweiß finde ich treffender.«

Die zarte Röte, die ihr Gesicht jetzt überzieht, gefällt mir. Dann räuspert sie sich.

»Also, ich war dann mit Leon zusammen. Ein paar Monate. Bis ich ihn auf einer Party mit einer gemeinsamen Freundin erwischt habe. Die beiden haben nicht nur geknutscht, sie haben ... du weißt schon.«

Sie wird noch immer verlegen, sobald wir von Sex reden. Und es macht mich noch immer unglaublich an.

»Es tut mir leid, Hannah.«

»Das muss es nicht. Ich war gar nicht so sehr in ihn verliebt, mehr in das Gefühl, einen Freund zu haben. Und trotzdem hat es mich unglaublich verletzt. Ich war zutiefst gedemütigt, alle anderen hatten es ja genauso mitbekommen. Und in diesem Augenblick habe ich mir geschworen, niemals einen anderen Menschen so zu verletzen. Wenn man aus seinen Erfahrungen nichts lernt, dann sind sie doch nichts wert. Dann hat man sie doch umsonst gemacht.«

»Und dann kam ich«, sage ich bitter.

»Du bist doch nicht schuld, dass ich mit meinen Prinzipien gebrochen habe«, sagt sie. »Das bin ich schon allein schuld.«

Bei mir hat ein ähnliches Erlebnis eine völlig andere Reaktion hervorgerufen. Beim Anblick des nackten Körpers meiner Freundin auf dem anderen, habe ich mir geschworen, nie wieder Gefühle zuzulassen. Die Worte, mich Hannah gegenüber zu erklären, bleiben mir allerdings im Hals stecken. Ich komme mir gerade nämlich nur schäbig vor.

»Hannah, ich habe dich in den Waschraum gedrängt. Ich habe meine Hände auf dich gelegt. Ich habe deinen Rock hochgezogen. Du kannst nicht dir die Schuld für all die Dinge geben, die ich gemacht habe.«

Mir ist schon klar, wie grässlich das alles war. Aber die Erinnerung daran, wie meine Lippen an ihrem Hals lagen, an ihren Blick, als ich sie streichelte und als sie kam, weckt auf der Stelle wieder heiße Erregung in mir. Wie eigentlich ständig in den letzten Tagen. Ich bin und bleibe ein triebgesteuertes Schwein.

»Dann sind wir eben beide schuld. Aber ich habe immer gedacht, das würde ich nie machen. Niemals. Ich doch nicht. Ausgeschlossen. Und jetzt habe ich es gemacht. Ich bin kein Stück besser als mein Exfreund. Ich darf doch jetzt noch nicht einmal mehr sauer auf ihn sein. Oder?«

»Hannah, ich bin mein Leben lang fremdgegangen und habe nie einen Gedanken an andere verschwendet«, gebe ich kleinlaut zu. »Vielleicht bin ich der letzte Schuft, aber vielleicht sind im Gegenzug deine Prinzipien etwas zu hart. Du bist ja nicht dazu da, Julius glücklich zu machen. Und wenn deine Gefühle ihm gegenüber sich geändert haben, dann ist das gerade zum jetzigen Zeitpunkt nicht toll, aber auch nicht zu ändern. Man muss hin und wieder egoistisch sein.«

»Vielleicht.« Sie steht auf und räumt ihre Tasse weg. »Ich könnte mich heute etwas an den Pool legen. Und mich damit abfinden, ein schlechter und egoistischer Mensch zu sein.«

»Du kannst dich damit abfinden, eine einzige schlechte, egoistische Sache gemacht zu haben, das wäre realistisch. Und bei einem faulen Tag am Pool bin ich dabei«, stimme ich ihr zu.

Hannah nickt.

»Eigentlich hast du recht. Wer zuerst umgezogen und im Wasser ist.«

Rasch rennt sie aus der Küche, und ich folge ihr langsam und mit einem Lächeln. Ich wäre eindeutig der Gewinner, wenn ich wieder nackt in den Pool springe. Aber ihre Geschichte hat mir gezeigt, dass sie vor allem mehr Zeit braucht, um die Sache mit Julius zu verarbeiten, und ganz sicher keine neuen Avancen von mir.

Ich bin trotzdem schneller.

Als Hannah am Pool aufkreuzt, habe ich nach einem Hechtsprung schon einige Bahnen gedreht. Sie setzt sich an den Beckenrand und sieht mir zu. Ich gebe nur vor, so konzentriert zu schwimmen. Immer wieder gleitet mein Blick über sie. Ihre nackten Füße, die im Wasser sanft hin- und herschwingen. Ihre Haare, die sie zu einem Pferdeschwanz gebunden hat. Und ihre Augen, die still und konzentriert auf mir ruhen. Ich schwimme weiter und weiter und warte darauf, dass meine Arme endlich schwer werden und mein Körper müde. Ich habe schon zu lange nicht mehr trainiert, denn nach dem Spiel vom letzten Samstag, habe ich mich noch nicht dazu überwunden, meiner Mannschaft wieder unter die Augen zu treten. Dabei brauche ich körperliche Betätigung ganz dringend, um mich davon abzulenken, seit dem Quickie im Flugzeug keinen Sex mehr gehabt zu haben.

Irgendwann setzt dann doch die Erschöpfung ein, und ich zwinge mich zu drei weiteren Bahnen.

»Das verstehst du also unter einem faulen Tag am Pool.« Hannah lächelt leicht, als ich endlich neben ihr zur Ruhe komme. Ich ziehe mich am Beckenrand hoch und merke zufrieden, wie sehr meine Arme dabei vor Anstrengung zittern.

»Nein, das ist meine Art, mein Gehirn zu beruhigen«, stelle ich dann richtig. »Dazu muss ich erst meinen Körper auspowern, sonst kann ich nicht nachdenken.«

»Worüber denkst du nach?«

»Über uns.«

Hannah sieht auf ihre Füße.

»Das tue ich auch. Und darüber, wie scheiße es war, Julius nicht früher zu erwähnen. Wirklich, ich weiß das, aber ich habe es selber verdrängt. Es war einfacher, zu vergessen, dass er kommt. Und dass es ihn überhaupt gibt.«

Mein Herz schlägt so laut, es ist kaum zu überhören. Und trotz der Erschöpfung ist es hart, nur neben ihr zu sitzen. Mein Körper will einfach mehr, und die kleine Stimme in mir, die Arschloch-Jackson gehört, flüstert penetrant, dass sie sich doch körperlich von mir angezogen fühlt. Und ich es jetzt echt nochmal versuchen sollte, da der Typ doch Geschichte ist. Keine Ahnung, wie ich Arschloch-Jackson jemals loswerden kann. Denn das will ich wirklich.

»Es tut mir leid, Hannah. Die Sache im Flugzeug ist aus dem Ruder gelaufen. Ich weiß, dass es keine Entschuldigung dafür gibt. Ich würde gerne versuchen, ein netterer Mensch zu werden, denn mir ist durchaus klar, dass ich Frauen bisher nur verarscht habe. Es fällt mir jedoch echt nicht leicht.«

Diese Aktion im Flugzeug wird immer zwischen uns stehen, und ich hasse mich selber, weil ich meine Finger nicht bei mir lassen konnte und auch gerade jetzt so sehr darum kämpfen muss, denselben Fehler nicht schon wieder zu begehen. Ich will ja nicht nur Sex, ich will viel mehr. Sex aber eben auch.

»Aber die Schuldgefühle hatte ich nicht nur wegen dem Sex. Also, schon deswegen, aber vor allem, weil ...« Sie zögert und beißt sich verlegen auf die Lippen. »Du hast mich an diesem einen Abend gefragt, wie es für mich war.« Jetzt flüstert sie fast, und eine zarte Röte überzieht ihr Gesicht. Sie sieht angestrengt auf das Wasser im Pool, das in sanften Wellen hin- und herschaukelt. »Und das ist das Problem. Das war das Intensivste, Überwältigendste, das ich je erlebt hatte. Daher die Schuldgefühle. Weil das einfach nicht sein durfte. Eigentlich war es mir da schon klar, dass Julius und ich nicht so weitermachen können. Und das wäre genauso gewesen, wenn du nicht hier aufgekreuzt wärst. Ich hätte mich über kurz oder lang von ihm trennen müssen. Weil ich das nie vergessen werde.«

Dieses Geständnis macht es mir nicht leichter, meine Selbstbeherrschung aufrechtzuhalten. Vorsichtig lege ich eine

Hand an ihr Gesicht und drehe es zu mir. So muss sie mich ansehen. Sie ist so verlegen. Hinreißend verlegen. Und das nur, weil sie über unseren Sex im Flugzeug geredet hat. Ich liebe es.

»Bitte, gib mir eine Chance, dir zu zeigen, dass ich nicht nur ein sexbesessener Blödmann bin«, flüstere ich.

»Wie willst du das beweisen?« Ihre Stimme ist eine Mischung aus Neugierde und Belustigung.

Gute Frage. Ich sehe sie etwas hilflos an, und sie kichert. Dann versucht sie, ernst zu bleiben, nur noch ihre Mundwinkel zucken.

Mein Hirn setzt aus. Ich habe ihren Mund zu lange angeschaut und denke nur noch daran, sie jetzt küssen zu wollen. Sie jetzt küssen zu müssen.

Das ist natürlich nicht der richtige Weg, Hannah davon zu überzeugen, nicht nur ihren Körper zu wollen, aber wie gesagt, ich bin nicht immer der Schlaueste in Bezug auf Frauen.

In diesem Moment klingelt mein Handy. Hannah zuckt zusammen, und der Augenblick ist vorbei.

Ich werfe einen genervten Blick auf das Display. Es ist mein Vater. Mein Vater ruft mich nie an. Es sei denn, ich habe Scheiße gebaut. Mal wieder.

Verständlicherweise gehe ich nicht ran und starre wie ein hypnotisiertes Kaninchen das Telefon an, bis das Klingeln abbricht. Ich weiß, was das bedeutet. Die Klausuren sind genauso ausgefallen, wie ich es befürchtet habe, und mein Vater hat es schon brühwarm in Erfahrung gebracht. Jetzt wird er auf die Mailbox brüllen, aber niemand zwingt mich, es abzuhören.

»Ist es nicht wichtig?«, fragt Hannah. Sie ist ein wenig von mir abgerückt und hat noch immer diese verlockende Röte im Gesicht.

»Nein, nicht wichtig«, murmle ich.

Dann klingelt es erneut. Inzwischen wird er vor Wut toben. Mein Vater ist es nicht gewohnt, ignoriert zu werden. Nicht von mir. Genau genommen von niemandem.

Hannah wirft mir besorgte Blicke zu, und ich fürchte, meinen Gesichtsausdruck nicht unter Kontrolle zu haben.

Ich schalte mein Handy aus und lasse mich zurück ins Wasser fallen. Diesmal werde ich Bahnen drehen, bis ich vor Erschöpfung zusammenbreche.

kapitel 15

HANNAH

Ich stehe im Nachthemd in meinem Zimmer. Im Haus herrscht schläfrige Stille und auch ich habe mein Licht längst gelöscht. Leider bin ich noch immer hellwach.

Leise gehe ich aus der Terrassentür. Draußen ist es längst dunkel, der Lichtschein aus Brooks' Zimmer erhellt den Boden nur so weit, dass ich genug sehen kann und mich nicht unwohl fühle.

Es ist nach wie vor angenehm warm. In der Ferne höre ich eine Zikade zirpen, zumindest vermute ich, dass es eine ist. Die Bäume, die den Garten umgeben, rauschen leise im Wind, die Blätter der Palmen rascheln. Nachts ist es so friedlich, man vergisst völlig, mitten in einer amerikanischen Großstadt zu sein.

Kurz schließe ich die Augen und genieße die Luft auf meinem Gesicht. Wie eine zarte Liebkosung.

Als ich wieder in mein Zimmer gehen will, fällt mein Blick durch die Terrassentür auf Brooks. Er kann mich hier im Dunkeln nicht sehen, nicht solange bei ihm das Licht so hell brennt, und deshalb sollte ich ihn wirklich nicht heimlich beobachten.

Aber etwas an der Art, wie er auf dem Bett sitzt, nach vorne gelehnt, die Arme auf den Beinen verschränkt, lässt mich nicht los. Er ist noch angezogen, in Jeans und T-Shirt. Obwohl er schon vor einer geraumen Weile in sein Zimmer gegangen ist, sitzt er nun einfach da und starrt vor sich hin. Wieder mit diesem verschlossenen Gesichtsausdruck, der so unheimlich alles verbirgt, was in ihm drin vorgeht. Nur seine Haltung kaschiert nichts. Er wirkt so verloren, mit hängenden Schultern, reglos, versteinert. Normalerweise ist Brooks immer stark, überlegen, völlig von sich überzeugt. Bis an die Grenze der Arroganz. Oder ehrlich gesagt häufig darüber hinaus.

Gerade habe ich das Gefühl, ein wenig hinter seine Maske blicken zu können. So wie immer öfter in den letzten Tagen. Immer öfter, wenn wir allein sind und er nicht mehr versucht, unangreifbar lässig und cool zu sein. Langsam habe ich den Eindruck, Brooks' Leben besteht aus sehr viel strahlendem Schein, aber es gibt tausend Dinge, die nicht gut sind und die er dahinter versteckt.

Vorsichtig klopfe ich an die Scheibe, und er sieht auf.

Auf der Stelle straffen sich seine Schultern, und seine ganze Körperhaltung ändert sich. Er wird mich nicht ohne weiteres an seinen Sorgen teilhaben lassen.

»Komm rein.«

»Ich kann nicht schlafen«, murmle ich und zupfe mit einem Mal verlegen an meinem Nachthemd. Warum stehe ich immer wieder in diesem Mädchennachthemd vor ihm?

»Ich sehe es.« Er grinst mich an. Dieses unbekümmerte Grinsen, bei dem man überhaupt nicht auf die Idee kommt, es könne nicht alles super laufen. Mister Perfect. Wohl eher die perfekte Maske.

Leider habe ich mal wieder Brooks' Wirkung auf mich unterschätzt. Vor allem so knapp bekleidet stehe ich dieser hypnotisierenden Aura etwas hilflos gegenüber. Mein Körper will sich mit aller Macht an ihn klammern. Seine Lippen spüren. Mit der Hand über sein Gesicht fahren und den letzten Hauch Sorgen dort einfach wegküssen.

Dann reiße ich mich mühsam zusammen, denn auch wenn mein Körper soweit ist, mein Kopf ist es definitiv noch nicht. »Was ist los mit dir?«, frage ich schnell und schiebe meine zerrissenen Gefühle weg.

»Was meinst du?«

»Ich habe dich gesehen. Durch die Tür.«

Laut atmet er aus.

»Es ist nichts, Hannah. Nichts, womit du dich belasten müsstest.«

»Niemand sagt, dass ich es muss. Aber wenn es dich belastet, würde ich es gerne wissen. Es sei denn ...« Meine Hände deuten auf ihn, auf mich, und ich weiß nicht recht, wie ich es in Worte fassen soll. Es ist weiterhin unglaubwürdig für mich, dass er an mir interessiert ist. Aufrichtig interessiert. »Es sei denn, das mit uns ist nichts«, beende ich lahm.

»Das mit uns ist ganz bestimmt nicht nichts. Auf jeden Fall von meiner Seite aus.« Eine Weile schweigt er und sieht mich nur so hilflos an. »Du bist allerdings die Erste, die wissen will, wie es mir geht. Das ist nicht so einfach für mich.«

Das kommt einer Liebeserklärung vergleichsweise nah. Definitiv in Brooks' Fall. In mir drin wird alles warm vor Freude.

Möglicherweise ist das der Punkt, an dem aus Jackson Brooks wird. Ich denke an Jackson, wenn ich Sex will. Ich denke an Brooks, wenn ich verliebt bin, wenn mein Herz wie irre flattert. Als wären es zwei unterschiedliche Männer. Obwohl ich noch immer verstört darüber bin, wie schnell mein verräterisches Herz von schon-ganz-okay bei Julian zu Oh-mein-Gott bei Brooks schwenken kann.

»Das fühlt sich an, als müsse ich mich vor dir ausziehen«, erklärt Brooks weiter. »Womit ich körperlich überhaupt kein Problem habe, im Gegenteil, aber innerlich eben umso mehr.«

Diesen Vergleich kann ich nachempfinden.

»Bei mir ist es umgekehrt«, gebe ich zu.

Brooks lächelt.

»Dabei bist du wunderschön. So schön, Fawn.«

Er macht einen Schritt auf mich zu, und ich sehe Begehren in seinen Augen.

»Lenk nicht ab«, sage ich schnell, ehe ich mich vergesse. Ich fürchte, der Strip seines Inneren ist momentan wichtiger als meine profanen, körperlichen Wünsche.

»Schade.« Er beißt sich auf die Unterlippe. Hinreißend sexy.

Trotzdem schiebe ich ihn entschlossen auf das Bett, so dass er zum Liegen kommt. So stelle ich mir die Situation bei einem Psychiater vor. Ich lege mich daneben und nehme seine Hand. Das machen wohl die wenigsten Ärzte, aber egal.

»Und jetzt rede.«

Brooks schließt die Augen.

»Ich bin ein Komplettversager, das ist eigentlich schon alles. Und ich würde dich sehr viel lieber verführen, als mich über meine Unzulänglichkeiten zu unterhalten, denn im Verführen bin ich echt gut.«

»Geht es noch immer um dieses Spiel?«, frage ich fassungslos und ignoriere tapfer das unmoralische und verlockende Angebot.

Stattdessen betrachte ich sein Gesicht. Im Profil ist er genauso perfekt wie aus allen anderen Blickwinkeln.

»Nein.« Er runzelt die Stirn. »Also zum Teil, aber eben nicht nur. Weißt du, dieser Sport ist wichtig. Wichtig für mich und vor allem wichtig für meinen Vater.« Was erklärt, warum er seinen Sohn ins Team gekauft hat. Erklärt, aber nicht rechtfertigt. »Hannah, mein Vater sieht mich schon in der NFL. Also, jetzt natürlich nicht mehr, es sei denn er kauft die Miami Dolphins, und die müssen mich dann spielen lassen. Und dann würde er sich endgültig lächerlich machen. Mit mir als Sohn. Ich bin nämlich nicht der Sohn, den er immer haben wollte.«

Obwohl er versucht, kalt zu wirken, höre ich den Schmerz in seiner Stimme. Ich drücke seine Hand.

»Das sollte das Problem deines Vaters sein und nicht deines«, sage ich dann. »Es ist erst dann deine Sorge, wenn du unbedingt in die NFL willst.«

»Keine Ahnung, ob ich das will. Habe ich nie drüber nachgedacht. Außerdem ist das ja nicht das einzige Problem mit mir. Ich bin leider auch noch unglaublich dumm.«

»Wie meinst du das?« Wieso befürchte ich auf der Stelle, er habe in Bezug auf Frauen einen Fehler gemacht. Denn da stellt er sich tatsächlich nicht allzu clever an.

»Ich habe die Klausuren nicht bestanden.«

Ich atme auf. Kein Frauenproblem. Ungeplante Schwangerschaft, Geschlechtskrankheiten, da gibt es so einige Möglichkeiten.

»Das heißt ja nicht, dass du dumm bist.« Jetzt stütze ich meinen Kopf in die Hand und betrachte ihn noch aufmerksamer.

»Doch Hannah, ich war noch nie gut im Lernen. Weder in der Schule noch jetzt am College. Ich habe nur verkackt.«

»Hast du denn gelernt?«

Der Vergleich zwischen Ben, der abends ununterbrochen an seinen Unisachen sitzt, und Jackson, der sich mehr für Cocktails interessiert, schiebt sich in meine Erinnerung.

»Ich habe es versucht. Ja, ich weiß, dass ich zu viel gefeiert habe, zu oft in den Clubs war und zu viel getrunken habe. Aber das war immer nur, um den Frust zu verarbeiten, wenn einfach nichts in meinem Kopf hängenbleiben wollte.«

»Willst du denn überhaupt studieren? Oder wollte dein Vater es?«

»Rate mal.«

»Ach Brooks, wenn du nicht mal machst, was du möchtest, wie soll es denn gut werden.« Inzwischen halte ich seine Hand nicht nur, ich streiche selbstvergessen über seinen Handrücken. Definitiv ist der Vergleich zu Ben unfair, denn Ben macht genau das, was er selber will. »Du sagst, ich müsse egoistischer sein und mir nicht so viele Vorwürfe Julius betreffend machen. Mehr an mich und mein Glück denken. Und jetzt sage ich dir, du musst selber auch egoistischer sein. Hier geht es um dich und um deine Zukunft und nicht um deinen Vater. Brooks, du musst nicht deinen Vater glücklich machen, sondern dein eigenes Leben führen.«

»Das ist schwer, Hannah. Es gibt so viele Erwartungen an mich. Und ich erfülle keine einzige.«

Noch immer starrt er an die Decke. Noch immer mit diesem harten Zug um den Mund.

»Bestimmt ist es schwer. Aber schaffen kannst du es trotzdem.«

»Du hältst mich jetzt nicht für einen jämmerlichen Komplettversager?«

»Wieso sollte ich?«

»Weil alle anderen es tun.«

»Also, erstens bin ich nicht alle anderen, sondern nur Hannah. Oder meinetwegen Fawn, wenn du schon diesen blöden Rehvergleich ziehen musst. Und zweitens weiß ich schon mal ganz sicher, dass weder Ben noch Fee dich für einen Versager halten.«

Jetzt sieht er mich an.

»Okay, dann sind es ja schon mal drei.« Langsam schiebt sich ein zaghaftes Lächeln in sein Gesicht. »Drei ziemlich wichtige Menschen, zugegeben.«

»Na, also. Und jetzt machen wir das Licht aus und schlafen. Morgen im Tageslicht sieht es schon wieder besser aus. Das tut es immer.« So war es bei mir, als Leon mich betrogen hat. So war es, als meine Mutter mich Schlampe nannte und drohte, mich vor die Tür zu setzen.

»Bleibst du bei mir? Ich verspreche dir, dass ich meine Finger bei mir behalte.«

Nichts gegen Brooks' Finger auf mir, aber ich erkenne einen schlechten Moment, wenn er so offensichtlich ist.

»Ich bleibe hier.«

Schnell kuschle ich mich unter die Decke.

Brooks löscht das Licht. Trotzdem kann ich im Mondschein deutlich erkennen, wie er aus Shirt und Hose schlüpft und sich neben mich legt. Mein Herz klopft viel zu wild, denn er ist so sexy. Brooks nimmt wie selbstverständlich wieder meine Hand in seine, haucht einen Kuss darauf und dreht sich auf die Seite.

Nach und nach beruhigt sich mein Herz, während ich seinen Rücken und das gleichmäßige Heben und Senken seines Oberkörpers betrachte.

Ich schlafe ein.

Mit einem Lächeln.

Geweckt werde ich dagegen ganz schön unsanft.

Von lauten Stimmen irgendwo im Haus.

Die Sonne scheint schon wieder wie irre. Durch die geöffnete Terrassentür kommt ein leichter Windhauch ins Zimmer. Das Laken ist hinuntergerutscht und bedeckt nur noch meine Füße. Ich habe tief und traumlos geschlafen. Träge drehe ich mich, und mein Arm fällt auf ein leeres Bett. Brooks ist nicht da. Auf der Stelle mache ich mir Sorgen, denn die Kombination ist gar nicht gut. Brooks fehlt, und irgendwo wird gestritten. Es wird deutlicher, jemand brüllt.

Niemand, den ich kenne, keine bekannte Stimme.

Schnell schlüpfe ich über die Terrasse zurück in mein Zimmer und ziehe an, was griffbereit da liegt.

Die Stimmen kommen aus dem Wohnzimmer. Auf dem Flur ist noch deutlicher zu hören, wie aufgebracht da jemand ist. Ich gehe so leise wie möglich hin.

Und selbstverständlich hängt Brooks mit drin. Er steht mitten im Wohnzimmer. Noch immer barfuß, ohne Shirt, nur mit einer Jeans bekleidet. Die Haare sind noch vom Schlaf zerzaust, was auch immer ihn aus seinem Bett und Zimmer vertrieben hat, es war unangekündigt und plötzlich.

Dann bemerke ich den Grund.

Ihm gegenüber steht ein Mann. Hochrotes Gesicht, teurer Anzug, dicke, protzige Uhr. Alles an ihm schreit nach Geld. Und alles an ihm schreit nach Familie. Die Ähnlichkeit ist nicht zu übersehen. Er ist etwas kleiner als Brooks, deutlich kräftiger, sein Gesicht dagegen hat eine nicht zu leugnende Ähnlichkeit. Dieselben stahlgrauen Augen. Derselbe Zug um den Mund. Das ist sehr eindeutig Brooks' Vater. Und ebenso eindeutig ist er überaus wütend.

Brooks nicht. Er hat wieder diese undurchdringliche, überhebliche Miene aufgesetzt, die ich glücklicherweise schon so lange nicht mehr an ihm gesehen habe. Diesen coolen Blick, lässig, die Arme verschränkt, arrogant. Die Haltung zeigt demonstrativ mir-geht-alles-am-Arsch-vorbei.

Aber inzwischen kenne ich ihn gut genug, um zu erkennen, wie verkrampft er in Wirklichkeit ist. An den Schultern ist es nicht zu übersehen.

Den arroganten Blick hat Brooks eins zu eins von seinem Vater. Nur dass Brooks mich schon in der ersten Sekunde einfach nur angemacht hat, sein cholerischer Vater mich dagegen sofort abstößt.

Er geht einen Schritt auf Brooks zu und brüllt noch lauter. Dass das keinen Eindruck bei seinem Sohn macht, lässt ihn nur noch wütender werden. Meiner Meinung nach wäre es sinnvoll, zumindest zu reagieren. Brooks allerdings presst nur die Lippen zusammen und antwortet mit einem provokant gelangweilten Blick.

So langsam kommt Sinn in das Gebrüll.

Es geht erwartungsgemäß um die vermasselten Klausuren. Und es ist übler, als ich wusste, denn das College schmeißt ihn raus. Sie haben ihm schon mehr Versuche zugestanden, als erlaubt. Seinem Vater zuliebe, beziehungsweise seinem Geld zuliebe. Jetzt jedoch geht gar nichts mehr. Egal, wie viel Jackson Senior bereit ist, zu zahlen.

Ich weiß ja, dass es Brooks nicht egal ist, wie sehr er seinen Vater enttäuscht. Womöglich sollte er das auch mal zeigen? Und nicht nur den rebellischen Halbstarken raushängen lassen.

Es fallen Worte wie ›Loser‹, ›größte Enttäuschung meines Lebens‹, sogar ›völlig unfähig als Quarterback‹. Ich bekomme den irritierenden Eindruck, das Schlimmste für seinen Vater ist sein Versagen als erfolgreicher Sportler.

Bei jeder neuen Beleidigung macht er einen Schritt weiter auf Brooks zu, bis er dicht vor ihm steht. Irgendwann bemerkt Jackson Senior mich und unterbricht sein Geschrei. Ich stehe wie versteinert in der Tür. Ein abschätzender Blick, einmal an meinem Körper hinab, einmal hinauf. Ich bin froh, nicht mehr nur im Nachthemd hier zu stehen. Trotzdem falle ich bei der Musterung durch.

»Wenn du denkst, es ist mal wieder wichtiger, dich durch ganz Miami zu vögeln, als irgendetwas Sinnvolles zu erreichen, dann solltest du das zu deinem Beruf machen. Verdien dein Geld als Strichjunge oder beim Strippen, mir ist es gleich. Mein Sohn bist du nicht mehr. Vielleicht kann dein Flittchen dich und deinen Lebensstandard ja finanzieren.«

Brooks hat mich ebenfalls entdeckt.

»Halt Hannah da raus«, knurrt er.

»Oh, wie niedlich, die kleine Schlampe hat einen Namen. Und du weißt ihn ausnahmsweise.«

Die Beleidigungen, die auf Brooks' Konto gingen, hat er mit stoischer Miene weggesteckt, so als wäre er es schon seit Jahren gewohnt. Die Beschimpfung jedoch, die an mich gerichtet ist, ist zu viel.

Brooks' Gesicht verzerrt sich vor Wut, er macht einen Schritt auf seinen Vater zu, den letzten Schritt, der die beiden trennt, und packt ihn am Hemdkragen. Aber in derselben Sekunde steht ein Schrank von einem Mann, den ich bisher gar nicht bemerkt habe, neben Brooks und fasst seine Schulter mit Riesenpranken. Nicht vorsichtig. Nicht warnend.

Sondern mit aller Kraft. Brooks stöhnt auf und lässt wohl oder übel seinen Vater los. Der Typ drückt ihn hinunter, so dass Brooks gekrümmt vor seinem Vater steht und vor Schmerz keucht.

»Ich habe einen Vaterschaftstest angefordert, denn meine einzige Erklärung für dein ewiges Versagen ist, dass deine Mutter, die Schlampe, mir ein Kuckucksei ins Nest gelegt hat. Du kannst einfach nicht mein Sohn sein.«

Ich bin geschockt und angewidert gleichzeitig.

Aber wie immer, wenn jemand, den ich mag, in Schwierigkeiten ist, setzt mein Hirn aus und mein Körper übernimmt.

»Lassen Sie Brooks los, Sie fieser, gemeiner Kerl«, schreie ich, renne auf den Riesen zu und trete ihm mit voller Wucht gegen das Knie. Glücklicherweise habe ich Schuhe angezogen, sonst wäre mein Tritt völlig verpufft. So zeigt er immerhin ein bisschen Wirkung. Wohl mehr vor Irritation oder Überraschung als vor Schmerz lässt er Brooks los.

Meine Hemmungen sind jedoch gefallen. Ich beschimpfe weiter den Riesen, der ebenfalls einen Anzug trägt, dabei aber aussieht, als wäre er von der Mafia. Beschimpfe ihn als brutalen Schläger, als Mafiagangster, als blöden Wichser. Dann schimpfe ich weiter in die Richtung von Brooks' Vater. Was er für ein schrecklicher Vater sei, ein ekelhafter Ehemann, er solle sich schämen.

Eine Weile mustern mich alle sprachlos und lassen mich toben. Dann muss ich Luft holen.

»Noch so eine verrückte Deutsche.« Der Ton von Jackson Senior ist abfällig, obwohl mir gerade aufgeht, dass er von meinem deutschen Gebrüll kaum ein Wort verstanden haben kann.

Er wendet sich wieder an Brooks, als wäre ich nur eine unwichtige kleine Randepisode.

»Du bist enterbt. Wir nehmen jetzt dein Auto mit, dein Konto ist gesperrt, du kannst sehen, wie du als mittelloser Loser ohne Abschluss zurechtkommst. Wag dich bloß nicht mehr unter meine Augen, es sei denn, du rutschst auf Knien vor mir und hast einen Plan, wie du endlich Erfolg hast.«

Mittlerweile ist Brooks leichenblass vor Wut. All die mühsam aufrecht gehaltene Selbstbeherrschung, die überhebliche Fassade ist dahin, auf und davon, seit ich mit ins Spiel gekommen bin.

»Fick dich.«

Er hebt den Mittelfinger, dreht sich um und geht. Ich sehe, wie seine Hände zittern.

Die Haustür knallt ins Schloss, dann springt der Motor eines Autos an. Der Gangster rennt zur Tür, Brooks' Vater folgt ihm, und auch ich laufe nach kurzem Zögern hinterher.

Aber Brooks' Cabrio steht in der Einfahrt. Es ist Bens Auto, das verschwunden ist.

Offensichtlich war das Auto die einzige Sorge von Jackson Senior. Zufrieden zieht er einen Schlüssel aus seiner Hosentasche und wirft ihn dem Riesen zu.

»Du nimmst den.« Er weist auf das Cabrio. »Direkt zum Autohändler.«

Da sind noch Brooks' Sachen drin. Die Kappen, die er im Handschuhfach hat. Die Cap der Miami Dolphins, an der er so hängt und die er mir in den Everglades auf den Kopf gesetzt hat.

Ich renne zum Auto, reiße die Beifahrertür auf und hole alles raus, was ich finde. Dann knalle ich die Tür grob wieder zu, so grob wie es geht. Was leider nicht so fest ist, wie ich es gerne hätte. Und bestimmt nicht eindrucksvoll.

Die beiden Männer beobachten meine Aktion spöttisch.

»Pack deine Sachen, Mädchen, und verschwinde. Ich gebe dir eine Stunde. Hier ist nichts mehr zu holen. Der Versager ist am Ende. Um das Haus kann der Makler sich kümmern.«

Jetzt schnappe ich empört nach Luft. Der denkt, er kann mich vor die Tür setzen. Der denkt, Brooks ist absolut von ihm abhängig.

Was für ein zynischer, fieser Mistkerl.

»Das ist nicht Brooks' Haus, sondern das meiner Freundin.« Er sieht mich perplex an, als ich Brooks' Vornamen erwähne. Erst da fällt mir auf, dass er seinen eigenen Sohn auch nur Jackson genannt hat. Als wäre er keine eigene Person, sondern nur ein Ableger von ihm. Ich werde noch wütender. »Und Sie befinden sich gerade auf Privatgrund und sind hier nicht willkommen. Also verschwinden Sie jetzt auf der Stelle. Und kommen Sie niemals wieder, sonst hole ich die Polizei.«

Kurz zuckt eine Augenbraue, und ich meine, fast eine amüsierte Mundbewegung zu sehen. Ich werde noch einmal intensiver gemustert, wie ein kleines Tier, bei dem man überlegt, ob man es fressen kann oder ob es als Spielzeug taugt.

Dann geht er kommentarlos zu seinem eigenen Auto, einem protzigen Sportwagen, der aussieht, als ob er damit jedes Rennen fahren und gewinnen könnte. Der Motor startet, und er fährt mit durchdrehenden Reifen weg, dicht gefolgt von Brooks' Cabrio, das neben dem anderen Auto wirkt wie ein ärmliches Kinderfahrzeug.

Auf der Stelle sacke ich zusammen.

Ich setze mich auf die Treppenstufen vor dem Haus und heule.

kapitel 16

HANNAH

So findet mich Fee, die eine halbe Stunde später vom Einkaufen nach Hause kommt.

Keiner hat etwas von dem Drama mitbekommen, das sich hier abgespielt hat. Unter lauten Schluchzern erzähle ich, was passiert ist.

»Der Widerling. Der hat Brooks so niederträchtig behandelt, der war so gemein, ich kann nicht glauben, dass das sein Vater sein soll. Und er hat gedacht, er kann mich aus dem Haus werfen. Kann doch nicht sein, dass er nicht mal weiß, ob er dieses Haus bezahlt oder nicht.«

Fee legt den Arm um mich.

»Doch, ich glaub, das kann schon sein.«

Ungläubig sehe ich sie an.

»Ich weiß nicht viel über Jackson. Er ist extrem verschlossen, wenn es um private Dinge geht. Es gab halt immer Gerede. Daher weiß ich, dass sie Geld haben, mehr Geld, als wir uns vorstellen können.«

Ich mustere sie sprachlos. Das kann bei mir stimmen, aber Fee kann sich inzwischen doch sehr viel Geld vorstellen.

»Ist ja auch egal. Aber jetzt ist Brooks weg, und ich habe

keine Ahnung wohin. Und er hat Bens Auto genommen. Und ich kann ihn nicht anrufen und mache mir solche Sorgen.«

Fee schüttelt den Kopf über meine Hysterie, sie hat allerdings nicht gesehen, wie er hier rausgestürmt ist. Diesen Gesichtsausdruck, diese Mischung aus mörderischer Wut und purer Verzweiflung.

Sie wählt Brooks' Nummer. Nach ein paar Sekunden legt sie auf.»Keine Verbindung möglich. Entweder hat er das Handy ausgeschaltet oder kein Netz.«

So verbringen wir den Tag. Ich versuche immer wieder, Brooks zu erreichen, immer wieder erfolglos.

Als Ben abends zurückkommt, bin ich ein Wrack.

Er tätschelt mir unbeholfen den Rücken, um mich zu trösten, scheint jedoch von meinem verheulten Gesicht leicht überfordert.

»Mach dir keine Sorgen, Hannah, Jackson hatte schon immer Probleme mit seinem Alten. Das ist nichts Neues.«

»Ja, jetzt ist es aber schlimmer. Er ist doch auch noch vom College geflogen. Hat der Vater zumindest gesagt.«

Ben guckt betreten. Er weiß es schon, und ich schluchze wieder auf.

»Außerdem hat er gar nichts an.«

»Er ist nackt in meinem Auto weggefahren?« Jetzt ist Ben aufrichtig entsetzt, und wider Willen muss ich hysterisch kichern.

Die Tränen fließen gleichzeitig weiter.

»Nicht ganz, eine Jeans hatte er an. Sonst halt nichts.«

Ben atmet erleichtert auf.

»Ach so. Er wird schon irgendwo unterkriechen.«

Toll, wo kriecht er denn nur mit einer Hose bekleidet unter? Bei einer seiner Tussi?

Wenn ich mich tatsächlich so in ihm getäuscht habe, dann brauche ich nie wieder einem Mann zu vertrauen. Was ist das bloß mit mir und den Männern? Irgendwas läuft da mächtig schief.

Hoffentlich gibt es keine genetische Disposition für schlechten Männergeschmack. Denn meine Mutter hatte da kein glückliches Händchen und ist übel auf die Nase gefallen. So übel, sie wollte danach nie wieder etwas mit Männern zu tun haben und hat auch mich in diesem Sinne erzogen. Bei dem Vergleich wird mir schlecht. Zum Glück kann ich nicht schwanger sein, denn die Flugzeugepisode ist zu lange her.

In meinen Gedanken sehe ich Brooks halb nackt im Graben liegen. Er war so außer sich, dass er gut und gerne einen Unfall gebaut haben kann. Wenn er bewusstlos ist, weiß niemand, wer er ist, denn er hat nicht einmal Papiere dabei.

Fee hat schließlich Mitleid mit mir. Sie beginnt die Krankenhäuser abzutelefonieren, während ich wie ein eingesperrter Löwe auf- und abrenne. Ben ruft unterdessen seine Footballkumpels an, zumindest die, die mit Jackson einigermaßen klargekommen sind. Das sind nicht viele.

Nichts. Er ist bei keinem Freund aufgetaucht. Er liegt in keinem Krankenhaus. Und da fällt es mir ein. Kein Kumpel. Aber eine Ex. Mit Frauen kommt Jackson nämlich deutlich besser zurecht.

»Mimi!«, sage ich leise.

Ben und Fee schüttelt unisono den Kopf.

»Auf keinen Fall.«

»Warum seid ihr so sicher?«

Ben antwortet. »Ich kenne Jackson seit einem Jahr, aber ehrlich gesagt, richtig kennengelernt habe ich ihn erst jetzt. Erst jetzt mit dir. Er würde auf keinen Fall zu Mimi gehen.«

Ich hoffe, er hat recht. Sicher sein kann ich jedoch nicht.

»Fee, bitte, ruf sie an. Ich kann es nicht ertragen, nicht zu wissen, wo er ist.«

Fee will nicht. Ich flehe lautlos weiter.

Bis sie die Augen verdreht und sich ihr Telefon schnappt. Wählt. Ich habe solche Angst. Aber ich weiß nicht, ob ich mehr Angst davor habe, seine Anwesenheit bestätigt zu bekommen oder davor, noch immer nichts zu wissen.

Er ist nicht da. Mimis Geschrei, der Wichser solle sich nie wieder blicken lassen, ist auch zu hören, ohne den Hörer am Ohr zu haben.

Ben reibt sich verlegen über das Gesicht. »Vielleicht ist er bei den Bullen?«

»Um seinen Vater anzuzeigen?«

Ich verstehe ihn nicht.

»Nein, ich meine ...«, er sieht Fee an. »Vielleicht hat er gesoffen, und sie haben ihn aufgegriffen.«

Fee versteht es sofort. »Ja, da kommen Erinnerungen hoch.«

Sie greift erneut zum Telefon.

Ich sehe Ben an. »Wie meinst du das? Was für Erinnerungen?«

Er wird rot. »Ist mir mal passiert«, murmelt er dann. »Hat Gott sei Dank keiner mitbekommen.«

Ach du je, die Zeit, in der er von Fee getrennt war, muss wirklich heftig gewesen sein.

Aber auch hier erfährt Fee nichts Neues. Niemand, auf den Brooks' Beschreibung zutrifft, ist aufgefallen und für eine Vermisstenanzeige ist es bei einem erwachsenen Mann natürlich viel zu früh.

Inzwischen weiß ich nicht mehr, ob mich das beruhigt. Nichts zu wissen, ist schrecklich.

Wir bleiben im Wohnzimmer sitzen und warten.

Es bleibt nichts anderes zu tun. Wir schlafen nicht. Genau genommen schlafen wir irgendwann auf dem Sofa ein, aber niemand geht ins Bett oder zieht sich zurück. Ich bin Fee und Ben so dankbar, dass sie bei mir bleiben, obwohl sie nicht so besorgt sind wie ich.

»Hannah, er ist erwachsen. Vermutlich schläft er einfach im Auto. Er kommt morgen bestimmt zurück«, versucht Ben mich aufzubauen.

Ja, das ist wahrscheinlich, wirklich, und ich weiß es auch. Ich versuche, mich an diesen logischen Gedanken zu klammern, während die Schwärze der Nacht immer weiter zunimmt und meinem Gefühl nach alles und jeden verschlingt.

Ich wache gegen drei Uhr auf. Mein Rücken schmerzt von der unmöglichen Position, in der ich gelegen habe, und die Angst um Brooks in mir drin wird immer größer. Jetzt ist es mitten in der Nacht. Die einsamste Zeit, die dunkelste und kälteste.

Fee hat sich in Bens Arme gekuschelt, ihre gelösten Haare fallen wie ein dichter Vorhang weit über den Boden. Ben schläft im Sitzen mit offenem Mund. Eigentlich sollte ich die beiden ins Bett schicken. Für Ben stehen morgen wieder Vorlesungen und Training an. Fee hat ebenfalls einige wichtige Termine, die sie extra in diese Woche gelegt hat. Die Woche, in der ich Julius Miami zeigen wollte.

Aber ich gerate in noch größere Ängste bei dem Gedanken, hier ohne die beiden zu sitzen. Ich bin hilflos und kann die Panik kaum zurückhalten.

So finster kam mir keine Nacht in Miami vor, denn bisher war es im Dunkeln immer friedlich, still und einfach schön. Jetzt wirkt alles bedrohlich. Die nicht zu identifizierenden Geräusche aus der Dunkelheit machen mir Angst. Ich habe Brooks vor Augen, der irgendwo da draußen halb nackt und allein ist. Nach wie vor so aufgewühlt und von Sinnen, wie er uns verlassen hat. Wenn es sich geändert hätte, hätte er sich doch längst gemeldet.

Trotz meines mulmigen Gefühls schleiche ich mich still auf die Terrasse und setze mich im Schneidersitz an den Pool.

Im matten Mondlicht kann ich die Schatten der Palmen erkennen, die sich im Wind bewegen, als wäre alles wie immer. Das Wasser vor meinen Füßen plätschert ebenfalls leise. Das Gefühl von Einsamkeit erschlägt mich fast. Dabei bin ich noch nicht einmal allein, nur ein paar Schritte entfernt schlafen Ben und Fee.

Die Lücke, die Brooks so plötzlich hinterlassen hat, ist jedoch riesig und tut unglaublich weh.

Ein leises Geräusch erklingt hinter mir und ich fahre zusammen. Ein dunkler Schatten an der Tür, riesig, bedrohlich. Bis er näher kommt und sich als Ben entpuppt.

Mein wild klopfendes Herz beruhigt sich langsam wieder. Ich habe wirklich überhaupt keinen Grund, Angst zu haben. Nicht hier. Nicht um mich.

Still und vorsichtig setzt Ben sich neben mich.

Ich habe noch nicht allzu viel Zeit mit Ben allein verbracht. Er hat immer tausend Dinge zu tun, denn entweder ist er unterwegs, oder er lernt. Wenn er da ist, ist er schweigsam. Nach der anfänglichen Furcht vor ihm habe ich ihn jedoch nach und nach immer mehr in mein Herz geschlossen.

Außerdem hat er mitbekommen, dass ich meinem Freund fremdgegangen bin, und anstatt mich zu verurteilen, hat er mich verteidigt.

Peinlich ist mir trotzdem, dass er es weiß.

»Findest du es nicht schlimm, dass ich Julius betrogen habe?«, frage ich ihn leise, um Fee nicht aufzuwecken.

»Klar, finde ich es schlimm.«

Endlich mal jemand, der meine Moralvorstellungen teilt. Ich habe immer mehr den Eindruck, dass Ben und ich uns ziemlich ähnlich sind.

»Ich meine, nur weil Julius gemeine Dinge über mich gesagt hat, ist das ja keine Rechtfertigung, ihn zu betrügen. Das macht es echt nicht besser.«

»Brooks sagt zwar, er hat es nicht anders verdient und du sollst dir keinen Kopf deswegen machen. Aber Brooks ist ja echt kein moralisches Vorbild.«

Das kann er laut sagen. Brooks hat noch viel mehr Scheiße gebaut als ich und stört sich überhaupt nicht dran.

»Ich schäme mich so unglaublich deswegen. Und weder Fee noch Brooks können mich verstehen.«

Ben sieht mich an und nickt dann.

»Fee ist da erschreckend locker drauf. Finde ich auch nicht gut, aber so ist es eben. Ich kann dich umso besser verstehen.«

»Wenn ich es ungeschehen machen könnte, würde ich es auf der Stelle tun. Ich habe keine Ahnung, wie ich es wiedergutmachen soll.«

»Kannst du nicht. Du wirst einfach damit leben müssen.«

Da hat er wohl recht. Ben, der selten redet, sagt ganz schön wahre Sachen. Und merkwürdigerweise hilft es mir. Mehr als Fees lockere Einstellung. Und mehr als Brooks' Er-hat-es-nicht-anders-verdient-Moral.

»Ich habe auch Sachen gemacht, die ich im Nachhinein scheiße finde. Wahrscheinlich erlebt jeder das mal in seinem Leben. Und muss es dann irgendwann abhacken und sich selber verzeihen.«

Still nicke ich. So weit bin ich noch lange nicht, dazu ist das Drama mit Julius viel zu frisch. Meine Gedanken wandern wieder zurück zum Grund meiner Untreue.

Ben ist Brooks' bester Freund. Derjenige von uns, der ihn am besten kennt.

»Wusstest du, wie mies es für Brooks im College läuft?«

Er schüttelt den Kopf. »Nicht wirklich. Er redet nicht über so etwas. Ich habe mich nur gewundert, wie viel Zeit er immer hatte, um auszugehen und zu feiern.«

»Ich habe das Gefühl, ich weiß überhaupt nichts über ihn.«

»Ich denke, du weißt mehr, als alle anderen zusammen.«

»Wir haben vorgestern stundenlang geredet, aber mit der ganzen Wahrheit ist er nicht rausgerückt. Vor allem nicht damit, wie übel sein Vater drauf ist.«

»Ja, typisch.«

»Und wie war das im Team? Die Vorwürfe gegen ihn?«

Der leichte Lichtschein aus dem Wohnzimmer reicht kaum bis zu uns herab. Ben lässt seine Hand durch das Wasser im Pool gleiten, während er ein paar Sekunden schweigt. Ich kann seinen Gesichtsausdruck nicht erkennen.

»Es hat eine Weile gedauert, bis ich das Gerede mitbekommen habe. Ich war ja immer mit Jackson zusammen, deshalb haben sie mich da rausgehalten. Aber nach jedem Spiel wurde heiß diskutiert, warum er immer wieder als Starter spielen darf. Unser zweiter Quarterback ist besser. Das wussten alle. Jackson auch.« Er macht eine Pause und holt tief Luft. So viel wie gerade habe ich Ben noch nie reden gehört.

»Dabei kann man es ihm nicht vorwerfen, er gibt wirklich alles. Er trainiert härter als die meisten anderen. Ihm fehlt halt das Talent, das Auge, den richtigen Ball im richtigen Moment zu werfen.«

»Und er spielt, weil sein Vater das so möchte.«

»Der zahlt echt verdammt viel Geld für alle möglichen Sachen. Das Geld kann das College gut gebrauchen. Na ja, und da wird dann auch der ein oder andere Wunsch erfüllt.«

Das muss schrecklich gewesen sein. Demütigend, denn es haben ja eindeutig alle gewusst.

»Wieso hat er bloß nicht gesagt, dass diese Klausuren seine letzte Chance waren?«

»Er macht halt alles mit sich selber ab.«

»Das ist aber nicht sinnvoll. Wie wir jetzt alle sehen.«

Ben zuckt die Achseln. Ich wette, er ist kein Stück besser.

»Und du hast keine Ahnung, wohin er geht, wenn es ihm nicht gut geht?«

»Nein. Ich habe noch nie gesehen, dass es ihm nicht gut geht. Bei Jackson ist immer alles super.«

Ja, das habe ich schon gemerkt. Keiner versteckt die Wahrheit besser als Brooks.

»Danke, Ben. Danke, für alles. Ich bin so froh, heute nicht allein zu sein.«

Er lächelt mich verlegen an.

»Kein Ding.«

Ich schlafe nicht mehr in dieser Nacht. Ich bleibe draußen und beobachte, wie die Sonne ungerührt am Himmel aufgeht und ein weiterer strahlender Sonnentag hereinbricht. Als wäre nichts geschehen.

»Ich muss los. Ich kann es mir nicht leisten blauzumachen«, sagt Ben leise, als er verknittert und übernächtigt in der Terrassentür steht. »Nicht mit dem Sportstipendium.«

»Ja, klar, weiß ich doch. Danke, Ben, ich hoffe, du schläfst nicht in den Vorlesungen ein.« Ich verziehe das Gesicht. Ich bin nicht müde, sondern merkwürdig aufgekratzt. Jetzt in einer Vorlesung zu sitzen, wäre jedoch unvorstellbar.

»Einschlafen ist nicht so schlimm, Hauptsache, ich bin da.« Er zuckt mit den Schultern und geht seine Sachen packen.

Fee schaut betreten zu Boden.

»Ich weiß, dass du auch wegmusst«, sage ich ihr.

»Es tut mir leid, Hannah, ich beeile mich, und spätestens heute Nachmittag bin ich wieder da. Wenn wir bis dahin nichts gehört haben, gehen wir zur Polizei und bestehen auf einer Vermisstenanzeige.«

Das ist doch ein Plan. Kein erfreulicher Plan, aber immerhin besser als keiner.

»Ich lasse mein Auto hier. Falls was ist. Ich werde eh mit dem Taxi abgeholt, und Ben können wir mitnehmen.«

»Ich glaube nicht, dass ich irgendwo hinfahren möchte.«

»Vielleicht ist es aber nötig, Hannah.«

»Was meinst du damit?«, frage ich erschrocken. In Gedanken sehe ich mich ins Krankenhaus rasen. Ich weiß gar nicht, wo das ist. Oder ob es mehrere gibt. »Ich finde mich hier doch überhaupt nicht zurecht.«

»Stimmt. Ich bin nicht lange weg, das wird schon. Melde dich, sobald du was hörst. Wenn ich nicht dran gehe, dann sprich auf die Mailbox. Versprochen?«

Sie weiß, wie ungern ich auf eine Mailbox spreche. Ich nicke trotzdem.

Ich bin allein. Und renne im Haus auf und ab. Zwischendurch gehe ich immer wieder in Brooks' Zimmer und sehe auf das Bett, in dem wir gemeinsam geschlafen haben. Das macht es nur schwerer zu ertragen.

Außerdem grüble ich. Wann genau ist er eigentlich von diesem selbstherrlichen, sexy Kotzbrocken zu einem so tollen

Typen mutiert? Ich komme nicht drauf. Am ersten Abend war er schrecklich. Und erst danach kamen stückchenweise immer mehr kleine Teile netter Brooks zum Vorschein.

Der Abend im Club. Da war er nett. Nett zu mir, aber grässlich zu den anderen Mädchen. Der Discobesuch hat mir ganz deutlich gezeigt, was für ein Leben er so bisher führte. Und dann dieser traumhafte Tag in den Everglades. Da waren wir zum ersten Mal völlig allein. Einen ganzen Tag. Er hat mir all die Stellen gezeigt, die ihm so unglaublich viel bedeuten.

Und da macht es klick. Da muss er sein. Er ist an den einzigen Ort gefahren, an dem er sich wohlfühlt, an dem er sich Zuhause und geborgen fühlt. Es ist mit einem Mal offensichtlich.

Und da hat man keinen Handyempfang.

Rasch schicke ich Fee eine SMS. Sage, ich vermute Brooks in den Everglades und fahre jetzt dahin. Mit ihrem Auto.

Am liebsten würde ich Hals über Kopf losfahren, ich schaffe es nur mühsam, einen halbwegs kühlen Kopf zu bewahren. Sorgfältig packe ich meinen Rucksack. Ich weiß ja, dass es da draußen nicht ungefährlich ist. Es ist Wildnis, große, einsame Wildnis. Mit gefährlichen Tieren.

Ich brauche Moskitospray, jede Menge Wasser. Ein paar Müsliriegel, obwohl ich mir momentan nicht vorstellen kann, jemals wieder zu essen. Ich ziehe lange Sachen an und feste Schuhe. All die Dinge, die ich auch mit Brooks getan habe, als wir uns für unseren Ausflug präparierten. Dann sprühe ich mich ein und verreibe das stinkende Moskitospray. Als Brooks das bei mir machte, war mir vor Verlangen so schwindelig, dass ich kaum Luft holen konnte. Seine Hände an meinem Nacken, zart und zugleich kräftig, sein Körper hinter meinem, der mich so sanft berührte. Bei der Erinnerung steigen mir wieder neue Tränen in die Augen.

Was, wenn ich die Chance auf Brooks und mich verpasst habe und sie nie wiederkommt?

Meine Hände zittern, als ich losfahre. Fee hat noch nicht geantwortet und ich schätze, sie hat meine Nachricht noch nicht gelesen.

Aus dem Radio kommt laute Gute-Laune-Musik. Ich schalte es aus.

Langsam werde ich beherrschter.

Selbstverständlich kann ich mich täuschen. Es ist jedoch einfacher, ihn da zu suchen, als weiter nichts zu tun. Es zieht sich. Mit Brooks kam mir der Weg kürzer vor. Ich befürchte mittlerweile, die Abzweigung verpasst zu haben, die von der Hauptstraße in diese entlegene Ecke führt, an der das Kajak versteckt liegt.

Die Klimaanlage bläst mir kühle Luft ins Gesicht. Am Sonntag flatterten meine Haare wie wild im Wind, und es fühlte sich alles nach Freiheit an. Ich schalte die Klimaanlage aus und öffne alle Fenster.

Kurz bevor ich völlig verzweifelt wenden will, stehen sie da. Acht Palmen, die die Abzweigung markieren. Nicht zu übersehen. Ich atme auf. Diese Straße ist um einiges schmaler als der Hauptweg, rumpelig, schlecht zu befahren. Von hier ist es nicht mehr weit.

Und dann erscheint die kleine Parkbucht, in der wir gehalten haben, und ich weine fast vor Erleichterung.

Bens Auto steht hier.

Es steht tatsächlich hier. Brooks ist hier.

Irgendwo.

Natürlich ist nichts von ihm zu sehen.

Aber ich habe das Auto gefunden, und das bedeutet, dass Brooks irgendwo da draußen sein muss. Das ist mehr, als ich seit Stunden weiß.

Um uns herum ist nur Natur, wilde, ungezähmte Natur, so weit das Auge reicht. Und keine Menschenseele.

Bens Auto ist kalt und verschlossen. Aber was habe ich erwartet? Dass Brooks drin liegt und schläft? Dass er am Steg sitzt und auf mich wartet?

Das Kajak, mit dem wir losgepaddelt sind, ist auch nicht da. Einsam und verlassen ragt der Steg ins Wasser. Ein wenig verzagt betrete ich ihn und schaue über die Wasserstraße nach rechts und links.

Nichts. Nur Vogelgezwitscher, das Plätschern von Wasser gegen das Holz.

Und die Sonne, die unbarmherzig auf meinen Kopf brennt. Ich hole eine Kappe aus meinem Rucksack, die eine des Collegeteams, die ich aus Brooks' Auto gerettet habe.

Kurz überfällt mich die Wut auf seinen Vater erneut. Bisher wurde die vor allem von der Sorge überlagert. Ich fasse es nicht, dass es solche Väter gibt. Besser keiner als so einer.

Leider habe ich keine Idee, was ich jetzt machen soll. Es ist so ausgestorben an diesem Ort, so fern von jeglicher Zivilisation. Ich weiß nicht einmal, ob Brooks zu Fuß unterwegs ist oder das Kajak genommen hat.

Liegt es denn immer am Steg? Oder nur manchmal?

Warten macht ebenso wenig Sinn.

Ich schreibe Fee eine neue SMS. Schreibe, ich hätte Bens Auto gefunden, aber Brooks leider nicht. Nicht am Auto.

Die SMS geht nicht raus. Mist.

Auf keinen Fall werde ich unverrichteter Dinge wieder wegfahren. Nicht mit dem Wissen, dass Brooks irgendwo vor meiner Nase ist. Er muss schon ewig hier unterwegs sein. Allein. Von Sinnen. Je mehr Zeit verstreicht, umso gefährlicher wird es.

Links führt ein Pfad in die Wildnis. Er ist mit Planken befestigt und sieht halbwegs sicher aus. Und er weist in die Richtung, in die wir gepaddelt sind.

Kurzentschlossen mache ich mich auf den Weg. Die ersten Meter gehe ich langsam und vorsichtig und kontrolliere die Planken immer wieder auf ihre Festigkeit. Sie sehen jedoch nicht nur solide aus, sie sind es auch. Ich werfe einen Blick zurück. Die Autos sind schon nicht mehr zu erkennen, die wild wuchernde Vegetation hat sie auf der Stelle verschluckt.

Das ist unheimlich, mein Verstand sagt mir jedoch tapfer, dass es ein leichtes ist den Weg zurückzuverfolgen, solange ich nicht vom Pfad abweiche.

Nach und nach werde ich schneller. Wer weiß, wie weit Brooks schon gekommen ist? Er hat so viel Vorsprung. Ehrlich gesagt ist es nicht so, dass ich das für eine so tolle Idee halte. Aber am Auto zu warten, ohne irgendeine Ahnung, ob und wann Brooks zurückkommt, ist es genauso wenig. Andere Möglichkeiten sehe ich nicht.

Es dauert nicht lange, bis ich zum ersten Mal anhalte, um etwas zu trinken. Es ist noch viel heißer, als ich erwartet habe. Das Klima in der Stadt und vor allem in Meeresnähe ist milder, im Sumpf dagegen ist es schon im Februar unerträglich heiß. Kaum vorstellbar, wie es im Sommer wird. Der Schweiß rinnt mir in Strömen von der Stirn und über den Rücken und durchtränkt mein T-Shirt. Die Mücken, die ununterbrochen um mich herumschwirren, kommen näher, und ich wedle wild mit der Hand vor meinem Gesicht, um sie zu vertreiben.

Der Weg gabelt sich. Frustriert lasse ich den Blick erneut über die Landschaft gleiten, aber überall ist nur dichter, undurchdringlicher Mangrovenwald. Die Lautstärke der Moskitos macht mir umso deutlicher, dass außer ihnen und mir kein Lebewesen wahrzunehmen ist.

Trotzdem gehe ich weiter und entscheide nur aus dem Bauch heraus, welche Richtung ich einschlage. Mein Zeitgefühl kommt mir abhanden, langsam habe ich den Eindruck, schon stundenlang umhergeirrt zu sein.

Müsste ich nicht irgendwann mal auf andere Menschen stoßen? Oder wenigstens ein Boot hören, denn die Luftkissenboote sind wirklich verboten laut. Autos vernehmen, irgendetwas. Diese Gegend ist extrem einsam.

Und plötzlich bin ich mir nicht mehr so sicher, ob ich den Rückweg finde. Ich denke, ich bin zweimal rechts abgebogen und dann einmal links. Was, wenn es anders war? Es sieht ja alles gleich aus. Ich habe ebenfalls keine Ahnung, ob wir hier entlanggepaddelt sind oder nicht.

Im Boot mit Brooks hat mir das undurchdringliche Grün unglaublich gut gefallen. Da habe ich mich so sicher gefühlt. Jetzt ist das anders. Jetzt wirkt es bedrohlich.

Es war keine gute Idee, allein loszulaufen. Fee weiß zwar, dass ich in den Everglades bin, allerdings nicht, wo genau. Ich überlege, ob ich nicht doch besser versuche, jetzt den Rückweg zu finden. Brooks ist die Nadel im Heuhaufen.

Plötzlich sehe ich eine Bewegung im Schilf. Irgendetwas Großes bewegt sich träge, aber zielsicher in meine Richtung. Und erst da wird mir bewusst, dass ich mitten im Krokodilland bin. Ganz allein. Ungeschützt, zu Fuß. Und keine Ahnung habe, wie man sich in der Gegenwart von Krokodilen am besten verhält.

kapitel 17

JACKSON

Die nächste Mücke setzt sich auf meinen Oberkörper und sticht zu.

Ich sehe ihr apathisch dabei zu, wie sie mein Blut saugt. Unfähig sie zu erschlagen oder auch nur zu verscheuchen. Außerdem bin ich eh schon hoffnungslos von Stichen übersät. Eine Nacht im Freien, ohne eingesprüht zu sein, führt unweigerlich dazu, Moskitofutter zu werden. Mein freier Oberkörper ist wie eine Einladung an sämtliche blutsaugenden Insekten.

Die Sonne brennt auf mich hinunter. Ich bin schon knallrot. Durch meine übliche Bräune hindurch.

Wie ein naiver Tourist sitze ich hier im Kajak.

Widerwillig mache ich mir Gedanken über meine Lage. Mir bleibt auch nichts anderes übrig. Ich habe kein Wasser dabei. Ich habe inzwischen seit über vierundzwanzig Stunden weder gegessen noch getrunken, bin der Sonne und den Moskitos schutzlos ausgeliefert. Ein Wunder, dass ich noch keinen Sonnenstich habe. Oder völlig dehydriert bin.

Im Grunde kann ich mich an den letzten Tag nicht mehr so recht erinnern. Ich habe die Flucht ergriffen, vollkommen kopflos. Zutiefst gedemütigt. Vor Hannah. Vor dem einzigen Menschen, der mir etwas bedeutet. Und der Ort, an dem ich mich wohlfühle, der mir Halt und Kraft gibt, sind nun mal die Sümpfe. Daher kam ich hier her, und mein Onkel hatte das Kajak noch nicht wieder weggepackt. Dann bin ich gepaddelt wie ein Irrer, stundenlang, bis ich mich überhaupt nicht mehr bewegen konnte. Irgendwann muss ich eingeschlafen sein.

Und jetzt haben wir einen neuen Tag. Ich habe üble Kopfschmerzen, weil ich dringend Wasser brauche, fühle mich extrem entkräftet und zittrig. Und ich habe keine Ahnung, wo ich bin.

Das ist mir noch nie passiert.

Ich bin echt in Schwierigkeiten. Langsam komme ich wieder zur Besinnung, denn umbringen wollte ich mich nicht. Nur weg.

Sorgfältig taste ich meine Taschen ab. Mein Handy steckt in der hinteren Gesäßtasche, aber das ist hier draußen nutzlos. Der Schlüssel von Bens Auto ist da. Der bringt ebenfalls erst was, wenn ich wieder am Auto bin.

Meine Hände sind blutig. Ich bin langes Paddeln durchaus gewohnt, aber gewiss nicht das, was ich gestern gemacht habe. Die Blasen an den Handinnenflächen sind riesig und zum Teil schon offen. Jede Berührung am Paddel brennt wie Feuer.

Ich habe nichts Nützliches dabei. Noch nicht einmal Kleidung, außer der Hose. Ich habe Schmerzen am ganzen Körper, unbrauchbare Hände und halte es ohne Wasser nicht mehr lange aus.

Das ist also Stand der Dinge.

Wie konnte das bloß passieren? Ich bin erfahren, ich weiß wie unbarmherzig die Sümpfe zu sorglosen Menschen sind. Trotzdem sitze ich jetzt hier, in der größten Bredouille meines Lebens. Und sollte mir langsam Sorgen machen, ob ich das überhaupt überlebe.

Alles in allem wäre ich nicht der Erste, der hier draußen vor die Hunde geht.

Es gibt keinen sinnvollen Plan. Außer weiterpaddeln und hoffen, möglichst bald auf Menschen zu treffen. Bevor ich ohnmächtig werde.

Die Schmerzen sind unerträglich, als ich das Paddel ergreife. Ich habe noch nicht einmal Stoff, um die offenen Stellen zu bedecken und vor Dreck und Infektionen zu schützen. Aber es nützt nichts. Entweder das oder ganz ohne Hoffnung und den Versuch, mich zu retten, krepieren. Mit einem leisen Schmerzenslaut beiße ich die Zähne zusammen und paddle los. Langsam. Immer wieder wird mir schwarz vor Augen. Lange wird es nicht dauern. Entweder ich treffe bald auf Hilfe oder gar nicht mehr.

Dann denke ich an Hannah. Das gibt mir trotz allem die Kraft weiterzumachen. Ich will nicht riskieren, sie nie wieder zu sehen. Ich muss sie wieder sehen. Ich muss das erklären, was da mit meinem Vater vorgefallen ist. Ich will auf keinen Fall, dass das ihre letzte Erinnerung an mich ist. Wie ich von meinem Vater wie ein Schuljunge zusammengefaltet werde, ohne mich wehren zu können. Wie der Leibwächter mich packt und behandelt wie Abschaum.

Das darf nicht das Letzte sein.

Ich mache weiter.

Plötzlich durchdringt ein Schrei die unerträgliche Stille.

Ein menschlicher Schrei.

Einmal, dann nichts mehr. Die Richtung, aus der der Schrei kam, kann ich nur erahnen. Auf einen Schlag schießt pures Adrenalin durch meine Adern, mildert die Schmerzen und weckt neue Kraft. Wer weiß wie lange?

Schon fürchte ich, die falsche Richtung gewählt zu haben. Um mich herum wachsen dichte Mangroven, versperren den Blick, und ich kann nichts erkennen. Zu hören ist auch nichts mehr.

Erschöpft halte ich inne. Aber ich bin ja blöd. Wenn ich den Schrei gehört habe, dann ist derjenige nicht weit entfernt. Also rufe ich.

»Hallo? Ist da jemand?«

Keine Antwort.

Nur das Rauschen der Bäume um mich herum.

Ich paddle weiter, halte jetzt jedoch immer wieder inne und rufe.

Irgendwann kommt Antwort.

»Da ist ein Krokodil.«

Typisch Tourist. Die Einheimischen sind präzise und sagen Alligator, Krokodil klingt nach Zoo. Es kann eh nur ein Tourist sein, der hier mitten im Niemandsland landet und keine Ahnung hat, was er bei einem Alligatorangriff zu tun hat.

»Still halten und nicht bewegen, ich bin gleich da.«

Vor Alligatoren habe ich keine Angst. Respekt verständlicherweise, aber gewöhnlich sehen die Viecher in Menschen keine Beute. Man darf sich nur nicht wie Beute verhalten. Also nicht weglaufen. Nicht hektisch werden. Zumindest nicht, solange sie nicht angreifen.

Auch von Vorteil, wenn man etwas zum Zuschlagen in der Hand hat. Das habe ich.

Lautlos gleite ich aus dem Mangroventunnel heraus und sehe eine Gestalt reglos auf dem Weg stehen. Meine Fantasie spielt mir einen Streich, und das zeigt mir, dass ich noch vorsichtiger sein muss als sonst. Ich habe schon Halluzinationen, denn die Person sieht für mich aus wie Hannah.

Hannah in den Everglades. Zu Fuß mitten in den Sümpfen.

Das Kajak landet am Wegesrand, und ich schlinge mein Tau um eine Wurzel. Klettere leise und ungewohnt ungelenk hinaus, das Paddel fest in der Hand. Kurz packt mich der Schwindel, und ich halte mich an einer Mangrovenwurzel fest. Ein denkbar ungünstiger Moment, um einen Schwächeanfall zu haben. Dann fokussiere ich mit großer Mühe meinen Blick.

Der Alligator ist zugegeben beeindruckend. Eines der größten Exemplare, die ich je gesehen habe. Und er liegt mitten auf dem Weg. Er wirkt nicht übermäßig aggressiv, trotzdem auf der Lauer. Wenn er Hunger hätte oder sein Nest verteidigen müsste, hätte er längst angegriffen.

Ich flüstere der Hannah-ähnlichen Gestalt unauffällig zu:

»Geh jetzt langsam zurück, hinter dir ist alles frei. Wenn der Alligator angreift, dann rennst du, so schnell du kannst. Du bist an Land schneller als er.«

»Okay.«

Sogar die Stimme klingt wie Hannahs Stimme.

Während das Mädchen rückwärts auf mich zukommt, halte ich das Paddel bereit. Als sie endlich auf meiner Höhe ist, greife ich ihren Arm und ziehe sie hinter mich, in Sicherheit.

Das Paddel liegt als Waffe in meiner Hand. Es ist definitiv robust genug. Ich kann nur hoffen, dass ich in meinem momentanen Zustand auch robust genug bin.

Meine Ankunft war jetzt zu viel Unruhe für das Tier, zu viel Mensch in seinem Revier. Der Alligator macht ein paar rasche Bewegungen auf uns zu, und ohne nachzudenken gehe ich zum Angriff über. Reiner Reflex. Ein Ausfallschritt nach vorne, ein Schlag mit dem Paddel auf den Kopf des Tieres und wieder ein paar Schritte zurück. Erneut packt mich der Schwindel bei der zu schnellen Bewegung.

»Renn weg«, rate ich dem Mädchen, trotzdem höre ich keine sich entfernenden Schritte.

Der Alligator zögert. Er hat das Maul angriffslustig geöffnet und zeigt eine beeindruckende Zahnreihe. Das ist meine Chance. Ich stoße das Paddel in sein Maul, genau auf sein Gaumensegel. Er faucht mich verärgert an, aber das ist dann doch zu viel Gegenwehr für seinen Geschmack. Er zuckt zurück und entfernt sich eilig. Dann gleitet er elegant ins Wasser, und ich atme auf.

Ich merke, dass ich das Paddel viel zu fest umklammere und das mit meinen blutigen Händen, die brennen wie verrückt.

Jetzt fällt mir auf, wie ich auf dieses Mädchen wirke. Sie muss denken, sie sei vom Regen in die Traufe gekommen. Der Typ, der sie vor dem Alligator rettet, ist halb nackt im Busch unterwegs, mit blutenden Händen, von oben bis unten von Moskitos zerbissen und mit einem mörderischen Sonnenbrand. Ich wette, zu allem Überfluss stinke ich zum Himmel. Peinlich berührt drehe ich mich um und frage mich, wie ich die Situation retten kann.

Das Mädchen sieht noch immer aus wie Hannah. Und sie mustert mich so ungläubig und fassungslos, als wäre ich ein Geist. Dann schreit sie auf und fällt mir um den Hals.

Instinktiv lasse ich das Paddel fallen und greife zu.

Sie fühlt sich an wie Hannah, sie riecht wie Hannah. Anscheinend hat die Sonne jetzt mein Hirn endgültig erledigt.

»Brooks.«

Tränen fallen auf mein Gesicht. Es sind nicht meine Tränen.

Zweifelnd umfasse ich das Gesicht des Mädchens, schiebe sie ein wenig von mir weg und sehe sie genau an. Es ist Hannah. Auch wenn es nicht möglich sein kann, es ist Hannah.

Hannah allein in den Everglades.

»Hannah?«, frage ich noch immer völlig skeptisch.

Sie nickt. Und dann macht sie etwas Hannah-Untypisches. Sie küsst mich. Nicht sanft und zurückhaltend, sondern wild und verzweifelt und so, als wäre es der letzte Kuss, den wir tauschen können. Dabei ist es der erste. Unser allererster Kuss. Und ich erwidere ihn ebenso hungrig. Darauf habe ich so lange gewartet. Ihre Lippen auf meinen, süß und unwiderstehlich, genauso wie ich von ihr geträumt habe.

Wir küssen uns so atemlos, dass wir uns irgendwann voneinander lösen müssen, um nach Luft zu schnappen.

»Ich kann kaum glauben, dass ich dich gefunden habe. Das hier war nicht unbedingt meine klügste Aktion«, sagt sie, nach wie vor mit Spuren ihrer Tränen auf den Wangen.

Sanft küsse ich sie weg.

Dann wird mir bewusst, dass wir noch immer auf dem Weg stehen, den der Alligator eben gewählt hat, um sich Menschen aus nächster Nähe anzusehen. Um zu testen, ob sie als Futter taugen. Er kann jeden Moment zurückkommen. Oder es kann ein anderer vorbeischauen.

»Wir müssen hier weg«, sage ich leise in Hannahs Gesicht. Sie trägt ein Cap meines College Teams. Und langärmlige Sachen. Schlaues Mädchen. Um Längen schlauer als ich.

»Ja, ich weiß. Aber wohin?«

»Hast du dich verlaufen?«

»Ich glaube schon. Alles sieht gleich aus.« Sie guckt zerknirscht. »Ich wollte dich suchen. Und jetzt musst du mich retten.«

»Ich bin ein mieser Retter. Ich weiß genauso wenig, wo wir sind. Die Sümpfe sind riesig. Und ich liebe ausgerechnet die einsamste Gegend von allen.«

»Oh.« Hannah sieht sich um. »Du bist definitiv kein mieser Retter. Das Krokodil wollte mich fressen. Und du hast es einfach so verhauen und verjagt. Das hätte ich mich nie getraut.«

»Wie lange bist du denn schon unterwegs?«

Sie sieht auf ihre Uhr.

»Vielleicht drei Stunden. Ich weiß nicht so genau, wann ich losgegangen bin.«

In drei Stunden kann man weit kommen. Und Hannah ist gut zu Fuß, nicht zu vergleichen mit dem Durchschnittsamerikaner.

»Ich habe dein Auto gefunden und daneben geparkt. Und dann bin ich nach links gegangen.«

»Bens Auto«, sage ich bitter.

»Ja, wie auch immer.« Sie sieht mich abschätzend an.

Ich kann nicht glauben, dass sie mir hinterhergefahren ist. Wie sie überhaupt darauf kam, mich hier zu suchen.

»Ich bin definitiv zweimal rechts abgebogen.«

Sie versucht, mir ihren Weg zu beschreiben, und plötzlich

habe ich zumindest eine Ahnung, wo wir uns befinden. Und in welche Richtung wir sinnvoll zurückpaddeln sollten.

»Wir nehmen das Kajak. Das ist sicherer«, beschließe ich. Dass mein Onkel mich umbringt, wenn das Kajak verloren geht, erwähne ich nicht.

Hannahs Blick fällt auf das Paddel und sie zuckt erschrocken zusammen.

»Da ist Blut dran.«

»Nur ein bisschen. Ist nicht so schlimm.«

Sie greift nach meinen Händen, dreht sie um und keucht entsetzt auf. Ich habe es vorgezogen, mir meine Hände nicht mehr so genau zu betrachten, seit ich vor geraumer Zeit Inventur gemacht habe. Seitdem ist es wohl kaum besser geworden. Allerdings bemerke ich nun die Blutspuren, die ich auf Hannahs Gesicht hinterlassen habe. Sie sieht aus wie eine wilde Kriegerin, die aus einem Kampf kommt. Ausgerechnet Hannah.

Dann mustert sie meinen restlichen Körper.

»Mann, Brooks, du siehst schrecklich aus. Das muss alles höllisch wehtun.«

Tut es, aber jetzt, wo sie da ist, geht es mir besser. So viel besser, seit sie mich geküsst hat. Ich würde meinen Mund auf der Stelle wieder auf ihren drücken, wenn uns nicht der Alligator im Nacken säße. Außerdem war ich noch nie ein Jammerlappen. Ein Quarterback-Sack, den man nicht kommen sieht und der die Luft aus den Lungen treibt, ist verdammt übel, und danach muss es im Spiel weitergehen wie zuvor. Abwehrend zucke ich die Schultern.

Dann schwanke ich wieder ein wenig, leider nicht unbemerkt. Hannahs Augen werden groß.

»Hattest überhaupt was zu trinken dabei? Zu essen? Irgendetwas?«

Sie kann mir die Antwort am Gesicht ablesen. Ich bin in die Wildnis gestürmt wie ein Irrer, die allerdümmste Aktion meines Lebens.

Hannah kramt in ihrem Rucksack und fördert eine Flasche Wasser zutage, bei deren Anblick ich unbewusst aufstöhne. »Hier.«

»Hast du selber genug?«, zwinge ich mich zu fragen, handle mir aber nur einen finsteren Blick ein. Und dann fließt das Wasser in meinen Körper, und ich verschlucke mich und muss husten. Hannahs Hand auf meinem Rücken, um den Hustenreiz zu lindern, schmerzt höllisch.

»Oh, es tut mir leid. Du hast Sonnenbrand. Und tausend Mückenstiche.«

Mein Körper schreit nach mehr, nach viel mehr Wasser, gleichzeitig ist mein Magen komplett überfordert. Er krampft sich zusammen, denn ich habe zu hektisch getrunken. Mühsam atme ich aus und wieder ein und versuche, nicht an die Flasche Wasser zu denken, die ich nach wie vor in der Hand halte.

Irgendwann lassen die Krämpfe nach, und ich kann wieder ein paar Schlucke nehmen. Diesmal habe ich mich besser im Griff und trinke langsam und nur wenig. Mache eine Pause und trinke wieder. Bis die Flasche leer ist.

Hannah hat mich die ganze Zeit entsetzt beobachtet. Im Anschluss packt sie Moskitospray aus und sprüht mich ein.

»Als ob das jetzt noch was nützt.«

»Wir sind noch immer im Sumpf, und jeder Stich weniger kann nicht schaden«, erwidert sie entschlossen.

Dann kommt das Sonnenspray dran. Ich bin heilfroh, dass man das ebenfalls aufsprüht und nur leicht verteilt, denn meine Haut ist überempfindlich. Trotzdem mag ich Hannahs Hand auf mir, die so sanft und vorsichtig wie möglich ist.

Ich schließe die Augen.

Ihre Finger streichen über meinen Nacken, den Rücken, den Oberkörper. Schließlich hauchzart über mein Gesicht.

Ihr Finger an meinen Lippen.

Ich denke schnell wieder an den Alligator. Ich darf mich nicht in ihrer Berührung verlieren. Nicht jetzt. Nicht hier.

Widerwillig öffne ich die Augen.

Ihr Gesicht ist so nah. Sie sieht so traurig aus. Ich muss dafür sorgen, dass sie wieder lachen kann. Wie auch immer ich das schaffen soll. Ich weiß ja noch nicht mal, wie ich überhaupt mit mir selber klarkommen kann.

»Steig ein, Hannah, wir müssen verschwinden. Das Viech kann jeden Moment zurückkommen.«

Sie nimmt das Paddel und geht entschlossen zum Boot. Langsam klingt das Adrenalin ab, und ich merke meine Erschöpfung, die mit voller Macht zurückkommt. Also wanke ich eher hinter ihr her, als das ich gehe.

Hannah selber ist ebenfalls schon lange durch die sengende Hitze gelaufen. Trotzdem wirkt sie noch fit, verschwitzt wie zu erwarten, aber eben nicht erschöpft. Nicht so völlig am Ende, wie ich mich fühle.

Es nützt nichts, ich muss mich zusammenreißen und uns hier heil hinausbringen.

Sie klettert hinten ins Kajak und wühlt erneut in ihrem Rucksack. Bei unserem letzten Ausflug war sie so vorsichtig im schwankenden Kajak, jetzt dagegen steigt sie ein, als hätte sie noch nie etwas Anderes gemacht.

»Eigentlich ist es effektiver, wenn ich hinten sitze«, wende ich ein. »Das Paddeln bringt dann mehr.«

»Ich weiß, deshalb sitze ich hinten.«

Entschlossen hält sie das Paddel fest und wirft mir einen herausfordernden Blick zu. »Mit deinen Händen machst du gar nichts mehr.«

Ja, klar, ich lasse mich von einem Mädchen aus dem Sumpf paddeln. Hannah ist nicht der Typ durchtrainierte Sportlerin, der ich stundenlanges Paddeln zutraue. Aber bevor ich weitere Einwände hervorbringen kann, holt sie triumphierend einige Müsliriegel aus dem Rucksack.

»Los, rein mit dir. Dann bekommst du was zu essen.«

Mein Magen knurrt plötzlich wie verrückt. Ich kann sie ja zumindest mal loslegen lassen.

Laut seufzend klettere ich wie ein kleines Kind auf den vorderen Platz und reiße den ersten Müsliriegel auf. Zwinge mich, ihn langsam zu essen, mit Pausen zwischendrin, damit ich meinen Magen nicht wieder überfordere.

»Ach, die habe ich auch noch dabei.«

Von hinten wird mir eine Kappe gereicht. Eine Miami Dolphins Cap. Signiert von Ryan Tannehill. Die ist aus meinem Auto.

Ungläubig drehe ich mich zu Hannah um.

»Hat mein Vater die freiwillig rausgerückt?«

Das kann nicht sein. Er hätte sie eher vernichtet, als mir zu geben. Ich schätze, er hätte sie sogar liebend gern vor meinen Augen verbrannt, um zu demonstrieren, was er von mir hält. Als ob ich das nicht schon immer gewusst hätte.

»Nein, freiwillig eher nicht. Ich habe alle Kappen aus deinem Auto geholt, bevor der Schlägertyp damit weggefahren ist.«

Das Auto ist also weg. Na ja, das war mir schon klar, die Bestätigung tut trotzdem weh. Es war nicht nur eine leere Drohung. Natürlich nicht. Mein Vater stößt keine leeren Drohungen aus. Er setzt alles um, was er sagt und beschließt.

Dass Hannah den Mut hatte, meine Sachen da rauszuholen, das ist schon cool. An dieser Kappe liegt mir so viel. Ich habe Ryan Tannehill einmal treffen dürfen und war echt beeindruckt. Davon habe ich Hannah erzählt, fällt mir da ein, als ich ihr die Kappe gegeben habe, damit sie sich im Sumpf vor der Sonne schützen kann.

So wie Ryan Tannehill wäre ich gerne. So hätte mein Vater mich gerne. Vor allem das, wenn ich genau darüber nachdenke.

Ich setzte sie auf und atme auf. So lässt sich die Sonne direkt besser ertragen.

»Das war übrigens der Leibwächter meines Vaters.«

Hannah prustet los. Na ja, vermutlich klingt es überaus amüsant, aber es entspricht nun mal den Tatsachen.

»Bin ich jetzt in einem schlechten Film? Ist dein Vater ein Mafia-Boss? Der Schläger sah auf jeden Fall aus, als gehöre er ins Gefängnis.«

Wohl oder übel muss auch ich ein wenig grinsen. Es ist eher eine Marotte, sich von einem Leibwächter begleiten zu lassen. Wichtigtuerei, ehrlichgesagt. Wenig überraschend hat er sich im Laufe der Jahre bei sehr vielen Leuten unbeliebt gemacht, als vollkommen rücksichtsloser Geschäftsmann ist das eben so, da ist allerdings wohl kaum jemand bei, der ihn umbringen lassen würde.

»Ich kann jetzt paddeln, Hannah. Ich habe gegessen und getrunken. Ich bin wieder bereit.«

»Vergiss es, sag mir, wo es langgeht.«

Mein Stolz verbietet es mir, mich von einem Mädchen nach Hause paddeln zu lassen. Ich drehe mich um und will ihr das Paddel wegnehmen. Aber Hannah ist schnell. Sie zieht das Paddel weg und funkelt mich an.

»Ich habe deine Hände gesehen. Du machst gar nichts.«

»Hannah, Paddeln ist nicht so leicht, wie es aussieht. Und es ist anstrengend.«

»Habe ich nicht vergessen. Du hast es mir doch gezeigt.«

»Ja, aber jetzt musst du es allein machen. Das ist ganz anders.«

»Sag jetzt rechts oder links, oder ich hau dich mit dem Paddel. Ich bin mir sicher, das geht genauso leicht.«

»Rechts«, knurre ich. »Dahin, wo ich herkam.«

Sie paddelt los. Langsam und vorsichtig. Das Kajak schaukelt ein wenig hin und her.

Missmutig schaue ich wieder nach vorne. Nach und nach findet sie ihren Rhythmus. Das Kajak gleitet still und gleichmäßig durch das Wasser. Hin und wieder gebe ich Anweisungen, welchen Weg sie einschlagen soll.

Ein wenig rate ich dabei. Im Prinzip kenne ich mich hier aus. Gewiss wirken die Kanäle auf den ersten Blick identisch. Aber ich bin früher fast jeden Tag im Sumpf unterwegs gewesen, irgendwann kennt man jede kleinste Eigenart. Momentan wirkt alles fremd.

Außerdem halte ich Ausschau nach weiteren Alligatoren und Wasserschlangen. Im Kajak sollten sie uns nicht gefährlich werden, aber wir hatten definitiv genug Tierbegegnungen für einen Tag, und es ist immer sicherer, sie nur aus der Ferne zu sehen. Meine Hände sind nicht dazu geeignet, noch mehr Viecher abzuwehren, und Hannah ist zu unerfahren.

Hannah manövriert uns in einen dichten, engen Tunnel, in dem es nicht möglich ist, passenden Abstand rechts und links zu halten. Umwege sollten wir uns trotzdem nicht mehr erlauben, denn die Zeit läuft uns unerbittlich davon. Das Licht wird schummerig, die Schatten greifen von allen Seiten nach uns.

»Halt dich möglichst in der Mitte«, empfehle ich ihr.

Links entdecke ich ein paar Augen, die ein Stück aus dem sumpfigen Wasser ragen und uns beobachten. Wenn der Alligator angreift, sollte ich das Paddel haben. Wie dämlich von mir, nicht ebenfalls das zweite eingepackt zu haben. Mein Kopf war gestern nicht mit am Start, sonst wäre ich ja niemals in diese hilflose Situation geraten. Ich fühle mich verdammt schutzlos so ohne Waffe.

Glücklicherweise gleiten wir kurze Zeit später unbehelligt wieder ins helle Sonnenlicht, und ich atme auf. Langsam kommt mir die Gegend vertrauter vor. Es liegt nach wie vor ein ordentliches Stück Weg vor uns, ich bin inzwischen aber durchaus guter Dinge, mich nicht mehr zu verirren.

Hannah hält an und legt das Paddel weg. Der Schweiß läuft ihr in Strömen über den Körper.

Rasch greife ich nach dem Paddel, sie ist jedoch schneller und hält es fest. Meine Reflexe haben auch arg gelitten.

»Das ist nur eine Pause, Brooks. Solange meine Hände nicht bluten, bekommst du es nicht.«

Stur ist sie noch dazu.

Sie holt eine Flasche Wasser aus ihrem Rucksack und hält sie mir hin.

»Das ist die letzte.«

Ich nehme zwei Schlucke. Mein Körper verlangt nachdrücklich nach mehr, aber ich werde jetzt nicht mehr verdursten.

»Der Rest ist für dich. Wer sich anstrengt, muss trinken.«

Hannah drückt mir ungefragt einen Müsliriegel in die Hand, und wir essen schweigend.

Hin und wieder werfen wir uns einen Blick zu.

Ich frage mich, was sie denkt. Aber wissen möchte ich es lieber doch nicht. Die Begegnung mit meinem Vater war so überaus demütigend. Die erste Panik ist verflogen, es ändert jedoch nichts an meiner Ausweglosigkeit. Es ändert nichts daran, dass sie live miterlebt hat, was für ein Versager ich bin.

Mein ganzes Leben ist am Arsch, alle Pläne haben sich zerschlagen, und ich habe nichts mehr.

Ich kann einem Mädchen null bieten.

»Wieso bist du überhaupt hier?«

Sie sieht mich ungläubig an.

»Ich habe mir Sorgen gemacht. Ich bin fast verrückt geworden. Keiner wusste, wo du warst. Wir haben die Krankenhäuser abtelefoniert, Brooks, was glaubst denn du.«

»Es tut mir leid, ich konnte nicht mehr denken.«

»Kann ich ja verstehen.« Sie seufzt. »Und dann fiel mir ein, wie du mir erzählt hast, dass du dich nur in den Everglades wirklich Zuhause fühlst. Da war es mir klar.«

Sie kennt mich echt gut. Besser als jeder andere Mensch. Und hat noch nicht schreiend die Flucht ergriffen.

»Ist dein Vater immer so?«, fragt sie leise.

Ich nicke. »Es tut mir leid, ich hätte dich nicht mit ihm allein lassen dürfen«, murmle ich dann reuevoll. Da habe ich in der Tat einen riesigen Fehler begangen, nicht der einzige.

»Er ist ein Arschloch. Ich sollte das nicht sagen, immerhin ist er dein Vater, aber es ist so.«

Hart lache ich auf. »Ja, das kannst du durchaus laut sagen. Das weiß eh jeder. Er ist sogar stolz drauf. Ich hoffe, er hat dich in Ruhe gelassen.«

Hannah wäre nicht die Erste in meinem Alter, die er anbaggert. Schon geraume Zeit habe ich nicht mehr daran gedacht, wie das damals mit Gina war, meiner ersten Freundin und der Einzigen außer Hannah, die mich ernsthaft interessiert hat.

»Ich habe ihn rausgeworfen«, sagt Hannah nachdrücklich.

Ungläubig lache ich auf. Sie hat was?

»Na ja, er dachte, das ist dein Haus, und hat mir gesagt, ich solle sofort verschwinden. Da war ich dann etwas wütend. Das heißt, ich war ja eh schon verdammt sauer.«

Wenn Hannah wütend wird, erinnert nichts mehr an ein hilfloses Reh. Ich grinse ein wenig.

»Ich wünschte, den Mut hätte ich nur ein einziges Mal gehabt.«

Mein Lebtag hatte ich Angst vor meinem Vater. Er war selten zu Hause, aber immer wenn er da war, musste ich parat stehen und meine Erfolge präsentieren. Es war nie genug.

Hannah sieht mich traurig an. Sie hat ja jedes Wort gehört, das er zu mir gesagt hat. Sie weiß, was er über mich denkt. Und sie weiß ebenfalls, wie recht er hat.

Ich bin eine einzige Enttäuschung.

»Es ist ganz schön schwierig, mit so einem Vater aufzuwachsen«, sagt sie trotzdem. »Woher solltest du also den Mut haben?«

»Du hast zu viel Verständnis für mich.«

»Brooks, ich studiere Pädagogik. Da muss ich mich doch in andere hineinversetzen können.«

Sie greift wieder zum Paddel. Entschlossen. Hartnäckig. Obwohl ich weiß, wie verdammt anstrengend es inzwischen für sie sein muss.

Wir schweigen erneut. Eine Weile gleitet das Kajak durch das Wasser, und nach und nach werden Hannahs Bewegungen abgehackter, langsamer. Sie wird müde. Wir sind schon lange unterwegs. Ob ich endlich das Paddel übernehmen darf? Ich bin mir sicher, die Schmerzen sind mittlerweile zu ertragen. Langsam drehe ich mich um, bekomme aber die Antwort auf meine unausgesprochene Frage, bevor ich auch nur Blickkontakt mit ihr habe.

»Vergiss es.«

Sag ich doch, stur.

Es geht weiter. Meine Schuldgefühle werden immer größer. Ärgerlich schaue ich auf meine brennenden Hände. Sie bluten inzwischen nur noch wenig. Die offenen Stellen, an denen die Blasen komplett aufgeplatzt sind, leuchten rot und das nackte Fleisch kommt durch. Aber es war schon schlimmer, und ich schätze, ich hätte jetzt wieder mehr Kraft als Hannah.

Ungeduldig schaue ich mich erneut um. Mittlerweile bin ich mir sicher, wo wir sind.

»Noch ungefähr zehn Minuten. Dann müssten wir wieder am Steg sein.«

»Gott sei Dank. Ich glaube, ich werde zu Hause mal Krafttraining für die Oberarme machen, ich bin echt erbärmlich schlapp.« Hannah schnauft laut auf. »Und das Paddel bekommst du trotzdem nicht.«

Ich drehe mich wieder um, nur um zu sehen, wie sie mir die Zunge rausstreckt.

»Bist du sicher, dass du Pädagogik studierst?«, frage ich, und sie lacht.

»Ja, genau deshalb.«

»Deshalb auch die Turnübungen im Flugzeug?«

»Mann, hast du eine Ahnung, wie beeindruckend die erste Klasse für jemanden wie mich ist? Da war mehr Platz, als ich in meinem Studentenzimmer habe. Ehrlich.«

Der Steg kommt in Sichtweite. Bei ihren Worten wird mir wieder meine hoffnungslose Situation bewusst. Ich habe ihr nichts zu bieten. Überhaupt nichts. Nicht mehr.

Im Grunde müsste ich jetzt völlig aus dem Häuschen sein. Wir sind gerettet. Direkt hinter dem Steg stehen die Autos. Bens Auto. Fees Auto.

Nicht meins.

Wir legen an, und ich schlinge desillusioniert die Leine um einen Pfosten. Klettere hinaus und helfe Hannah auf den Steg. Sie schließt kurz die Augen und atmet tief ein. Und erleichtert wieder aus.

Dann fällt sie mir um den Hals.

Ich kann nicht anders. Vorsichtig lege ich meine Arme um sie und atme ihren Duft ein. Sie ist völlig verschwitzt und riecht unwiderstehlich.

Mühsam löse ich mich von ihr. Ohne Kuss.

»Ich muss Bens Auto zurückbringen«, sage ich bedrückt. »Und dann meine Sachen packen. Ich kann den beiden nicht mehr auf der Tasche liegen.«

»Was?« Hannah ist entsetzt. »Wo willst du denn hin?«

Ich zucke die Achseln. Ich habe keine Ahnung. Aber ich bin pleite und kann mich nicht mehr an den Einkäufen beteiligen. So kann ich nicht bei den beiden bleiben.

»Du spinnst doch. Wir bringen dich jetzt erstmal zurück. Und dann verarzten wir dich. Und dann sehen wir gemeinsam weiter.«

»Hannah, es gibt kein gemeinsam. Du hast doch gehört, was mein Vater gesagt hat.«

Frustriert wende ich mich ab und marschiere auf Bens Auto zu. Es steht genauso da, wie ich es zurückgelassen habe. Ich schließe auf und lasse mich erschöpft in den Fahrersitz fallen. Offen gesagt ist nichts besser geworden. Wen wundert das? Weglaufen war noch nie eine Lösung.

Eben im Sumpf ging es nur ums nackte Überleben. Jetzt kommt mein ganzes Versagen jedoch mit voller ungebremster Wucht zurück.

Hannah hockt sich neben den Sitz und mich betrachtet mich mit zusammengekniffenen Augen.

»Kannst du endlich mal aufhören, über deinen dämlichen Vater zu lamentieren. Andere Jungs haben auch keine reichen Eltern, die ihnen alles finanzieren. Du musst dich jetzt halt umstellen und für dich selber sorgen. Das wird schon.«

»Ich habe keine Zukunft. Ich habe noch nicht einmal mein Studium gepackt, Hannah. Die haben mich rausgeworfen.«

Und ich schäme mich unglaublich dafür.

»Dann machst du halt was Anderes«, sagt Hannah unbekümmert.

»Und was? Ich hatte nie einen Plan B.«

»Dann wird es eben Zeit für Plan B. Wir werden schon einen finden.«

»Wir?«

Hannah beißt sich auf die Lippe. Verletzt.

»Ich dachte, du magst mich«, stottert sie dann.

Tue ich. Viel zu sehr.

»Das ist ja das Problem. Du hast was Besseres verdient als mich.«

»Lamentierst du schon wieder?«, sagt sie knallhart und drängt mich damit ganz schön in eine Ecke.

»Ich bin ein Loser. Ich kann nichts, ich habe nichts, auch kein Geld mehr. Ich kann dir noch nicht einmal mehr den Hannah Drink mit Früchten und Schirmchen kaufen.«

Sie schüttelt nur den Kopf.

»Hast du gedacht, ich interessiere mich für dein Geld?«

»Nein, nicht für das Geld.« Ich zögere. Es ist nicht so leicht, zu erklären. »Für den coolen Typen halt, dem alles gelingt.«

»Falsch, Brooks, den Mann im Flugzeug, den fand ich zwar scharf, aber gemocht habe ich ihn nicht. Ich mag dich. So wie du bist, wenn du aufhörst, cool zu sein.«

Sprachlos starre ich sie an. Sie mag mich, wenn ich der mittellose Loser bin?

»Aber ...« Mir fehlen etwas die Worte.

»Was aber?«

»Das solltest du nicht. Mich mögen, wie ich bin.«

»Ich bin durchaus ein schlaues Mädchen.« Hannah drückt entschlossen die Lippen gegeneinander. »Und ich bin sehr wohl in der Lage, zu entscheiden, was ich sollte und was nicht. Zumindest in deinem Fall. Und ich werde nicht zulassen, dass du dich wieder hinter dem Geld deiner Familie versteckst. Denn das machst du noch immer. Nur dass du dich jetzt versteckst, weil es eben nicht mehr da ist. Sei einfach der Brooks, den ich in der letzten Zeit kennengelernt habe. Denn dieser Brooks ist der tollste, netteste und heißeste Typ, der mir je begegnet ist. Wirf es nicht einfach weg. Wirf mich nicht einfach weg.«

Ihre Stimme ist zum Schluss immer leiser geworden. Und obwohl ich nicht damit einverstanden bin, was sie sagt, muss ich mich vorbeugen und sie küssen.

kapitel 18

HANNAH

Ich lasse Brooks keine andere Wahl, als auf den Beifahrersitz zu rutschen. Seine Hände sind innerhalb der paar Stunden, die wir im Kajak verbracht haben, kein Stück besser geworden, obwohl er vorgibt, es wäre so. Ich kann mir die Schmerzen, die jede Berührung auslösen muss, kaum vorstellen.

Und außerdem kann ich nicht verstehen, warum er so bockig darauf beharrt, alles selber zu schaffen. Denn ehrlich gesagt, es ist nicht zu übersehen, wie elend er dran ist.

Nach meinem Fußmarsch und der stundenlangen Paddelei bin auch ich erschöpft und unendlich erleichtert, wieder die Zivilisation in Form eines Autos zu sehen. Aber Brooks war den letzten Tag und die ganze Nacht allein hier draußen. Ohne Lebensmittel, ohne Trinkwasser, ohne Kleidung oder irgendeinen anderen Schutz. Und man sieht es ihm an. Er taumelte eben regelrecht zum Auto, obwohl er versuchte, es sich ja nicht anmerken zu lassen.

Ich muss mich zwingen, bei seinem Anblick nicht zu heulen. Er würde es hassen, das ist mir klar. Also versuche ich, mein Mitleid hinter einer entschlossenen Fassade zu verstecken, und fahre los. Wir rumpeln über den unbefestigten

Weg, bis wir auf die richtige Straße kommen. Ich habe noch nie den Anblick von Asphalt so genossen. Das erste Auto, das uns entgegenkommt, könnte ich anhalten und den Fahrer küssen. Es fällt mir schwer, meine Hände ruhig um das Lenkrad liegen zu lassen und nicht enthusiastisch zu winken.

Dass meine schwachsinnige und verzweifelte Aktion, zu Fuß loszumarschieren, um diesen Jungen zu suchen, wahrhaftig von Erfolg gekrönt wurde, ist regelrecht irreal. Nach einer Weile werfe ich einen zaghaften Blick rüber zu Brooks. Er hat die Augen geschlossen. Seine Hände liegen matt in seinem Schoß, die verletzten Handinnenflächen zeigen nach oben und trocknen an der Luft. Voraussichtlich muss er verarztet werden, aber ich möchte ihn nicht direkt in ein Krankenhaus bringen. Er wird sich waschen und anziehen wollen. Wenn wir so bei einem Arzt aufkreuzen, gibt es nur peinliche Fragen.

Die Sonne steht schon tief am Himmel. Wir haben so riesiges Glück, es noch vor Sonnenuntergang zum Auto geschafft zu haben. Im Dunkeln hätten wir unmöglich weiter paddeln können, ohne uns hoffnungslos zu verirren. Und ich wäre gestorben vor Angst. Ich fürchte, die wilden Tiere sind in der Nacht noch viel gefährlicher. Auch mit Brooks an meiner Seite.

Als wir uns Miami nähern, piepst mein Handy plötzlich wie wild, um jede einzelne Nachricht anzuzeigen, die mich jetzt erreicht. Fee muss verrückt sein vor Sorge um uns. Ihr ist sicherlich sehr viel klarer als mir, wie wild, ursprünglich und gefährlich die Everglades sind. Vor allem für ein naives Stadtkind wie mich. Und mehr als die Info, dass ich Brooks genau dort suchen würde, hat sie nicht erhalten.

Rasch fahre ich rechts ran, um mich auf der Stelle zu melden.

Dreißig entgangene Anrufe, noch viel mehr SMS.

»Ich habe ihn«, sage ich, als Fee mit hysterischer Stimme an ihr Telefon geht.

»Gott, Hannah, mach das nie wieder. Mach das bloß nie wieder. Wo seid ihr?«

»Ungefähr zwanzig Kilometer vor der Stadt. Wir sind bald zurück.«

»Kann ich was machen? Soll ich euch holen?«

Hat sie noch nicht bemerkt, dass sie ohne Auto dasteht?

»Nein, alles passt. Wir sind gleich da. Leider habe ich dein Auto im Sumpf stehen lassen, Brooks ist nicht in der Lage zu fahren.« Ich werfe einen Blick auf ihn, aber er zuckt bei meinen Worten noch nicht einmal zusammen. Was ein deutliches Zeichen dafür ist, wie mies es ihm geht.

»Bis gleich.«

Brooks' Handy hat keinen einzigen Laut von sich gegeben, obwohl Fee und ich immer wieder versucht haben, ihn anzurufen. Er hat die Augen geöffnet und starrt aus dem Fenster, also spreche ich ihn darauf an.

»Ich hatte es vorgestern schon ausgeschaltet. Um zu verhindern, dass mein Vater mich weiterhin anruft«, antwortet er mit müder Stimme.

Hat ja super geklappt.

Ben und Fee warten vor dem Haus auf uns. Fee tigert wie ein eingesperrter Löwe auf und ab, sie sieht völlig aufgelöst und zerzaust aus.

Es tut mir echt leid, die beiden so aufgeregt zu haben.

Als ich aus dem Auto springe, fällt Fee mir um den Hals. Sie heult vor Erleichterung, und meine Augen brennen ebenfalls. Das waren die zwei übelsten Tage meines Lebens. So etwas will ich nie wieder erleben müssen.

Sogar Ben kommt rüber und nimmt mich in den Arm. Riesig wie er ist, versinke ich in seiner Umarmung.

Brooks sitzt nach wie vor im Auto. Er betrachtet unbeteiligt unser freudiges und erleichtertes Wiedersehen, keine Regung auf seinem eingefallenen Gesicht. Dann steigt er langsam und eindeutig mühsam aus dem Auto. Mit zwei schnellen

Schritten ist Ben bei ihm und zieht ihn fest in den Arm. Ben, der immer so beherrscht wirkt, der so unbesorgt und ausgeglichen ist. Das ist ihm eindeutig nahegegangen.

Fee und ich schließen uns an. Und so stehen wir alle vier einige Minuten fest zu einem Knäuel verwoben, bis Brooks sich langsam löst.

Jetzt hat auch er Tränen in den Augen, die er entschlossen und irritiert wegwischt.

»Musst du zum Arzt?«

Ben kümmert sich als Erstes um die praktischen Dinge. Erwartungsgemäß wehrt Brooks ab. »Nein, ich bin in Ordnung.«

»Ist er nicht.« Ich stoße ihn an. »Zeig ihnen deine Hände.«

»Die sind halb so wild«, ziert er sich.

Entnervt verdrehe ich die Augen, denn er markiert immer weiter den unbezwingbaren Mann. Nicht mit mir. Ich drehe seine Handflächen nach oben, und Fee und Ben stoßen erschrocken die Luft aus.

»Das sind nur Blasen. Nichts Schlimmeres. Die verheilen von allein.«

»Nein, die entzünden sich so auf jeden Fall. Da ist doch haufenweise Dreck reingekommen. Entweder wir bringen dich zum Arzt oder behandeln dich mit Jod. Mit etwas Glück reicht das.« Ben klingt selber nicht völlig überzeugt von seinem Vorschlag, und ich sehe ihn zweifelnd an.

»Er muss zu einem Arzt«, sage ich dann entschlossen.

Ben zuckt die Schultern. »Wir haben beim Training häufig kleinere Wunden, die wir dann selber behandeln. Mit Jod verhindert man eine Entzündung. Der Arzt wird eh nichts anderes machen.«

Brooks verzieht entsetzt das Gesicht und schüttelt erst einmal den Kopf. Dann entscheidet er sich für das kleinere Übel.

»Einverstanden, dann Jod. Also, lieber Jod als Arzt. Aber vorher muss ich mich so oder so erst mal waschen.«

Ben zieht skeptisch die Augenbrauen hoch, und ich kann mir genauso wenig vorstellen, wie Brooks sich waschen will. Mit diesen Händen.

»Du hast die Wahl, entweder Ben oder ich. Einer von uns duscht dich ab«, schlage ich deshalb vor und frage mich irritiert, wieso ich mich selber anbiete. Ben ist schließlich sein bester Freund. Und ein Mann.

»Ach, und ich werde außen vor gelassen«, empört sich Fee mit einem breiten Grinsen. »Die spaßigen Sachen macht ihr lieber unter euch aus.«

Ich kichere. Und bin mir sicher, dass Ben diese Duschaktion genauso wenig machen möchte wie ich.

»Na gut, Fee, du darfst auch mitmachen«, sagt er mit einer verlegenen Miene. »Wir machen es einfach alle gemeinsam.«

Brooks schnaubt empört auf. Dann schaut unglücklich auf seine unnützen Hände und dann in meine Augen. »Würdest du, Hannah? Alleine?«

Das habe ich jetzt davon.

Ben grinst breit, als wir ins Haus gehen und wirft Brooks anzügliche Blicke zu.

»Sie hat die zarteren Hände«, rechtfertigt sich dieser, erntet aber nur weiteres Gelächter.

Ich schiebe Brooks entschlossen ins Badezimmer und versuche, mir vor Ben und Fee nicht anmerken zu lassen, wie nervös ich mit einem Mal bin. Warum bin ich bloß so verklemmt? Ein nackter Mann ist ja an und für sich nichts Neues für mich. Noch nicht einmal dieser nackte Mann.

Brooks' Blick ruht auf mir, während ich geschäftig Handtücher herauslege und überlege, welches Shampoo wohl am mildesten ist.

»Warum wolltest du, dass Ben mich auszieht?«, fragt er dann.

Ich zucke die Schultern. »Ich dachte, es ist dir lieber.«

»Ben ist ein Mann. Ich lasse doch keinen Mann an meine Hose«, sagt er empört, und ich muss laut lachen. Nur kurz, denn jetzt muss ich an seine Hose. Leider steigt mir die Hitze ins Gesicht, während ich den Reißverschluss öffne. Ich würde mir definitiv lieber von einer anderen Frau helfen lassen.

»Über mein Hilfsangebot warst du eben auch nicht so begeistert«, versuche ich, mich selber durch Reden abzulenken. Ich habe seinen verzweifelten Blick lebhaft vor Augen.

»Das ist doch wohl verständlich. Sieh dir meine Hände an, ich kann all das, was ich damit machen möchte, nicht tun. Stattdessen bin ich dir ausgeliefert. So hatte ich mir das mit uns beiden nicht vorgestellt.«

Wenn ich ehrlich bin, finde ich das gar nicht so ungünstig. Ich ziehe seine Hose hinab, ohne hinzusehen. Ein nackter Brooks mit gesunden Händen ist mir eben zu selbstbewusst und zu perfekt. So verletzlich wie in diesem Augenblick, kommt er mir gleich viel menschlicher vor.

Der Kontrast zwischen Brooks' Haut, die von der Kleidung geschützt war, und seinem restlichen Körper, zeigt noch viel deutlicher, wie erbärmlich er dran ist. Zeigt, wie übel der Sonnenbrand trotz seiner gebräunten Haut ist. Außerdem gibt es kaum einen Bereich ohne Mückenstich. Es muss brennen und jucken wie die Hölle. Und das vertreibt jeglichen Gedanken an Sex auf der Stelle.

Das klare, lauwarme Wasser trifft auf Brooks' Rücken und er kann sich ein schmerzerfülltes Keuchen nicht verkneifen.

»Tut mir leid, Brooks«, murmle ich, aber ich bin beim besten Willen nicht in der Lage, es noch vorsichtiger zu machen.

»Muss es nicht, Hannah. Mach einfach weiter.«

»Aber Wasser reicht nicht. Du siehst ja, dass der Dreck vom Sumpf regelrecht an dir klebt.«

»Kümmre dich nicht um mein Gejammer. Mach was nötig ist«, sagt er durch die zusammengepressten Lippen. Ich benutze die Seife.

Während er dann in der Badewanne sitzt wie ein Kind und ich seine Haare wasche, schließt er die Augen. Unter meinen

Händen geben seine Schultern nach und werden weich. Ich lasse mir Zeit, um seinen Kopf zu massieren, und genieße es selber.

»Hannah, du bist ein Engel«, sagt er leise. »Ich bleibe für immer bei dir in der Badewanne.«

Brooks zu berühren, ohne dabei in Gefahr zu laufen, von ihm und seiner Körperlichkeit überrollt zu werden, ist genau das, was ich jetzt brauche. Von mir aus, darf er gerne für immer in der Wanne bleiben.

»He, ihr beiden.« Ben hämmert an die Tür und zerstört den besonderen Augenblick. »Kein Sex, ehe Brooks nicht behandelt ist.«

»Was du immer denkst«, motzt Brooks zurück. »Ich bin verletzt.«

»Und genau deshalb kommst du jetzt zu uns raus. Ich merke schon, dass du dich da drin versteckst.«

Resigniert klettert Brooks aus der Wanne, die Stimmung hat Ben uns gründlich verdorben.

Abtrocknen ist genauso problematisch.

Ich tupfe nur vorsichtig und trotzdem hält Brooks immer wieder die Luft an, um den Schmerz nicht zu zeigen. Dann verteile ich eine kühlende Körperlotion auf seiner Haut.

»Ich rieche nach Rosen. Das ist jetzt kein allzu männlicher Duft«, beschwert er sich prompt. Ich muss kichern. Das hilft gegen das traurige Gefühl, das ich bei seinem Anblick habe.

»Hast du nichts anderes?«

»Ich liebe den Geruch nun mal.«

»Das ist ein Argument«, lenkt er ein. »Möglicherweise rieche ich dann doch mal öfter so.«

Er steht nackt vor mir, während ich komplett bekleidet bin. Wäre es umgekehrt, es wäre mir so unangenehm. Brooks nicht. Und ich stelle erneut fest, obwohl ich versuche, ihn nicht anzustarren, dass er irrsinnig sexy ist. So wie ich ihn von dieser Poolaktion in Erinnerung habe, bei der es mir genauso wenig geglückt ist wegzusehen.

Durchtrainierter Sportlerkörper. Perfekt.

Ben und Fee stehen schon bereit, als wir fertig sind. Sie warten in der Küche, auf dem Tisch steht eine große, braune Flasche und Verbandsmaterial, und Brooks verzieht leidend das Gesicht.

»Wir können ja erstmal abwarten, ob es überhaupt nötig ist«, versucht er, das Unvermeidliche abzuwenden. »Ich fühle mich schon viel besser. Meine Hände sehen auch besser aus.« Er hebt sie demonstrativ in die Höhe, aber Ben schüttelt nur den Kopf.

»Brauchst du vorher einen Schnaps?«, fragt er mitleidig.

»Auf keinen Fall.« Fee sieht ihn empört an. »Er braucht gleich erst einmal richtiges Essen.« Dann wendet sie sich an Brooks. »Oder willst du mir erzählen, du hättest ein Picknick dabei gehabt.«

»Ich brauche vorher Schnaps«, erklärt Brooks und klingt wie ein kleines, bockiges Kind. »Und ich habe von Hannah Müsliriegel bekommen.«

»Ich habe schon Essen bestellt, es müsste jeden Moment kommen.« Fee beharrt auf ihrer Mahlzeit. »Du kannst danach Jägermeister haben.«

»Dann behandeln wir meine Hände auch danach. Mit einer Flasche Jägermeister in meinem Körper.«

»Tut das echt so weh?«, flüstere ich Fee zu.

»In der Jodlösung ist jede Menge Alkohol. Es brennt wie die Hölle«, flüstert sie genau so leise zurück. »Deshalb machen wir es jetzt möglichst schnell. Das Herauszögern ist ja noch tausendmal fieser.«

Sie nimmt Mullstoff und tränkt ihn ausgiebig mit der Lösung. Ihr Gesicht zeigt durchaus Bedauern. Brooks' Miene dagegen ist jetzt pures Entsetzen.

»Prima, dann bringen wir das schnell hinter uns. Mir macht das ja auch keinen Spaß«, sagt sie mit einer künstlich fröhlichen Stimme, die jeder Krankenschwester Ehre machen würde.

Ben nähert sich Brooks unbeobachtet von hinten und dreht dessen Hände schnell und entschlossen auf den Tisch, die Handinnenflächen liegen frei und bloß. Sie sehen absolut schauderhaft aus, obwohl sie inzwischen deutlich sauberer sind. Oder gerade deswegen.

Ben schnuppert erstaunt.

»Du riechst aber ... nett. Was ist das?«

Brooks lacht laut auf und sieht mich zwinkernd an. »Er steht wohl genau wie du auf Rosen.«

Fee nutzt die kurze Ablenkung und drückt beide Tücher zeitgleich auf Brooks' Hände. Brooks brüllt auf. Bens Griff ist gnadenlos, und obwohl Brooks zerrt und reißt und überaus heftig versucht, sich zu befreien, hat er keine Chance.

Und ich bin zutiefst geschockt. Ich hatte nicht gedacht, dass es so übel wird. Ich weiß beim besten Willen nicht, wie ich helfen kann, und balle entsetzt meine Hände zu Fäusten. Am liebsten würde ich Brooks von der Qual befreien, auch wenn ich befürchte, eh nichts gegen Ben ausrichten zu können. Ich verstehe durchaus, wie notwendig es ist. Es ist trotzdem unsagbar schrecklich, Brooks' Schmerzensschreie zu hören und unbeteiligt und reglos danebenzustehen.

Endlich nimmt Fee die Tücher weg, und Brooks hört auf zu brüllen. Seine Handflächen sind komplett von der braunen Tinktur überzogen, und er wimmert nur noch leise.

Geschockt fällt mein Blick aus dem Küchenfenster vor das Haus. Und genau in das Gesicht eines entgeisterten Pizzaboten, der in dem Moment klingeln wollte, als Brooks anfing zu schreien.

Fee hat ihn ebenfalls gesehen.

»Oh, prima, die Pizza ist da. Super Timing, dann kann Brooks ja gleich seinen Schnaps bekommen.« Sie stiefelt zufrieden zur Tür.

»Hallo, prima, dass Sie so schnell liefern«, höre ich ihre vergnügte Stimme. Geldscheine rascheln. »Hier bitte, stimmt so. Der Rest ist für Sie.«

Fasziniert beuge ich mich vor. Fee muss dem Boten das Geld in die erstarrten Hände drücken und ihm die Lieferung fast gewaltsam entreißen. Er denkt sicher, in einem miesen Horrorfilm gelandet zu sein. Mit Fee als männermordender Sirene, die ihn als Nächstes in das Haus zieht, ebenfalls foltert und ermordet.

Ich beobachte, wie er quasi zu seinem Auto rennt und sich auf dem Rückweg mehrmals umdreht, als würde er verfolgt.

»Der hatte Angst vor dir«, sage ich grinsend zu Fee, die schwer beladen in der Küchentür erscheint.

»Wieso denn das?«, murmelt sie abwesend, während sie einmal mehr prüfend Brooks mustert, der umgekehrt leicht beleidigte Blicke zwischen Ben und Fee hin- und herwandern lässt.

»Weil ihr ... und Brooks so laut ... ach, egal«, beende ich meine Erklärung, denn Fees Miene ist völlig verwirrt.

Wir verfrachten Brooks, der immer wieder mit Tränen in den Augen jammernd seine Hände anstarrt, im Wohnzimmer auf das Sofa. Ich kuschle mich nah an ihn und beginne ihn mit der Pizza zu füttern.

Ben und Fee machen es sich uns gegenüber bequem, und wir essen alle. Ein Stück Pizza in Brooks' Mund, ein Stück in meinen.

Mittlerweile merke ich, wie ausgehungert ich bin. Das Adrenalin hat mich bis gerade eben noch fest im Griff gehabt, jetzt aber sinkt der Pegel, und meine Erschöpfung, mein Hunger und meine körperlichen Blessuren kommen durch.

Draußen ist es längst dunkel. Die Lichter, die den Pool erleuchten, werfen einen sanften Schein auf die Terrasse. Und ich werde müde.

»Ihr macht das ehrlich regelmäßig nach dem Training? Also, eure Wunden mit Jod behandeln?«, frage ich, als mein Blick erneut auf Brooks' Hände fällt, die er offen auf seinen Beinen liegen hat. Ich habe seine Schmerzensschreie nach wie vor in den Ohren.

»Na ja.« Ein wenig beschämt ist Ben mit einem Mal doch.
»Es sind ja immer nur kleine Wunden. So etwas Übles wie Brooks hatten wir noch nie.«

»Und ich habe noch immer keinen Schnaps«, murrt Brooks. »Es brennt noch immer wie die Hölle.«

Ben stöhnt zwar auf, holt dann aber doch eine Flasche Jägermeister. Es muss inzwischen eine neue Flasche sein. Unser Alkoholkonsum ist in den letzten Tagen rapide nach oben geschnellt.

»Ein Schmerzmittel wäre sinnvoller«, wirft Fee stirn-runzelnd ein, aber Brooks zuckt nur leicht trotzig die Schultern.

Heute trinkt er allein. Ich kann mich eh kaum noch auf den Beinen halten, und Fee und Ben winken ebenfalls ab.

Ab jetzt kommt abwechselnd ein Stück Pizza in Brooks' Mund und das Glas mit dem Jägermeister an seine Lippen. Trotzdem achte ich darauf, ihm nicht allzu viel Alkohol einzu-flößen, denn Fee hat durchaus recht.

Irgendwann sind alle satt.

Langsam werde ich immer schwerer und kuschle mich an Brooks' Seite. So vieles ist ungeklärt. Zwischen uns. In Brooks' Leben. Aber zum ersten Mal habe ich das Gefühl, dass in meinem Inneren nichts mehr ungeklärt ist. Ich habe mit Julius abgeschlossen. Auch mit meinen Schuldgefühlen. Ich bin absolut verrückt nach diesem Jungen, den ich aus dem Sumpf gezogen habe. Und es ist mir egal, dass er bisher der Wanderpokal der Stadt war. Solange er bereit ist, das zu ändern, sehe ich darüber hinweg. Obwohl mir nach wie vor ein wenig unbegreiflich ist, wieso er ausgerechnet mich außer-gewöhnlich genug findet, um sich in mich zu verlieben.

Bei diesen Gedanken fahre ich auf. Er hat ja nie gesagt, er wäre bereit, das zu ändern. Er hat mir nur seine Gefühle ge-standen. Aber was genau bedeutet das für ihn?

»Du hast gesagt, du hättest dich in mich verliebt«, sage ich laut in die schläfrige Stille.

Ben und Fee fahren auf und mustern uns aufmerksam. Womöglich ist es nicht so ideal, das Thema vor Publikum zur Sprache zu bringen. Das fällt mir jetzt allerdings zu spät auf.

»Ja, das habe ich«, erwidert Brooks jedoch ernsthaft und stört sich nicht im Geringsten an unseren eindeutig interessierten Zuhörern. »Und es hat sich nichts geändert. Nicht an meinen Gefühlen. Es hat sich nur geändert, dass ich jetzt ein mittelloser Versager bin, der eventuell als obdachloser Säufer enden wird. Und wenn du nur einen Hauch von Verstand hast, ergreifst du die Flucht.«

Der Mangel an Humor in seiner Stimme zeigt, dass er sich in der Tat genauso enden sieht. Da liegt noch immer jede Menge Arbeit vor mir.

»Um deinen Plan B kümmern wir uns schon noch. Erstmal würde ich gerne unser Privatleben klären. Ich habe nämlich verdammt viel Verstand. Und ich ergreife nicht die Flucht. Bestimmt nicht aus diesem Grund.«

Er sieht mich traurig an.

»Ich bin auch in dich verliebt«, flüstere ich jetzt. »Und den ganzen Rest kriegen wir hin.« Das ist aber nicht mein Problem. »Aber ...« Wie bringe ich das Thema zur Sprache, das mir so sehr auf den Nägeln brennt? »Wegen anderen Frauen ...«

Brooks versteht mein Gestammel.

»Gib mir eine Chance. Ich kann treu sein. Ich wollte es nur bisher nie. Das ist jetzt anders.« Er schluckt. »Wenn dich meine ungewisse Zukunft nicht abschreckt, dann mach dir wegen dem anderen keine Sorgen. So etwas wird nicht passieren, ich schwöre es dir.«

Ich denke an den Abend im Nachtclub zurück.

Als wir draußen standen, noch mit dem Nachhall von Mimis Wutanfall. Und feststellten, man solle vorher klären, wie ernst die Sache ist und ob man sich treu ist oder nicht. Da hat er eingestanden, es in Zukunft besser machen zu wollen. Jetzt ist die Zukunft. Und ich finde, er macht es viel besser.

Fee applaudiert. Dann grinst sie.

»Und jetzt küsst ihr euch, und dann ist Schlafenszeit. Und morgen kümmern wir uns um Plan B und wie wir Brooks wieder zu einem Mann mit Zukunft machen. Mit einer tadellosen Zukunft, wohlgemerkt.«

Sie hat ihn Brooks genannt. Es fällt nicht nur mir auf.

»Ich wusste zwar schon immer, dass Jackson nur dein Nachname ist«, sagt sie entschuldigend zu Brooks, »aber deinen Vornamen kannte ich nie. Und unter den gegebenen Umständen finde ich es nicht mehr passend, dich mit Jackson anzusprechen.«

Brooks lächelt bei ihren Worten und wendet sich mir zu.

»Guter Plan?«

»Sehr guter Plan. Ach, und ...« Ich grinse ein wenig, obwohl ich noch immer geschockt von meiner mangelnden Selbstbeherrschung im Flugzeug bin. »ich denke, ich kann ebenfalls treu sein.«

Brooks rührt sich nicht, seine Augen dagegen ziehen mich auf diese berauschende Brooks-Art in seinen Bann. Diese grauen Augen, ich bin absolut willenlos, wenn er mich so fixiert. Und er bewegt sich kein Stück auf mich zu, nur seine Augen locken, locken mich näher und näher an seinen Mund heran.

Ich hauche meine Lippen vorsichtig gegen seine und atme dabei seinen Geruch ein. Er riecht nach wie vor nach der Rosenlotion, darunter liegt jedoch dieser eindeutige Brooks-geruch. Ich liebe es. Trotzdem bleibe ich vorsichtig, denn der Sonnenbrand in seinem Gesicht ist nicht weg.

Dann küsst er zurück, und es wird klar, dass er entweder keine großen Schmerzen hat oder es ihm egal ist.

»Schon gut, geht auf euer Zimmer«, kichert Fee.

»Ach, und wenn du das mit dem Treusein nicht hinbekommst, dann schlage ich dich zu Brei. Wie gehabt. Da hat sich nichts dran geändert«, knurrt Ben in Brooks' Richtung. Dann grinst er.

Ich verdrehe zwar die Augen, ehrlich gesagt finde ich es total lieb. Er meint, mich weiterhin beschützen zu müssen. In Brooks' Zimmer werde ich dann doch wieder verlegen.

»Was ziehst du denn normalerweise zum Schlafen an?«

»Nichts.«

»Also, nackt?«

»Hm.«

»Oh.«

»Ich lasse heute einfach das an, was ich trage. Das ist bequem genug.« Seine Augen glitzern, er hat Spaß, nur weil es mich verlegen macht. Mal wieder. Ich darf echt nicht vergessen, dass er völlig am Ende sein muss. Und keine brauchbaren Hände hat.

»Bleibst du wieder bei mir?«, flüstert er und jagt mir einen Schauer über den Rücken. »Einfach nur so, meine ich. Ich habe sexuell momentan leider überhaupt nichts zu bieten.«

Ich muss kichern.

»Ich bin mir sicher, du hast in jeder Lage extrem viel zu bieten. Aber ich denke, ich kann mich zurückhalten und mit deiner Nähe begnügen.«

Wir kuscheln uns nebeneinander ins Bett. Ich schließe die Augen und atme den Rosenduft ein. Und vor allem den Brooksgeruch, der von Minute zu Minute stärker wird. Ich höre seinen Atem ruhiger und schwerer werden.

Genauso soll es sein. Ganz nah, an dem Jungen, nach dem ich verrückt bin. Ich bin dermaßen glücklich.

kapitel 19

HANNAH

Und genauso glücklich wache ich wieder auf. Brooks schläft reglos, und eine Weile bin ich zufrieden damit, ihn zu betrachten. Ich mag den Ausdruck, den er im Schlaf im Gesicht hat. Sorgenfrei. Endlich mal.

In der Küche brummt leise der Kaffeeautomat. Das kann nur Fee sein. Vorsichtig schiebe ich mich aus dem Bett und schleiche zu ihr.

»Guten Morgen.«

Laut gähnend mache ich mir ebenfalls einen Kaffee.

»Du bist aber früh auf. Ich habe damit gerechnet, dass du nach dem ganzen Drama völlig erledigt bist und Minimum bis mittags schläfst.«

»Ja, sollte man meinen.«

Die beiden waren gestern echt zurückhaltend. Sie haben sich einfach um uns gekümmert, vor allem um Brooks' Wunden.

Jetzt jedoch muss ich beichten, dass ich nach meinem Geistesblitz, wo ich Brooks finden kann, allein losgelaufen bin, ohne auf Hilfe zu warten oder auch nur jemanden zu informieren. Jetzt muss ich zugeben, dass ich mich dabei verirrt habe und dann sogar auf einen ausgewachsenen Alligator gestoßen bin.

»Ich konnte es nicht ertragen, tatenlos wieder zu fahren. Und telefonieren kann man dort nicht«, versuche ich, meine leichtsinnige Aktion zu erklären.

»Ich bin fast wahnsinnig geworden, Hannah, als ich deine Nachricht bekommen habe.« Jetzt ist Fees Ton ernst. Ich weiß genau, wie sie sich gefühlt hat. Genauso wie ich, als Brooks wie ein Irrer aus dem Haus stürmte und spurlos verschwand. »Ich wusste doch noch nicht einmal, wo ihr bei eurem Ausflug in den Everglades wart. Ich hätte spätestens abends die Polizei gerufen. Der Suchtrupp hätte das ganze Gebiet durchkämmen müssen.«

»Ich weiß es ja, Fee. Jetzt. Ich hatte aber solche Angst, dass ich nicht mehr klar denken konnte.«

»Ich bin ein hirnloser Affe, ich habe es ja schon längst kapiert.« Brooks lehnt im Türrahmen. Er ist noch leicht verschlafen, aber glücklicherweise zeigt er wieder seine lässige Haltung. Obwohl er eine recht schuldbewusste Miene aufgesetzt hat.

Fee winkt ab.

»Mach dir nichts draus. Männer sind alle so, frag nicht, wie Ben drauf ist, wenn etwas schiefläuft. Ich hatte nur von Hannah mehr Verstand erwartet.«

Ja, auch daran erinnere ich mich. Ben ist in der Trennungszeit völlig aus dem Ruder gelaufen.

Ich deute auf den freien Stuhl.

»Setz dich, ich mache dir was zu essen. Und Kaffee? Wie geht es deinen Händen?«

Wir betrachten alle drei ausgiebig die Handinnenflächen. Sie sind nach wie vor absolut grausam zugerichtet, eine Entzündung ist jedoch nicht zu erkennen.

»Du hast mehr Glück als Verstand«, kommentiert Fee mitleidslos wie üblich. »Lass dich trotzdem von Hannah füttern, damit das nicht erneut aufplatzt.«

Nach dem Frühstück sacken Brooks' Schultern wieder hinunter, und er schaut verloren aus dem Fenster.

»Ich weiß, dass ich euch nicht auf der Tasche liegen kann. Ich verschwinde, sobald es geht«, sagt er zu Fee.

Sie guckt finster und verdreht die Augen.

»Hannah hat schon erzählt, wie jämmerlich du drauf bist. Sind wir nun Freunde oder nicht? Glaubst du wirklich, wir lassen dich zu diesem Zeitpunkt gehen? Ausgerechnet jetzt?«

Er blickt sie zweifelnd an. Holt Luft, schüttelt den Kopf und weiß eindeutig nicht, was er sagen soll.

Fee schlägt die Hände zusammen. »Echt, Brooks, entspann dich. Ich habe mit meinem Job mehr Geld verdient, als ich für mein restliches Leben brauche. Und mich entschieden, aus Langeweile ein zweites Jahr dranzuhängen.« Sie verzieht das Gesicht, als sie mich dabei ansieht. »Du liegst uns also nicht auf der Tasche, und genug Platz haben wir ebenfalls. Komm einfach zur Ruhe, und nimm dir die Zeit, darüber nachzudenken, was du jetzt machst. Du bist hier willkommen, egal, wie lange es dauert.«

Brooks schließt die Augen, trotzdem ist zu erkennen, wie er mit den Tränen kämpft. Ich verstehe nicht, warum ihn das so überwältigt. Ist es nicht selbstverständlich, dass Freunde zueinanderhalten? In einer Krisensituation doch erst recht.

»Danke.«

Seine Stimme ist rau.

Fee ist das ebenfalls zu viel Gefühl. Sie schlägt energisch mit der Hand auf den Tisch.

»Ich habe eine Idee. Hannah, deine Rundreise beginnt doch heute.«

Oh ja, das. Ich wollte mit Julius für eine Woche mit einem Mietwagen durch Florida fahren. Der Wagen ist schon reserviert, die Hotels gebucht. Ich habe mich so darauf gefreut, denn bisher habe ich kaum etwas von der Welt gesehen, und man sollte wohl kaum um die halbe Weltkugel fliegen und dann nur an einem Ort bleiben.

Auch wenn der Ort traumhaften Strand, wilde Natur und amerikanische Großstadt in einem bietet.

»Es ist alles schon bezahlt. Nehmt euch die Woche, seht euch um, genießt die Zeit und lernt euch besser kennen. Und dann sehen wir weiter.«

Meine Augen blitzen. Sieben Tage allein mit Brooks. Unterwegs auf der Straße, nachts in einem Hotel. Das ist herrlich romantisch.

»Sollte Julius nicht besser die Reise machen?«, wende ich dann widerstrebend ein, denn immerhin war ihm dieser Urlaub so wichtig, dass er nicht bereit war, mit mir über meine Gefühle zu reden. »Er ist ja aus genau diesem Grund hier.«

»Du hast noch immer ein schlechtes Gewissen.« Fee verdreht genervt die Augen. »Meiner Meinung nach völlig unnötig. Aber erstens hat Julius sich seit seinem Abgang nicht mehr gemeldet und keiner weiß, wo er ist, und zweitens habe ich die Reise bezahlt und möchte, dass du sie machst.«

Brooks macht inzwischen wieder dieses Ich-habe-kein-Geld-Gesicht und überzeugt mich damit mehr als Fees Worte.

»Es ist schon bezahlt und Fee möchte, dass ich die Reise mache«, sage ich also entschlossen. Finster gucken kann ich ebenfalls. »Du kannst mich wohl kaum allein fahren lassen.«

Mein grimmiger Blick hat bei Brooks die übliche Wirkung. Er lacht mich aus. »Na gut, Hannah. Dann bin ich dabei.«

»Ich muss packen«, sage ich schnell, ehe er es sich wieder anders überlegen kann, und renne auf mein Zimmer. Eilig lege ich all meine Klamotten in den Koffer.

»Du willst allen Ernstes dieses Ungetüm mitschleppen?«

Brooks ist mir gefolgt und beobachtet mich jetzt halb amüsiert, halb geschockt.

»Ich habe keine andere Tasche dabei. Und ich weiß nicht, was ich unterwegs brauche.«

»Wenn es nach mir geht, brauchst du nichts, Hannah. Ich habe dich kein einziges Mal nackt gesehen und würde das gerne ändern.«

Seine Stimme jagt mir einen Schauer über den Körper, dunkel, verführerisch. Wenn schon allein seine Stimme so eine Wirkung auf mich hat, ist es doch kein Wunder, dass ich seinen Berührungen nichts entgegenzusetzen habe.

»Du hast gerade aber sexuell nichts zu bieten«, antworte ich und rette mich mit seinen eigenen Worten. Ansehen kann ihn dabei aber nicht. Stattdessen werfe ich eine lange Hose in den Koffer, die einzige, die ich vor Ort habe.

»Diese Hose brauchst du definitiv nicht, nicht, wenn wir in Florida bleiben.« Ich kann hören, dass er näher kommt. Und als er dann mit seinem Mund an meinem Nacken entlangfährt, bewege ich mich gar nicht mehr. »Und ich denke, ich habe möglicherweise doch wieder etwas zu bieten.«

Er hat mein Ohr erreicht. Schon im Flugzeug hat sich herausgestellt, dass genau das die eine Körperstelle ist, die mich absolut willenlos macht. Ich schließe die Augen und lehne mich gegen ihn.

»Deine Hände tun noch weh«, sage ich leise und widerwillig, nachdem seine Lippen eine heiße Spur auf mir hinterlassen haben.

»Ich habe nicht vor, meine Hände zu benutzen.«

Oh.

»Es sei denn«, jetzt höre ich das Lächeln in seiner Stimme. »ich muss dich persönlich ausziehen. Aber das könntest ja du übernehmen. Um mir die Schmerzen zu ersparen.«

Schnell drehe ich mich um und schlinge meine Arme um ihn. Meine Hände fahren ungeduldig unter sein Shirt und wollen überall zugleich sein, dabei küsse ich ihn wieder so ungestüm wie im Sumpf. Möglich, dass ich ihn von seiner Forderung ablenken will, denn ich nackt und er angezogen ist ein Zustand, der mich verunsichern würde. Ich zerre an seinem T-Shirt, während ich ungeschickt versuche, es ihm auszuziehen. Brooks lacht leise und hebt dann die Arme. Sein Oberkörper sieht besser aus, der Sonnenbrand ist verschwunden und die Mückenstiche fast weg. Andächtig fahre ich über seinen Bauch, er ist perfekt, zum ersten Mal berühre ich ein echtes Sixpack und muss zugeben, dass es mich unglaublich anmacht.

Meine Lippen liegen an seinem Hals, und mit kleinen Küssen wandere ich seinen Körper hinab, denn ich will diese überwältigende Ansammlung von Muskeln nicht nur mit den Händen erkunden. Weit komme ich nicht. Brooks atmet inzwischen lauter, zieht meinen Kopf nachdrücklich wieder nach oben und küsst mich erneut intensiv und fordernd. Dann lässt er seine Zunge aus meinem Mund hinaus und meinen Hals entlangfahren. Mein Körper reagiert mal wieder instinktiv mit einer Hitze, die sich überall ausbreitet, und als er mein Shirt hochschiebt und tiefer sinkt, stöhne ich auf.

»Hannah, hilf mir«, flüstert er.

Ich ziehe das Shirt aus und dann zögernd den BH. Brooks sinkt langsam in die Knie, küsst sich von meinen Brüsten zu meinem Bauchnabel, und ich kann den Blick nicht mehr von ihm abwenden.

»Wie bekomme ich dich aus dieser Hose?«, murmelt er.

»Ich hasse es, so hilflos zu sein.«

Ich knöpfe meine Hose auf und kann es selber nicht fassen, dass ich mich vor seinen Augen ausziehe. Aber mein Körper kribbelt inzwischen vom Kopf bis zu den Füßen, und alles in mir schreit nach mehr, danach mich an ihn zu pressen und seinen Kopf zwischen meine Beine zu schieben. So etwas habe ich noch nie getan, noch nicht einmal in Gedanken, aber bei Brooks werde ich leidenschaftlicher, als ich es mir je hätte vorstellen können. Meine Hose ist weg. Ich gehe auf die Zehenspitzen, damit er endlich mit seinem Mund dahin kommt, wo ich ihn haben will, und er grinst zu mir hoch. Dieses Grinsen. Frech. Und gleichzeitig so sinnlich, so erregend sexy.

Er fährt mit seiner Zunge erst am Rand meines Slips entlang, den Blick weiterhin auf mein Gesicht gerichtet, dann langsam, provozierend langsam tiefer, aber nach wie vor über dem Stoff. Ich höre, wie laut ich werde, wie heftig ich stöhne und mich an ihn presse, und ein winziger Teil in mir wundert sich immer mehr über mich. Hannah, die zurückhaltende, etwas verklemmte Hannah Schulz, verliert all ihre Hemmungen. Ich nehme Brooks' Kopf und schiebe ihn nachdrücklich so, dass seine Lippen auf meiner Klitoris landen. Ich wusste gar nicht, dass ich so ungeduldig sein kann, so rücksichtslos, so fordernd. Aber mein Körper schreit inzwischen nach dieser Berührung, und Brooks hat etwas an sich, das mich zu einem schamlosen Mädchen macht, so dass ich mich einfach so fallen lasse, ohne Bedenken, was er danach bloß von mir hält. Im Flugzeug habe ich zwar ebenfalls so heftig auf ihn reagiert, aber eben alles nur geschehen lassen. Jetzt und hier fordere ich ihn zügellos, und wie gewünscht, spielt er gekonnt an der richtigen Stelle, und wir sind nur durch diesen dünnen Stoff getrennt.

Während ich immer heftiger atme und mich kaum noch auf den Beinen halten kann, schiebt Brooks mich zum Bett. Ich schlinge meine Beine um ihn und kralle mich an ihm fest, denn ich will ihn in mir spüren, aber er wandert mit seinem Mund sofort wieder meinen Körper hinab, zieht endlich meinen Slip aus und macht da weiter, wo er eben aufgehört hat. Der Teil von mir, der sich über mich wunderte, schaltet sich ab, und ich bin nur noch ein völlig entzückter Körper, denn Brooks schafft es, mit seinen Lippen überall gleichzeitig zu sein, bis ich mich aufbäume und wahre Wellen über mir zusammenschlagen.

Danach liegt er neben mir und betrachtet mich zufrieden und breit grinsend. Ich ringe noch immer nach Atem und kann mir ebenfalls das Grinsen nicht verkneifen.

Gelöst drehe ich mich auf die Seite und sauge Brooks' Anblick in mich auf. Seine Hose ist noch an Ort und Stelle, während ich nackt vor ihm liege. Trotzdem ist es mir nicht unangenehm, nicht mit Brooks' anerkennendem Blick auf mir.

Meine Hände wandern gemächlich über diesen sexy Oberkörper und diesen faszinierenden Bauch zum Bund seiner Hose. Schon allein das macht mich wieder an. Meine Bedenken, ob ich mit meinen überaus erfahrenen Vorgängerinnen mithalten kann, schiebe ich rigoros zur Seite. Mein Vertrauen in Brooks ist inzwischen groß genug, alles zu wagen. Auch einen Blowjob, obwohl ich da alles andere als ein Profi bin.

Aber er hält meine Hände fest und schüttelt den Kopf.

»Das war jetzt schon irgendwie unfair«, protestiere ich.

»Was ist denn mit dir? Ich möchte mich revanchieren.«

Er blickt mir tief in die Augen.

»Ich dachte, ich lasse mal meinen Schwanz in der Hose.«

Ich lache ungläubig auf.

Ausgerechnet jetzt muss er einen auf Asket machen, jetzt, wo ich unbedingt mehr will.

»Also, manchmal weiß ich echt nicht, wo du deine deutsche Ausdrucksweise her hast. Ich glaube, ich muss mal ein ernstes Wort mit deinen Großeltern in Aachen wechseln.«

Brooks grinst. »Ausnahmsweise sind sie unschuldig. Den Ausdruck habe ich von Ben.«

»Oh, hat er dir das so gesagt?«

Ein wenig verlegen nickt er. »Als wir beide in die Everglades fuhren. Wenn ich nicht meinen Schwanz in der Hose lasse, sagte er, schlägt er mich krankenhausreif.«

Ich pruste los. Ist das sein Ernst?

»Gilt das noch immer?«

Er schüttelt den Kopf. »Ich glaube nicht.«

»Und wem willst du jetzt was beweisen?«

»Dir.«

Unwillig runzle ich die Stirn.

»Ich möchte dir beweisen, dass ich nicht nur auf Sex aus bin. Nicht mit dir.«

»Das hast du mir schon bewiesen.«

»Noch nicht genug, Hannah.«

Ich denke, ich könnte ihn trotzdem verführen. Was er gemacht hat, muss eine Wirkung auf ihn gehabt haben. Er hat diesen Blick, der nach Sex aussieht. Ich liege mustere ihn noch genauer. Meine Augen wandern von seinem Gesicht abwärts, meine Hand liegt noch immer auf seinem Oberkörper, und ich kann sein Verlangen deutlich erkennen. Er sieht mir an, was ich denke.

»Tu es nicht. Bitte.« Er flüstert fast.

»Wenn ich es aber doch will. Ich will dich.«

»Gib mir eine Chance. Lass mich dir beweisen, dass ich auch anders bin, sein kann. Lass mich bitte wenigstens ein bisschen meine Selbstachtung bewahren.«

Es ist eine verrückte Logik. Aber dann beschließe ich schweren Herzens, ihn das durchziehen zu lassen, zumindest eine kleine Weile.

»Du hast Schonfrist bis heute Abend.«

kapitel 20

JACKSON

»Hannah, das war die herrlichste Woche meines Lebens.«
Wir sind auf dem Rückweg, kurz vor Miami. Ich fahre, und der Fahrtwind weht wieder wie wild Hannahs Haare durch das Auto.
»Hast du noch nie Urlaub gemacht?«, fragt sie erstaunt.
»Klar, hab ich das. Ich hab schon die ganze Welt gesehen, fast. Aber nicht mit dir. Und nicht mit deinen Augen.«
Hannahs Augen sind anders. Wir waren im Burgerhaus, statt im teuersten Restaurant der Stadt. Wir haben mit einem Bier am Strand gesessen, anstatt durch die Bars und Clubs zu ziehen. Wir sind häufig zu Fuß gegangen, um so viel wie möglich hautnah zu erleben.

Mir ist schon an diesem Abend im Club aufgefallen, wie geschockt sie über die dortigen Preise war. Es hat mich unbeschreiblich berührt, dass sie den Drink nicht haben wollte, weil er zu teuer war. Bis dahin interessierten sich Frauen nur dafür, dass ich möglichst viel Geld für sie ausgab. Es fing mit dem Getränk an und endete im Idealfall beim Schmuck.

»Dank dir habe ich endlich kapiert, dass man nicht unendlich viel Geld braucht, um glücklich zu sein. Sorgen deswegen habe ich aber noch immer. Ich bin es gewohnt, alles zu haben, was man mit Geld kaufen kann, und jetzt habe ich gar nichts mehr.«

Sobald ich einen materiellen Wunsch hatte, wurde er erfüllt. Außerdem war ich schon immer der beliebteste Junge. Ich war es an der Highschool. Erfolgreicher Sportler, gut aussehend, reich. Ich konnte jedes Mädchen haben. Und ich fürchte, ich habe auch jedes gehabt.

Am College ging es dann so weiter. Das dickste Auto, ein immer gefülltes Konto, jede Frau, die mir auffiel. Ein Leben auf der Überholspur.

»Es fällt mir schwer, zu akzeptieren, dass diese Woche vorbei ist. Unsere Woche.«

Hannah wird in drei Tagen abreisen.

»Dafür beginnt eine neue Woche«, antwortet sie entschlossen. »Eine neue Woche, die du selber in der Hand hast und in der du entscheiden kannst, was mit deinem Leben geschieht. Du und nicht dein Vater.«

Hannah versteht das Verhältnis zwischen meinem Vater und mir nicht, aber ich habe bisher nicht allzu enthusiastisch versucht, es zu erklären.

»Meinem Vater gelingt alles. Er ist erfolgreich, hat sein Geld selber verdient. Du weißt ja, dass mein Onkel Führungen in den Everglades macht, meinem Vater dagegen war das nicht genug. Er wollte richtig reich werden. Und das hat er geschafft.«

Obwohl ich auf die Straße sehe, bemerke ich aus den Augenwinkeln, wie Hannah mich mustert. Ich spreche ungern darüber, und man hört es mir sicherlich an.

»Er hat sein Studium erfolgreich durchgezogen, die Firma gegründet und begonnen, haufenweise Geld zu scheffeln. Dann hat er die schönste Frau geheiratet, die er finden konnte, und mit ihr den Thronerben bekommen. Nur leider hat sich dann im Laufe der Jahre herausgestellt, dass der Nachfolger nicht ansatzweise an das Original heranreicht.«

Ich höre meiner Stimme an, wie verzweifelt ich klinge. Warum bin ich nicht in der Lage, es einfach so zu sagen, wie es ist? Völlig emotionslos.

Ich spüre Hannahs Hand auf dem Oberschenkel.

»Ich bin heilfroh, dass du nicht so bist wie dein Vater.«

»Das ist nett, aber ich meine damit ja nicht, dass ich mich weiterhin wie ein Arschloch benehmen möchte. Ich habe mich nur noch nie gegen ihn aufgelehnt, das macht niemand mit Thomas Jackson. Niemand, der es danach nicht bereut.«

»Hattest du nie eine rebellische Phase? In der du partout das Gegenteil von dem machen wolltest, was deine Eltern dir sagten? In der du widersprochen und absichtlich Mist gebaut hast? All das, was sie hassten?«

Hannahs Blick ruht fragend und leicht erstaunt auf mir.

»Nein.« Ich lache laut auf. »Mein Vater hätte das nie zugelassen. Wenn ich nicht gespurt habe, hat er mich grün und blau geschlagen.«

Jetzt höre ich einen kleinen erschrockenen Ton von ihr.

Ich habe mich längst an diese Behandlung gewöhnt.

Außerdem habe ich oft genug gedacht, ich hätte es verdient.

Hannahs Hand liegt noch immer auf meinem Oberschenkel, aber nicht mehr locker und leicht, sondern angespannt jetzt, verkrampft.

Ich will das Mitleid in ihrem Blick nicht sehen und starre geradeaus auf die Straße, die sich endlos und schnurgerade vor uns erstreckt.

Minutenlang hängt jeder von uns still seinen Gedanken nach. Irgendwann sieht Hannah mich doch wieder an.

»Und deine Mutter?«

Tja, meine Mutter. Alles in allem gibt es da nur eine einzige Sache, die ich zu meiner Mutter sagen kann.

»Säuft.«

Das klingt hart, und Hannahs Gesichtsausdruck spricht Bände. Zwangsläufig hat sie die Trauer in meiner Stimme gehört. Denn seit ewigen Jahren habe ich keine Mutter mehr, die diese Rolle auch nur ansatzweise ausfüllt.

Früher war es mal anders. Hin und wieder blitzen Erinnerungen auf. An eine Mutter, die singt, die mich durch die Luft wirbelt, die mit mir backt. Irgendwann wurden diese glücklichen Phasen dann weniger, und als der Alkohol sie endgültig im Griff hatte, hat sie damit aufgehört.

Kurz denke ich an meinen eigenen Umgang mit Alkohol. Der ist jetzt auch nicht so berauschend, denn ich spüle es ebenfalls ganz gerne weg, wenn ich mich mies fühle. Und mit meiner genetischen Disposition sollte ich das zweifelsohne nicht tun. Mit Hannah habe ich dagegen die ganze Woche nichts getrunken und keinen einzigen Gedanken daran verschwendet.

»Dann ist dein Vater zu ihr genauso grässlich?«

Oh, ja, eindeutig. Er hat sie geheiratet, weil sie aussah wie eine Göttin. Auf den Hochzeitsfotos sieht man eine Frau, die locker als Model hätte berühmt werden können.

Viel ist davon nicht übrig geblieben.

Wenn er sie zwingt, die Gastgeberin zu spielen, muss sie sich stundenlang schminken, um die Folgen ihres Alkoholmissbrauchs zu übertönen. Nur ihre Haltung ist noch da, wie auch immer sie das hinbekommt.

»Er betrügt sie ständig. Überall, mit jeder gut aussehenden Frau, die ihm über den Weg läuft. In der Öffentlichkeit. Wenn er eingeladen wird, bringt er immer andere Begleitungen mit. Ich hätte dich nie mit ihm allein lassen dürfen.«

»Warum bleibt sie dann bei ihm?«

»Wo soll sie hin? Sie hat nichts anderes. Sie hat ihr Studium abgebrochen, als sie geheiratet haben, und ihre Eltern wohnen in Aachen. Kein eigenes Geld, keine Ausbildung, keine Zukunft, genau wie ich.«

Hannah schnaubt genervt.

»Es gibt immer eine Alternative. Ich habe sie kennengelernt, sie ist so nett.«

Ja, womit wir wieder beim Thema wären. Meine Alternative, der nicht existierende Plan B.

»Ich weiß ebenfalls keine. Und Nettsein bietet keine Zukunft.«

»Wolltest du genau das? Das Studium beenden und die Firma deines Vaters übernehmen?« Hannahs Stimme verrät ihre Skepsis. Wenn sie es so sagt, klingt es nicht so verlockend. Ich habe es nur nie in Frage gestellt.

»Das sollte ich. Und wenn möglich, nach dem Studium erst ein paar Jahre in der NFL den Namen Jackson berühmt machen. Mein Vater ist zwar steinreich, aber eben nur eine Lokalberühmtheit.«

Hannah zieht die Augenbrauen hoch.

»Und du bleibst dabei auf der Strecke. Ich finde, du hast Glück, dass das alles jetzt so nicht mehr klappen kann. Endlich hast du die Chance herauszufinden, was du wirklich willst.«

»Und wie macht man das?«

»Na ja, normalerweise denkt man darüber ja schon früher nach. Ich wusste schon immer, dass ich mit Kindern arbeiten will.«

»Aha, ich bin mir sicher, dass ich das nicht will. Also, nichts gegen Kinder. So gegen eigene, meine ich. Also, nicht jetzt, logisch. Irgendwann.« Ich werfe ihr einen verwirrten Blick zu. Unsere Beziehung ist so frisch. Und ich beginne mit einer Diskussion über Kinderwunsch.

Aber Hannah lacht nur. Und sieht mich warm an.

»Und wie ist das mit Erwachsenen? Willst du mit anderen Menschen zu tun haben oder lieber für dich allein arbeiten?«

Auch über diese Frage habe ich nie nachgedacht. Ich zucke die Schultern.

»Und was war dein Lieblingsfach in der Schule? Das liefert ebenso Anhaltspunkte.«

»Sport.«

»Sonst nichts?«

»Nein, alles andere habe ich gehasst.«

»Na gut, in deinem Fall wenig Anhaltspunkte.«

Ich bin ein hoffnungsloser Fall. Finde ich selber, Hannah klingt nach wie vor unbesorgt und optimistisch.

»Arbeitest du gern mit Computern? Bist du gut organisiert? Bist du kreativ? Was kannst du gar nicht?«

Die Fragen prasseln auf mich ein und verwirren mich noch mehr. Das hat alles nichts mit mir zu tun. Nicht mit meiner Zukunft.

»Ich glaube, du solltest mit Menschen zusammenarbeiten. Du kommst gut mit anderen klar. Du kannst gut reden. Du kannst andere überzeugen. Du bist selbstbewusst.«

Ich weiß nicht.

»Ich komme nicht mit allen klar, die Jungs aus meinem Team hassen mich.«

»Die haben die Situation gehasst. Das Geld deines Vaters. Das hatte kaum etwas mit dir zu tun, oder?«

Da ist was dran. In der Highschool war ich beliebt als Quarterback, nicht nur bei den Mädchen.

»Magst du eigentlich nur American Football? Oder auch andere Sportarten?«

»Ich mag fast alles. Ich habe immer viel Leichtathletik gemacht, Krafttraining, eben alles, was ich für meinen Sport brauche. Aber ich habe schon Basketball gespielt, Golf, Tennis. Alles Mögliche. Alles andere halt nicht so intensiv.«

»Dann studiere Sport.«

Darüber muss ich lachen.

»Ich kann doch nicht einfach mein Hobby studieren.«

»Wieso nicht?«

»Weil ich das liebe. Das kann doch kein ernsthafter Beruf werden.«

»Wenn du es liebst, solltest Du es genau deshalb. Das Wichtigste ist doch, etwas zu finden, was man für lange Zeit wirklich gerne machen möchte.«

Ich bin erstaunt. So habe ich das noch nie gesehen. Ein Beruf, der einem Spaß macht. Nicht arbeiten, um darin erfolgreich zu sein, möglichst viel Geld zu verdienen, bewundert zu werden. In diese Richtung habe ich noch nie gedacht. Noch nie denken dürfen.

Wir schweigen die restliche Fahrt über, und ich lasse Hannahs ungewohnte Idee auf mich wirken.

Wir biegen in die Einfahrt zu Fees Haus ein. Meine Hände sind die Woche über verheilt. Der Sonnenbrand ist weg, die Mückenstiche ebenfalls. Ich bin wieder der alte Jackson, äußerlich. Innen sieht es anders aus.

Der Gedanke, nicht mehr reich zu sein, ist verstörend. Noch immer. Denn ich habe mich in der Tat immer über das Geld definiert. Ich muss mich in mir drin erst einmal neu orientieren.

Wir werden auf der Terrasse erwartet. Und müssen dann bei Spaghetti Carbonara und kühlen Getränken berichten, wie unsere Reise war. Erwartungsgemäß muss ich meine wiederhergestellten Hände vorweisen, und Hannah wird mit Blicken von Fee bombardiert, die eindeutig fragen, was meine geheilten Hände so alles angestellt haben.

Irgendwann sieht Ben mich entschuldigend an.

»Wir müssen deinen Spind leerräumen, sagt der Trainer. Er wird langsam ungeduldig.«

»Könnt ihr den Kram nicht wegwerfen?« Ich möchte nicht zurück in die Umkleide.

»Wir haben keinen Schlüssel.«

Nur das Wissen, dass um die Zeit eh niemand mehr auf dem Trainingsgelände sein wird, bringt mich dazu, zu Ben ins Auto zu steigen.

Im Prinzip sollte ich den Mut haben, mich von allen zu verabschieden und zu sagen, wie sehr ich bedaure, so eine Niete gewesen zu sein. Schon allein bei der Vorstellung winde ich mich. Die wütenden, fast hasserfüllten Blicke nach dem letzten Spiel werde ich nie vergessen. Ich war grottenschlecht, und die Jungs sind so erfolgsfixiert, dass sie kein Versagen dulden. Es geht darum, sich für die NFL zu profilieren, und ich stellte das alles in Frage. Denn wenn der Quarterback scheiße spielt, sieht das komplette Team scheiße aus.

Es ist ein Schock wieder zurückzukommen. Der Geruch weckt Erinnerungen. Ich liebe diesen Sport wirklich, aber die Erinnerungen sind eben nicht durchweg positiv, denn ich habe hier nie das zeigen können, was erwartet wurde, egal, wie sehr ich mich bemüht habe. Und an keiner Stelle in meinem Leben hatte ich so absolut das Gefühl, ein Versager zu sein.

Ben spürt meine Stimmung. Er ist sensibler, als man bei so einem muskelbepacktem Riesen vermuten würde. Er klopft mir fast sanft auf die Schulter.

»Mach dir nichts draus. Du hast echt alles versucht, die Jungs wissen das auch. Du hast immer alles gegeben.«

Aber alles war nicht genug.

Mit hängenden Schultern räume ich meinen Spind leer. Allzu viel ist es eh nicht. Wechselklamotten, einige Eiweiß-shakes und Müsliriegel. Den Schlüssel lasse ich für den nächsten Spieler stecken. Hoffentlich hat mein Nachfolger mehr Glück als ich.

Dann werfe ich einen letzten Blick auf das Feld. Ich werde nie wieder aktiv an einem Spiel teilnehmen. Das ist schwer zu ertragen.

Die angespannte Erwartung kurz bevor es rausgeht. Das Adrenalin, das durch die Adern rauscht. Man kann von hier aus hören, wie das Publikum sich schon heiser schreit. Dann laufen die Cheerleader auf das Feld und dahinter folgen wir.

Nie wieder.

Nie wieder die Jungs vor dem Spielzug einweisen. Nie wieder die Euphorie, den Ball in die Hand gedrückt zube-kommen, um zu entscheiden, was damit geschieht. Nie wieder den Ball werfen und schon während des Fluges wissen, dass er genau da ankommt, wo er hin soll.

Ich lehne meinen Kopf an den Türrahmen und kämpfe mit den Emotionen.

Plötzlich höre ich schwere Schritte hinter mir. Ben muss mich nicht unbedingt erwischen, wie ich kurz vorm Heulen bin. Obwohl er so tun würde, als hätte er nichts gesehen. Trotzdem straffe ich meine Schultern und wende mich vom Spielfeld ab.

Es ist nicht Ben.

Es ist der Coach.

Minutenlang sehen wir uns nur in die Augen. Ich weiß, dass er mich nie als Quarterback haben wollte. Ich weiß, dass die Collegeleitung ihn extrem unter Druck gesetzt hat, mich spielen zu lassen, immer und immer wieder.

»Ich habe meine Sachen geholt«, erkläre ich in die angespannte Stille hinein.

Er nickt. Er war nie ein Mann großer Worte, es sei denn es geht um das Spiel. Um die Taktik, was wir anders machen sollen. Da kann er sehr gesprächig werden. Und sehr laut.

Und dann nehme ich doch meinen Mut zusammen.

»Ich muss mich entschuldigen. Carter ist tausendmal besser als ich. Ich hätte ihn spielen lassen sollen.«

»Wer spielt, ist immer noch die Entscheidung des Trainers«, knurrt er mich an.

»Tja, in meinem Fall war es das aber nicht. Ich wusste das, und ich hätte es ändern können.«

»Und dich gegen deinen Vater durchsetzen?« Er zieht die Augenbrauen in die Höhe.

Ist das so offensichtlich? Weiß denn jeder, dass ich schon immer unter der Fuchtel meines Vaters stand? Ich merke, wie mir die Hitze ins Gesicht steigt.

Der Coach seufzt.

»Er war oft genug bei mir. Jeder macht, was Jackson Senior will, Junge, das kannst du mir glauben. Es war nicht dein Fehler, sondern meiner.« Dann gibt er sich einen Ruck. »So schlecht bist du gar nicht. Dir fehlt nur die nötige Härte, um unter Druck weiter zu funktionieren. Aber du bist ein guter Athlet und hast immer hart trainiert.«

Er hält mir die Hand hin. Ein Friedensangebot. Ich schlage ein. Das hätte ich nie erwartet. Ich fühle mich nicht mehr in Schimpf und Schande weggejagt, sondern halbwegs respektiert.

Tief in Gedanken und sehr viel gefasster, als ich hergekommen bin, trete ich wieder vor die Tür. Inzwischen bin ich froh, dass ich hier war. Und Abschied genommen habe.

»Der Coach war da.«

Ich lasse mich auf den Beifahrersitz fallen.

»Ich habe es gesehen.«

»Wir haben geredet. Wahrscheinlich zum ersten Mal. Er hasst mich gar nicht.«

»Sag ich doch. Die Jungs übrigens auch nicht. Du hattest genauso wenig eine Wahl wie der Rest.«

Gut zu wissen.

Auch wenn ich ihnen trotzdem nicht noch unter die Augen treten muss. Das letzte Spiel haben Hannah und ich verpasst, da wir unterwegs waren, und ich bezweifle, ob ich es mir von der Tribüne aus hätte ansehen können.

»Wie macht Carter sich?«

Ich weiß, dass er talentiert ist. Allerdings fehlt ihm die Spielpraxis.

»Lief ganz okay. Carter wird sich reinfinden.«

Das nächste Spiel ist morgen. Hannah würde es vermutlich gerne sehen.

Als wir zurückkommen, hat Hannah geduscht und sich umgezogen. Es fällt mir auf der Stelle auf, denn sie trägt einen Rock. Den Rock. Diesen Rock, den sie im Flugzeug trug, und an den ich so intensive Erinnerungen habe.

kapitel 21

HANNAH

Brooks' Gesicht ist alles wert.

Eben habe ich diesen Rock im Schrank gefunden, während ich überlegte, ob es sich noch lohnt, den Koffer wieder auszupacken. Er lag ganz hinten in einer dunklen Ecke. Und er passt noch immer perfekt zum Wetter in Florida. Leider macht er mich darauf aufmerksam, dass sich mein Urlaub dem Ende zuneigt. Das Thema habe ich bisher außen vor gelassen. Noch drei Tage, und mein Flieger in die nasse, graue Heimat wartet auf mich. Die deutsche Heimat, die sich mittlerweile gar nicht mehr wie Zuhause anfühlt, sondern wie ein Gefängnis tausende Kilometer weit entfernt von Brooks.

Offensichtlich bin ich verrückt. Es war immer klar, dass das mit uns nur eine Episode ist, denn ich kann nicht alle Zelte in Köln abbrechen und hierherziehen. Ich kann noch nicht einmal meine Heimreise hinauszögern, da ich direkt im Anschluss ein wichtiges Praktikum in einer Grundschule absolvieren werde.

Auf das ich mich ursprünglich freute.

Wir haben uns die ganze Zeit auf Brooks' Zukunft konzentriert. Und dabei aus den Augen verloren, dass wir beide keine gemeinsame Zukunft haben. Das wird mir jetzt mit einem Mal schmerzlich bewusst.

Nach dieser Reise noch viel mehr. Von Tag zu Tag habe ich mich mehr in ihn verliebt. Mehr als gut für mich ist. Ich werde für all das Glück bluten müssen. Unglaublich bluten. Dann reiße ich mich zusammen. Natürlich kann ich jetzt schon im Selbstmitleid versinken. Und damit die letzten Tage, die wir haben, ruinieren. Besser, es erstmal zu vergessen, diese Zeit in vollen Zügen zu genießen und erst zu leiden, wenn es vorbei ist.

Das muss ich schaffen.

Also werfe ich ihm einen provozierenden Blick zu, drehe mich einmal mehr, damit der Rock fliegt und sich nach allen Seiten ausbreiten kann, und zwinkere ihm zu. Ich kann sehr viel frecher und aufreizender sein, als ich es mir früher jemals zugetraut hätte. Mit Brooks kann ich es.

Wie erwartet folgt er mir zur Zimmertür. Holt mich an der Tür ein und flüstert mit von hinten heiser ins Ohr: »Badezimmer?«

Oh, Badezimmer. Das Kribbeln in meinem Inneren verstärkt sich.

Leider hören wir in diesem Moment die Türklingel. Mehrmals.

Ich bin zwar bei Fee und Ben zu Hause nicht für die Türklingel zuständig, die Vorstellung, es im Badezimmer zu treiben, während direkt nebenan ein Besucher ankommt, ist aber nicht so mein Ding.

Brooks stört es nicht ansatzweise, er küsst hingebungsvoll meinen Hals.

»Es hat geklingelt«, versuche ich ihn zu bremsen.

»Und? Erwartest du jemanden?« Jetzt wandert seine Hand an meinem Bein hinauf und schiebt dabei den Rock hoch. Das kenne ich so schon aus dem Flieger, und ich stehe noch immer genauso drauf.

Wir befinden uns nach wie vor im Flur.

»Ich erwarte etwas mehr Intimsphäre, wenn ich Sex habe.«
Ich ziehe an meinem Rock. Es wäre mir angenehm, dass er
wieder an Ort und Stelle sitzt, wenn wir erwischt werden.
»Intimsphäre wird überbewertet.« Ich höre das Lachen in
Brooks Stimme. Aber dass er selber nicht allzu viel Wert auf
Intimsphäre legt, war mir ja eh schon klar.

Es klingelt erneut, und jetzt kann ich Fees Schritte auf der
Treppe vernehmen.

»Lasst euch nicht stören«, grinst sie, als sie an uns vorbei-
geht.

Mein Rock kann nicht dort sein, wo er hingehört, nicht mit
Brooks' Hand an meinem Hintern. Nicht mit dem wissenden
Grinsen im Gesicht meiner Freundin. Mein Kopf wird vor
Verlegenheit heiß, obwohl es nur Fee ist, die meinen ent-
blößten Po gesehen hat. Brooks grinst zufrieden.

Fee wirft einen Blick durch den Türspion und seufzt dann
laut auf.

»Tut mir leid, ich muss euer Vorspiel doch unterbrechen.
Entweder das oder ich hetze Ben auf ihn. Ben kann ganz
schön abschreckend sein.«

Entschlossen schiebe ich Brooks' Hand von meinem Körper und bringe den Rock wieder in Position.

»Du bist unartig«, sage ich leise zu Brooks, während sich
in meinem Kopf Fees Worte nur langsam zu etwas Sinn-
vollem zusammenfügen.

Es ist leider nichts Gutes, egal, wie ich es drehe und wende.

»Schick Ben«, entscheidet Brooks, der genau denselben
Schluss gezogen hat wie ich.

»Auf keinen Fall. Ich kann Ben doch nicht die Drecksarbeit machen lassen.«

Habe ich gerade meinen Ex-Freund als Drecksarbeit be-
zeichnet? Diese blöde Wortwahl hilft nicht dabei, meine
Gesichtsfarbe wieder auf Normalton zu bringen.

Entschlossen trete ich zu Fee an die Tür und öffne sie.

Ja, es ist Julius.

Er hat die Hände in den Hosentaschen vergraben und steht im Kies der Auffahrt.

»Hi.«

»Hi«, erwidere ich.

Leider fällt meine rote Miene auf, Julius mustert mich verwirrt. Dann wandert sein Blick zu meinem Rock, und ich frage mich entsetzt, ob er wirklich wieder Beine und Hintern bedeckt.

Sagen tut er nichts.

Mir fehlen ebenso die Worte, ich habe ihm momentan einfach nichts zu sagen. Dazu hänge ich noch immer viel zu sehr in einer verwirrenden Schleife aus Schuldgefühlen, Scham und Empörung über seine Kommentare und seine Meinung über mich fest.

Trotzdem gehe ich ein paar Schritte auf ihn zu, weg von der Tür und den lauernden Blicken und Ohren meiner Freunde.

»Und was hast du die Woche über so gemacht?«, quäle ich mir heraus, als sich das Schweigen in die Länge zieht. Dabei hasse ich unechte Floskeln und geheucheltes Interesse.

»Am Strand gelegen. Mich erholt. Etwas Sightseeing gemacht.«

Tja.

»Ja. Gut. Miami ist schon toll.«

Nach mir fragt er nicht. Ehrlich gesagt bin ich froh darüber, eine Antwort wäre mir nämlich im Hals stecken geblieben.

»Ich wollte noch einmal mit dir reden«, sagt Julius dann langsam. Da hat er schon recht. So wie es mit uns gelaufen ist, sollte es nicht enden. Und obwohl er nach wie vor nicht weiß, dass ich ihn betrogen habe, habe ich unverändert das Bedürfnis, mich dafür zu entschuldigen.

»Ich habe wahrscheinlich überreagiert und dich etwas überfahren.« Julius streift sich mit der Hand durch die Haare. Das macht er immer, wenn er in eine unangenehme Situation gerät. »Da kam einfach zu viel zusammen. Der Stress der letzten Wochen, der dämliche Typ und dazu noch der Jetlag. Und mit Fee und Ben bin ich auch noch nie besonders gut klargekommen. Die sind einfach nicht auf meiner Wellenlänge.«

»Ich weiß«, erwidere ich. Das hat er schon einige Male durchklingen lassen. Bisher habe ich immer dazu geschwiegen.

»Aber jetzt hattest du ja Gelegenheit, darüber nachzudenken. Wie scheiße das alles war. Wie scheiße die zu mir waren.«

An dem Tag war alles scheiße. Wem genau ich dafür die Schuld geben soll, ist mir nicht so klar. Wahrscheinlich uns allen. Und vor allem mir.

»Fee und Ben haben nur versucht, etwas Ruhe reinzubringen«, verteidige ich meine Freunde.

»Der Typ hat mich angegriffen und verletzt und die haben ihn in Schutz genommen. Das kannst du nicht richtig finden. Ich habe geblutet.«

Brooks' Aktion finde ich definitiv nicht richtig, es war übertrieben und gewalttätig, Julius so anzugehen. So dramatisch, wie Julius es darstellt, war es jedoch auch nicht, denn Brooks hat ihn nicht verletzt, sondern nur grob an die Wand gedrängt.

»Pack deine Sachen zusammen, Hannah, und komm mit. Lass dich nicht länger von dem Schönling befummeln. Der will dir nur an die Wäsche, und dann lässt er dich fallen.«

»Genau, weil ich ja nicht annähernd toll genug bin für einen Typen wie ihn. Das hattest du mir schon deutlich gemacht«, zische ich ihn an, und auf der Stelle bin ich wieder genauso sauer und geschockt, wie an dem Tag, als Julius mir das so um die Ohren pfefferte.

Julius bemerkt nichts von meiner Reaktion und mir fällt auf, dass er mir und meinen Gefühlen gegenüber nie sonderlich aufmerksam war.

»Ich weiß doch, wie es läuft. Solche Typen gibt es genauso bei uns. Du wirst der One-Night-Stand, und dann ist es vorbei.«

»Er war eh schon an meiner Wäsche und ist nach wie vor da«, motze ich ihn jetzt an. Ich muss mich nicht weiter beleidigen lassen. Oder Brooks beleidigen. Ich bin mir nicht klar darüber, wen er eigentlich mehr beleidigt.

Das hat er nicht erwartet. Er läuft vor Ärger rot an und macht einen Schritt auf mich zu.

Aus den Augenwinkeln bemerke ich, dass nicht nur Brooks und Fee an der Haustür stehen und uns beobachten, Ben ist inzwischen dazugekommen.

»Hast du dich direkt von ihm ficken lassen?«, giftet Julius mich an, und das verschlägt mir kurz die Sprache. Das ist nicht der Julius, den ich kenne. So würde der nie sprechen. Nicht mit mir und überhaupt nie.

Und dann kommt die Wut hoch.

»Ja, genau, schon im Flieger«, fauche ich ihn an. Wut ist kein guter Berater. Das hätte ich nicht sagen sollen, beim besten Willen nicht, aber mein Verstand hat komplett ausgesetzt und meine Zunge die Kontrolle übernommen.

Er schlägt mir mit der flachen Hand mitten ins Gesicht. Es brennt höllisch, und vor Schreck schreie ich auf und berühre die schmerzende Stelle. Mich hat noch nie jemand geschlagen.

Fassungslos starre ich Julius an.

Aber es sind nur Sekunden, denn dann liegt er auf dem Boden. Brooks obendrauf, der ihn mit der Faust mitten ins Gesicht schlägt.

»Man schlägt keine Frauen«, knurrt er dabei.

»Man schlägt auch keine Männer.« Nach einer kurzen Schrecksekunde versuche ich verzweifelt, Brooks von Julius wegzuziehen, denn er sitzt auf dessen Oberkörper und ist zum nächsten Schlag bereit. Es ist hoffnungslos, denn Brooks reagiert nicht auf mich, und ich bin viel zu schwach, um ihn aufhalten zu können.

»Entschuldige dich bei Hannah.« Brooks hält weiterhin drohend seine geballte Hand vor Julius Gesicht, der ist jedoch ebenfalls viel zu aufgebracht, um den nötigen Respekt zu haben.

»Auf keinen Fall, die hat mich betrogen. Selbst wenn sie sich entschuldigen würde, es ist so was von aus zwischen uns.«

»Hannah muss sich nicht entschuldigen. Du hast sie beleidigt. Du hast sie geschlagen. Entschuldige dich oder ich verprügle dich richtig.«

Das kann nicht gut enden. Julius ist nämlich verdammt stur, wenn er sich im Recht sieht. Und da ist ja durchaus was dran. Jetzt nachdem er erfahren hat, was im Flugzeug geschehen ist.

»Ben«, wende ich mich flehend an den Einzigen, der Brooks aktuell unter Kontrolle bringen kann. »Hol Brooks da weg, bevor was passiert.«

»Mache ich, wenn Julius sich entschuldigt hat. Echt, Hannah, er hat dich geschlagen. Das geht gar nicht.«

Er steht völlig gelassen neben uns und betrachtet, wie mein Freund meinen Ex-Freund bedroht. Bin ich denn die Einzige, die diese Situation absolut schrecklich findet?

»Und was habe ich von einer erzwungenen Entschuldigung? Die brauche ich nicht, Ben. Bitte!«

Ben kommt meiner Aufforderung jetzt doch nach, wenn auch nur langsam und widerwillig. Er greift Brooks von hinten an beiden Armen und zieht ihn mühelos hoch.

»Mann, was soll das. Hast du nicht gesehen, was der mit Hannah gemacht hat. Ist das für dich okay?«

»Ne, aber Hannah hat recht. Ihn zu Brei zu schlagen, ist keine Lösung.«

»Das sagt der Richtige.« Ben zuckt nur mit den Schultern.

Julius setzt sich langsam auf und betastet seine Nase.

»Julius, das tut mir leid. Das mit deiner Nase. Und die Sache im Flugzeug genauso. Das war echt daneben von mir und ich weiß wirklich überhaupt nicht …«

Langsam rappelt er sich vom Boden auf und stoppt mich mit einer Handbewegung.

»Spar dir den Scheiß. Das macht es nämlich nicht besser. Nichts davon. Das entschuldigt weder diesen Schläger noch dich selber. Du bist eine Schlampe.« Brooks knurrt und will sich erneut auf Julius stürzen. Ben ist überrascht und hat kurz Mühe, ihn festzuhalten.

»Hannah, meine Motivation, Brooks daran zu hindern, Julius fertigzumachen, ist gerade äußerst gering. Nenn mir bitte noch einmal den Grund, aus dem ich das mache.«

»Weil Gewalt keine Lösung ist«, antworte ich und bin eine Sekunde zwischen Ärger über Julius' Uneinsichtigkeit und Wortwahl und Belustigung über Bens Frage hin- und hergerissen. Aus den Augenwinkeln sehe ich Fee ebenfalls grinsen. Dann aber überkommt mich erneute Scham über das Theater, das wir mal wieder veranstalten.

»Bring Brooks lieber rein, Ben. Hier ist aktuell zu viel Testosteron, um zu einer friedlichen Lösung zu kommen«, schlägt Fee vor.

»Auf gar keinen Fall.« Brooks versucht noch nachdrücklicher, sich von Ben zu befreien, hat aber keine Chance. Ich habe Ben beim Football gesehen. Wenn der einen Gegner festhält, dann rührt der sich nicht mehr. Nicht ehe der Schiedsrichter abpfeift. »Ben, lass mich sofort los, ich lasse doch nicht meine Freundin mit diesem Arsch allein.«

»Sie ist doch nicht allein. Fee hat alles unter Kontrolle.« Ben bleibt ungerührt, während er ziemlich mühelos Brooks abtransportiert.

»Verdammt, Ben. Lass mich verdammt noch mal auf der Stelle los.« Jetzt brüllt Brooks. Den sollte man in dieser Verfassung definitiv nicht mehr loslassen. Das sieht auch Fee so.

»Bind ihn einfach fest«, ruft sie hinter Ben her. »Wäre mir lieb, wenn du ohne ihn zurückkommst.«

Dann dreht sie sich zu Julius, dessen Nase diesmal definitiv Schaden genommen hat. Wegen mir. Ehe meine Schuldgefühle wieder zuschlagen, erinnert meine schmerzende Wange mich rigoros an den Grund.

»Mit dir bin ich genauso wenig fertig. Hannah ist keine Schlampe, und Frauen zu schlagen, ist echt das Letzte. Wenn du dich nicht entschuldigen kannst, solltest du schleunigst das Weite suchen, bevor ich die Hunde auf dich hetze.«

Julius wird blass und sieht sich erschrocken um. Ich schätze, ich habe Fee mal von Julius' absoluter Panik vor Hunden erzählt. Doch, ganz sicher, habe ich. Wir haben uns ein wenig darüber lustig gemacht, dass er nicht in der Lage ist, an einem Hund vorbeizugehen, egal, wie klein der ist.

Jetzt weicht er langsam zurück.

»Fee, schäm dich«, flüstere ich, kann aber nicht verhindern, ein wenig zu grinsen.

»Ihr könnt mich mal.« Nach einem letzten Blick in die Runde dreht Julius sich um und läuft los. Und ist schon nach wenigen Sekunden verschwunden.

»Das war jetzt aber wirklich nicht nett«, sage ich zu Fee und bemühe mich, vorwurfsvoll zu klingen.

»Nett?« Fee lächelt zufrieden. »Nett war es genauso wenig, mir überhaupt von dieser Hundesache zu erzählen. Wo ist eigentlich Brooks?«

Ben steht inzwischen wieder in der Haustür. Allein.

»Da, wo du ihn haben wolltest.«

Ich weiß nicht, was Ben damit meint. Aber es kann nichts Gutes sein. Fee lacht nämlich schallend auf.

»Dann viel Spaß, Hannah.«

»Was willst du mir damit sagen?«

»Ach, nur dass ich durchaus weiß, wobei ihr eben unterbrochen wurdet.«

Ja, aber das neueste Drama hat mir gründlich die Stimmung verdorben. Ich habe nach wie vor Julius' Stimme im Ohr. Schlampe! Ich habe das Wort oft genug von meiner Mutter gehört.

»Willst du das nicht ausnutzen?«

Fee stößt mich unsanft in die Rippen.

»Ne.«

»Ich glaube, Brooks ist auch nicht in Stimmung«, wirft Ben ein. »Also, schon in einer Stimmung, aber nicht in der, die Fee meint. Eher in einer ganz anderen. Egal, bei was ihr da gerade unterbrochen wurdet.«

Toll, ich liebe es, wenn öffentlich über mein Sexualleben diskutiert wird.

Ben und Fee folgen mir in mein Zimmer.

»Das hast du nicht wirklich gemacht, Ben«, rufe ich entsetzt. Brooks liegt auf meinem Bett, mit den Händen an einen Pfosten gebunden und ist fuchsteufelswild. Schnell bemühe ich mich, ihn zu befreien.

»Schnürsenkel? Wie kommt man denn auf die Idee, Schnürsenkel zu benutzen«, schimpfe ich dann, denn die sind dazu konzipiert Schuhe an den Füßen zu halten. Wenn sie dagegen einen ausgewachsenen Footballspieler an Ort und Stelle halten sollen, der damit gar nicht einverstanden ist, geht das nicht gut.

»Ich habe ihm gesagt, dass er stillhalten soll«, verteidigt Ben sich. »Es war halt nichts anderes da.«

»Was hast du denn erwartet?« Echt, da rührt sich nichts. »Tut mir leid, Brooks, ich glaube, die müssen wir durchschneiden.«

»Fee hat weiche Tücher neben dem Bett«, sagt Ben.

Brooks beobachtet wortlos meine verzweifelten Versuche, seine Schnürsenkel zu retten. Seit wir uns alle um das Bett versammelt haben, hat er aufgegeben, sich selber befreien zu wollen.

Fee betrachtet amüsiert Brooks' Lage, aber anstatt mir zu helfen, holt sie leise kichernd eine Flasche Jägermeister. Ich grinse müde. Das ist langsam Tradition. Jedes Drama wird mit einem Schnaps hinuntergespült. Manche Dramen brauchen mehr davon. Ben füllt die Gläser mal wieder verdammt großzügig, wie ich bemerke.

Dann lasse ich mich laut stöhnend auf das Bett sinken und rieche an dem Glas. Der Geruch hat etwas Tröstliches. Ist das der erste Schritt auf dem Weg in den Alkoholismus? Wenn ich jedes Drama mit einem Schnaps begieße, sollte es eindeutig nicht so viele Dramen in meinem Leben geben, wie es aktuell der Fall ist.

Ich halte auch Brooks' Glas in der Hand.

Kein Wort mehr davon, dass er losgebunden werden möchte.

»Auf die Liebe und darauf, was sie mit uns Menschen macht.«

Fee hebt ihr Glas. Ich verdrehe die Augen.

Dann nehme ich einen großen Schluck und halte Brooks den Schnaps hin. Er benetzt seine Lippen nur, scheint aber weder trinken noch unsere Trinksprüche boykottieren zu wollen. Sein Blick ruht auf mir. Inzwischen ist er wieder völlig gefasst.

»Auf ein Problem, das sich jetzt hoffentlich endgültig erledigt hat.« Bens Trinkspruch.

Das hoffe ich ebenfalls. Obwohl mir bewusst ist, dass ich Julius in Köln noch häufiger über den Weg laufen werde. Und obwohl ich nicht das Gefühl habe, die Beziehung zwischen Julius und mir zu einem echten Ende gebracht zu haben. Aber das ist ein Problem für die Zukunft, und vor allem für eine Zukunft, an die ich jetzt partout nicht denken will.

Nun bin ich dran.

»Auf den einzigen Jungen, der sich jemals für mich geprügelt hat.«

Gut finde ich es noch immer nicht. Und trotzdem zeigt es, wie wichtig ich Brooks bin.

»He, das hätte ich auch gemacht«, wendet Ben ein.

»Das ist was Anderes«, winke ich ab. »Bei dir ist es Ehrgefühl, bei Brooks ist es ...« Ich komme ins Stocken. Was genau ist Brooks' Motivation?

Brooks beendet meinen Satz: »... Liebe.«

In meinem Bauch flattern mit einem Mal tausend Schmetterlinge. Meine Hände zittern vor lauter Gefühl. Ich setze schnell die Gläser ab, beuge mich zu Brooks und küsse ihn. Erst leicht, dann immer intensiver. Und vergesse Raum und Zeit und alles andere.

Als wir irgendwann den Kuss beenden, sind Ben und Fee still und leise gegangen. Nur unsere Gläser mit dem Jägermeister stehen noch auf dem Tisch. Und ein hinreißender Mann liegt wehrlos vor mir auf dem Bett.

kapitel 22

HANNAH

Am frühen Morgen werde ich von einem ungewohnten Geräusch geweckt. Regen. Die Tropfen prasseln auf die Terrasse und gegen die Terrassentür. Das ist der erste Regen, den ich in Florida erlebe. Fast vier Wochen ununterbrochener Sonnenschein und jetzt das.

Der Wetterumschwung schreit laut und deutlich, ich solle mich auf das Klima zu Hause einstellen. Das deprimiert mich. Schon allein das Wetter dort im März ist übel genug, in unserem Fall bedeutet es aber vor allem, dass ich mich von Brooks trennen muss. Und das kann ich mir nicht mehr vorstellen.

Schaudernd schmiege ich mich enger an seine Seite und zwinge mich, das Geräusch des Regens auszublenden. Den Gedanken an meine Abreise auszublenden. Ich will nur das Hier und Jetzt, solange es geht.

Langsam schlafe ich wieder ein.

Als ich zum zweiten Mal aufwache, hat der Regen aufgehört, und die Sonne scheint erneut vom strahlend blauen Himmel, als wäre nie etwas gewesen. Es ist Zeit für Frühstück, meine liebste Mahlzeit des Tages, und ich wecke

Brooks, der eindeutig nicht mehr tief schläft. Wir haben nur noch zwei Tage, und die will ich nicht verschlafen.

»Ich habe Hunger.«

»Du hast morgens immer Hunger. Bring mir was ans Bett, Fawn«, murmelt er leicht verschlafen.

Bei dem Spitznamen, den er mir schon in der ersten Woche verpasst hat, versuche ich, ihn zu kitzeln, aber er greift meine Hände und hält sie mühelos fest. Und obwohl ich immer ein wenig protestiere, wenn er mich so nennt, gefällt es mir. Denn inzwischen weiß ich, dass er genau das an mir so liebt, meine Augen, meinen Blick. Und ich habe längst bewiesen, dass ich nicht immer nur das hilflose Rehkitz bin, sondern dass durchaus ein Tiger in mir schlummert.

Langsam wird er wacher. »Na gut, ich komme ja mit.«

Der Blick aus seinen halb geschlossenen Augen ist verdammt verführerisch. Dabei sehe ich an seinem frechen Grinsen, dass er genau das beabsichtigt.

Nicht mit mir. So leicht lasse ich mich nicht manipulieren.

Ich bin mir sicher, schon Kaffeeduft wahrnehmen zu können, der durch das Haus zieht. Und das macht mich noch viel hungriger.

»Wer als Erstes beim Frühstück ist«, rufe ich über die Schulter und renne in mein Zimmer. Selbstverständlich gewinne ich haushoch.

Später finde ich Brooks auf dem Bett sitzend, während er seine Schnürsenkel zurück in die Schuhe fädelt.

»Die sind kaum noch zu gebrauchen«, beschwert er sich, als er mich bemerkt, wie ich im Türrahmen stehe und ihn beobachte. Ich muss grinsen.

»Sei froh, dass ich sie überhaupt retten konnte.«

Er schnaubt undankbar.

»Ich muss meine restlichen Sachen aus meinem Zimmer räumen, sonst wirft er alles weg«, sagt er wenig enthusiastisch. Mit er ist dann wohl sein Vater gemeint. »Magst du mitkommen?«

Ich zucke die Achseln und grüble über Brooks' angespannten Tonfall nach.

»Klar.«

Ich versuche, mir Brooks als kleinen Jungen vorzustellen. So recht gelingt mir das nicht, denn er ist Mann durch und durch. Und obwohl er mir inzwischen so einiges erzählt hat, habe ich kein echtes Bild von seiner Kindheit.

»Du lernst dann meine Mutter kennen.«

»Deine Mutter war schon mal hier.«

»War sie nüchtern?«

»Ich denke schon.« Betrunken kam sie mir nicht vor. Nur bedächtig und vorsichtig.

»Meistens kann sie es ganz gut verbergen.«

Es wäre mir wichtig, dass Brooks' Mutter mich mag. Sie ist schließlich einer der relevantesten Menschen in seinem Leben. Und sie ist nett. Bei ihrem Besuch wusste sie nicht, wie ich zu ihrem Sohn stehe, heute werde ich definitiv genauer betrachtet und strenger beurteilt. Das macht mich sehr, sehr nervös.

Und wer meine eigene Mutter kennt, weiß warum.

Bei Brooks' Vater war der Eindruck, den ich hinterlassen habe, offenkundig. Nicht bemerkenswert. Ein einziger, abschätzender Blick, und ich war durchgefallen. Es sollte mir egal sein, er ist ein rein erfolgsorientierter, arroganter, unsympathischer Mensch. Ist es leider nicht.

»Sie ist sehr überstürzt wieder gefahren, als ihr Handy klingelte«, erinnere ich mich.

Die Jungs sind an dem Abend so spät nach Hause gekommen, wir haben gar nicht mehr über den Besuch gesprochen.

»Das muss mein Vater gewesen sein. Er mag es nicht, wenn sie das Haus verlässt.«

Ich schlucke. Und weiß nicht, was ich dazu sagen soll.

Erstaunlicherweise fahren wir nicht weit. Ich habe Brooks' Elternhaus nicht quasi um die Ecke erwartet.

Wir halten vor einem schmiedeeisernen Tor, rechts und links gesäumt von einer hohen, weißen Mauer, die nicht zu erkennen gibt, was uns dahinter erwartet. Durch das Tor ist nur eine lange, gepflegte Auffahrt zu sehen.

Brooks lässt sein Auge von einer Kamera erfassen. Ich öffne schon den Mund, um zu sagen, wie cool ich diesen Türöffner finde, da wird das Signal rot. Das Tor öffnet sich nicht.

Brooks' Mund wird hart.

Wütend schlägt er auf den Knopf, der wohl die Türklingel darstellen soll.

Eine Weile geschieht gar nichts, und Brooks' Gesichtsausdruck wird immer finsterer.

»Brooks?«, fragt nach einer Weile eine leise Stimme.

Endlich mal jemand, der Brooks bei seinem Vornamen nennt.

»Ja, Mutter, mach auf. Er hat mir schon den Zugang blockiert.« In seiner Stimme ist sowohl Ärger als auch Demütigung herauszuhören. »Ich habe meine Freundin dabei. Hannah.«

Meine Freundin! Tausend Schmetterlinge in meinem Bauch. Schon wieder. Brooks lehnt sich mit unserer Beziehung immer weiter aus dem Fenster. Ob er genau wie ich ständig daran denken muss, dass Montag alles vorbei ist?

Lautlos schwingt das Tor auf.

Wir fahren die Auffahrt entlang durch einen kleinen Wald. Die Bäume verdecken die Sicht auf das restliche Grundstück. Die Straße windet sich zweimal durch dichte Baumreihen und gibt erst dann den Blick auf das weitere Anwesen frei.

Andächtig halte ich die Luft an. Inseln aus Blumen und Blüten wechseln sich ab mit den nicht wegzudenkenden Palmen und einer schier endlosen Rasenfläche.

»Es ist kaum zu glauben, dass wir uns in Miami befinden«, murmle ich zutiefst beeindruckt. Ich sehe mich in Gedanken inmitten eines Parks rund um ein altes Schloss, aber definitiv nicht in einer Großstadt.

Dann fällt mein Blick auf den riesigen Klotz, der das Wohnhaus sein soll. Von wegen Schloss. Weiß, ultramodern, aus Würfeln unterschiedlicher Größe. Es wirkt auf mich wie eine kalte, abweisende Wand mit einzelnen unauffällig integrierten Glasflächen, einladend ist anders. Hier hat sich ein Architekt ausgetobt, der etwas Einmaliges und Eindrucksvolles schaffen sollte.

Brooks' Mutter steht vor dem Eingang und erwartet uns lächelnd.

Ich vergleiche sie erneut mit ihrem Sohn, kann aber echt keine Ähnlichkeit erkennen. Da, wo Brooks groß und muskulös ist, ist sie zartgliedrig wie eine Puppe, die man mühelos zerbrechen kann. Sie hat honigblonde Haare, braune, warme Augen und ist nach wie vor erschreckend blass.

Brooks nimmt meine Finger und drückt sie, als er meine flatternden Hände bemerkt.

»Ich wusste es, Hannah. Schon beim ersten Blick auf dich war mir klar, dass du für Brooks jemand Besonderes bist. Auch wenn er es da noch nicht zugegeben hat«, sagt sie lächelnd zu mir und betrachtet mich herzlich.

Verlegen lächle ich zurück. Da wusste sie zu dem Zeitpunkt eindeutig mehr als ich.

»Wie sollte ich es zugeben? Hannah hat meine Gefühle da ja noch nicht erwidert.«

Mist, zu dem Zeitpunkt waren meine Gefühle ein einziges Durcheinander, denn Julius war noch im Spiel und ich der festen Überzeugung, Brooks sei ein wahlloser Weiberheld. Mit rastlosen Händen streiche ich mir eine Haarsträhne aus dem Gesicht.

Als Brooks' Mutter langsam zurück ins Haus geht, bemerke ich, dass sie getrunken haben muss, denn so vorsichtig bewegt sich kein nüchterner Mensch. Erstaunt stelle ich fest, dass es mich nicht stört. Sie ist so liebenswert, ich könnte ihr alles verzeihen. Echt alles, denn ich bin von meiner Mutter andere Dinge gewohnt.

Drinnen fallen mir erneut fast die Augen aus dem Kopf. Kühles Weiß und Glas, wohin man blickt. Eine bombastische Empfangshalle mit mehreren Treppen. Und die Rückfront ist komplett verglast und präsentiert einen ungehinderten Blick auf den restlichen Park und die Poollandschaft. Ja, genau, Poollandschaft mit mehreren Terrassen, mehreren Pools, kleinen Wasserläufen und Wasserfällen, die sie verbinden.

Das könnte ein Hotel sein, ein Luxushotel wohlgemerkt.

»Wie viele Leute wohnen hier?«

Brooks schnaubt nur verächtlich, aber ich habe schon ein paar Schritte in Richtung Pools gemacht.

»Wer braucht denn mehrere Pools? Und all die Terrassen? Für drei Leute?«, sprudelt es aus mir heraus. Es gibt doch nur Brooks, seine Mutter und seinen Vater. »Hast du mir eine Fußballmannschaft Geschwister verschwiegen? Oder ein ganzes Footballteam?« Ja, auch ein Footballteam könnte hier unterkommen.

Brooks macht eine ungehaltene Geste.

»Das ist ein Museum, ein Ausstellungsstück zum Angeben, hier darf man nichts anfassen. Glaubst du, ich hätte früher toben oder spielen dürfen. Oder Freunde mitbringen? Also, abgesehen, davon, dass ich meine Mutter eh nicht präsentieren konnte und daher so oder so niemanden mitgebracht hätte.«

Seine Mutter ist außer Hörweite.

Leise und unauffällig weiter ins Haus hineingegangen.

»Mich bringst du her.«

Er wirft mir einen Blick zu, bei dem ich mich auf der Stelle wieder in seine Arme werfen könnte.

»Du bist die Erste und die Einzige, die das hier sieht. Der goldene Käfig. Die Hölle auf Erden.«

»Ich mag deine Mutter«, flüstere ich ihm zu.

Brooks sieht mit einem Mal traurig aus.

»Komm, Hannah, wir holen aus meinem Zimmer, was ich

noch haben will, und dann verschwinden wir. Meiner Mutter kann ich schon lange nicht mehr helfen.«

Brooks zieht mich zu einer der Treppen, die in den ersten Stock führen. Rechts und links winden sie sich an den Wänden der Eingangshalle empor und münden auf einer Galerie. Das Haus ist unvorstellbar groß.

Und es passt zu Brooks' Vater. Denn genau wie er schreit es aus jeder Pore, wie kostspielig es ist, wie teuer es war und wie reich man sein muss, es zu besitzen.

»Das nennst du dein Zimmer?«

Mit offenem Mund blicke ich mich um. Es ist ein riesiger lichtdurchfluteter Raum mit Balkon, Liegestühlen, Whirlpool. Es ist kein Kinderzimmer, kein Zimmer für einen Jugendlichen. Es ist eine Luxuswohnung innerhalb des Hauses.

Und ich dachte, Fee und Ben leben auf großem Fuß. Nicht gegen das hier. Mein Freund ist in einem Umfeld groß geworden, das ich mir beim besten Willen nicht vorstellen konnte. Ich habe zwar mitbekommen, dass sein Vater reich ist, aber mir war nicht klar, was das bedeutet. Mir war nicht klar, wie reich. Die Umstellung, ohne all das zurechtzukommen, muss immens sein. Brooks lag immer die Welt zu Füßen. Er hatte alles und bekam alles. Alles, außer der Anerkennung und der Liebe, die er gebraucht hätte.

Und jetzt hat er nichts mehr davon. Und stattdessen Liebe, meine Liebe. Ich weiß nicht, wie er sich bei dem Tausch fühlt. Nicht bei den Werten, die er eingetrichtert bekommen hat.

Ich weiß doch selber nicht so recht, wie das mit der Liebe funktioniert. Ich weiß nur, was ich zu Hause immer vermisst habe. Bei meiner Mutter überwog das Trauma, ein uneheliches Kind zu haben. Ich habe von ihr nur gelernt, dass man Männern nicht trauen darf, dass sie Frauen sexuell ausbeuten und benutzen und dass eine Frau sich auf keinen Fall billig verkaufen darf. Ich vor allem nicht. Und erst mit Brooks habe ich gelernt, im Bett das zu machen, was mir gefällt.

Seine Mutter dagegen mag ebenfalls keine Vorzeigemutter gewesen sein. Aber sie präsentiert genau die herzlichen Eigenschaften, die ich selber immer vermisst habe. Trotz ihres eigenen Unglücks.

Brooks beginnt, unentschlossen Schranktüren zu öffnen und missmutig wieder zu schließen. »Brauch ich nicht, brauch ich auch nicht«, murmelt er vor sich hin. »Hab ich noch nie gebraucht.«

Ein paar Minuten sehe ich mir das an.

»Ich unterhalte mich eine Weile mit deiner Mutter«, beschließe ich dann mutig.

Laut knallend Türen öffnen und wieder schließen, könnte ich zwar ebenfalls, sehe allerdings wenig Sinn darin. Brooks ist aktuell nicht zu helfen, aber diese Frau mit den warmen, braunen Augen fasziniert mich.

Still gehe ich die Treppe hinab und habe das Gefühl, unerlaubt nachts in einem Museum herumzuschleichen. Niemand ist zu sehen, niemand ist zu hören.

Vor einem der Gemälde an den Wänden bleibe ich stehen und frage mich, was es darstellen soll. Außer einer wahren Farbexplosion ist nämlich nichts zu erkennen.

»Es ist ein Akt.«

Brooks' Mutter ist leise neben mich getreten. Sie hat ein Talent, unbemerkt zu verschwinden und wieder aufzutauchen.

»Ich kann noch nicht einmal sagen, ob es eine nackte Frau oder ein nackter Mann sein soll«, bemerke ich verdutzt. Ich bin mir nicht mal sicher, ob ich überhaupt eine Person sehen kann.

»Was vielleicht Sinn der Sache ist.«

Ich lasse meinen Blick an den anderen Bildern entlangwandern. Ein gemeinsamer Stil ist nicht zu erkennen.

»Es sind vor allem Künstler, die aktuell im Kommen sind. Thomas spekuliert darauf, dass sie in ein paar Jahren ein Vermögen wert sind.«

»Ich würde mir lieber Bilder an die Wand hängen, die mir gefallen«, rutscht es mir heraus.

Sie lächelt. »Da es sich rundweg um nackte Frauen handelt, gehe ich davon aus, dass sie ihm gefallen.«

Das verschlägt mir ein wenig die Sprache. Ich beschließe, das Thema zu wechseln.

»Brooks packt besser allein, ich habe nur im Weg gestanden. Ich hoffe, es stört Sie nicht, dass ich mitgekommen bin, Frau Jackson.«

»Sag doch bitte Nina. Kann ich dir ein Getränk anbieten, Hannah?«

»Ein Glas Wasser wäre toll.«

Wir gehen in die Küche.

»Es ist übrigens sehr schön, dass du hier bist. Und ich dich kennenlernen kann«, sagt sie dann, während sie uns beiden Wasser aus einer Karaffe serviert.

Die Einsamkeit in ihrer Stimme ist nicht zu überhören.

»Es ist sehr schön für mich, hier zu sein. Und mich willkommen zu fühlen.«

»Du bist ja auch willkommen.«

»Obwohl du mich nicht kennst?«, frage ich verwundert.

»Obwohl ...«

Nur ein einziges Mal habe ich es gewagt, einen Jungen mit nach Hause zu bringen und ihn meiner Mutter vorzustellen. Es war ein großer Fehler. »Meine Mutter wollte von meinen Freunden nie etwas wissen. Den einen, den sie getroffen hat, hat sie beschimpft.«

»Beschimpft?«

»Ja, er wolle eh nur mit mir ins Bett. Er würde mein Leben ruinieren und so weiter.«

Das war die peinlichste Situation meines Lebens. Leon, der von meiner Mutter angeschrien wird, ich, die ich sprachlos und geschockt daneben stehe und danach auch noch als Schlampe tituliert werde. Wenn ich mich schwängern ließe, würde sie mich auf die Straße setzen. Im Anschluss habe ich nur aus Trotz mit Leon geschlafen.«

»Aber wieso denn das?«

»Sie hält insgesamt nicht viel von Männern«, sage ich leise. Ich rede nicht gerne über meine Mutter. Allgemein nicht über meine familiären Verhältnisse, denn mit denen hinterlässt man keinen guten Eindruck.

Das Thema ist also wirklich keines, das man beim ersten Kennenlernen der Mutter des Freundes anschneiden sollte. Nur leider hat Nina etwas an sich, das mich zum Reden bringt. Sie ist in allem das Gegenteil meiner Mutter. Jetzt lächelt sie mich aufmunternd an.

»Komm, wir setzen uns ein wenig auf die Terrasse.«

Es ist durchaus schön hier. Das Wasser, das in einem hohen Bogen in den Pool fällt, die Sessel im Schatten direkt daneben. Ich erwarte jeden Moment den Kellner, der unsere Bestellungen aufnimmt.

Aber angesichts Brooks' Warnung, dass dies alles nur zum Ansehen ist, habe ich große Bedenken, irgendetwas schmutzig zu machen.

Wohlfühlen kann man sich so nicht.

»Ich habe ja auch kein Glück mit Männern«, sagt Nina. Da muss ich ihr leider recht geben. »Brooks' Vater hat sich anders entwickelt, als ich mir das so vorstellte. Vielleicht war das bei deinem ja ähnlich.«

»Keine Ahnung.« Jetzt kommt die peinliche Wahrheit ans Licht. »Ich weiß nicht, wer mein Vater ist.«

Ninas Blick verändert sich nicht.

»Das tut mir leid, Hannah.«

Immer wenn ich meine Mutter verärgert habe, und das war oft genug der Fall, hat sie mir vorgeworfen, ihr mit meiner Geburt alle Perspektiven verbaut zu haben. Sie an ihrem eigenen Leben zu hindern. All die schlechten Eigenschaften meines Vaters geerbt zu haben. Das habe ich ihr nie so recht glauben wollen.

»In meiner kindlichen Vorstellung war mein Vater ein Held, derjenige, der eines Tages vor der Tür steht und unsere kleine Familie nur mit seiner Anwesenheit wieder in Ordnung bringt. Jahrelang habe ich auf ihn gewartet und von ihm geträumt. Ich war der festen Überzeugung, dass er uns nur verlassen hatte, weil er ein Geheimagent ist oder ein Prinz oder etwas ähnlich Tolles. Es hat ewig gedauert, bis ich verstanden habe, dass er meine Mutter nur einfach nicht geliebt hat und keine Familie haben wollte.«

Jetzt, da ich Brooks' Vater erlebt habe, denke ich, es war besser so. Besser kein Vater, als so einer in jedem Fall.

»Ich kann deine Mutter ein wenig verstehen.« Nina lächelt mich traurig an. »Sie hätte dich niemals mit hineinziehen dürfen, denn du kannst ja nichts für die Fehler deines Vaters, aber es ist nicht einfach, ganz allein für ein Kind verantwortlich zu sein.«

In meinen positiven Momenten sehe ich das auch so. Wenn ich dagegen schlecht drauf bin, bin ich nicht gewillt, es meiner Mutter einfach so zu verzeihen. Ich bin eindeutig nicht so ein guter Mensch, wie Brooks immer wieder behauptet.

»Mir graust schon vor dem Wetter in Deutschland«, wechsle ich das Thema. Über das Wetter kann man immer reden, und die Intimität unseres Gesprächs erschreckt mich ein wenig. »Ich reise in ein paar Tagen leider wieder ab.«

Nina lächelt, sie durchschaut meine Taktik.

»Wie geht es dann mit euch beiden weiter?«

Dieses Thema ist genau so schwierig. Ich zucke nur unentschlossen die Schultern.

»Du bedeutest Brooks sehr viel. Du bist nämlich das erste Mädchen, das er herbringt, Hannah. Auf jeden Fall seit Jahren.«

Seit Jahren?

»War schon mal ein Mädchen hier?« Mir hat er etwas Anderes erzählt.

»Das ist ewig her.«

Es war wohl kaum Mimi. Das mit ihr ist nicht ewig her. Hin- und hergerissen zwischen dem Wunsch, mehr zu wissen, und dem Gefühl, nicht noch mehr über Brooks' Vergangenheit und seine Frauengeschichten hören zu wollen, mache ich große Augen.

»Ich denke, es war seine erste Freundin. Da war er fünfzehn.«

»Wie hieß sie denn?«

»Oh, das weiß ich nicht mehr. Es war ja nicht lange, nur ein- oder zweimal. Dann ist das Mädchen Brooks' Vater begegnet.«

»Er war sicher unfreundlich zu ihr.«

Wahrscheinlich war sie ihm nicht gut genug, so wie ich, und er hat sie im Nullkommanichts vergrault.

»Oh, nein, eher zu freundlich.« Sie seufzt. »Halt dich von ihm fern. Du wärst auch genau sein Typ, schon allein, weil Brooks dich mag.«

Bei mir schrillen alle Alarmglocken. Was meint sie damit?

»Er hat mich längst gesehen. Und er mochte mich nicht«, zwinge ich mich zu sagen.

»Oh, glaub mir. Er mochte dich auf jeden Fall. Vielleicht hatte er nur keine Zeit, sich an dich ranzumachen. Beim nächsten Mal wäre es sicherlich anders.«

»Sich an mich ranzumachen?«, piepse ich und hasse meine Stimme für das Entsetzen, das durch klingt.

»Das ist damals passiert. Danach hat Brooks niemanden mehr mit hergebracht.«

»Hatte er etwa Erfolg?«

Ich merke, dass ich sie sprachlos und entsetzt anstarre, und schließe schnell wieder den Mund.

Nina nickt.

»Das ist ja grässlich.«

Grässlich und absolut unverständlich.

»Ja, das hat Brooks sehr verletzt.«

»Und Sie!«, füge ich hinzu.

Müsste es sie nicht sogar mehr verletzt haben?

»Ach, ich war das da schon gewohnt.«

Ich schweige und versuche zu verdauen, was ich gehört habe. Ich kann nicht nachvollziehen, dass sich ein blutjunges Mädchen auf den Vater des Freundes einlässt. Ich kann nicht nachvollziehen, dass sich die Ehefrau das bieten lässt. Diese Geschichte erklärt jedoch so einiges.

Es ist kein Wunder, dass in dieser Familie jegliche Liebe ein Schattendasein führt.

Minutenlang starre ich sie an. Sie dreht ihr Wasserglas in der Hand und nimmt dann einen großen Schluck. Es ist nicht die Art, in der man Wasser trinkt. Es ist die Art, in der man eine Droge konsumiert. Der Alkoholkonsum ist eindeutig ihre Flucht vor der Realität. Sie tut mir unendlich leid.

»Das ..., ich ..., du ...«, stottere ich und weiß nicht, wie ich all meine Gefühle in Worte fassen soll. Dann stolpern die Gedanken aus mir heraus. »Warum bleibst du denn hier? Warum lässt du dir das gefallen?«

Das habe ich Brooks auch längst gefragt, als er mir erzählte, wie sein Vater so drauf ist. Wie er mit ihm umgeht und mit seiner Frau. Nur die Antwort konnte ich nicht nachvollziehen.

»Wo soll ich denn hin?«

»Egal. Einfach weg.«

»Ich kann aber nicht. Ich habe nie gewagt, Brooks mit ihm allein zu lassen. Außerdem hätte er uns nie gehen lassen. Vor allem seinen Sohn nicht.«

»Das ist jetzt anders«, weise ich sie vorsichtig darauf hin, wie die Situation sich verändert hat. »Und es gibt immer eine Alternative.« Genau das habe ich so Brooks gesagt. »Also, bestimmt keine Alternative, die all das Geld und den Luxus hier bietet. Aber ein anderes Leben allemal.«

»Das Geld hält mich nicht, das war es noch nie. Thomas kann sehr charmant sein, wenn er will. Charmant und überzeugend. Eigentlich wollte ich Aachen nie verlassen.«

Eine Weile sehe ich sie nur an und versuche zu verstehen, wie eine Beziehung so schiefgehen kann.

Kein Wunder, dass Brooks so einen Umgang mit Frauen hatte, als wir uns begegnet sind. Er hat es ja nicht anders gelernt. Hoffentlich kann er sich wirklich auf Dauer ändern.

Dann fällt mir ein, dass es mir egal sein kann, denn ich werde nicht für immer seine Freundin sein. Sondern nur noch bis Montag. Und ich fürchte fast, er macht danach genauso weiter wie zuvor.

kapitel 23

JACKSON

Ich habe sämtliche Schränke geöffnet und nur festgestellt, dass ich nichts von dem Kram, der hier herumliegt, haben will. Nicht die Designeranzüge, denn für die werde ich keinen Bedarf mehr haben. Nicht die Pokale und Urkunden aus meiner Kindheit und Jugend über gewonnene Sportwettkämpfe. Nur erste Plätze. Alles, was schlechter war, wurde auf der Stelle vernichtet. Als der Pokal meines ersten Wettkampfes, eines 1000m-Laufs, bei dem ich den zweiten Platz erreichte, von meinem Vater wutentbrannt zerstampft wurde, habe ich noch geheult. Danach war mir klar, dass ich um jeden Preis siegen muss. Ich werde nichts davon mitnehmen. Es ist nicht mein Leben, das hier dokumentiert ist, sondern das meines Vaters beziehungsweise des Sohnes, den er haben wollte. Der bin ich nicht mehr. Und ich glaube, der war ich noch nie. Noch nie der perfekte Sieger, der Typ, der alles kann, dem alles gelingt. Ich habe immer nur so getan, als wäre ich das.

Achselzuckend schließe ich zum letzten Mal die Zimmertür hinter mir und gehe nach unten.

Hannah und meine Mutter sitzen einträchtig nebeneinander auf der Terrasse. Eine Weile bleibe ich stehen und beobachte die beiden. Sie unterhalten sich angeregt.

»Ich gehe wieder zurück nach Aachen.« Meine Mutter hat mich entdeckt und überrascht mich mit dieser Aussage. Und mit einem Elan, den ich nicht an ihr kenne. »Wenn du gehst, Brooks, hält mich nichts mehr. Ich rufe meine Eltern an und hoffe, dass sie mir ein Flugticket buchen und dann schleiche ich mich heimlich raus.«

Heimlich? Mein Vater wird einen Anfall bekommen, wenn seine Frau einfach geht. Unwichtig, ob er sie noch respektiert oder nicht. Dass sie ihn verlässt, wird er nicht dulden.

»Aber ... «, wende ich also ein.

Im Grunde genommen gibt es jedoch kein Aber. Nur mein Erstaunen über ihren plötzlichen Entschluss und ihre unerwartete Tatkraft. Denn wir wissen alle, dass sie am besten schon vor Jahren gegangen wäre.

Hannahs Augen glitzern ebenfalls vor Begeisterung.

»Du kommst direkt mit zu uns«, sagt sie.

Damit hat sie recht. Wenn meine Mutter hier bleibt, trinkt sie wieder und all ihre momentane Entschlossenheit ist dahin. Wenn sie jemals meinen Vater verlassen will, dann jetzt. Sofort und auf der Stelle.

»Geh packen, Mutter. Nur die Klamotten, die du in einem normalen Leben brauchst, keine Abendkleider. Und dann verschwinden wir.«

Sie sieht mich perplex an. Ich bin ja selber verwundert über mich. Immer mehr in meinem Leben gerät aus den Fugen, aber es fühlt sich immer weniger falsch an.

»Wir? Jetzt direkt?«

»Ja, jetzt direkt. Wir verschwinden, alle beide. Alle drei.«

Einen kleinen Moment zögert sie noch, von ihrem eigenen Mut überrumpelt. Dann aber steht sie entschlossen auf.

»Ich brauche nicht lange. Allzu viel kann ich eh nicht mitnehmen.«

Meine Mutter schafft es, innerhalb kürzester Zeit mit einem einzigen Koffer die Treppe hinunterzukommen und dabei so gut wie gar nicht zu wanken. Dass sie brauchbare Klamotten gefunden hat, kann man nur hoffen. Die Designerkleider wird sie nicht mehr benötigen. Ob ihr das wahrhaftig bewusst ist? Ich kämpfe ja selber noch mit der Erkenntnis.

Die Frage verkneife ich mir wohlweislich. Die Frau, die sie aktuell ist, die erkenne ich eh nicht mehr wieder.

Und dann machen wir uns aus dem Staub.

Ich werfe keinen einzigen Blick zurück, als sich das Auto vom Haus entfernt. Nicht, als sich zum letzten Mal das Tor vor uns öffnet und nicht, als es sich hinter uns schließt. Nina genauso wenig.

»Ich bin so stolz auf dich, Nina, das ist längst fällig, und du kannst gerne so lange bei uns bleiben, wie es nötig ist. Genau wie Brooks.«

Es ist mir unglaublich peinlich, jetzt auch noch meine Mutter hier anzuschleppen, aber Fee stört es nicht ansatzweise. Ihre Begrüßung ist herzlich und aufrichtig, und für mich völlig unverständlich.

Nina hat Tränen in den Augen. Und zum ersten Mal fällt mir auf, wie zerbrechlich sie ist, wie klein und zart und hilflos. Vor allem im Vergleich mit einem so großen Mädchen wie Fee, das sie in dem Moment in die Arme schließt.

Wenig später sitzen wir am Küchentisch und sehen Hannah und Fee dabei zu, wie sie Flaschen in den Ausguss leeren. Als Erstes verschwindet der Jägermeister.

»So, das bedeutet, dass ab jetzt keine dramatischen Ereignisse mehr stattfinden werden«, sagt Hannah fast fröhlich. Sie spielt auf unsere Angewohnheit an, die Dramen mit einer Runde Schnaps zu beenden. Ich kann in Zukunft ebenfalls sehr gut ohne das Chaos der letzten Tage und Wochen auskommen.

Als Nächstes folgen zwei Flaschen Sekt, einige Flaschen Bier und diverse Liköre und Schnäpse, die ich noch nie gesehen habe.

Fee bemerkt meinen Blick.

»Frag nicht, wir trinken das Zeug gar nicht, irgendwelche Leute schleppen es immer an. Es muss so oder so weg. Kein Verlust.«

Die Miene meiner Mutter schwankt zwischen Verlegenheit und Bedauern. Mal sehen, wie lange sie es ohne Alkohol schafft. Sie trinkt seit Jahren. Auch wenn sich jetzt ihre Situation ändert, leicht wird es nicht. Kann es nicht werden. Die Luft in der Küche wird langsam unangenehm alkoholgeschwängert, und ich reiße die Fenster auf.

»Wo ist eigentlich Ben?«, fällt Hannah auf. »Wir wissen ja gar nicht, ob er einverstanden ist.«

»Klar ist er einverstanden«, antwortet Fee entspannt. »Außerdem weiß er Bescheid, ich habe ihm geschrieben.«

»Es ist Samstag«, werfe ich ein. Mir ist durchaus aufgefallen, dass Fee auf Hannahs erste Frage nicht eingegangen ist, und ich weiß wieso. Sie will mir gegenüber rücksichtsvoll sein. »Und damit Football Zeit. Ben bereitet sich auf das heutige Heimspiel vor.«

»Ach so.«

Hannah zieht die Augenbrauen hoch und spricht genauso wenig weiter, obwohl sie vom letzten Spiel begeistert war. Trotz meiner miserablen Leistung. Mir ist klar, wie gern sie auch heute im Stadion wäre. Natürlich wird sie das nicht im Traum erwähnen.

Letzten Samstag waren Hannah und ich unterwegs quer durch Florida, und ich habe keinen einzigen Gedanken daran verschwendet, dass mein Team das erste Spiel ohne mich bestreiten wird. Jetzt ist es dagegen nicht mehr wegzudenken.

Es deprimiert mich. Alles in allem ist es jedoch nach wie vor mein Team. Ich fasse einen Entschluss. Einen mutigen, verwegenen Entschluss, wie ich finde.

»Also, kommt ihr alle mit? Zum Spiel?« Entschlossen sehe ich in die Runde und ernte einige erstaunte Blicke. »Die Mädchen auf jeden Fall. Und du, Mutter? Ähm, Nina?« Keiner antwortet.

Dann spricht Fee zögernd.

»Du willst zum Spiel?«

»Ja, ich will mich nicht weiter verstecken. Und ich kann zumindest mein Team anfeuern. Möglicherweise bin ich im Anfeuern ja gut.« Ehrlich gesagt, es ist ein unangenehmes Gefühl, egal, wie lässig ich mich gerade gebe. Trotzdem glaube ich, leichter damit abschließen zu können, wenn ich ein letztes Mal da gewesen bin. »Ist mal eine neue Erfahrung.«

»Dann sind wir natürlich dabei.« Hannah sieht meine Mutter an. »Und du, Nina? Magst du Football?«

»Ja, klar. Ich komme gerne mit.«

Nina nickt und wirft einen sehnsüchtigen Blick auf die leeren Flaschen.

Ich frage mich, wann Nina ohne meinen Vater zum letzten Mal das Haus verlassen hat. Wann sie überhaupt zuletzt das Haus verlassen hat, denn er zieht es seit vielen Jahren vor, auf Veranstaltungen in Begleitung wechselnder junger und möglichst bekannter Frauen zu erscheinen.

»Was zieht man denn dazu an?«

Nina trägt ihren üblichen dezenten Hosenanzug. Heute in hellbeige, passend dazu unauffälligen Goldschmuck. Leicht geschminkt, ich wundere mich plötzlich darüber, dass sie Tag für Tag diesen Aufwand betreibt, obwohl sie niemanden trifft und mein Vater sie keines Blickes mehr würdigt. So passt sie allerdings überhaupt nicht ins Stadion.

»Du kannst mein Jackson-Trikot vom Team haben.« Fee wirft mir einen entschuldigenden Blick zu. »Oder das Richter-Trikot, wie du magst.«

»Nimm Richter, Mama, Jackson spielt nicht mehr«, knurre ich und bin selber überrascht, wie hart es mich doch wieder trifft.

»Aber du bist mein Sohn, und ich nehme sehr gerne diesen Namen, danke, Fee.«

Es ist erstaunlich, wie schnell die Frauen sich aneinander gewöhnt haben. Wie sie sich selbstverständlich beim Vornamen nennen, obwohl sie sich heute alle zum ersten Mal sehen und trotz des Generationenunterschieds. Ich selber kämpfe immer noch damit, wie ich meine Mutter ansprechen soll. Es fühlt sich alles falsch an.

»Dann sollten wir uns beeilen.« Fee springt auf, und wie auf Kommando rennen alle drei auseinander.

Ich selber verstecke mich unter der College-Kappe, denn ich bin mir nicht sicher, wie die Fans reagieren, wenn sie mich erkennen. Oder ob sie mich erkennen. Ich ziehe es vor, wenn nicht.

Am Stadion ist schon verdammt viel los. Ich habe von Beginn meines Studiums an gespielt und war nur als Schüler Zuschauer. Das ist echt lange her. Damals kamen wir immer in einer großen Gruppe, meist die Jungs, mit denen ich Football auf der Highschool spielte und ein paar ausgewählte Mädchen. Schon zu dem Zeitpunkt wusste ich, dass ich irgendwann hier als Quarterback auflaufen würde, denn das wurde ja so erwartet.

Heute ist alles anders. Nichts wird von mir erwartet. Ich weiß nicht, ob ich erleichtert sein soll oder frustriert.

Nina hat eine Hose gefunden, eine Art Jeans mit Bügelfalte, aber deutlich legerer, als ich sie jemals gesehen habe. Außerdem hat sie die Haare zu einem Pferdeschwanz zurückgebunden und sieht überhaupt nicht mehr aus wie meine Mutter. Sie und Hannah tragen wie angekündigt die Trikots mit meinem Namen drauf und lassen sich auch nicht durch mein gequältes Gesicht davon abhalten.

Als Erstes kommen wir an dem Stand vorbei, an dem die Fantrikots verkauft werden. Auf der Stelle habe ich wieder das Video vor Augen. Dieses sexy Video, in dem Hannah und Fee die Trikots mit meinem Namen kaufen und vor Ort strippen. Die zwei denken ebenfalls genau daran, denn sie grinsen glücklich und klatschen sich ab. Dann wirft Hannah einen verächtlichen Blick zum Verkäufer.

»Das ist derselbe Blödmann wie beim letzten Mal.«

Sie schlendert zum Stand und sieht sich die Trikots an. Und betrachtet immer wieder finster den Verkäufer. Fee geht ebenfalls rüber. Ich fürchte, sie sind auf Krawall aus.

»Gibt es keine Jackson Trikots mehr?«

»Nein, tut mir leid.« Er kneift die Lippen aufeinander, als er erkennt, wen er da vor sich hat. »Ich kann euch kein Trikot mehr verkaufen, was glaubt ihr, was ich für einen Ärger wegen des Vorfalls hatte. Als ob es mein Fehler gewesen wäre.«

Fee zieht die Augenbrauen hoch.

»Selbstverständlich war es Ihr Fehler. Der Spruch mit dem Putzlappen war wirklich fies«, sagt Hannah empört.

Himmel, die beiden sind unmöglich. Stimmt schon, ich freue mich tierisch darüber, dass sie mich so verteidigen, aber langsam übertreiben sie. Der arme Mann spricht ja nur aus, was alle denken.

Ich stelle mich dazu.

Wie erwartet erkennt der Verkäufer mich auf der Stelle. Trotz Kappe. Er schnappt nach Luft und hebt die Hände in die Luft.

»Nichts für ungut, Kumpel.«

»Haben sie denn ein Richter Trikot?«, frage ich lässig.

Mit nur wenigen Handgriffen hat er eines und drückt es mir in die Hand. Er will uns so schnell wie möglich wieder loswerden, und langsam macht mir die Sache sogar Spaß. Umständlich halte ich mir das Trikot vor den Oberkörper und drehe mich hin und her.

»Passt es?«, frage ich meine Begleitung.

Langsam fallen wir auf. Immer mehr Leute bleiben stehen und deuten auf mich. Dann höre ich Worte wie ›nackt‹, ›Trikottausch‹ und ›unanständig‹ und kann mein Grinsen kaum unterdrücken. Fee und Hannah sind durch ihre Aktion inzwischen kleine Berühmtheiten.

Fee zupft ernsthaft an meinem Ärmel.

»Es betont deine Oberarme«, stellt sie dann fest.

»Aber es verdeckt zu viel von seinem Hintern«, wendet Hannah ein.

»Steht mir denn die Farbe?«

Die Mädchen brechen in lautes Gelächter aus. Entschlossen kratze ich mein letztes Bargeld zusammen und kaufe das Trikot.

»Strippen.« Fee grinst und ich bemerke mehrere Leute, die ihre Smartphones gezückt haben.

Das lasse ich mir nicht zweimal sagen. Ein oberkörperfreier Mann wird wohl kaum die Security auf den Plan rufen. Ich ziehe provozierend langsam mein T-Shirt aus und gebe es Hannah. Dann nehme ich mir Zeit, um die Preisschilder zu entfernen, während mir bewusst ist, dass ich mehrmals fotografiert werde. Glücklicherweise beherrsche ich den undurchdringlichen Gesichtsausdruck perfekt. Das Trikot ziehe ich ebenfalls in aller Ruhe an. Die Mädchen betrachten mich zufrieden, und ich muss lachen.

»Es tut mir leid, aber so aufsehenerregend wie eure Aktion war es nicht.«

»Mach dir nichts draus, dafür sahst du auch gut aus.« Hannah grinst.

»Und du hast einige kleine Mädchen überaus glücklich gemacht«, kichert Fee.

»Mich hat er genauso glücklich gemacht.«

Hannah lehnt sich an mich, und ich lege den Arm um sie.

»Du bist ja auch sehr leicht glücklich zu machen.«

Ich lege meinen freien Arm um Fee und ziehe die beiden weiter. So fühle ich mich plötzlich wieder wie der alte Jackson, ein Mädchen in jedem Arm.

Nur dass es diesmal Mädchen sind, die mir etwas bedeuten. Und das fühlt sich um Längen besser an. Ein zufriedenes

Lächeln breitet sich auf meinem Gesicht aus. Könnte sein, dass das doch noch ein guter Tag wird.

Dann schaue ich mich suchend um.

»Seht ihr meine Mutter?«

Fee deutet in Richtung Tribüne.

»Sie ist schon vorgegangen. Und wollte etwas zu trinken holen.«

Besorgt seufze ich auf. Was meine Mutter mit etwas zu trinken meint, weiß ich nur zu gut. Ich kann nicht zulassen, dass sie sich vor den Augen aller Leute betrinkt.

Wir gehen schneller, bis wir zum ersten Getränkestand kommen, an dem Nina auf uns wartet. Leider hält sie schon mehrere Becher in der Hand.

In diesem Augenblick wird sie von einem Mann angesprochen, der sie für meinen Geschmack zu interessiert mustert und viel zu nahe heranrückt.

»Das Trikot ist alt, meine Dame, Jackson spielt nicht mehr. Glücklicherweise. Vielleicht darf ich ihnen ein anderes Trikot empfehlen?«

»Das ist mein Name, Sie Dummkopf«, erwidert Nina mit stolz erhobenem Kopf. Der Mann starrt sie bestürzt an und weicht einen Schritt zurück. »Mein Name und mein Sohn.«

Dann sieht sie mich. Und strahlt mich an.

Der Fremde entdeckt mich im selben Augenblick und wird vor Verlegenheit rot. Er macht, dass er wegkommt.

Ich bin eindeutig mit den drei coolsten Frauen von allen hier.

Trotzdem nehme ich meiner Mutter ihr Getränk ab und teste es misstrauisch. Es ist völlig harmlose Cola.

Wir suchen unsere Plätze.

Und dann gelingt es mir erstaunlicherweise, zu vergessen, dass ich wegen miserabler Leistung aus dem Team und vom College geflogen bin und dass der Typ auf dem Spielfeld eigentlich ich sein müsste. Der Typ, der wirklich gut spielt. Wir brüllen und feuern unser Team an. Wir leiden, wenn etwas missglückt.

Jeder Hit, den der Quarterback einstecken muss, tut mir genauso weh wie ihm, und Hannah amüsiert sich über meinen gequälten Gesichtsausdruck, wenn die O-Line nicht hält.

Ich nutze die Chance, den Frauen bei jedem Spielzug zu erklären, warum genau das gemacht wurde, wie wir uns normalerweise absprechen und wie der Plan umgesetzt wurde. Mein Insiderwissen ist jetzt ein echter Vorteil.

Ich genieße es, einfach zuzusehen, mitzufiebern, alles ohne den ständigen Druck, den ich so gehasst habe.

Unsere Defense schickt den Gegner nach nur drei Versuchen vom Feld.

»Wieso wechseln die jetzt schon?«, fragt Hannah, die von den tausend Regeln nach wie vor verwirrt ist.

»An der Position ist es zu heikel, den vierten Versuch auszuspielen«, antwortet Nina, bevor ich zu Wort komme und ich wundere mich ein wenig. Sie ist gar nicht so unwissend, wie ich immer dachte. »Das nennt man Three-and-out, viel besser kann eine Defense es kaum machen.«

»Sag mal, du hast doch nie Football geguckt. Wieso kennst du dich so gut aus?«

Ich sehe sie mit großen Augen an.

»Ich habe schon häufig zugeschaut, als du klein warst. Bei deinen ersten Spielen stand ich jedes Mal mit am Spielfeldrand. Bis es deinem Vater nicht mehr recht war.« Sie zuckt die Schultern, und kurz sehe ich den Schmerz in ihrem Blick, bevor sie sich abwendet.

Ich kann mich nicht daran erinnern. Ich habe nur das Bild meines Vaters vor Augen, der laut brüllend neben dem Platz stand und mir Anweisungen gab. Die ich dann seiner Meinung nach nicht gut genug umsetzte. Dem ich nie gut genug war. Meine Mutter muss dagegen verblasst sein.

Nicht ausgeschlossen, dass es noch mehr von diesen Situationen gab. In denen sie versucht hat, mir eine gute Mutter zu sein, und ich es vergessen habe.

Jetzt tut mir leid, dass ich sie immer behandelt habe wie ein unzurechenbares Kind. Sie ist genauso das Opfer eines gewissenlosen Despoten wie ich.

Gerührt drücke ich ihre Schulter.

»Wir fangen noch mal neu an. Mit allem. Vor allem mit unserem Leben.«

Sie hat Tränen in den Augen, als sie zu mir hoch lächelt und nickt.

In der Halbzeitpause holen wir uns Hot Dogs. Unsere Trikotwahl fällt auf, und ich höre einige Kommentare. Nicht alle sind schlecht, nachdem ich nicht mehr spiele, scheine ich nicht mehr der Buhmann der Mannschaft zu sein.

Ein Mann kommt an mir vorbei, klopft auf meine Schulter und sagt:»Mach dir nichts draus.«

Einige Mädchen werfen mir auch jetzt noch schmachtende Blicke zu. Ich lege demonstrativ meinen Arm um Hannah und küsse sie, während wir auf unsere Hot Dogs warten. Als ich wieder aufschaue, sind die Mädchen verschwunden.

Ben liefert wieder ein richtig gutes Spiel ab. Er ist erst seit einem Jahr am College, ich glaube aber jetzt schon, dass er Chancen hat, Spieler der NFL zu werden. Wir gehen als Sieger vom Platz.

Zu Hause helfe ich Hannah in der Küche. Ich liebe ihre Art zu kochen, denn man weiß nie, was dabei rauskommt. Sie entscheidet in der Tat aus dem Bauch heraus, was sie benutzt, was sie damit macht, und es gelingt jedes Mal. Wir zerschneiden und braten wahre Massen. Wenn Ben zurückkommt, wird er ausgehungert sein.

Unauffällig beobachte ich Hannah. Seit wir von der Rundreise zurückgekehrt sind, ist sie angespannt. Sie bemüht sich, es zu überspielen, aber ich merke trotzdem, wie unsere ungewisse Situation sie belastet. Ich stelle mich hinter sie und massiere ihre Schultern. Küsse ihren Nacken und puste gegen ihr Ohr. Sie kichert.

»Hör auf. Du lenkst mich ab. Das hier ist eine ernste Angelegenheit, und ich lasse gleich alles anbrennen.«

»Willst du drüber reden?«

»Über mein Unvermögen beim Kochen rumzumachen?«

»Nein, darüber, was dir Sorgen macht.«

Sie schüttelt den Kopf. »Wozu? Was ändert es?«

Ja, was ändert es? Nichts. Ich merke, wie ihre Schultern unter meinen Händen weicher werden.

Das sollte ein unbeschwerter Urlaub für Hannah sein. Stattdessen habe ich sie mitten in mein Chaosleben gezerrt, und jetzt macht sie sich Sorgen um mich. Sie hat wegen mir ihren Freund verlassen, wegen eines Kerls, der keinen Plan für seine Zukunft hat. Ich hätte es nicht so weit kommen lassen dürfen. Trotzdem bin ich nicht in der Lage, ihr erneut zu sagen, wie hoffnungslos es mit mir ist und die Konsequenzen zu ziehen. Hannah ist momentan mein einziger Halt, und ich kann sie nicht einfach so aufgeben. Mein Egoismus überwiegt alles.

Die Tür klappert und meine Mutter erscheint im Türrahmen. Sie hat geweint. Hannah wirft ihr einen mitfühlenden Blick zu, muss jedoch weiter in ihrer Pfanne rühren.

Nina lässt sich auf einem der Stühle nieder, und ich setze mich dazu, um ihr Mut zuzusprechen.

»Es wird schon. Irgendwie wird alles wieder gut.«

Wenn ich nur wüsste, wie genau es wieder gut wird, wäre mir auch sehr geholfen. Ich weiß nur, dass ich nie wieder so leben möchte wie vorher. Nie wieder fremdbestimmt sein, nie wieder jemand anderem zum Gefallen sich verbiegen müssen und fremden Ansprüchen genügen. Nie wieder.

»Sie besorgen das Flugticket.« Nina schnieft. »Und sie sind heilfroh, dass ich endlich zurückkomme. Ich habe überhaupt nicht gewusst, wie viel Sorgen sie sich um mich gemacht haben.«

Ich wusste es schon. Sie haben sich diese Blicke zugeworfen, immer wenn sie nach Nina fragten. Immer wenn ich nur die Schultern zuckte und keine Ahnung hatte, was ich antworten sollte. Sie müssen über ihr Alkoholproblem Bescheid gewusst haben. Sie müssen gewusst haben, was für ein Mensch mein Vater ist. Und trotzdem konnten sie nur hilflos daneben stehen.

»Siehst du. Alles wird gut.«

»Aber es ist so unendlich peinlich, zurückzugehen. Mit leeren Händen. Das habe ich so nie gewollt.«

»Ja, ich weiß. Ich fühle mich genauso.«

Egal, wie viel Geld Fee zur Verfügung hat und egal, wie gerne sie bereit ist, meine Mutter und mich zu unterstützen, schwöre ich mir, mich irgendwann revanchieren zu können. Irgendwann werde ich in der Lage sein, nicht nur meinen eigenen Lebensunterhalt zu bestreiten, sondern auch meine Schulden zurückzuzahlen.

Beim Essen werden wir wieder vergnügter.

»Ben, wenn du so weitermachst, steht deiner NFL Karriere nichts mehr im Weg«, lobe ich meinen Kumpel, der wie ein Irrer Essen in sich hineinschaufelt. Ich kann mich an den Hunger nach so einem Tag lebhaft erinnern.

»Ich muss noch tausend Dinge lernen.«

»Es war wirklich ein tolles Spiel«, lächelt Nina Ben an. »Ich hatte völlig vergessen, wie sehr ich die Atmosphäre im Stadion mag.«

»Nina, nimmst du Wasser?«

Fee steht mit der Karaffe neben dem Tisch.

Meine Mutter hat seit heute Vormittag keinen Alkohol getrunken. Jetzt nickt sie.

Ihre Hand zittert, während sie die Gabel zum Mund führt, und besorgt frage ich mich, ob man einfach so mit dem Trinken aufhören kann. Sie ist schon seit vielen Jahren Alkoholikerin. Wenn sie jetzt von einer Minute auf die andere nicht mehr trinkt, muss sie dann nicht auf Entzug sein? Geht das überhaupt?

Verunsichert werfe ich Hannah einen Blick zu und deute unauffällig auf die Hände meiner Mutter. Ninas Zittern ist nicht zu übersehen, und Hannah zieht besorgt die Augenbrauen zusammen.

Vielleicht war es doch nicht so clever, allen Alkohol wegzukippen? Vielleicht wäre es besser, sie in kleinen Schritten davon wegzubringen? Vielleicht brauchen wir doch einen Arzt.

»Das ist sehr lecker, Hannah.« Nina überspielt ihre Probleme. Sie stochert zwar eher in ihrer Mahlzeit, aber das ist genau genommen nichts Neues. Ich weiß gar nicht, wann ich meine Mutter überhaupt jemals habe essen sehen.

»Aber du isst ja kaum etwas.« Hannahs Stimme hört man die Sorge an.

»Ach, ich esse nie viel. Das ist für mich eine Riesenportion.« Mit einem gezwungenen Lächeln führt sie die Gabel erneut zum Mund. Das Zittern wird stärker.

Auf ihrer Stirn liegt ein leichter Schweißfilm. Auch das ist nicht normal, denn es ist nicht heiß hier drin. Sind das schon Entzugserscheinungen?

Möglicherweise haben wir einen Fehler gemacht, meine Mutter mitzunehmen. Das alles könnte zu viel für sie werden. Meinen Vater und ihr bedachtes, gewohntes Leben zu zurückzulassen. Der gnadenlose Alkoholentzug von null auf hundert. Wir sind mit ihr zum Football gegangen, als wäre alles normal, mit ihr, die seit Jahren das Haus nicht verlassen hat.

Jetzt greift sie nach ihrem Getränk und führt es konzentriert an die Lippen. Ich lasse sie nicht aus den Augen. Das Wasser perlt im Glas und verdeckt die unsicheren Bewegungen. Ich möchte sie nicht in großer Runde fragen, wie es ihr geht und ob wir einen Arzt brauchen.

Aber ich mache mir Sorgen.

Hoffentlich können meine Großeltern möglichst schnell den Flug nach Deutschland organisieren. Es fühlt sich beängstigend an, plötzlich für meine Mutter verantwortlich zu sein. Ich bin es ja noch nicht einmal gewohnt, Verantwortung für mich selber zu übernehmen.

Ein Auto hält mit quietschenden Reifen vor der Haustür. Der Kies knirscht, und man hört, wie er nach allen Seiten auseinanderfliegt. Wir erwarten niemanden. Autotüren schlagen zu, und jemand klingelt und hämmert zeitgleich wild gegen die Tür. Da kommen üble Erinnerungen hoch. Nicht nur bei mir.

»Kann das wieder Julius sein?«, fragt Hannah erschrocken. Ihr Blick fällt auf meine Mutter, die ebenfalls besorgt aussieht. »Julius ist mein Exfreund. Es war keine erfreuliche Trennung, und das ist meine Schuld«, murmelt sie dann betreten und scheint sich nach wie vor rechtfertigen zu wollen.

»Bleibt ihr sitzen, ich vergraule ihn, egal, wer es ist.« Fee schiebt entschlossen ihren Teller zur Seite und steht auf.

Fast atemlos warten wir in der Küche und lauschen, wie sie die Tür öffnet. Ben folgt ihr und hat prophylaktisch schon seinen finstersten Gesichtsausdruck aufgesetzt. Auch er scheint Julius zu erwarten, und ein erneutes Theater mit Hannahs Verflossenem ist nicht das Richtige für meine Mutter. An keinem Tag. Heute schon gar nicht.

»So einen schönen Anblick habe ich jetzt nicht erwartet.« Mein Vater.

Ich lege resigniert den Kopf in die Hände. Ich habe wieder neues Chaos hergebracht. In Form meiner Mutter. Und dadurch ebenfalls in Form meines Vaters, denn damit hätten wir rechnen müssen. An Fees Stelle würde ich mich in hohem Bogen rauswerfen. Mich und meine gesamte Sippschaft.

»Wenn Sie meinen Anblick nicht erwartet haben, dann sind Sie eindeutig an der falschen Adresse.« Fees Tonfall ist distanziert, abweisend, professionell. Sie ist es gewohnt, aufdringliche Fans auf Distanz zu halten, ohne dabei unnötig grob zu sein. »Bitte verlassen Sie mein Grundstück.«

Jedem, der meinen Vater kennt, muss klar sein, dass das bei ihm so nicht funktioniert. Egal, aus welchem Grund er hier ist – und ich befürchte, der Grund sitzt mir gegenüber und macht ein entgeistertes Gesicht – Fees Anblick wird den Jagdinstinkt in ihm auslösen.

Instinktiv greife ich nach Hannahs Hand. Auf keinen Fall darf er sie erneut vor die Augen bekommen. Nach Gina ist sie das erste Mädchen, das nicht austauschbar ist. Eigentlich wollte ich das nie wieder riskieren. Ich hatte mir doch geschworen, nie wieder mein Herz zu verlieren und mich nie wieder so verletzlich zu machen.

»Ja, das sind Jacksons Freunde.«

Beim Klang der Frauenstimme erhebe ich mich und schiele ungläubig aus dem Fenster. Kaum zu glauben, es ist Mimi. Mimi, heute für ihre Verhältnisse dezent gekleidet und geschminkt, die auf Fee und Ben zeigt. Mein Vater hat ihr früher keinen Blick gewidmet, was hat sich geändert?

Er sieht ebenfalls anders aus. Wie immer trägt er Anzughose und Hemd, heute aber kein Jackett. Das Hemd ist zerknittert, seine Frisur sitzt nicht so tadellos wie gewohnt. So verlässt er normalerweise nicht das Haus.

»Dann bin ich ja doch an der richtigen Adresse. Meine Frau wurde entführt. Und wenn Jackson Junior seine Finger im Spiel hat, werde ich ihn anzeigen. Früher oder später landet er so oder so im Knast.«

»Ihre Frau wurde entführt?«

Ich kann förmlich hören, wie sich Fees Augenbrauen erstaunt in die Höhe heben, ohne einen einzigen Blick auf sie werfen zu können.

»In der Tat.«

»Gibt es eine Lösegeldforderung?«

»Die wird schon noch eintreffen. Ich wollte dem Versager eine letzte Chance geben, zur Vernunft zu kommen, bevor ich ihn einbuchten lasse. Er dachte, er könne mich erpressen. Da hat er sich geirrt, ich zahle nämlich keinen Cent.«

»Und wenn ihre Frau nicht entführt wurde, sondern freiwillig das Haus verlassen hat?«

»Meine Frau ist Alkoholikerin und wagt sich allein keinen
einzigen Schritt hinaus.«

»Das kann nicht sein. Sie war vor einigen Wochen hier, wir
haben zusammen Kaffee getrunken«, triumphiert Fee.

»Jetzt ist sie auf jeden Fall nicht freiwillig weg, denn keine
Frau verlässt Thomas Jackson. Das müsste auch dir klar sein,
Mädchen.« Er lässt seinen Blick abschätzend an Fee auf- und
abgleiten. Ich schäme mich für meinen Erzeuger. »Unter Umständen begleitest du mich zur nächsten Gala. Eine Win-win-
Situation. Ich habe einen netten Abend in entzückender
Gesellschaft, und du wirst mit dem einflussreichsten Mann
der Gegend gesehen. Das dürfte deine Modelkarriere enorm
ankurbeln.«

»Nein, danke.« Fees Stimme ist eiskalt.

»Ich würde Sie begleiten.« Mimi kapiert mal wieder gar
nichts. »Ich liebe Partys.«

»Verschwinden Sie. Und lassen Sie Ihre Finger von meiner
Freundin«, knurrt Ben. Ich kann mir lebhaft vorstellen, wie er
sich gerade fühlt.

»Junge, stell dich nicht so an. Ich will euch doch nur helfen.
Du bist ein begnadeter Spieler, und ich habe Einfluss, am
College und in der NFL. Ich könnte dir nach deinem Studium
dort unter die Arme greifen. Oder jetzt schon, der Collegetrainer frisst mir aus der Hand.«

Nun versucht er, sie zu kaufen. Ich kenne einige Jungs, die
für eine NFL Karriere ihre eigene Mutter verkaufen würden.
Ben gehört nicht dazu.

»Der Collegetrainer hat die Schnauze voll von Ihnen. Und
ich genauso«, sagt er, ohne zu zögern.

»Ich muss mit ihm sprechen«, flüstert Nina. »Er darf dich
nicht anzeigen. Er darf dich nicht verhaften lassen.«

»Mutter, mach keinen Quatsch. Er kann mich nicht verhaften lassen, denn du wurdest gar nicht entführt. Das ist nur

einer seiner üblichen Schachzüge, und wir fallen definitiv nicht drauf rein.« Ich werfe ihr einen genervten Blick zu. Jahrelang hat er uns manipuliert, und sie durchschaut seine Tricks noch immer nicht. Keine drei Sekunden bräuchte er, um sie wieder willenlos an der Flasche zu haben.

»Ich weiß, dass sie hier ist. Entweder kommt sie jetzt freiwillig raus oder mit Gewalt. Für mich ist das unwichtig.« Leider ist das keine leere Drohung. Heute hat er gleich zwei seiner Bodyguards dabei, und die sehen nicht nur so aus, als würden sie kleine Kinder zum Frühstück verspeisen. Ich habe mir oft genug den Vortrag angehört, dass er nur Männer beschäftigt, die in sämtlichen Kampfsportarten ausgebildet sind und keine Angst haben, sich die Hände schmutzig zu machen.

»Hannah, wähl den Notruf. Wir brauchen die Polizei, und zwar so schnell wie möglich.« Ich werfe ihr mein Handy zu.

Mittlerweile müssen wir auf Zeit spielen, denn Ben und ich sind allein leider nicht in der Lage, meine Mutter zu beschützen.

Trotzdem gehe ich raus. Ab jetzt zählt jede Sekunde.

kapitel 24

HANNAH

Der Notruf ist schnell gewählt. Die notwendigen Infos sind ebenfalls schnell übermittelt. Wie lange die Polizei nun allerdings braucht, um vor Ort zu erscheinen und zu verhindern, dass Nina tatsächlich entführt wird, ist die große Ungewissheit. Es war ein Fehler, Brooks rausgehen zu lassen. Gerade höre ich, wie er erneut aufgelistet bekommt, in welchen Bereichen er jämmerlich versagt hat und welch unaussprechliche Enttäuschung er für seinen Vater ist.

Nina steigen die Tränen in die Augen.

»In all den Jahren habe ich ihn nie davor beschützen können«, flüstert sie. »Ich war so eine schlechte Mutter.«

Im Vergleich zu meiner sehe ich das anders.

Am besten wäre von Anfang an sowieso ich rausgegangen. Ben und Fee sind interessant für Brooks' Vater, erfolgreich, attraktiv, Menschen zum Vorzeigen. Ich bin es nicht. Inzwischen macht es leider keinen rechten Sinn mehr.

»Am besten verstecken wir dich«, überlege ich laut in Ninas Richtung. Ich kann sie allerdings schlecht in einen Schrank stecken. Schon jetzt macht sie nicht den Eindruck, mühelos Luft zu bekommen.

»Ich muss Brooks verteidigen. Endlich einmal.«

Nina will zur Tür gehen, in letzter Sekunde halte ich sie zurück.

»Brooks wird sich leider solange beschimpfen lassen müssen, bis die Polizei da ist. Dann kannst du rausgehen und loswerden, was du schon immer sagen wolltest.« Heimlich werfe ich einen Blick durch die Küchentür. Brooks ist wieder in diesem apathischen Leck-mich-am-Arsch-Modus, den ich genauso beim letzten Zusammentreffen mit seinem Vater an ihm gesehen habe. Mir blutet das Herz bei dem Anblick, denn ich bin schon lange in der Lage, hinter die Fassade zu schauen. Ehe ich mich versehe, stehe ich neben ihm und nehme seine Hand.

»Wie nett, die kleine Kampfmaus ist da.«

Wie gesagt, ich habe einen großartigen Eindruck bei Jackson Senior hinterlassen. Jetzt schiebt sich nämlich ein spöttisches Grinsen in sein Gesicht.

»Verschwinden Sie«, motze ich zurück.

»Ich verschwinde liebend gern. Ist ja keine berauschende Gesellschaft, in der ich mich befinde. Mit meiner Frau allerdings.« Er versucht, an mir vorbei ins Innere zu spähen.

»Nina, komm sofort her, und hör auf mit dem Schwachsinn«, brüllt er dann unvermittelt.

Leider ist niemand mehr in Ninas Nähe, um sie daran zu hindern, dem Befehl Folge zu leisten. Sekundenlang herrscht angespanntes Schweigen. Dann fixiert Mr. Jackson erneut Fee und Ben.

»Sie beide sind doch definitiv vernunftbegabte Menschen und nur aus Versehen in dieses ganze Schlamassel geraten. Meine Frau ist krank. Psychisch krank. Sie ist gefährlich, selbstmordgefährdet, wenn man es beim Namen nennen muss. Das ist traurig, aber leider wahr. Und wenn Sie sie verstecken, kann ich für nichts garantieren. Nicht für die Sicherheit meiner Frau und nicht für Ihre eigene.«

Nina ist psychisch gewiss nicht sonderlich belastbar, sonst

hätte sie sich die Behandlung von ihrem Mann nicht so lange gefallen lassen. Und der Alkohol hat sie selbstverständlich nicht stärker gemacht. Ihre einzige Selbstmordabsicht dagegen war eventuell, sich zu Tode zu trinken. Und das hat er nie versucht zu verhindern.

So unangenehm wie dieses ganze Gespräch für uns ist, so notwendig ist es leider. Krampfhaft überlege ich, womit man Brooks' Vater weiter hinhalten könnte, denn einen sonderlich geduldigen Eindruck macht er nicht.

Aber es ist eh zu spät.

Einer der Bodyguards, die sich ununterbrochen umsehen, als rechneten sie jederzeit mit einem Attentat auf ihren Boss, sagt: »Ihre Frau ist drinnen, ich habe sie am Fenster gesehen.«

Mist.

»Holt sie raus«, knurrt Brooks' Vater, und die beiden Mafiatypen stürmen los.

Ben ist nicht umsonst Tight End. Nach dem heutigen Besuch im Stadion habe ich erst begriffen, was er alles während eines Spiels zu tun hat. Er fängt nicht nur den Ball und läuft damit, er kann jederzeit als Blocker eingesetzt werden, um den Weg freizumachen oder Gegner aufzuhalten. Und genau das macht er jetzt. Und er nimmt es mühelos mit beiden auf. Den ersten greift er um die Taille und reißt ihn so herum, dass er gleichzeitig den zweiten zu Fall bringt. Sie liegen alle drei in einem wilden Knäuel am Boden. Ben hat sich schnell wieder unter Kontrolle. Er hält den massigeren der beiden Bodyguards fest.

Aber festhalten kann er leider nur den einen.

Der andere rappelt sich wutentbrannt auf und stürmt erneut auf die Tür zu. Nur um da von Brooks gestoppt zu werden, der ihn genauso zu Fall bringt wie zuvor Ben.

Brooks hat unglücklicherweise nicht die nötige Masse, um den Schlägertypen auf Dauer festzuhalten. Die beiden ringen miteinander, und es ist schnell abzusehen, dass Brooks den Kürzeren ziehen wird.

Fee und ich stürmen zeitgleich hinzu, um ihm zu helfen, in dem Moment, in dem er sich einen Schlag auf die Lippe einfängt. Es nützt nichts. Ein einziger Tritt schleudert mich zurück, und minutenlang kann ich nur hilflos nach Atem ringen. Als ich wieder realisiere, was um mich herum geschieht, hat sich die Situation komplett gewandelt.

Einer der massigen Schlägertypen zerrt Nina aus dem Haus, eine Nina, die schreit und um sich schlägt. Der andere hat Ben den Arm auf den Rücken verdreht und hält ihn hilflos am Boden fest. Brooks liegt zusammengekrümmt auf dem Boden und ist kreideweiß.

Ein Stöckelschuh taucht neben Brooks auf und als ich hinschaue, sehe ich genau in Mimis Gesicht. Verdammt viele Emotionen wechseln sich in ihrer Miene ab.

»Ich sollte dich treten, Jackie, sollte ich wirklich. Für deine ewige Untreue, du mieser Dreckskerl.«

Ja, der Wunsch nach Vergeltung ist definitiv dabei.

»Gute Idee, mach erst den Wichser fertig und dann kümmerst du dich um meine Ex. Die ist kein Stück besser.«

Ungläubig starre ich auf Julius, der ein untrügliches Talent für wirklich schlechtes Timing beweist. Jetzt steht er mit verschränkten Armen in der Auffahrt und beobachtet das Schauspiel, das sich ihm bietet.

Schnell rapple ich mich auf, denn ich traue Mimi alles zu. Ihr auf mir ruhender Blick ist schwer zu deuten. Dann schaue ich mir Julius genauer an. Brooks' Schlag hat ihm eine dicke Lippe eingebracht.

»Wenn ihr Probleme mit Untreue habt, dann kümmert euch um Brooks' Vater. Brooks und ich haben sicherlich so einige Fehler gemacht, aber so schlimm wie der sind wir nicht«, wende ich dann ein.

»Dass Jackson ununterbrochen seine Frau betrügt, weiß doch jeder«, sagt Mimi achselzuckend.

»Der Apfel fällt halt nicht weit vom Stamm.« Julius betrachtet Mimi ein wenig spöttisch.

»Willst du damit sagen, dass ich es selber schuld bin?«, faucht Mimi. »Hätte ich wissen müssen, dass mein Ex nicht treu sein kann?«

»Ach was. Ich will damit sagen, dass es nicht lange dauert, bis der Arsch da auch meine Ex betrügt. Aber wenn sie dann heulend angerannt kommt, ist es zu spät.«

Das hat er mir ja schon mehrmals zu verstehen gegeben. Und es erklärt nach wie vor nicht, was er aktuell überhaupt hier macht. Außer unsere missliche Lage zu genießen.

Leise beuge ich mich zu Brooks hinab. Der schlägt jetzt immerhin die Augen auf.

»Ist die Polizei endlich da?«, stöhnt er.

»Nein, noch immer nicht.«

Der Bodyguard hat Nina inzwischen über seine Schulter geworfen, und sie zappelt hilflos mit den Beinen in der Luft.

Mühsam keuchend versucht Brooks, hochzukommen, krümmt sich aber immer wieder vor Schmerzen zusammen. So wird er nichts ausrichten können. Fee bemüht sich, Ben zu befreien, der inzwischen der Einzige ist, der Nina retten kann, aber der Typ auf Bens Rücken grinst nur über ihre hilflosen Versuche, ihn wegzuzerren.

Wenn die Polizei nicht innerhalb der nächsten Sekunden aufkreuzt, haben wir Nina verloren. Sobald sich die Mauern hinter ihr schließen, holen wir sie da nie wieder raus.

»Julius, hilf uns«, flehe ich meinen Exfreund an. Zwar hat er sich vor Ort verdammt unglücklich präsentiert, aber ich habe ihn nicht als komplettes Arschloch in Erinnerung. Es kann ihm nicht egal sein, was mit Nina geschieht.

»Warum sollte ich?«

»Weil Nina nichts damit zu tun hat, was zwischen uns ist. Sie ist selber ein Opfer. Seit Jahren schon.«

»Und was soll ich machen? Mich mit einem Riesenkiller prügeln?«

»Hast du etwa Angst?« Mimi nimmt Julius genau ins Visier. Dann zwinkert sie mir zu.

Sie wirkt anders, als im Club. Durchaus wütend und verletzt, aber nicht so weinerlich. Definitiv selbstbewusster. Und deutlich attraktiver, denn heute ist sie nicht allzu stark geschminkt. Und ihr Gesicht hat es auch nicht nötig.

»Natürlich nicht.« Julius richtet sich kerzengerade auf. »Ich bin nur nicht der Typ, der sich prügelt.«

Das stimmt, er hat am Vortag nicht einmal versucht, sich zu wehren.

»Aber es geht ja darum, eine Frau zu beschützen, nicht um eine Prügelei«, wende ich zaghaft ein, weiterhin unschlüssig, was ich von Mimi und ihrer Taktik halten soll.

»Der Typ besteht nur aus Muskeln.« Julius hat leider recht. Selbst wenn er bereit ist einzuschreiten, wird er sich ebenfalls nur eine blutige Nase holen.

Plötzlich grinse ich.

»Wenn ihr mitmacht, können wir sie aufhalten. Ganz ohne Gewalt.«

Ich zerre Brooks hinter mir her. Er ist nicht gut auf den Beinen, aber schneller als der Bodyguard, der die ununterbrochen zappelnde Nina trägt, sind wir allemal. Und so erreichen wir als Erste das Auto von Jackson Senior. Diesmal ist es nicht der kleine Sportflitzer, der aussieht, als ob der Besitzer ein Geschwindigkeitsjunkie ist. Heute ist es eine Limousine, die definitiv genug Platz bietet, um mehrere Bodyguards, abtrünnige Ehefrauen und Exfreundinnen gleichzeitig zu transportieren.

»Wie viele Autos hat dein Vater?«, frage ich kopfschüttelnd, dabei will ich die Antwort gar nicht wissen. Schnell schiebe ich Brooks auf die Rücksitzbank. »Los, los, beeilt euch.«

Julius ist vielleicht nicht der Stärkste, aber dumm ist er ganz bestimmt nicht. Breit grinsend nimmt er neben Brooks' Platz, während Mimi auf dessen andere Seite rutscht.

»Das Ding hier kostet doch unter Garantie mehrere hunderttausend«, sagt Julius andächtig und lässt eine Hand über das Leder des Sitzes gleiten.

Brooks spart sich jeden Kommentar. Er hockt auf der Mittelkonsole, die überhaupt nicht für einen Passagier gedacht ist, sondern als Trenner zwischen den breiten Sitzen fungiert.

Ich selbst schiebe mich entschlossen hinter das Steuer.

»Raus aus dem Wagen, ihr habt da nichts verloren«, brüllt Brooks' Vater, als er entsetzt entdeckt, was wir hier tun.

»Runter von meinem Grundstück, hier haben Sie nämlich nichts verloren«, schreit Fee zurück, die bei dem Gebrüll von Ben ablässt.

Der Bodyguard steht unentschlossen fünf Schritte von uns entfernt und starrt mit offenem Mund.

»Boss, was soll ich denn jetzt mit ihrer Frau machen?«, fragt er ratlos.

»Sie kommt in den Kofferraum.«

Nina trommelt bei diesen Worten entrüstet mit ihren Fäusten gegen den Rücken des Riesen, aber auch das zeigt keine erkennbare Wirkung.

Jackson Senior eilt mit langen Schritten auf mich zu, und schnell schlage ich die Tür zu. Ein wenig Angst macht mir meine Idee jetzt nämlich schon.

»Der Schlüssel steckt leider nicht. Am liebsten würde ich wegfahren«, stelle ich fest. Obwohl ich mit der geballten PS-Kraft unter der Motorhaube kaum zurechtkäme. »Oder zumindest abschließen.«

Dann wende ich mich nach hinten um. Brooks sitzt eingekeilt zwischen Mimi und Julius und sieht nicht allzu glücklich dort aus.

»Ohne ihren Wagen sind Amerikaner echt verloren«, stimmt Julius mir zu und grinst ein wenig. Dann wirft er einen Blick zu Mimi rüber.

»Wenn du deinem Ex jetzt mal ganz nachdrücklich klarmachen willst, was du von ihm hältst, dann hast du gerade eine super Gelegenheit dazu. Weglaufen kann der so nicht.«

»Ach, nicht nötig.« Inzwischen kann ich alle Gefühle in Mimis Miene interpretieren. Es ist nämlich ein Haufen Mitleid dabei. Kein Wunder, wenn sie mitbekommen hat, wie Jackson Senior mit seinem Sohn umgesprungen ist. »Ich bin schon fast über ihn hinweg. Aber du hast sicher noch eine Rechnung mit ihm offen.«

»Julius, bitte«, bettle ich. »Brooks kann nichts dafür. Er wusste ja überhaupt nicht, dass ich einen Freund habe.«

»Du bist es definitiv nicht schuld, Hannah«, sagt Brooks und sieht weiterhin starr geradeaus. »Ich habe mit der Nummer im Flieger begonnen, und ich werde es jetzt ausbaden. Und wenn er hilft, meine Mutter hier heil rauszubringen, kann er mir gerne eine reinhauen.«

»Als Revanche für gestern?« Julius beugt sich näher an Brooks ran.

»Ne, die Schläge von gestern hattest du verdient. Wer ein Mädchen ohrfeigt, muss mit den Konsequenzen leben. Du kannst Rache für davor nehmen.«

»Als ob das mein Niveau wäre.« Jetzt verzieht er angewidert sein Gesicht.

Brooks wendet sich ihm vollends zu.

»Ich habe deine Freundin auf dem Flug nach Miami verführt. Auf der Bordtoilette. Soll ich dir beschreiben, was ich gemacht habe? Willst du wissen, wie lange ich gebraucht habe, um sie zum Höhepunkt zu bringen?« Brooks' Miene ist mal wieder provokant lässig und arrogant. Eigentlich unmöglich für Julius, dabei cool zu bleiben. »Willst du dein Niveau nicht noch einmal überdenken? Schließlich ist eure Beziehung wegen mir in die Brüche gegangen.«

Julius schlägt zu.

Erschrocken schreie ich auf.

Brooks verzieht vor Schmerz das Gesicht, aber wohl eher, weil Julius seine ohnehin schon malträtierte Nase erwischt hat. Ein wenig Blut sickert Richtung Mund, und Brooks wischt es weg.

»Na also, geht doch«, sagt er dann zufrieden.

Julius dagegen betrachtet entsetzt seine Hand. Dann schüttelt er sie. »Scheiße, das tat weh. Das tat mir weh, ich schlage nie wieder jemanden.«

Die Ohrfeige, die er mir verpasst hat, lasse ich mal unerwähnt. Denn in diesem Moment sitzt er ja in der Tat mit uns im Wagen, um seinem Erzrivalen zu helfen. Und das ist erstaunlich edel.

Brooks wendet sich jetzt Mimi zu.

»Und dich habe ich genauso scheiße behandelt, Mimi. Hau mir auch eine rein. Oder was du für angemessen hältst.«

Mimi lächelt traurig.

»Hat er dich echt vor die Tür gesetzt und enterbt?«, fragt sie dann und inzwischen sickert das Mitgefühl aus jeder Pore. Brooks' Mund wird hart. Dann nickt er.

»Spar dir dein Mitleid. Schlag endlich zu, Mimi, ich hab dich jahrelang nur benutzt und verarscht.«

»Wir hatten aber auch schöne Zeiten.« Mimi zieht kurz ein wehmütiges Gesicht. Dann kneift sie die Augen zusammen. »Im Übrigen habe ich letzte Woche mit Connor gevögelt.«

Brooks hebt die Augenbrauen.

»Das erklärt so einiges«, sagt er dann.

In diesem Moment wird die Fahrertür aufgerissen, und Jackson Senior steht wutschnaubend neben mir.

»Wer ist Connor?«, frage ich trotzdem. »Und was erklärt es?«

»Steigt aus dem Auto. Sofort. Ich hetze euch die Bullen auf den Hals.«

»Connor ist in meinem Team. Er hat mich vom ersten Tag an gehasst.« Brooks klingt völlig entspannt.

»Das hat er mir auch erzählt«, kichert Mimi. »Er hat echt stundenlang über dich hergezogen.«

Dieses Mädchen ist für mich echt undurchschaubar. Ihre Gefühlsmischung aus Wut, Mitleid und Rache macht mich schier schwindelig.

Noch dazu versucht Brooks' Vater, mich aus dem Auto zu zerren, und ich halte mich mit beiden Händen am Lenkrad fest.

In dem Moment klettert Fee auf den Beifahrersitz.

»Sitzstreik! Eine absolut geniale Idee«, grinst sie.

»Wir bräuchten Handschellen, um uns ans Auto zu schnallen«, keuche ich, während ich langsam aus dem Wagen rutsche.

In dem Moment, in dem ich endgültig auf dem Kies lande, rutscht Fee auf den Fahrersitz.

»Handschellen wären sehr hilfreich«, stimmt sie mir zu.

»He, kommt sofort rüber und helft mir, die blöden Weiber aus dem Wagen zu bekommen. Wofür bezahle ich euch eigentlich?«, brüllt Brooks' Vater mit hochroten Kopf zu seinen Bodyguards.

»Und was ist dann mit dem Typen?« Der eine weist auf Ben. »Den kann ich sowieso nur mit Mühe halten, der ist echt ein Monster.«

»Und die hier rennt weg, sobald ich sie loslasse.«

Ein hysterisches Kichern bahnt sich langsam seinen Weg tief aus meinem Bauch. Wie der Blitz krabble ich um das Auto und setze mich auf den Beifahrersitz. Der ist unmenschlich bequem, und ich wette, das ist der luxuriöseste Sitzstreik, den es jemals gegeben hat.

»Gut, dann machen wir es eben anders.« Jackson Senior verdreht entnervt die Augen. Dann fixiert er Mimi und Julius. »Wie viel?«

»Wie viel was?«

»Wie viel kostet es, damit ihr die Seiten wechselt und mir helft, meine kranke Frau wieder nach Hause zu bringen?«

Ich keuche entsetzt auf. Dieser Mann kennt wirklich keinen Anstand. Und ich könnte wetten, dass Mimi käuflich ist.

»Wie viel ist es Ihnen denn wert?«, fragt Julius mit großen Augen.

»Julius, er sperrt sie ein, wenn er sie mitnimmt. Und sie trinkt nur, weil sie so unglücklich mit ihm ist«, versuche ich, ihn auf unserer Seite zu halten.

»Zehntausend. Für jeden von euch.« Puh. Da kann kein Mitleid der Welt gegen ankommen. Frustriert schließe ich den Mund, denn ich habe keine zehntausend Argumente.

»Wow«, entfährt es Julius. »Ihnen scheint aber doch verdammt viel an Ihrer Frau zu liegen.«

»Er kann es nur nicht ertragen zu verlieren«, knurrt Brooks. »Er hat Angst davor, zum Gespött der Stadt zu werden, weil ihm die Frau davonläuft.«

Mimi ist ganz still geworden. Wir können wohl kaum von den beiden erwarten, ein so hohes Angebot auszuschlagen. Resigniert lege ich den Kopf in die Hände.

»Ich mach es nicht«, ertönt da Mimis Stimme fest und entschlossen. »Sie haben mich die letzten Jahre keine Sekunde zur Kenntnis genommen, denn da war ich nie gut genug. Sie betrügen Ihre Frau und sind widerlich zu ihrer Familie. Jackie tut mir so leid, weil Sie ihn so mies behandeln. Ich will Ihr stinkendes Geld nicht.«

Wow! Einfach nur wow! Sprachlos und zutiefst beeindruckt starre ich Mimi an. Die hat mehr Rückgrat, als ich von den meisten Menschen erwarten würde.

Und dann höre ich sie endlich. Die Polizeisirenen.

Nicht nur ich hebe den Kopf.

Zwei Polizeiwagen kommen mit Blaulicht die Einfahrt hochgerast. Bei dem Tempo können sie nicht lange gebraucht haben, obwohl es mir seit meinem Anruf vorkam wie eine Ewigkeit.

»Sie müssen diese Leute festnehmen.« Brooks' Vater erholt sich schnell von seinem Schreck und reagiert auf der Stelle, als die Beamten aus ihrem Wagen stürzen. »Sie haben sich meines Bentleys bemächtigt. Das ist Diebstahl.«

»Ich zeige Hausfriedensbruch an«, kontert Fee. »Diese drei Männer weigern sich, mein Grundstück zu verlassen.«

Nina zappelt jetzt wieder nachdrücklicher. »Hilfe, helfen Sie mir. Der Mann will mich entführen.«

Der Bodyguard lässt sie langsam und mit betretener Miene hinab.

»Thomas Jackson, Sie kennen mich sicher. Gut, dass Sie endlich kommen.« Jackson Senior geht mit großen Schritten den Beamten entgegen. »Ehe Sie jetzt einen falschen Eindruck bekommen. Meine Frau ist nicht zurechnungsfähig, sie steht unter Alkoholeinfluss. Ich muss sie wohl oder übel vor sich selber schützen.«

»Du musst mich bestimmt nicht schützen, du willst mich nur wieder einsperren.« Nina macht glücklicherweise einen vollkommen nüchternen Eindruck. »Ich werde meinen Mann nämlich verlassen, wenn Sie es genau wissen wollen. Und wenn gleich Paparazzi auftauchen, werde ich das genauso abermals sagen.«

»Uns wurde eine versuchte Entführung gemeldet.« Der erste Polizist meldet sich zu Wort, völlig unschlüssig, was von der Situation zu halten ist.

»Ich habe angerufen«, beeile ich mich zu sagen. Denn das muss doch alles erklären. Derjenige, der die Polizei ruft, ist doch offenkundig unschuldig. Zumindest nach meinen Begriffen.

»Genau, meine Frau wurde entführt«, mischt sich Brooks' Vater wieder ein. »Es ist ein Versuch, Lösegeld von mir zu erpressen. Ein reicher Mann wie ich ist immer in Gefahr, so einem Verbrechen zum Opfer zu fallen.«

»Und wer ist der Entführer?«

Julius und Mimi haben sich längst leise aus dem Auto entfernt, nur Brooks sitzt nach wie vor angeschlagen in der Mitte der Rücksitzbank.

Nun zeigt sein Vater auf ihn. Und obwohl wir alle wie wild durcheinanderreden, zerren die Beamte ihn grob aus dem Wagen.

kapitel 25

JACKSON

So langsam weiß ich nicht mehr, wie mir geschieht. Der Bodyguard hatte mich kurz ausgeknockt, und obwohl ich bisher dachte, dank meiner Footballkarriere mit harten Hits umgehen zu können, bin ich seitdem ziemlich neben der Spur. Dann hatten mich Julius und Mimi in der Mangel, die beide allen Grund haben, sauer auf mich zu sein. Und nun werde ich zum ersten Mal in meinem Leben verhaftet.

»Am besten ist es wohl, wenn ich mit meiner Frau das Feld räume. Sie haben ja alles unter Kontrolle, und ich werde dann morgen meine Aussage auf dem Revier zu Protokoll geben.«

Mein Vater versucht, Nina unauffällig Richtung Auto zu ziehen, aber sie protestiert vehement.

»Lass mich gefälligst los, Thomas. Auf keinen Fall werde ich zurückkommen. Das habe ich doch gerade schon laut und deutlich gesagt.«

»Mach dich nicht lächerlich, Nina. Wir wissen doch alle, dass deine unberechenbaren Launen durch den Alkohol ausgelöst werden. Ich sorge dafür, dass du eine Therapie beginnst.«

Mit einem Ruck entzieht sich Nina meinem Vater.

»Du bestimmst nicht mehr über mein Leben. Ich habe lange genug all deine Affären, deine Demütigungen geduldet, ich habe mich lange genug unglücklich machen lassen. Steig zurück in dein protziges Auto und fahr in deine protzige Villa, all das hat dir doch eh immer mehr bedeutet als wir. Lass uns in Ruhe, Brooks und mich.«

»Wen und was ich wann in Ruhe lasse, schreibt mir gewiss keine hysterische Alkoholikerin vor.«

»Das ist dann das Entführungsopfer?«

Einer der Polizisten, die mich in ihre Mitte genommen haben, weist verwirrt auf meine Mutter. Bei der Bewegung stoßen seine Handschellen gegen mich, und ich sehe mich schon gefesselt auf dem Revier. Kann man noch tiefer sinken?

»Das angebliche Entführungsopfer«, mischt sich Fee ein. »Nina ist mein Gast, völlig freiwillig und schon seit heute Morgen. Und Brooks ist kein Entführer, sondern ebenfalls mein Gast.«

»So wie es aussieht, ist der Entführer kein Einzeltäter, wie ich es glaubte. Es ist eine ganze Bande«, mischt sich Jackson Senior wieder ein.

»Wir nehmen auf jeden Fall diesen hier mit, dann kann er seine Lage über Nacht in der Zelle überdenken.« Dem Polizisten, der das Sagen hat, wird das eindeutig zu bunt. »Und den Rest der Gruppe erwarte ich morgen Vormittag auf dem Revier. Wir brauchen die Aussagen von allen.«

»Sie dürfen Brooks nicht mitnehmen«, protestiert Hannah laut. »Ich habe Sie angerufen, weil dieser Mann Nina mit Gewalt von hier fortbringen wollte. Sie verhaften den Falschen.«

»Sollen die Beamten etwa mich verhaften?« Mein Vater bricht in lautes Gelächter aus.

»Zumindest müssen sie mich genauso verhaften, wenn sie Brooks mitnehmen. Ich habe Nina ja gemeinsam mit ihm aus dem Haus geholt.« Hannah quetscht sich entschlossen neben mich.

»Dann muss ich ebenfalls verhaftet werden.« Meine Mutter stellt sich vor meine Eskorte und streckt ihnen auffordernd ihre Hände entgegen. »Ich habe mich ja am allermeisten selber entführt, wenn das eine Entführung gewesen ist.« »Und da alle in meinem Haus waren, müssen sie mich genauso festnehmen.« Fee gesellt sich mit einem leichten Grinsen dazu.

»Mich auch.« Ben folgt ihr. Er reibt sich die Arme und wirft einen finsteren Blick auf den Bodyguard, der ihn auf den Boden gedrückt hatte.

Mimi quietscht entzückt auf.

»Mich müssen Sie genauso verhaften.«

»Wieso denn das?«, melde ich mich zum ersten Mal verwirrt zu Wort. Ich fürchte, Mimi hat mal wieder nicht verstanden, was geschieht.

»Ich bin eben dabei. Du kannst mich nicht aus allem Interessanten heraushalten. Außerdem ist er super sexy, und Fesselspiele mit einem echten Polizisten wären echt mal eine neue Erfahrung.« Sie weist auf den jüngeren der Beamten, der höchstens Mitte zwanzig ist und prompt rot anläuft. Dann wirft sie Julius einen auffordernden Blick zu. »Was ist mit dir?«

»Also, ich habe definitiv niemanden entführt, und ich stehe auch nicht auf Fesselspiele mit echten Polizisten.« Julius greift nach Mimis Hand. »Ich denke, wir beide haben mit der ganzen Sache nichts zu tun und sollten gehen.«

»Was machst du denn überhaupt hier? Wenn du mit nichts was zu tun hast«, will Mimi wissen. Das frage ich mich allerdings ebenfalls. Er hatte am Vortag ja überzeugend deutlich gemacht, wie er zu uns allen steht.

Die Frage ist Julius eindeutig unangenehm.

»Ich wollte ein letztes Mal mit Hannah reden«, murmelt er dann. »Das ist gestern nicht allzu gut gelaufen. Und wie kommst du hierhin? Du gehörst doch genauso wenig zu dem elitären Club, der sich hier gebildet hat.«

Mimi zuckt die Schultern.

»Mr. Jackson hat seine Frau zuerst bei mir gesucht, warum auch immer. Und dann dachte ich, es könnte interessant sein, sich das anzusehen. War es ja auch. Aber meinetwegen können wir jetzt gehen, so lustig ist es ja gar nicht mehr.« Mimi wirft dem jungen Beamten einen koketten Blick zu. »Vielleicht begegnen wir uns ja einmal mehr. Ich steh echt auf Handschellen.«

Während Mimi und Julius sich entfernen, mustern die Polizisten uns der Reihe nach.

»Und Sie wurden nicht entführt?«, wird Nina dann ungläubig gefragt.

»Definitiv nicht. Ich habe meinen Mann verlassen, und das ist ihm nicht recht.« Sie wischt sich über die Stirn, die weiterhin schweißnass ist. Der ganze Stress kann ihr nicht gutgetan haben, und genau genommen machte ich mir vor dem Auftauchen meines Vaters schon Sorgen um sie.

»Dann ist es ja nicht nötig, überhaupt jemanden mitzunehmen.« Schwer zu sagen, ob der Beamte erleichtert ist oder enttäuscht darüber, dass sich dieser Einsatz als langweilige Routine entpuppt.

»Ich bestehe darauf, dass Mr. Jackson und seine Begleiter mein Grundstück verlassen«, wirft Fee rasch ein. »Wenn sie das verweigern, können Sie ganz wunderbar diese drei mitnehmen.«

Mein Vater zeigt sein finsterstes Gesicht. Dann weist er wohl oder übel seine Bodyguards ins Auto.

»Das ist noch nicht vorbei, Nina«, droht er meiner Mutter. »Du siehst keinen Cent von mir, wenn du mich weiter lächerlich machst.«

Er verlässt uns mit durchdrehenden Reifen, dicht gefolgt vom Polizeifahrzeug, das langsam und gemächlich abfährt.

Ich könnte mich darüber freuen, dass seine Strategie nicht aufgegangen ist und er zum ersten Mal im Leben den Kürzeren gezogen hat, aber dazu macht mir der Zustand meiner Mutter zu große Sorgen.

Inzwischen zittert sie nämlich am ganzen Körper. Unter ihren Armen sind dunkle Flecken zu erkennen, und ich sehe Schweißtropfen auf ihrer Stirn. Sie schwankt, und schnell eile ich auf sie zu. Nur um sie gerade noch rechtzeitig aufzufangen. Vorsichtig lasse ich sie auf den Boden gleiten.

»Nina, was ist los?«

Wir bilden jetzt alle eine Traube um meine Mutter. Ich hocke hinter ihr und halte sie.

»Ich bin gleich wieder in Ordnung. Das war nur die Aufregung«, winkt sie ab.

Im Hintergrund telefoniert Fee, und Hannah kommt mit einem Glas Wasser angelaufen. Meine Mutter wird zunehmend apathischer. In regelmäßigen Abständen betont sie, es ginge ihr gut. Niemand glaubt ihr. Sie hat eine furchtbare Gesichtsfarbe und immer wieder unterdrückt sie mühsam den Würgereflex. Sie hat eh kaum etwas gegessen.

Mittlerweile bin ich mir sicher. Der Entschluss, den Alkohol ohne ärztliche Hilfe von jetzt auf gleich komplett abzusetzen, war offensichtlich nicht allzu clever. Aktuell erhalten wir die Quittung.

Die Minuten ziehen sich, aber endlich höre ich die Sirene eines Krankenwagens. Das Licht flackert wild, als der Wagen in die Einfahrt einbiegt und vor uns anhält.

Die Sanitäter fackeln nicht lange. Sie heben Nina auf die Liege und tragen sie in die Ambulanz. Ohne nachzudenken, springe ich hinterher.

kapitel 26

HANNAH

Mal wieder heule ich.

Im letzten Monat habe ich so viele Tränen vergossen wie vorher nicht in meinem ganzen Leben.

»Vor vier Wochen stand ich in Deutschland auf dem Flughafen. Vor genau vier Wochen«, schniefe ich. »Ich war so aufgeregt, Fee, ich habe mich so gefreut. Aber wenn ich geahnt hätte, was alles in dieser Zeit auf mich zukommt, hätte ich laut schreiend die Flucht ergriffen.«

Ich bin beim besten Willen kein abenteuerlustiger Mensch. Im Gegenteil, ich mochte mein beschauliches Leben. Alles war klar vorgezeichnet. Mein Studium lief reibungslos, und ich freute mich auf das anstehende Praktikum. Ich hatte einen Freund, von dem ich dachte, er passe zu mir und meiner Zukunft. Und zwischendurch war eben diese Reise geplant, die vor allem Erholung sein sollte.

»Aber du hast genauso viel Schönes erlebt.«

Zugegeben, aber jetzt ist alles aus dem Lot.

Mir ist absolut schleierhaft, wie ich in mein altes Leben zurückkommen soll. Wie es überhaupt noch zu mir gehören kann. Grundschullehrerin möchte ich durchaus noch immer werden, und der Verlust von Julius macht mir kein bisschen zu schaffen.

Aber nie werde ich über Brooks hinwegkommen. Nie werde ich diesen Mann vergessen, der sich innerhalb so kurzer Zeit von einem arroganten Schönling zu dem tollsten Menschen der Welt entwickelt hat. Und dabei muss ich ihn vergessen. Wie kann ich sonst mein Leben weiterführen. Mein Leben ohne Brooks.

»Weißt du, dass ich dich beneidet habe«, flüstere ich Fee zu, die neben mir auf der Bank sitzt. Sie sieht mich entsetzt an. »Nicht wegen deiner Modelkarriere und dem Geld und so«, füge ich schnell hinzu. »Sondern wegen Ben.«

Jetzt sieht sie noch entsetzter aus. Ich klinge, als wäre ich in Ben verliebt.

»Das mit Ben und dir, das ist etwas Besonderes, etwas Magisches. Ich war mir sicher, selber nie so etwas zu erleben. Mit Julius war es nicht ansatzweise so«, erkläre ich.

»Ach so.« Fee atmet erleichtert aus. Dann lächelt sie. »Aber mit Brooks und dir ist es genauso. Das ist offensichtlich.«

»Ja«, sage ich leise. »Aber was nützt es? Was nützt es, wenn ich es doch nicht behalten kann.«

Fee ist schon längst am Ende ihrer Weisheit. Seit zwei Tagen versucht sie vergeblich, mich zu trösten. Sie hat große Bedenken, mich in meinem Zustand allein ins Flugzeug steigen zu lassen. Und große Bedenken, mich so überhaupt wieder nach Deutschland zu schicken. Ich habe diese Bedenken auch.

Obwohl mein Flug schon aufgerufen ist, weigert sich ein hartnäckiger Teil von mir, ins Flugzeug zu steigen und die letzte winzige Hoffnung aufzugeben. Im Film würde Brooks nämlich genau jetzt ins Flughafengebäude stürmen und mich in seine Arme schließen. Und dann würde ich allen Widerständen zum Trotz hierbleiben, und wir würden unser restliches Leben gemeinsam verbringen. Arm, aber glücklich.

Die Realität sieht anders aus.

Wir haben jetzt seit sechsunddreißig Stunden nichts von Brooks oder Nina gehört. Wir haben dank einer Auskunftssperre nicht herausfinden können, in welchem Krankenhaus sie gelandet sind. Wir haben keine Ahnung, wie es Nina jetzt geht. Und ob Brooks überhaupt weiß, dass ich abreise. Ihre Telefone sind abgeschaltet, die Nummern existieren nicht mehr, und es ist offensichtlich, wem wir das zu verdanken haben. Es reicht nicht, dass Brooks und ich keine Zukunft haben, ich konnte mich nicht einmal mehr von ihm verabschieden.

Mein Flug wird erneut aufgerufen. Ein letztes Mal lasse ich meinen verzweifelten Blick durch die Halle schweifen und hoffe auf ein Wunder.

Es gibt kein Wunder.

»Ich rufe dich an, sobald wir was von Brooks oder Nina gehört haben«, flüstert Fee tröstend in mein Ohr, als sie mich einmal mehr in die Arme nimmt und fest drückt. Ich nicke und dränge die Tränen zurück.

In dem Moment wird mein Name aufgerufen. Persönlich.

Frau Hannah Schulz für den Flug nach Düsseldorf.

Es dauert einige Sekunden, ehe ich realisiere, dass ich gemeint bin. Dann renne ich los.

Am Einlass werde ich zwar ungeduldig erwartet, aber trotzdem so zuvorkommend begrüßt, als wäre alles in bester Ordnung und als würden nicht alle Passagiere dieses Fluges nur auf mich warten. Ich bin ein Gast der ersten Klasse, ich kann mir so einiges erlauben.

Leider habe ich genau denselben Platz wie auf dem Hinflug. Das ist echt nicht leicht zu verkraften.

Noch tragischer ist, dass Brooks' Sitz ebenfalls belegt ist. Aber eben nicht von Brooks. Nicht von dem attraktivsten Mann, der mir jemals begegnet ist. Der auf den ersten Blick mein Herz zum Stocken gebracht hat.

Wie erstarrt bleibe ich mitten Gang stehen, während ich die kleine Kabine mustere. In Gedanken sehe ich mich so, wie

Brooks mich gesehen haben muss, als ich auf meinem Sitz herumturnte. Es ist kaum zu fassen, dass er bei dem Anblick nicht in lautes Gelächter ausgebrochen ist.

Die Erinnerung an unser erstes Treffen tut mir nicht gut, denn ich kämpfe schon wieder mit den Tränen.

Krampfhaft schlucke ich sie weg.

Der Mann vom Nachbarplatz nickt mir freundlich zu und widmet sich dann wieder seiner Lektüre. Dem Wirtschaftsteil einer Zeitung.

Er ist das absolute Gegenteil von Brooks.

Brooks hatte eine abgenutzte Sporttasche dabei, von der ich inzwischen weiß, dass er sie schon seit Jahren überall hin mitnimmt, weil sie ihn an seine erste erfolgreiche Hail Mary erinnert, dieser Mann einen Aktenkoffer. Brooks trug Jeans und T-Shirt, er einen Anzug. Brooks zockte zehn Stunden lang Videospiele, dieser Mann bildet sich.

Außerdem hat er graue Haare.

Ich bemerke erschrocken, wie grimmig ich ihn betrachte und all das raussuche, was eben anders ist als bei Brooks. Anders und damit falsch.

Abgesehen davon ist er breitschultrig und schlank und wirkt für sein Alter recht sportlich. Und hat ein attraktives Gesicht und ein freundliches Lächeln, welches er mir jetzt schenkt, als er aufblickt und meinen taxierenden Blick bemerkt.

Schnell sehe ich weg und richte mich für den Start ein. Dann schaue ich aus dem winzigen Fenster, um einen letzten Blick hinabzuwerfen. Auf die Großstadt Miami, die aus dem Flugzeug aussieht wie eine Nachbildung in einer Miniaturwelt. Die Weite der von hier oben öde anmutenden Everglades, die Unendlichkeit des Atlantischen Ozeans. Irgendwo dort unten steckt Brooks.

Traurig hole ich mein Buch aus der Tasche. Vier Wochen lang habe ich maximal so getan, als ob ich drin lese, und auch jetzt schaffe ich es nicht, den Buchdeckel aufzuklappen.

Frustriert schalte ich stattdessen den Bildschirm ein und finde nur romantische Komödien. Dann sehe ich mir die Videospiele an. Mir ist schleierhaft, wie Brooks sich stundenlang mit diesem Scheiß beschäftigen konnte.

Egal, was ich mache, ich stoße immer wieder nur auf Brooks und kann die Tränen nicht mehr verhindern, die einmal mehr aus meinen Augen fließen.

Ich bin eine Heulsuse. Das war ich früher nicht. Brooks hat mich zu einer Heulsuse gemacht.

Ein Taschentuch wird mir gereicht. Reflexartig greife ich danach und putze meine Nase. Am liebsten würde ich für immer hierbleiben und mein Gesicht in das Taschentuch eines Fremden vergraben, denn es ist eines aus Stoff, dick und schwer, und es riecht sogar angenehm. Irgendwie männlich, aber nicht aufdringlich.

Nach und nach versiegen meine Tränen. Verlegen komme ich aus dem Tuch hervor und wage einen vorsichtigen Blick. Wie erwartet kam die Hilfe von dem Mann, der auf Brooks' Platz sitzt.

»Und was soll ich jetzt mit dem Tuch machen?«, platzt es aus mir heraus, bevor ich nachdenken kann.

»Was machen Sie denn für gewöhnlich mit benutzten Taschentüchern?«, kommt die irritierte Reaktion.

Ich werde rot.

»Selbstverständlich werfe ich sie weg.«

»Na, dann wäre das Problem schon mal gelöst. Da kann ich ja nur hoffen, dass Ihre anderen Probleme ähnlich einfach zu beheben sind.«, lacht er mich aus. Ich sollte sein blödes, teures Stofftaschentuch kommentarlos in den Müll werfen und mich wieder meinem Bildschirm widmen. Oder dem Buch. Obwohl beides nicht funktioniert.

Der Wirtschaftsteil seiner Zeitung liegt inzwischen zusammengefaltet in der Ecke, der Bildschirm ist schwarz. Mein Sitznachbar beschäftigt sich momentan mit gar nichts. Beziehungsweise mit mir.

Dabei ist dieser Platz ein rotes Tuch für mich. Männer, die auf diesem Platz sitzen, sind gefährlich. Erst recht, wenn sie sich mit mir beschäftigen.

Trotzdem kann ich den Blick nicht abwenden. Oder gerade deswegen. Es sind zu viele Erinnerungen. Schreckliche Erinnerungen. Phantastische Erinnerungen. Beides gleichzeitig, und damit definitiv zu verwirrend.

Der Mann bemerkt den Tumult, der in meinem Inneren tobt. Zumindest scheine ich ihn genauso zu irritieren wie er mich.

»Sie sehen mich an, als wäre ich das Problem«, sagt er schließlich.

Ich nicke. Und schüttle gleichzeitig den Kopf.

»Nicht Sie«, schiebe ich dann die Erklärung für meine widersprüchliche Reaktion hinterher. »Nur Ihr Sitzplatz.«

»Da bin ich ja beruhigt. Sollen wir ihn ausbauen?«

Ein Lächeln schiebt sich in mein verheultes Gesicht. Der Mann nimmt mich auf den Arm. Gleichzeitig fühle ich meine Sorgen angenommen. Plötzlich wünsche ich, ich hätte so jemanden als Vater gehabt. Jemanden, der mich ablenkt und aufmuntert, indem er da ist und mit mir redet. Im Gegensatz zu Brooks' Vater, ist er ein positives Vorbild.

Es ist so angenehm mit ihm zu reden, so angenehm, dass die nächsten Worte unkontrolliert aus mir herauspurzeln. Und dabei bin ich echt niemand, der sein Herz auf der Zunge trägt.

»Mein Traummann hat auf dem Hinflug dort gesessen.«

Jetzt muss ich mich zusammennehmen. Wenn ich nicht aufpasse, erzähle ich gleich von der Sex-Episode auf der Toilette.

»Dann müssen wir also nur Ihren Traummann finden und hierhin platzieren, und dann sind all Ihre Probleme gelöst?«

»Ja, genau. Das würde helfen.«

Er ist nicht beleidigt, dass ich einen anderen Sitznachbarn bevorzuge. Er lacht nur.

»Ich fürchte, während des Fluges sind mir da die Hände gebunden, es sei denn, er ist es wert, abzustürzen oder notzulanden. Gegebenenfalls ist nach der Landung ja etwas zu retten. Wo ist er Ihnen denn verloren gegangen?«

»Das ist eine lange Geschichte.«

»Und das ist ein langer Flug.«

»Ja, ich habe schon gemerkt, wie langweilig ihre Zeitung ist.«

Er grinst. Und nickt zustimmend.

»Er ist mir unmittelbar nach dem Flug verloren gegangen.«

»Dann haben Sie versäumt, nach der Telefonnummer zu fragen? Und ich dachte, die Jugend von heute ist da so geradeheraus.«

Ich seufze laut.

»Also, ich bin leider überhaupt nicht geradeheraus. Und ich habe ja nicht mit ihm geredet. Ich fand ihn nur toll.« Nicht von dem Sex reden, bloß nicht von dem Sex reden. Ich beiße mir auf die Lippe und werde rot. »Aber dann habe ich ihn ein paar Tage später erneut getroffen. Und es stellte sich raus, dass er ein absoluter Arsch war. Er war bei seiner Freundin rausgeflogen, weil er sie betrogen hatte. Und außerdem hatte er ununterbrochen neue Frauen am Start.«

Jetzt habe ich meinen Zuhörer endgültig verwirrt. Mich selber kurzzeitig genauso. Es war schier das Letzte, wie Brooks sich benommen hat. Die Empörung sprudelt nur so aus mir heraus.

»Er war reich und verboten attraktiv und dementsprechend arrogant und der festen Überzeugung, jede Frau haben zu können.«

»Ein echter Traummann also?«

»Genau, und so von sich überzeugt, sicher, der größte Liebhaber aller Zeit zu sein.«

»Was Sie natürlich nicht bestätigen konnten.«

Er grinst ein bisschen vor sich hin, versucht aber weiterhin, eine ernste Miene zu wahren. Ich ignoriere meine unbeabsichtigte Enthüllung lieber. Und beschreibe stattdessen weiter Brooks' miesen Charakter.

»Ein reicher Schnösel eben. Ich hasse Typen, die denken, mit Geld kann man alles haben.«

»Da sind Sie hier genau richtig. Keine Gefahr, auf einen reichen Schnösel zu treffen.«

Ja, ich habe mal wieder vergessen, dass ich in der ersten Klasse sitze. Und der Mann vor mir unter Garantie selber ein reicher Schnösel ist. Ein reicher Schnösel mit einem Sinn für Ironie.

»Ähm«, stottere ich ein wenig verlegen. »es gibt bestimmt auch reiche, nette Schnösel. Das ist ja nicht auf Sie gemünzt.«

»Und auf Sie ist es genauso wenig gemünzt?«

»Ich sitze hier nur, weil meine Freundin reich ist und mir den Flug geschenkt hat. In Wahrheit bin ich eine mittellose Studentin, die im Studentenwohnheim haust.«

Er lacht laut auf.

»Da bin ich beruhigt. Die Vorstellung neben einer reichen, verwöhnten Göre zu sitzen, zehn Stunden lang, hatte mir schon echte Sorgen bereitet.«

Er beobachtet mich amüsiert.

»Was studieren Sie denn?«

»Lehramt. Für die Grundschule.«

»Jetzt bin ich endgültig beruhigt. Da besteht dann ja nicht die Gefahr, dass Sie jemals eine reiche Göre werden.«

»Genau.«

Den Vorsatz, irgendwann einmal irre viel Geld zu verdienen, hatte ich noch nie.

»Und jetzt sind Sie sauer auf mich, beziehungsweise auf meinen Sitzplatz, weil da auf dem Hinflug ein eingebildeter Kerl gesessen hat, der sich für unwiderstehlich hielt und einen miesen Charakter hatte?«

»Ich habe Brooks ja im Laufe der Zeit besser kennengelernt. Und dabei stellte sich heraus, dass er in Wirklichkeit nicht so ist, wie er nach außen vorgibt. Sondern ein absolut toller Mann. In den ich mich haltlos verliebt habe.«Mir ist nach wie vor schleierhaft, wie das alles passieren konnte. Still und heimlich, völlig unbemerkt, hat Brooks sich von Tag zu Tag mehr als der Mann präsentiert, der mich so dermaßen umhaut. Ich kann es selber nicht wirklich erklären.»Er hat irgendwann diesen Arschlochmodus ausgeschaltet. Und mich hinter seine Fassade blicken lassen. Und da war er dann ganz anders.«

»Aha. Und weshalb wissen Sie jetzt nicht mehr, wo er ist?«

»Er musste seine Mutter unverhofft ins Krankenhaus bringen, und wir haben uns nicht mehr gesehen, bevor ich abgereist bin. Und gleich bin ich zurück in Köln und er in Miami, und wir werden uns nie mehr sehen.«

Jetzt steigen neue, dämliche Tränen in meine Augen.

»Ich weiß noch nicht einmal, wie es seiner Mutter geht. Es war alles so ein Chaos. Ich mache mir echt Sorgen.«

Mein Nachbar hält mir erneut ein Taschentuch hin. Wieder aus Stoff.

»Nein, ich kann Ihnen doch nicht all diese Stofftücher verhunzen. Ich habe bestimmt irgendwo eigene Taschentücher. Aus Papier.«

»Nehmen Sie ruhig das hier. Ich habe tausende von den Stofftüchern und brauche sie eindeutig nicht so oft wie Sie.« Er drückt es mir entschlossen in die Hand.»Mein Leben ist einfach nicht dramatisch genug.«

Ich wische meine Tränen ab.

»Mein Leben war bisher auch nicht dramatisch. Erst seit ich Brooks getroffen habe. Seitdem ist es Drama pur.«

Eine Stewardess eilt hastig an uns vorbei. Sie wirkt beunruhigt. Bloß nicht noch mehr Tragödie. Nicht für mich. Entschlossen wende ich mich wieder dem Gespräch zu. Egal, was da passiert, es hat nichts mit mir zu tun, und ich bin mit mir selber und meinen eigenen Sorgen schon ausgelastet.

»Seit wir uns kennen, passiert eine Katastrophe nach der anderen. Wir haben uns in den Everglades verirrt. Wir mussten seine Mutter befreien. Wir hatten dramatische Begegnungen mit unseren Exfreunden. Es gab Schlägereien, sogar die Polizei war da.« Tief hole ich Luft. All das ist in nur vier Wochen geschehen, andere Menschen haben ein ganzes Leben ohne so viel Theater.

»Das Schlimmste war sein Vater. Der definitiv denkt, er kann sich alles und jeden kaufen. Ich hoffe, Nina kommt zurück nach Deutschland und Brooks schafft es, sich ein eigenes, von seinem Vater unabhängiges Leben aufzubauen. Aber ich bin weg und kann beiden überhaupt nicht mehr helfen.«

Das Taschentuch kommt wieder zum Einsatz.

Von hinten höre ich laute Stimmen. Die Stewardess hat heute keinen entspannten Flug.

Es hat glücklicherweise diesmal nichts mit mir zu tun.

»Nina?«

»Brooks' Mutter«, erkläre ich. Der arme Mann kann überhaupt kein Wort von dem verstehen, was ich erzähle.

»Wir sprechen aber nicht von Brooks und Nina Jackson?«

Perplex komme ich hinter meinem Taschentuch hervor. Und starre den Mann verständnislos an.

Mein Gesicht spricht Bände.

»Also doch Brooks und Nina Jackson«, stellt er fest.

»Und? Was?« Ich reiße mich zusammen. »Wie kommen Sie darauf?«

»Jackson ist bekannt wie ein bunter Hund. Also Jackson Senior. Und der Eklat in der Familie ist wie ein Lauffeuer in der Stadt herumgegangen. Der erfolgreichste Unternehmer der Gegend, schwerreich und einflussreich. Und dann wendet sich sein Sohn von ihm ab und seine Frau verlässt ihn.« Er sieht mich mitfühlend und ein wenig verlegen an. »Außerdem war ich wegen Jackson in Miami.«

»Aha.« Was soll das heißen? Sympathiepunkte bringt ihm das nicht gerade ein. Obwohl er sich wie ein besorgter Vater um eine heulende Studentin kümmert.

Die Stimmen im Hintergrund werden lauter und hitziger. Einige Passagiere der ersten Klasse wenden sich empört um. So etwas ist man hier nicht gewohnt. Ich werfe einen flüchtigen Blick nach hinten und sehe die Stewardess auf mich zu eilen.

»Frau Schulz? Es tut mir unendlich leid, Sie zu stören. Aber vor dem Abteil besteht ein Herr darauf, Sie zu sprechen, und ich werde ihn nicht los.«

Das kann nicht sein. Niemand weiß, dass ich in diesem Flugzeug bin. Außer Ben und Fee.

Und Julius natürlich, denn das wäre laut Plan ja genauso sein Rückflug. Aber Julius kann ich auf keinen Fall treffen, nicht jetzt, nicht in meinem angeschlagenen Zustand, denn ich weiß nach wie vor nicht, wie wir momentan zueinanderstehen, und ich will nicht, dass er mich in Tränen aufgelöst findet.

»Nein«, platze ich mit meinen Emotionen heraus. »Ich will ihn nicht sehen. Nicht heute. Das muss er doch verstehen.«

Mein Sitznachbar macht ein fragendes Gesicht.

»Das ist unter Garantie mein Exfreund«, erkläre ich. »Der war ja ebenfalls in Miami und hat sich mit Brooks geprügelt.«

Und hat uns geholfen und sich dann mit Brooks' Ex aus dem Staub gemacht, was unser Verhältnis nicht verständlicher macht.

»Dann sage ich dem Herrn, es ist aus und vorbei zwischen Ihnen, und er soll Sie in Ruhe lassen?«, schließt die Stewardess.

»Ja, bitte.«

Erste Klasse ist toll. Ich kann mich hier verstecken. Die Flugbegleiterin muss Julius abwimmeln.

Ich lehne meinen Kopf laut stöhnend an die Kopfstütze. Kann das ganze Chaos nicht irgendwann ein Ende haben?

»Und was haben Sie mit Jackson Senior zu schaffen?«, frage ich mehr aus dem Versuch heraus, mich abzulenken, denn aus Neugierde.

»Ich bin Anwalt, spezialisiert auf deutsches und amerikanisches Recht. Ich sollte ihn beraten, wie er am besten seinen Sohn enterbt, so dass es in beiden Ländern unanfechtbar ist.« Empört schnappe ich nach Luft. Dass ich ausgerechnet neben dem Menschen lande, der so eine Schweinerei mitmacht. Und dass er ausgerechnet so sympathisch ist. Das kann doch nicht wahr sein.

»Brooks ist ohne das Geld eh besser dran.«

Das glaube ich wirklich. Er ist momentan orientierungslos und weiß nicht, was kommt und was für ihn möglich ist. Über kurz oder lang wird es ihn allerdings frei machen, selber klarkommen zu müssen, denn er darf zum ersten Mal unabhängig von einem äußeren Einfluss entscheiden, wie er sein Leben führen möchte. Trotzdem ist es eine Schweinerei, und ich weiß, dass es ihn hart treffen wird, wie sehr sein Vater ihn immer wieder demütigt.

Hoffentlich kommt er eines Tages darüber hinweg.

»Sie können sich ja nicht vorstellen, wie das war. Dieses dämliche Geld hat ihn ja erst so verkorkst. Und das miese Vorbild, das sein Vater ihm geliefert hat.«

Aber so ein stinkreicher Anwalt wird das nicht verstehen können. Nicht einer, der für Geld alles macht.

»Ich habe den Job übrigens nicht angenommen«, grinst der Mann mich an. »Ich fand es zynisch.«

»Oh.« Das hatte ich jetzt nicht erwartet.

Er ist doch nett. Ohne Wenn und Aber.

Die Stewardess kommt zurück. Mit einem erleichterten Lächeln.

»Es hat funktioniert. Der Herr war mit einem Mal sehr kleinlaut und hat sich tausendmal entschuldigt, mich so bedrängt zu haben. Er sagt, ich solle seine Entschuldigung auch an Sie weiterleiten, er wird Sie selbstverständlich nicht mehr belästigen, wenn das so ist.«

Das klingt jetzt plötzlich gar nicht nach Julius, denn einsichtig war der noch nie. Ungläubig starre ich die Frau an.

»Es scheint ihn tief getroffen zu haben. Offenbar hatte er damit gar nicht gerechnet.« Irgendetwas Sehnsüchtiges liegt in ihrer Stimme. Und in ihren Augen. »Aber Sie werden schon Ihre Gründe haben.«

Ja, ziemlich viele Gründe. Die Julius kennt. Warum nur sieht die Stewardess so schwärmerisch aus?

»Hat er noch mehr gesagt?«

»Nur, dass er Verständnis hat. Und Sie das Richtige machen.«

Das kann nicht Julius sein.

»Wie sah er aus?«

»Traurig.«

»Nein, ich meine ...« Bin ich so schwer zu verstehen? »Haarfarbe, Augenfarbe, Körperbau.«

Mittelgroß, braune Augen, braune Haare. Das ist Julius.

»Groß und athletisch, dunkelblonde Haare, graue Augen.«

Sinnlicher Mund, sexy Hintern, zum Niederknien schön. Füge ich in Gedanken hinzu. Und jemand, der jede Stewardess zum Schwärmen bringt.

Mit einem Schrei springe ich auf, quetsche mich an der überaus irritierten Frau vorbei und renne zwischen den Sitzen durch nach hinten. Hier befindet sich der Durchgang zur normalen Klasse. Ein kleiner Raum trennt die beiden Bereiche voneinander, aber er ist leer.

Ich stürme hindurch. Rückseitig liegen die Bordtoiletten und direkt dahinter dicht an dicht die Sitzplätze der Economy Class. Voll besetzt. Mit einer schieren Menge an Passagieren. Die alle damit beschäftigt sind, sich endgültig für den langen Flug und die Nacht einzurichten, die Sitze hin- und herbewegen oder in ihrem Handgepäck kramen.

Und auf dem Gang geht Brooks langsam weiter nach hinten durch.

»Brooks?«, brülle ich.

Er dreht sich um.

Er ist es. Er ist es wirklich.

Erneut laufen die Tränen mein Gesicht hinab, diesmal vor Glück, und dann renne ich auf ihn zu. Werfe mich in seine Arme. Unsere Lippen finden sich, und wir küssen uns.

Dann schiebt er mich von sich weg.

»Hast du nicht gerade mit mir Schluss gemacht?« Sein Blick ist so dermaßen aufgewühlt und verletzt. »Die Stewardess sagte, es ist aus, und du willst mich nicht mehr sehen.«

»Sie hat doch keinen Namen genannt. Ich dachte, es ist Julius.«

»Dann hast du nicht mit mir Schluss gemacht?«

»Nein, du Blödmann. Ich liebe dich doch.«

Absolut unverständlich, wie Brooks so mir nichts dir nichts davon ausgeht, ich könne ihn nicht mehr wollen.

»Sollte ich jemals Schluss machen, dann mache ich das außerdem persönlich und ganz bestimmt nicht über einen Dritten«, füge ich empört hinzu.

Brooks presst seine Lippen wieder auf meine.

Und wir küssen uns. Stundenlang, gefühlt.

»Das geht so nicht«, ertönt eine unfreundliche Stimme hinter mir.

Es ist eine Stewardess. Sie sieht ganz schön angepisst aus. Und weder so wohlwollend noch so zuvorkommend, wie ich bisher meine Flugbegleiter erlebt habe.

»Würden Sie jetzt bitte ihre Plätze einnehmen«, fordert sie uns schroff auf.

Ganz bestimmt nicht. Ganz bestimmt gehe ich nicht wieder nach vorne und bleibe dort zehn Stunden lang in dem Wissen, dass die Liebe meines Lebens nur wenige Meter von mir entfernt ist.

»Ist in deiner Nähe ein Platz frei?«, frage ich Brooks.

»Nein, wir sind ausgebucht. Und Sie dürfen den Gang nicht weiterhin blockieren«, mischt sich erneut die Frau ein.

Ich wünsche mir meine Stewardess wieder zurück. Die, die so überaus hilfsbereit ist und sogar unliebsame Verehrer abwimmelt.

»Wegen der sind wir zu spät gestartet«, wispert eine junge Frau ihrem Mann zu. »Das ist so eine Erste-Klasse-Diva, die es nicht nötig hat auf die Uhr zu sehen.«

Ein Kichern lässt mich herumfahren. Hinter mir steht der Anwalt und amüsiert sich unübersehbar über den dämlichen Kommentar. Geschieht mir recht, nachdem ich mich noch vor wenigen Minuten selber über die reichen Schnösel der ersten Klasse aufgeregt habe.

Verzweifelt lasse ich meinen Blick auf der Suche nach einem freien Platz durch das Flugzeug schweifen. Und finde Nina. Sie sitzt am Fenster und sieht müde und blass aus. Aber sie ist da.

Ich schiebe mich an Brooks vorbei und eile zu ihr.

»Nina, Gott sei Dank. Wir haben uns solche Sorgen gemacht.«

Sie lächelt mich erfreut an.

»Hannah, dann hat Brooks dich gefunden. Er hatte Bedenken, nach vorne durchgelassen zu werden.«

Ich huste verlegen.

»Geht es dir besser?«

»Ja, ich habe Medikamente bekommen. Einen Haufen Medikamente. Es macht mich nur todmüde. Ich bin froh, wenn ich in Aachen bin.«

Nina hockt am Fenster, neben ihr ein freier Platz. Den dritten Sitz in der Reihe belegt ein anzugtragender Geschäftsmann, der mich überaus angepisst mustert. Verständlich, denn ich hänge halb über ihm und fuchtle aufgeregt mit den Händen.

Es ist eng und gerappelt voll.

Brooks berührt mich leicht am Arm.

»Ich weiß doch jetzt, wo du bist. Und wir sehen uns nach der Landung. Genieß den Flug, es sind doch nur ein paar Stunden.«

Egal, es sind ein paar Stunden zu viel.

Ich war jetzt so lange von Brooks getrennt, ohne zu wissen, wo er ist. Ohne darauf hoffen zu können, ihn jemals wiederzusehen. Ich habe keine Ahnung, was kommt, was die beiden für ihre Zukunft geplant haben. Sehen wir uns nur kurz nach der Landung oder bleibt er? Ich kann nicht wieder an meinen Platz gehen.

»Nein, ich will hierbleiben.« Brooks hat mir schon in den Everglades vorgeworfen unerträglich stur zu sein. Und das stimmt. Wenn mir etwas wichtig ist, dann gebe ich nicht auf.

»Mein junges Fräulein, Sie wollen unbedingt lieber hier sitzen und auf meine weitere Gesellschaft verzichten?«

Der Anwalt hat sich mal wieder angeschlichen und mustert interessiert und leicht lächelnd unser Dilemma.

Wenn er das so sagt, klingt es unnötig fies.

»Dann schlage ich vor, dass die Damen die Plätze tauschen. Eine Win-Win-Situation. Mrs. Jackson wird aus der Sardinenbüchse erlöst und die arme Studentin wird endgültig die reichen Schnösel los.«

Er zwinkert mir zu.

Lächelnd wendet er sich an Nina.

»Darf ich mich vorstellen? Mein Name ist Arthur Meyer, Anwalt für deutsches und internationales Recht, und ich bin bisher der Sitznachbar dieser überaus bezaubernden jungen Dame, die mir zwar ihre komplette Lebensgeschichte erzählt, aber nie ihren Namen genannt hat.«

Nina und Brooks lachen. Er hat seinen Namen allerdings auch nie genannt.

»Darf ich Ihnen für den Flug meine Gesellschaft anbieten. Dann haben alle wieder ein wenig Ruhe.«, fährt er fort.

Nina mustert den Anwalt. Er drückt sich aus meiner Sicht überkorrekt aus, möglicherweise ein Berufsproblem. Aber er hat sich ja schon als angenehme und fürsorgliche Begleitung bewiesen. Dann lächelt sie plötzlich und unerwartet strahlend, und mit einem Mal ist wieder nicht zu übersehen, was für eine atemberaubend schöne Frau sie ist.

»Unter diesen Umständen nehme ich Ihr Angebot liebend gerne an, Herr Meyer.«

Der Anwalt reicht Nina einen Arm, und sie hakt sich ein. Die untadeligen Manieren, die ich persönlich amüsant finde, scheinen ihr ausgezeichnet zu gefallen.

Nur Brooks wirkt misstrauisch.

»Er ist nett. Entspann dich«, flüstere ich in sein Ohr. Dann übernehme ich freudestrahlend Ninas Fensterplatz.

Brooks quetscht sich neben mich. Seine Knie berühren den Sitz vor uns. Das ist kein Vergleich mit der Luxuskabine weiter vorne. Aber ehrlich gesagt, die erste Klasse passt tatsächlich viel besser zu Nina als zu mir. Und ich bin hier tausendmal glücklicher, was vor allem an Brooks' Gesellschaft liegt.

»Wer genau ist der Typ, der meine Mutter mitgenommen hat?«

Seine alkoholkranke Mutter auf Entzug, wohl gemerkt. Ich kann seine Sorge durchaus verstehen.

»Der Anwalt, der deinen Vater beraten sollte, wie er dich am besten enterbt«, kann ich mir trotzdem nicht verkneifen zu sagen.

Brooks erstarrt.

Vor genau vier Wochen hat er mich in genau diesem Flugzeug in die allergrößte Krise meines Lebens gestürzt, nur weil er seine Finger nicht bei sich lassen konnte. Und weil er mehr Selbstbewusstsein und Arroganz besaß, als für einen einzelnen Mann gut ist. Und dachte, er kann sich alles erlauben, absolut alles. Das ist nun meine Rache, und ich koste es ein paar Sekunden aus.

»Aber er macht es nicht. Also der Anwalt, meine ich.«

Brooks' Gesichtsausdruck ändert sich nicht.

»Er hat den Job abgelehnt, hat er gesagt. Ist doch nett, oder?«

»Meine Mutter sitzt jetzt neben einem Anwalt, der für meinen Vater arbeitet?«

347

»Nein, eben nicht. Er ist ein Anwalt, der nicht für deinen Vater arbeitet. Obwohl dein Vater es gerne hätte.«

Ein glückliches Lächeln schiebt sich in mein Gesicht. Ich habe stundenlang geheult, tagelang genau genommen, und einfach so ist von einer Sekunde auf die andere alles wieder gut. Mehr als gut. Perfekt.

Wieso eigentlich?

»Was macht ihr überhaupt hier?«

Es kommt mir so unwirklich vor. Ich muss Brooks einmal mehr küssen. Ich muss ihn wieder spüren, um mir sicher zu sein, dass er neben mir sitzt. Ganz leibhaftig.

»Wir fliegen nach Deutschland«, murmelt Brooks zwischen unseren Küssen.

»Und was passiert in Deutschland?«

Brooks' Hand wandert unter mein T-Shirt, und ich kann mich kaum auf meine Frage konzentrieren.

»Ich muss mich wohl irgendwie mit dem Wetter da arrangieren.«

Das bedeutet doch eindeutig, dass Brooks in Deutschland bleiben wird. Bei mir.

»Du musst dir nur heiße Gedanken machen, dann geht das schon.«

»Das ist dann dein Job.«

»Die heißen Gedanken?«

Meine Augen machen sich selbstständig und wandern über die Sitzreihen. Bis sie am Schild hängenbleiben, das signalisiert, dass die Toilette aktuell besetzt ist.

Brooks grinst dreckig.

Dann begegnet mein Blick dem der miesepetrigen Stewardess, die uns nach wie vor beobachtet. Bei der Vorstellung, wie sie uns an der Toilettentür auflauert, sind alle heißen Gedanken wieder weg.

»Sag schon, was hast du jetzt vor? Und was war mit deiner Mutter? Und warum haben wir euch nicht mehr erreichen können?«

»So viele Fragen auf einmal.« Brooks lächelt mich an. »Wo soll ich anfangen?«

»Am Anfang bitte.«

Und der Anfang bringt Nina und Brooks in ein Krankenhaus, in dem Nina auf der Stelle am Tropf landet. Mit Medikamenten, die den Alkoholentzug sanfter machen und die Nebenwirkungen dämpfen und die sie von Beginn an hätte bekommen müssen.

»Der Arzt hat mich so was von zusammengefaltet, so sauer war er auf mich. Es hätte noch viel Schlimmeres geschehen können.«

Ich halte Brooks' Hand, während er erzählt.

»Dabei kann man uns nur vorwerfen, uns mit Drogenkonsum und Entzug nicht auszukennen. Das wird uns beim nächsten Mal nicht noch einmal passieren«, tröste ich ihn.

Brooks schnaubt.

»Beim nächsten Mal? Mit welchen Drogen sollen wir beim nächsten Mal in Kontakt kommen?«

»Das war ja nur theoretisch gemeint«, sage ich augenrollend.

So gelöst wie momentan kenne ich Brooks gar nicht. Es ist nicht die typische harte, unnahbare Fassade, hinter der er sich gewöhnlich versteckt. Etwas hat sich geändert. Meistens war entweder pures Chaos um uns herum oder der Schatten von Brooks' Vater und seiner ungeklärten Zukunft lag auf ihm. Jetzt dagegen scheint Brooks einen Plan zu haben. Einen sinnvollen Plan.

»Ich habe beschlossen, mich meiner Mutter anzuschließen. Meine Großeltern haben in Aachen ausreichend Platz für uns beide. Und dann ist mir eine schlaue, junge Frau begegnet, die mir vorgeschlagen hat, ich solle einfach das machen, was ich am besten kann.«

»Sex?«

Er sieht strafend auf mich herab. Dann grinst er erneut so unanständig.

»Ich wusste schon hier im Flugzeug, wie sehr es dir gefallen hat. Aber ich versuche es erst einmal mit der Aufnahmeprüfung an der Sporthochschule in Köln. Bei dir in Köln.«

Hallo!
Ich bin Leslie.

Hannah hat mich mit ihrer Beichte durchaus geschockt. Dem Freund fremdzugehen ist schon echt ein No-Go. Noch dazu mit einem Fremden, ohne ein einziges Wort zu wechseln. Dann habe ich gemerkt, wie entsetzt sie selber war. Wenn man seine eigenen Moralvorstellungen verbockt, ist das nicht so ohne weiteres zu verkraften. Ehe ich mich versah, habe ich sie getröstet, anstatt ihr Vorwürfe zu machen, denn die machte sie sich selber schon zur Genüge.

Niemand von uns ist sicher davor, einen Fehler zu begehen. Und andere moralisch zu verteufeln, ist so überaus einfach, wenn man nicht in derselben Situation steckt.

Mit Julius habe ich leider nicht reden können, aber Hannah hat mir versichert, dass die beiden sich intensiv ausge-sprochen haben. Sie hat sich für ihren Fehltritt im Flugzeug entschuldigt, er sich für die Ohrfeige, und sie sind mittlerweile zwar keine Freunde, aber zumindest wechseln sie ab und an ein paar Worte.

Brooks dagegen hat schon eine Lektion verdient – miese Kindheit hin, miese Kindheit her -, aber die hat er dann ja dank Fee bekommen.

Apropos Fee: Kennt ihr die Geschichte, wie sie und Ben zusammengefunden haben? Das war extrem emotional und berührend und zum Teil auch verdammt witzig. Vermutlich nicht für die beiden, aber ich habe einige Male sehr, sehr laut gelacht. Nachzulesen ist das in »Ginger« und es ist gar nicht schlimm, wenn man »Fawn« schon kennt und weiß, dass dann doch alles gut ausgegangen ist. Denn der Weg ist ja bekanntlich das Ziel ...

Ich wollte euch außerdem von Maxine erzählen.

Maxine kommt aus England und hat einen wirklich hinreißenden Akzent. Ihre Einstellung Männern gegenüber ist allerdings - vorsichtig gesagt – verwirrend und es hat eine Weile gedauert, bis ich verstanden habe, warum das so ist.

Denn Maxine lebt nicht in dem England, das wir kennen, sondern in einem Paralleluniversum, in dem sich Großbritannien zum einen vom restlichen Europa und zum anderen von der männlichen Bevölkerung losgesagt hat.

Und was man nicht kennt, das fürchtet man eben. Kann ich nachvollziehen.

Wenig überraschend blieb Maxines Leben dann doch nicht völlig männerfrei – was ja auch verdammt langweilig gewesen wäre. Gleich fünfzig davon hatte sie insgesamt an der Backe, fünfzig durchtrainierte, gut gebaute Sportler. Also, ich persönlich könnte mir Schlimmeres vorstellen, aber ich bin Testosteron in meinem Umfeld ja auch gewohnt.

Es sollte nicht allzu lange dauern, bis ich es euch haargenau berichten kann ...

Nachwort:
Sollte euch »Fawn« gefallen haben und ihr fragt euch, wie ihr eine Autorin glücklich machen könnt, die euch mit diesem Buch schöne Stunden beschert hat - schreibt eine Rezension!

Denn Fakt ist: Nichts macht mich (und all meine Kollegen und Kolleginnen) glücklicher, als ein paar nette Worte, die uns zeigen, dass unsere Geschichten ankommen.

Vielen Dank!